U0609605

血液科医生

肖勤 著

天津出版传媒集团

百花文艺出版社

图书在版编目（CIP）数据

血液科医生 / 肖勤著. -- 天津：百花文艺出版社，
2023.5
ISBN 978-7-5306-8463-4

Ⅰ.①血… Ⅱ.①肖… Ⅲ.①长篇小说–中国–当代
Ⅳ.①I247.5

中国国家版本馆 CIP 数据核字(2023)第 049314 号

血液科医生
XUEYE KE YISHENG

肖勤 著

出 版 人：薛印胜　　　　选题策划：汪惠仁
责任编辑：徐福伟　齐红霞　美术编辑：郭亚红
特约编辑：干亚爽
出版发行：百花文艺出版社
地址：天津市和平区西康路 35 号　　邮编：300051
电话传真：+86-22-23332651（发行部）
　　　　　+86-22-23332656（总编室）
　　　　　+86-22-23332478（邮购部）
网址：http://www.baihuawenyi.com
印刷：山东临沂新华印刷物流集团有限责任公司
开本：900 毫米×1300 毫米　　1/32
字数：290 千字
印张：12.25
版次：2023 年 5 月第 1 版
印次：2023 年 5 月第 1 次印刷
定价：58.00元

如有印装质量问题,请与山东临沂新华印刷物流集团有限
责任公司联系调换
地址：山东省临沂市高新技术产业开发区新华路 1 号
电话：(0539)2925886　　邮编：276017

版权所有　侵权必究

序

"得了白血病,是不是血液会变成白色?"

"捐骨髓是抽骨髓液吗?会不会瘫痪?"

"得了白血病就是死,对吗?"

"排异是什么?很多人都知道,但是移植物抗宿主病是个什么鬼?好不容易输进体内的造血干细胞为什么会反水攻击自己的身体?"

初写这部小说时,我和很多人一样,对血液病的常识仅仅停留在电视剧《血疑》和《蓝色生死恋》的浅显认知上,死亡如同悬崖下的深渊,我凝视着它,它也凝视着我。当我花了近两年时间近距离走近血液科医生这个群体时,我才知道,在这个神秘、深奥又令人恐惧的病症背后,有着怎样一群殚精竭虑的医护人员,他们挽救生命,安慰病人。如果说血液病人是一只脚已经迈出悬崖边缘的孩子,那么医护人员就是拼尽全力伸出手拉住他们的人。

在体验医护人员工作、生活的过程中,有三个片段让我难以忘却:

第一个是与新桥医院血液病医学中心主任张曦的采访对话："我们中心，三代主任、一大批医护人员和检测等辅助科室人员，用生命中最宝贵的年华拼这一件事。当年院里做第一例半相合移植时，我们像上阵打仗一样，全力以赴，病人把信任交给我们，我们也拼尽全力承接信任，整整两个星期，我们守着病人没有回家。生命是一个复杂而神秘的存在，当未知或半未知的疾病来袭，医生就是那个探险的人，稍不注意就会万劫不复，但你要做一个好医生，就得把自己交给悬崖，把生的希望交给病人。"

　　第二个是与江西省人民医院血液内科专科兼一病区护士长濮益琴的一段微信聊天记录："大 Boss 上周一上午忍受着常人无法忍受的胆绞痛，在门诊坚持看了八个病人，几乎是爬着回到办公室开始输液的。周二早上白细胞冲到一万九，胆囊水肿得快爆炸，人家依然在做院前的核酸检测、胸部 CT 的间歇改着下午汇报用的 PPT，多亏下午麻醉师及时将他麻倒，陆主任端走了他的胆囊，大 Boss 终于好好地休息了。周三上午爬起来开始线上对慢淋病区的患者进行查房，到晚上十二点还在线上给大家布置各种任务。周四拔了腹腔引流管开始线上授课，后面几天网络上就一直活跃着一个顶着一头油腻头发、穿着病号服的中年男人……然后，今天早上看到大 Boss 门诊上的二十个专家号全部告罄！果然是：要成功，先发疯！"

　　第三个是遵义医科大学全科主任肖雪讲述从鄂州抗疫归来时的一个场景："2020 年 3 月 20 日，贵州援鄂医疗队第一批队员离鄂返黔，车队缓缓驶过，街道上，突然有一位老人长跪不起、叩谢亲人。车上的医务人员泪流满面，纷纷起立鞠躬给长跪不起的老人回礼。原来，跪别的老人一家十一口全部被感染，其中三名重症，是贵州援鄂医疗队、遵义援鄂医疗队的精心救治，让他们全部康复出院……"

　　恐惧源于未知，拯救始于责任。对于病患和医护人员来说，消除恐惧和给予重生的希望，是彼此最艰难的信任与牵手。在血液科这

血液科医生

个特殊的世界里、在疫情这场突如其来的危难中,生命如此苍白却如此庄重。

在本书创作过程中,重庆新桥医院高家蓉副院长、血液科张曦主任以及全体医护人员给予了大力支持和专业指导,新桥医院杜欣和遵义医学院肖雪等支援湖北医疗团队人员提供了抗疫日记,让我有幸记录和见证他们的累和痛,感受到繁华盛世有白衣天使守卫才有花开如海。在此,对他们一并表示感谢!

谨以此文,献给所有奋战在抗击血液病一线、疫情一线的医护人员,祝愿所有仁心都收获玫瑰,更祝愿所有折翅的生命都重新飞翔。

一

手机闹钟在清晨六点准时发出怪叫——"疯狂杀鸡、疯狂杀鸡。"这是古灵精怪的多谷为她设的铃声。当医生的都得早起、都恨早起，黄栀子也不例外，还好多谷的搞怪总会让她不由自主地笑醒。起床后她习惯性地去敲多谷的门，手伸出去才想起儿子已经高中住校了。

窗外，晨雾笼罩着江面，黄栀子站在临江锦府三十六楼，俯瞰嘉陵江的浩渺烟波，恍惚间仿佛看到当年去往县城念高中的自己，山路尘土飞扬，白晃晃的太阳炙烤着四野，满山的茅草晒得干焦。她攥上摇摇晃晃的班车，又热又闷的车厢早已拥挤不堪，乘客们嫌弃地看着她和她的铺盖卷儿，提一堆破烂，肯定是上这么黑来的。

上这么黑，奇怪的村名，是远近出了名的雷击区，山梁上到处是焦黑的树桩，像写在荒冈上的黑色诅咒，她就是伴着这诅咒走出大山的。

县城的女同学们不喜欢她，因为她长得太漂亮，进校还考了个全年级第一名，这让她们很没面子。她们孤立她，冲她瞥眼，经过她身边时默契地哄笑……惶恐的黄栀子像一条被逼到水凼旮旯里的鱼,大气都不敢喘,直到一张帅气又阳光的脸出现在她面前,递给她一本书。少年的手指修长干净、骨节清晰,她的眼神飞快地从手指上闪过,最后落到书上,书名和上这么黑村的村名一样奇怪,只有一个字——《飘》。

十六岁的整个秋天,黄栀子都沉浸在十二橡树庄园、塔拉庄园和郝思嘉的悲欢里,她第一次读小说,第一次知道原来一个女人的一生可以过得如此惊心动魄,当读到美丽坚强的郝思嘉在绝望和疲惫中对茫茫夜色说"明天又是新的一天"时,黄栀子莫名发起高烧,全身战栗不止,月光照进寝室,洒下一地清晖,罩在她身上,她打着寒战,断断续续地对自己说——是的,明天又是新的一天。

二十多年过去,这句话伴她走过狂风暴雨,支撑她独自生下了儿子多谷,更让她成了山城医院血液科鼎鼎有名的二当家、著名专家。病人挂她的号要抢,她自己出诊时没工夫上厕所得靠憋……她和血液科主任夏曦,一个主打淋巴瘤、一个主打髓系白血病,早已是双剑合璧、名满江湖。

呜——嘉陵江上渡轮汽笛低鸣,声音浑厚有力。

人世繁华、医道拥堵,繁忙的一天又开始了。

早上不到七点,医院门口大大小小的车子已经排起了长龙,所有车的尾灯都焦灼不安地闪烁着。晨雾很浓,不用猜也知道,又是个高温桑拿天,黄栀子看着前头一长串车辆,无计可施。

一个雾蒙蒙的影子贴在车窗上,黄栀子摇下窗,混混儿小郭子打着赤膊嬉皮笑脸地探进半个脑袋,叫声甜得齁人——冰姐早,老规矩,三十元,交给我?

黄栀子常冷着张脸,医院内外不知情的人常常错把"冰姐"这个外号当名字叫,黄栀子懒得解释。本来不想搭理小郭子——三十元,你怎么不去抢呢!可眼前长长的车龙完全没有动的意思,无奈之下只好下车，还没站直身，一股热浪便扑面而来，黄栀子突然感觉恶心，额头上也顿时起了密密麻麻的细汗，强撑着把钥匙甩给小郭子——上次刮花了我车门，这次抵了。

冰姐！小郭子苦着脸，您又不缺钱，您缺的是时间。

我为什么不缺钱？黄栀子的抠门在全院是出了名的，她也不在乎在这些混江湖的人面前保面子，脸一垮，说，你害我多花两百元，我只抵扣你这一回。你要不要看监控和单子？

小郭子觍着脸求饶，好冰姐，一大早的，第一单生意，你饶了我吧。

黄栀子受不了他叫得这么黏糯，偏偏又躲不开这家伙——山城医院门口挤满了三教九流，有帮人停车的、给人指路的、替人排队的、帮人买寿衣的、职业医闹的……在这个每天一睁眼就忙得一团糟的地方，这么一帮子满身烟火气的人是一个混乱又极具需求的存在，病人需要，医生也需要。

路两旁卖早餐的小推车摆得密密匝匝，黄栀子不得不打仗似的躲过一个个障碍，正烦，一个熟悉的声音在她身后要死不死地响起来，冰姐早。

"冰"字咬得很重，存心给人添堵。

滚！黄栀子头也不回地骂。

跟老大说话，什么态度？夏曦潇洒地把车钥匙扔给另一个停车仔，也不讲价，两步追上前来，大手一挥，帮黄栀子清障。

已有淡白色的阳光穿破雾色，把夏曦的浅灰色衬衫和白色长裤映衬得更加温润。他个子高，身材又好，走在清晨的雾色中，很是拉风。黄栀子看着，不觉舒心，只觉颇烦。

她不喜欢高个子男人，尤其是又高又帅的男人——靠不住。但这男人偏偏是她老大。

真让人头痛。

一

一进仓①,黄栀子就明显感觉气氛不对。

和喧闹的人世间不同,移植仓是一个平常人难以知晓的陌生存在,它狭小、寂静,没有人间烟火,只有世间苦难。还好这苦难里往往孕育着向死而生的希望。

惨白的灯光、皮肤暗黑的病人、寂静的空气,一切都和平时巡查时一样,但今天的空气中分明凝聚着一股死亡的气息,而且……很新鲜。用新鲜来形容死亡,有一点狰狞和诡异,甚至有悖常理,但是在血液科这种常年弥漫着死亡与挣扎的地方,不管你情愿还是被迫,死亡的味道的确被分成两种,一种是常年弥漫着的,一种是新鲜生发着的。

白白胖胖的消毒机器人康康安静地待在治疗走廊的尽头,黄栀子紧走几步,从康康的位置往无菌仓18号病房窗口望进去,里面空无一人。黄栀子叹口气,回头拍拍康康的圆脑袋,康康似乎有些委屈,眼睛闪过一道蓝色的荧光,像来自天堂的眼泪。

每个逝去病人的房间,终末消毒都是由机器人康康完成的,但是这么一个可爱又能干的康康,做得越多,越不是好事。

康康委屈,黄栀子也觉得委屈,上了那么多措施,精心呵护了这么久,仓18——祝鼎,还是走了。

黄栀子知道,真正带走仓18的不是病魔,而是他内心的风暴——佛度人不易,度了皮囊难度魂。医生救人也不易,再好的医术、再好的医疗器械,要是病人自己不想活,你就是神医也没法子。

没有风,一张纸静静地搁置在白色的枕头上,纹丝不动,护士说,那是仓18写给妈妈的信。

管床医生苏州情绪低落地跟在黄栀子身后。苏州长得一点也不"苏州",胖得像弥勒佛,身上没有半点婉约的气质,对谁都笑,但这会儿他的脸上写满了难以言尽的悲伤和惶然。

注释:

①仓:血液科层流病房的俗称,主要收治造血干细胞移植病人。病人在移植前需要接受大剂量的化疗,异基因移植病人在移植后还要使用免疫抑制剂,因此,移植病人的感染防控至关重要,只有层流病房才能为病人实现全环境的保护,移植病人都必须单独入住在空气洁净度为百级的无菌层流间里,而医护人员工作区域的空气洁净度则为千级,医护人员进入病人的百级间需穿无菌隔离衣,加戴无菌口罩、帽子、手套和靴套。层流病房外有探视走廊,病人可以通过探视窗及探视电视与亲人和医生进行简单交流。由于病人独居的病房较为狭小,又有探视窗,因此被人们形象地俗称为"仓"。

三

四个月前,医院楼下的樱花开得正繁,从楼上望下去,像一片粉红色的海洋,黄栀子第一次看到仓 18 时,这个阳光开朗的少年正向病友们传授区别樱花和垂丝海棠的小窍门。这是个聪明好学的少年,虽然在家族中是三代单传,但并没有被宠坏,酷爱林木花卉的他,笑起来的模样总让人想起花儿与少年。

他叫祝鼎,是 M4,高危型,入院前的血象就已经很不好了,白细胞①、红细胞②、血小板③都明显偏低。

应了那句老话——月满则亏、水满则溢,也许是少年前十六年的人生过于顺畅和幸福,到了十七岁天说塌就塌了。

得抓紧配型。两次化疗下来,开完病例分析会,黄栀子叮嘱祝鼎妈妈,先配你们夫妻俩,再看看其他亲戚。

这是一个瘦小但精明强干的中年女人,据说因为生儿子的卓越"功勋",在家族里很是跋扈,有她在,男人几乎没有发言权,她回过头,命令男人——打电话!你们祝家人通通都过来,一个也不能少。

她忘了,三代单传真正的血亲其实没几个。更糟的是所有配型全部失败。

祝鼎的耐药情况却越来越严重,一线、二线方案都用过了,撒手铜也上了,却没有任何作用。祝鼎呼吸的声音在夜里听起来像是遥远世界传来的嘶吼,想刺破层层炎症的包裹,却最终失败地堵在喉间,咳不出,咽不下。这样的呼吸声让每个人都感觉无比纠结和难受,眼睁睁地看着死神套在他脖子上的绳结越系越紧。

直到祝鼎姐姐意外出现的那天傍晚。

命运在绝壁之巅,抛出一条充满讽刺意味的救命绳索——当年祝鼎的父母为了给家里续香火,硬生生抛弃了出生两个多月的女儿,如今为了给儿子配型,他们又去把丢掉的女儿找了回来。

家属们都悄悄猫到谈话室去看那个被丢弃了二十多年的姐姐。这个突然冒出来的姐姐,对大家来说就像突然出现的天使一样,人人都想看看她长什么样。

像朵打碗花。护工孙阿姨看了回来说,干干净净的姑娘,不像她亲妈。

她亲妈怎么了?

脸上无肉,必定是怪物。孙阿姨像个仙婆似的叨叨,丢亲骨肉的事情都做得出来,不是省油的灯。

黄栀子下班无意间听到孙阿姨这一嘴,莫名其妙地觉得不安,第二天早上心跳得更厉害,打电话给护士长吴芳,却受了吴芳一通奚落。

那天清晨同样是大雾迷茫——樱花已谢,初夏已至,山城的夏天向来多潮湿闷热,江面的雾往上走,山上的雾向下走,两层雾平流聚合在一起,山城就成了雾都。车和路、人和景仿佛都悬浮在半空中,偶尔迎面来个物件,还没看清就消失了,妖孽一般。

也是鬼使神差,闭着眼开车上班都不会迷路的吴芳竟然在黔春立交桥错过了岔道。错过那一分钟,吴芳死的心都有了。黔春立交桥对司机来说简直就是十团、百团乱麻,连抖音上都有段子吐槽,说一座桥直接干翻所有导航系统——高德导航系统一到黔春立交桥,著名相声演员版语音导航就立即甩包袱说,高德地图提示您,已自动为您切换到百度地图。百度导航系统一听,赶紧以女明星撒娇版的语音导航提示,百度地图提醒您,已自动为您切换到高德地图。

正麻慌慌要死不死时,黄栀子的电话打了进来。

说!吴芳眼瞅着一团一团的雾棉被似的扑过来,头大如斗。

芳,黄栀子说,大清早的我心头莫名发慌,感觉……

先人,吴芳止住她说,乌鸦你闭嘴吧,好的不灵坏的灵,怕了你了。

黄栀子只好老老实实地闭了嘴,换了个话题问,到哪儿了?

黔春立交桥上转圈圈呢。吴芳盯着前面,脖子抻老长——起早了没还魂,这大雾一团团地扑,找不着道了。老娘我这个破护士长当的,起得比鸡早,睡得比贼晚,操碎心。你呢?到机场了没?

黄栀子受邀要去哈尔滨,在全国自体造血干细胞工作组会议上做交流发言。

到了,我仓里那几个你帮着盯一下。

什么叫你那几个我帮着盯?我什么时候没盯了?仓里哪一个不是我的人在盯?再说我干吗要帮你盯?我又不是救命菩萨,医生才是。吴芳俗称"两面针",除了对病人好,对谁都是张泼辣嘴,揪到黄栀子话里的把柄,噼里啪啦就是一顿——病人治好了出去都是夸医生好,有谁夸过护士好的?

黄栀子怼人话不多,说,谁让你当年没脑子,要挑这个护理专业。

是,我没脑子,你继续——不求我的话嘴巴可以再恶一点。

黄栀子秒怂,说,芳,我今天真感觉不太好……

吴芳果断挂掉。

血液科医生

全科所有医生的电话，她没有不敢挂的，一个牛气的护士长最大的特权就是敢怼医生。还有，这家伙说她感觉不好，科室病人的好坏难道全靠她预感？她又不是神婆。

但吴芳心里还是有点打鼓，黄栀子的乌鸦嘴在全科是出了名的，她的预感一向很灵——好的不灵、坏的灵。

让黄栀子这一搅和，吴芳在桥上更找不着北，脑袋都成了糨糊，直到雾散了才绕了出来。到科室匆匆换上护士长服，正对着镜子戴燕帽，突见身后出现一张白煞煞的脸，女鬼似的。

科室本就是个常年开灯、光线惨白的地方，吴芳吓得喉头肌肉一紧，"啊"字喊到一半，突然意识到是祝鼎妈妈。

护士长……女人直愣愣盯着吴芳，声音沙哑恐怖，像是从地底下冒出来的，瘆得吴芳起了一身鸡皮疙瘩。

咋个了？吴芳狐疑地搓搓手臂，孩子昨天指标好好的，今天还没开始查房，你这个样子是咋个了？

她不干！女人拼命憋出一句话，像吐出一口血。

谁不干？干什么？吴芳一团蒙。

小鼎他姐，昨天跟她谈了一晚上，求她做配型，她不干！我死给她看，看她干不干！女人撕心裂肺地吼出一串含混不清但内容丰富的话，扭头跑了。

吴芳脑袋嗡的一声，脑子里冒出黄栀子那句"大清早的我心头莫名发慌"，她心想完了，要坏菜，丢下帽子箭一般射出去，一直追到开水房。

女人正往窗台上爬，是要跳楼。

得，都喜欢到医院跳楼，明明医院是救命的地方，医院是得罪谁了？吴芳气得想骂娘。

医院里的窗户为防止有人跳楼是安了固定器的，只开一道小缝透气。但血液科开水房的窗缝留得比常规的要宽，因为病人家属整天成群结队地在那里烫碗烫杯子消毒,一年四季笼着蒸汽,好多戴眼镜的家属说,一进去就看不清东西。

开水房窗户那点宽度,一般人坏不了菜,但这个瘦得皮包骨的女人要是爬上去,一哧溜,够够的。

她一完了,科里全体人员就跟着完了。

吴芳扑上去一把抓住她的腿。

女人死抠着窗框,两个女人一上一下扯着,哭的哭喊的喊,搞得惊天动地,家属们赶过来,七手八脚掰开女人的手,女人一松劲,吴芳没提防,仰头摔倒在湿漉漉的地上,手肘磕到硬邦邦的水泥地面,痛得她眼前一阵黑,转头再看女人,已经晕瘫在窗台上了,吴芳顾不上疼痛,爬起来两指按在她脖子上。

还好,颈动脉扑腾扑腾的。

黄栀子!吴芳心脏怦怦乱跳,强忍着痛让几个家属帮忙把女人抬到治疗室,她边给女人吸上鼻导管氧气,边暗骂,个乌鸦嘴!又转头谢那几位家属——都回去吧。

人都散了,留下一个二十多岁的姑娘,站在治疗室门口不走。她扎着简单的马尾,眉眼清秀、素面无妆。看着缓缓醒转的女人,她目光淡然,不像二十多岁的人,倒像是沧桑走过了上百年、参透一切的老人。

祝鼎妈弹簧一样坐直身子,狠狠瞪着门口的姑娘,眼睛里迸出刀锋。

吴芳僵立在两人中间不敢动,好家伙,这电闪雷鸣的。

快七点了,外面陆陆续续响起护士和医生们的声音,护士陈笑笑在提醒换班的事,提筐取药的护理阿姨在要单子,12床那个老偷纸巾的家属又在护士站"顺"抽纸,唰唰唰……科室的每一个清晨都是这样繁忙。骨髓穿刺检查的时间还早,没有人注意到治疗室有人。又湿又凉又痛的吴芳托着红肿的手肘,不知从何说起——她已经明白了,这姑娘应该就是当年被祝鼎父母抛弃的大女儿。

嗯……吴芳清清嗓子。

你见死不救!女人突然开口,恶狠狠地,倒把吴芳吓了一跳。你弟要是没了,以后你睡得着觉?

姐姐冷笑,反问道,把我丢在冰天雪地里,二十几年了,你不一样睡得着?

我晓得你恨我们,但是祝家三代单传,不把你送出去,哪儿来你弟弟?

所以啊,我是多余的,那你们现在跑来找我做什么?你跳楼自杀闹得惊天动地的又是做给谁看?

我就是故意做给你看,怎样?配个型捐个骨髓又不是要你的命,你怎狠心。女人愤愤不平。

吴芳瞪大眼,个龟孙的,自己摔成这样,敢情是当了回二百五。

女人尴尬地看一眼吴芳,悻悻地说,你不拉我,我可能真要跳的——一命换一命,看她救不救她弟。

你只有一条命,准备先换哪条?姐姐嘴角上扬,你得先换我,然后再换他。

吴芳转头看一眼姐姐,正要开口,姐姐却阻止她说话——医生你不要劝我,我从来就没有说我不做配型!昨天我一到医院就跟她们讲清楚了,我要三十万元,另外要她们把市里的房子给我一套,但她通通不给。

你怎么不要金山银山呢?你也不想想啊,小鼎这病以后要花好多钱!人家非亲非故的人都在捐骨髓,一分钱都不要,你倒好,亲姐弟,一上来就是三十万元,还要房子,你吃人血馒头啊?女人越说越光火,跳下床光脚扑上来就要动手。

要打出去打!一个威严的声音在吴芳背后响起。

吴芳没回头,不用猜她也知道是谁。

是陈老太。

陈蕴竹神色冷肃，缓步走进来，把祝鼎的姐姐护在身后，说，丢了人家二十几年，有些账总是要算的。

姐姐看着眼前这个盘着法式发髻、戴着金边眼镜、清瘦优雅的女医生，眼眶顿时红了。

快退休的陈蕴竹是科室元老，她要是愿意当老大，夏曦都只能当老二。老太太一辈子讲究，每天盘头、画眉样样不落，一年四季白大褂下都是碎花法式长裙，但她很少笑，整日寒着脸，是个不好惹的"老法师"，家属闹妖作怪的，她逮谁训谁。

祝鼎妈妈本就是个人精，自然知道陈蕴竹的厉害，缩回手不甘心地嘟囔，算账也不是这么个算法，三十万元外加一套房！

陈蕴竹缓缓摇头，镜片后的眼神深邃尖锐，脸上却带着高深莫测的笑意。这笔账，历经风雨沧桑的她自有自己的逻辑和算法，她并不觉得祝鼎的姐姐过分。

陈蕴竹是名副其实的大小姐出身——民国时期，陈氏一族在山城政界、军界、商界三界齐名，可谓传奇。更传奇的是山城解放后人们才后知后觉：陈家双腿受重伤的三少爷、赫赫有名的陈参谋长竟然是地下党。之后，陈氏上交了一个造船厂、六支船队，还有嘉陵江上两座码头，之后又捐赠了三个大院给政府开办医院和中学，而山城医院的前身正是陈家的染布坊和晒布场。

久远的辰光里，很多山城人至今都还记得当年陈家老爷子的模样，那真正是个人物，饱读诗书、举止端正、不怒自威，同时又审时度势，有一双火眼金睛。陈蕴竹幼年时正逢"文革"，眼瞧着山城已经开始砸庙子戴帽子，陈老爷子在乱世之中自有主张，在一个蝉鸣如鼓、闷如蒸笼的夏夜，丢下楠木老院和院子里上百件雕刻精美、价值连城的黄花梨家什，只裹了几个包袱几箱诗书药典，便带着全家老少十几口人，一夜之间消失在茫茫夜色之中……

十年后和家人重返山城的陈蕴竹已是豆蔻之年。陈氏一族隐匿十年，但后人的教育一个个都没耽误。回到山城老宅，尽管大院归了公，只留下四五间左厢房遮蔽风雨，但陈家人行医教书做生意，照样各入各行，仿佛十年光阴对他们来说就只是风雨夜睡了一觉。陈大小姐的学习也没耽搁，入学摸底考试直接拿了个全优。归来的陈氏一族简直就像神话一样耀眼。身处神话中的陈大小姐却毫无骄傲之气，校长表扬时她面无表情，班主任带她入班介绍新来的学霸时她亦是一脸漠然。渐渐地人们才发现，老人们记忆中那个精灵般活泼可爱的陈家大小姐早已随那一年的茫茫夜色消失不见。

　　苟且——是陈蕴竹对那段光阴的简要总结。她冷漠而淡然地说出这两个字时，无风自生寒，让人感到有锋利的刀尖划过。年纪轻轻的她却已俨然一副置身尘世之外的模样，直到与老主任贺欣含、小师弟夏曦共同组建新的血液科，筚路蓝缕走了一遭，高冷的陈大小姐才开始有了人间烟火的气息。

　　她是山城医院出了名的优雅却暴躁的矛盾体"老神太"。黄栀子的冷劲深得她的真传。

　　老神太回过头，探究地看着眼前这个跟当年的自己一样，年纪轻轻却早已看透人间的女孩子。

　　你说说看？她眼神带着明显鼓励的笑意，朝姐姐点头。

　　姐姐一脸呆滞。她有点不相信自己的眼睛和耳朵，这老医生是在帮她吗？从昨天下午到现在，病区里的家属都对她没好脸色，那些细小而愤慨的唾骂像野红籽的刺，扎得她全身都痛。

　　说吧。陈蕴竹又道，把账理清楚。

　　姐姐倔强地仰起头，不让眼泪掉下来，她说什么呢？说亲生父母当年怕超生丢工作，于是抛弃她生了弟弟，然后他们从县里搬到市里，日子越过越好，家里有房有车有存款。账她算过，她要的三十万元和一套房子，就算继承，也不到他们家产的三分之一。但还有一笔账他们永远抵不清——二十一年前那个冬天，她被他们丢弃在织金县城十多里外的加油站厕所里，漫天大雪，国道封路，加油站的人早早就关门猫冬了，那天晚上要不是养父回乡下老家喝酒喝坏了肚子绕进加油站上厕所，她早就死了……更令人寒心的是，二十多年前的织金县城只有巴掌那么大，暴雪夜一个瘸子捡了个弃婴到县医院抢救，这消息没过夜就传开了，他们也知道——不然今天也不会这么轻易就找到她。可是那么多年，生她的人硬是没来看她一眼，反而是残疾的养父母把她养大送她读大学。一个肢体残疾者、一个语言障碍者，却用他们残缺的躯体给了她人世间最完整最温暖的家，是他们用摆小摊卖荞凉粉的钱，一碗碗供养她，直到念大学。

我没想到有一天会和他们算账。姐姐冷冽地说，二十多年前那个暴雪夜，如果没有遇到我现在的爸妈，这世上早就没有我了，他们想找我，也只能去风里挖、去雪里刨，挖来刨去，也只能是白骨一堆、冤魂一缕。

吴芳听得不禁打了个寒战，她身上的衣裳还没干，姐姐的控诉像雪花落满治疗室。她忍不住劝女人，救命事大，房子也好钱也好，给的是自家姑娘，不吃亏，还正好给姑娘道个歉。

可是我现在给不了！女人却愤然回驳了她——这是命！她的命、我的命，注定了！医生，你们也讲了，小鼎这个病就算做移植，以后一辈子也是要接着花钱。我也是想了，横竖她都是恨我的，我当年对不起她，现在不能又对不起儿子，总得顾一头，没法子！今天我把话丢这儿——她这个亲姐姐要是真不答应给她弟做配型，我就去找她们学校。

姐姐的脸顿时变得煞白——你敢！

敢不敢也是没办法的事，当年不要你是我的错，但今天你不救弟弟那就是你不对，现在你弟弟离死也没多远了，我也豁出去了，所以咱们谁也别怨谁心狠！女人说完，趿上鞋子，头也不回地走掉，剩下三个人傻愣在治疗室里。

那个……好半天，吴芳才憋出一句——要不还是先做个配型吧，配上了再慢慢谈，配不上也不怪你。

不！得先给，姐姐摇头，万一配不上我就拿不到钱了。

什么？陈蕴竹差点没被呛着，小姑娘，你这不是算账是吃炸啊。

反正我要先见到钱！姐姐咬着牙说，他们必须给钱！

陈蕴竹气恼地看一眼吴芳，吴芳也哑了，这剧情反转太猛——姐姐好像也不是什么省油的灯。

傻了吗？还不去换套衣服。陈蕴竹看着吴芳湿答答的一身，找了个台阶下，面色尴尬地走了。

吴芳也才恍惚感觉里外外透心凉，赶紧丢下姐姐去更衣室。换好衣服出来，正好保安处处长毛胡子打着电话急匆匆路过，嘴里说着——明知道"一朵花"凶得要死，天天别着把刀，你们几个得守好大门啊，那刀是真刀！

吴芳直摇头，一大早鸡飞狗跳的，遇到的都是些奇葩，也不知道哪个又倒了一朵花的霉。

一朵花是个花痴，曾经在院里治疗过，喜欢上了实习医生，天天追着人家叫"老公"，吓得人家直接逃了。她找不着人，便学香港影视剧里那什么"开封有个母夜叉"，三天两头舞刀弄剑，跑到医院门口找"老公"，因为喜欢在头上别朵花，人称一朵花。看情形，不知道今天又是谁被她"逼迫非礼"了。

走廊那头，副主任陈大诚在查房，正带着四五个进修医生走过来，嘴里冒出一堆指令——刚进来的 16 床，早上必须完成治疗前评估检查；通知何根生，周五门诊随访，带当地医院的血常规、血生化、12 导联心电图检查报告，然后过来把骨穿复查了；晚上十二点日间病房抢床时间，你们调好闹钟，下周至少要确保抢到两张床，康群那边已经有两个病人顶不住了……

几个小不点一脸傻不拉叽的崇拜样,手拿笔记本,点头如捣蒜。

了不起,吴芳护着肿胀的手肘,她痛恨医生穿的是长的白大褂,而护士服就只能是短花套装,显得小家子气,看人家白大褂走起路来大风飕飕过,气场一百八,自己呢?也大风飕飕过······×,里面沤湿的胸罩好冷。

实习护士申宝儿东张西望走过来,这丫头没个实习样,其他实习护士整天低眉顺眼,她倒好,这儿瞅那儿晃的。

干吗呢?吴芳叫她,气势威严。

啊?申宝儿一脸慌张地看着护士长,没······干吗。

输血三查八对。吴芳眼角余光瞄了眼陈大诚,突击现考申宝儿。

三查,一查血制品的有效期、二查血制品的质量、三查输血装置是否完好。八对,对姓名、床号、住院号、血袋号、血型、交叉配血试验结果、血制品种类、血制品剂量。申宝儿边答边乐开了花——交班时陈笑笑和她一起上电梯,笑笑刚考过她。

看着凑上前来的几个实习护士,申宝儿小脸扬着,巴巴地等着被表扬。

吴芳却兴致索然地拍拍巴掌说,干活去吧。

穿白大褂拉风的人走远了,苦情的姐姐和绝情的妈妈也走了······一瞬间,吴芳突然觉得特别没劲,一天到晚不知为谁辛苦为谁忙。

忙着呢,真走不开。正好主任夏曦打着电话走过来,接的腔调像是故意跟她逗哏。这家伙来晚了,还有点衣衫不整。吴芳拦住他,指着他下巴说,老实交代。

一边去。老大情绪不好,下巴那里挂着一丝没抹干净的口红。

谁亲的?吴芳不嫌事多,大惊小怪地问。

一朵花!夏曦压低嗓音,气急败坏地猛搓着下巴。

吴芳忍住内心汹涌的狂笑,转身溜了。

没见过如此残忍而疯狂的母爱,科室数次组织母女座谈,女人翻来覆去都是那句话——求姐姐救弟弟,但弟弟终身都是个带病的人了,钱得给他留着。

樱花已谢,天气越来越闷热,来"谈判"的姐姐神情也越来越阴沉。

僵持期间,祝鼎的第四次化疗结束,病情也终于缓解,夏曦急了,这已经是移植的最佳时机,错过这次,可能再没有机会。

老大出面,姐姐终于答应先做配型。

在众人忐忑不安的期待中,配型结果出来了,身世和命运截然不同的姐弟俩,配型竟然全相合。

主任,她把三十万元给我我马上捐骨髓。姐姐对夏曦说,房子慢慢来都行。

夏曦让人去叫祝鼎妈妈,但人却不见了,正要打电话找,女人的电话却打了进来——主任,你跟她说,我现在就在她学校门口,她不捐,我就进去找她校长!

那是一个沉郁到让人窒息的下午,窗外一阵阵隐约的雷声,大雨就要来临,狂风吹得大院内树叶乱飞、行人惊慌奔跑,世界混乱一片。姐姐瞪大了眼,先是震惊、恐惧,然后是呆滞和绝望。

先捐吧,祝鼎等不起了,我相信人心都是肉长的,她是亲妈,钱的事慢慢来。

经过半个多月的折腾,独自奋战的姐姐早已瘦了一圈,她缓缓转过头,怔怔地看着夏曦,轻声道,主任,我来这么久了,你们知道我名字吗?

呃……夏曦看一眼旁边的陈蕴竹,尴尬无比,是的,这几天大家都叫她姐姐,祝鼎的妈妈则是一直叫她"黑心肝的"。

我叫杨宝贝。姐姐悲凉地咧嘴笑道,我爸妈都是残疾人,他们没有钱,我也不是他们亲生的,但他们给我起名叫杨宝贝。

面对亲生母亲的威胁,无助的杨宝贝最终答应了捐献。闪电袭来,酝酿了整个上午的暴雨如约而至,在哗啦啦酣畅淋漓的大雨中,科室上上下下的人终于长舒了一口气。

祝鼎被迅速送进了仓,病床号变成了"仓18",治疗组紧张地做着移植前的一切准备,仓18成了科室高频使用的词。杨宝贝也入院开始等待采集,她静静接过护士陈笑笑递给她的病号服,静静地躺在病床上,不和任何人说话。

我怎么觉得姐姐像是被我们囚禁的犯人。护士陈笑笑不满地嘀咕。

干你的活吧。吴芳拍拍小家伙的屁股,亲昵宠爱,看得实习护士申宝儿直撇嘴。

治疗组开始给姐姐打动员针,等待她骨髓里的造血干细胞动员④到外周血中。

从姐姐打上动员针开始,女人变脸堪比演员,每天坐在姐姐床边,嘘寒问暖,姐姐腰背胀痛、吃不下东西,她便觍着脸抢着按摩喂粥。

看得我直起鸡皮疙瘩。吴芳搓着胳膊说,见过脸皮厚的,没见过脸皮这么厚的。

不是脸皮厚,是不要脸。黄栀子淡淡答,又说,我总觉得事没完,要坏菜。

坏什么菜?吴芳骂,又乌鸦嘴,讨骂。

那个杨宝贝,我总觉得她心里埋着一座活火山,迟早要爆发。

陈蕴竹也有同感,抽空把管床医生苏州揪到一边说,记得多提醒这没良心的妈,不管怎么,姐姐也是她亲生的。

胖苏点头如捣蒜,深有感触地说,主任,进了血液科,我才发现人间有这么多狗血剧情。

剧什么情啊！多盯着点，姐姐的不良反应比平常人大，你注意监测血压、体温，还有动员效果。陈蕴竹凶巴巴地教训胖苏，你是医生！不是来看电影的！

正式采集那一天，天色暗淡，无风无雨也无太阳，只有厚厚的云层阴暗地悬在远山山顶。

采集室里，沉默寡言的姐姐看一眼窗外，突然轻启双唇，问，采集这个，会死人吗？

怎么会死人呢？黄栀子轻声道，只不过是你的血液跑到体外旅游了一圈，又回到你身体里了，什么影响都没有。

我倒是想死了算了。姐姐面无表情地说。

没人敢回答她，连安慰也不能。

下午六点，仓内，经过预处理、骨髓已经清空的弟弟，终于等到了姐姐救命的造血干细胞。

望着一滴滴救命液体输进仓18体内，黄栀子感慨万千。

从未谋面的姐弟，相同的血脉、不同的人生，却最终通过这一滴滴珍贵的造血干细胞，完成了生命中最艰难的相认和相携。

至此，所有人都松了口气，虽然天气不好，但大家心情都很好。晚上回输结束，夏曦自掏腰包给还在科里的医生、护士一人买了杯奶茶。

胖苏喝完奶茶，吧唧着嘴不肯走——这是他进血液科跟黄栀子后，直接负责的第一例移植病人。

黄栀子也莫名不安。

都这么紧张干吗，该回去休息就休息。夏曦说，这还没到最危险的时候。

当年你们不也紧张嘛，你还给吓病了。胖苏揭老大的老底。

当年老主任老贺和陈蕴竹带着夏曦他们攻第一例移植病人时，

病人各种状况层出不穷,胸腔出血时一天抽一大管,吓得夏曦腿直发软。三个人在医院整整住了两个星期都没敢回家,直到病人顺利出了仓,然后夏曦成功地把自己弄得上吐下泻住了院。

他那场病真就是给吓出来的,从此夏曦多了个文凭——厦大的(吓大的)。

夏曦被揭老底,作势要抽胖苏,骂道,笑话我吓病?换成你早吓死了。

胖苏嗯嗯点着头嘻嘻笑说,是的是的,我早吓死了。老大你回去吧,我有数,你莫老管我嘛,我这兴奋的,人生第一次!

黄栀子在旁边一直听着没吭声,听到这里揪住夏曦的背包带说,走吧,你烦不烦啊,像个唐僧。

后来想起,那些天大家的注意力都放到弟弟身上去了,姐姐怎么走的,一忙都没顾得上。

仓18移植后第二十七天,胖苏颤着一身的肥肉一抖一抖地跑到会议室,欢天喜地地宣布——长了长了,指标长了。

夏曦笑骂胖苏,多正常的事,搞得科里像开天辟地一样。

这天,做完采集就出院的姐姐突然悄无声息地出现了。

比离开时,她更瘦了,下巴尖细,面色灰暗。

我想看看他。姐姐轻声对胖苏说,脸上笼着一层说不清道不明的东西。

女人正提着饭盒要回出租屋给儿子煮粥,听了这话,警惕地打量着姐姐——前头那些时间,她没少求姐姐,要她去病房看看弟弟。姐姐不肯,说,一个抢东西的强盗,有什么好看的?

现在突然说要看弟弟,不太对劲。

挺好的,他挺好,精明的女人边说边了无痕迹地将姐姐往远离探视走廊的方向推,嘴里哄着——你弟现在不好看,黑干干的,莫吓着你。等他出仓了再看吧,让他好好谢谢你,让他给你磕头。

胖苏看不下去了。这什么女人?前段时间哄着姐姐采集造血干细胞时脸都笑成啥样了,现在翻脸不认人,急着把人家往外撵。整整一个月了,大家劝她多少给姐姐点钱,她虚头巴脑净说些以后让弟弟一定要对姐姐好啥的话。

好个屁呀,光动嘴谁不会。

胖苏正要应允姐姐,黄栀子恰好路过,停下脚步若有所思地看了一眼,然后不着痕迹地冲胖苏摇了摇头。

胖苏最终没把黄栀子的示意放在心里,女人走后,他让姐姐进了探视走廊。

他想得比较简单和善良,从小被遗弃的可怜姐姐,深受恩惠又阳光善良的弟弟,能在这生死关头见一面,是彼此最痛心也是最珍贵的遇见,血浓于水,也许一见泯恩仇了呢?何况弟弟欠姐姐一声谢谢。

你先整理整理情绪,我带你进去。胖苏好脾气地说,我看你有点憔悴。

姐姐挤出一丝虚飘的笑容,说,行。

探视走廊内外,陌生姐弟的相见是如此悲怆而凄美,惨白的灯光下,寂静的空间里,两个年轻的孩子隔着玻璃,一个站在玻璃外,呼吸着新鲜的空气,神情却像一段毫无生机的枯木;一个在仓内受尽痛楚,却勇敢努力地向上生长。

看到姐姐出现在窗前,刹那间,仓18惊喜地瞪大了眼睛。

那眼神如黑夜迸绽的焰火。

监护器闪着红红蓝蓝的光,胖苏看到仓18的心率在加快,有点紧张,叮嘱姐姐说,别让他太激动,让他少讲话,他有什么话想对你讲的,你告诉他出仓时再聊。明白吗?

姐姐缓慢点点头,说,我懂。

胖苏这才拿起电话,递给姐姐,又示意仓18接电话。

仓18颤抖着手拿起了话筒,满脸的欢喜。

胖苏没看到,接过话筒那一瞬间,姐姐的目光变了,不再空洞,而是尖锐、哀怨、悲愤地盯着弟弟。

弟弟看着姐姐,笑容渐渐消失。

姐?他迟疑、沙哑地喊。

姐姐不答,眼泪从她眼眶里大滴大滴淌下来——你晓得不?四天前我妈投河死了,她说癌是治不好的,能治也不想治,她说我将来毕业要花钱的地方多得很。你晓得不?我要那三十万元只是想救我妈,她也是癌。为什么都是癌,她死了,你活得好好的?你晓得不,我妈是你妈害死的,她一分钱都不给,还逼我……

母亲的强势和霸气、入仓前病区里四处游走的言论、始终不肯和他见面的姐姐……聪明的弟弟身在与世隔绝的地方,突然什么都明白了。

忧伤和愧疚从仓18眼底缓慢而隐约地浮上来,他的胸腔开始剧烈起伏。他忍住咳嗽,弯下腰,头却始终抬着,大眼睛里仿佛长出一丝湿软又细长的藤蔓,绵延伸向姐姐。

姐姐突然大声嘶吼起来,明明不该来到这世界的人是你!凭什么你可以活得好好的?凭什么你要一次次抢走我最珍贵的东西?凭什么死的不是你!

胖苏正在隔壁问仓17的情况,听到这话吓得魂飞魄散,扑过来一把抢过话筒,傻愣愣看着仓18,不知道该说什么好。

仓18呆呆地看着仓外混乱崩溃的姐姐,目光渐渐暗淡,许久,他惨淡地笑了两声,放下电话,转过身缓慢躺下。

从那时起,仓18基本上就保持这样的姿势——背对着探视窗,拒绝整个世界,他不看电视、不接电话、不回答护士和医生的任何问题。他安静地半躺在一片死寂的八平方米的空间里,无意于尘世与晨昏。

傍晚,姐姐从陈蕴竹办公室缓缓走出来,行尸走肉般穿过走廊,最后消失在沉沉夜色中。

原来锱铢必较的姐姐并不是掉到了钱眼里,她要那三十万元是想给患乳腺癌的哑母治病。她不是没说,私下里她甚至给亲生母亲下跪过,希望她能给她钱,但生母却说她是个傻瓜,钱用到哑巴妈妈身上和用到弟弟身上,后者划算得多……现在她不需要钱了,因为妈妈已经自杀走了,她说她不想拖累她的宝贝。姐姐这次来,只想来问弟弟一句:他究竟凭什么?

三天后,仓18出现咳嗽、咯血,伴随高热,考虑肺部感染后,用上伏立康唑,无效,再加棘白菌素类依然无效。一天天,抗细菌的、抗真菌的、抗病毒的药都用上了,症状还是没有好转,刚刚正常的血象开始迅速下降……从正常状态到病危,从全科讨论到全院讨论,病情依然控制不住。最后,仓18拒绝吃药。

上灰了。一天,夏曦查完房,黯然对黄栀子说。

黄栀子沉默不语。

上灰,这是两人对濒死病人微小的直观感受。说不清为什么,时间久了,他们总能捕捉到死神来临前的灰暗影子,不是唯心也不是迷信,总之,他俩都能感受到,而别人不能。这是他们共同的秘密,也是共同的痛苦。

胖苏蔫缩在办公室里,眼眶发黑。

夏曦不心疼。黄栀子说得没错,胖苏是个好医生,但就是滥好心,在血液科,心太软,犯忌,现在受点挫折,比以后挨刀子强。

仓里的病人禁不起任何情感打击,何况你师傅还专门提醒过你。夏曦强忍着怒火。

我以为……

你以为个屁！夏曦指指脑袋，多用用脑子，一个优秀的医生不能感情用事。你在处理病人与家属以及相关的问题时要有足够细致、理性的判断力！人心那么复杂、生活那么复杂，你单纯地凭一腔热血处理事情有什么用？跟你说过很多次，在血液科这种见证和考验人性的地方，你永远不要用平常心去揣测和衡量病人和家属，更不要高估了人性！

院里开会推荐院长助理人选那天下午，仓18病情再次转危，血氧饱和度急降到百分之七十九。

抓紧上呼吸机！夏曦在会场里接到电话，什么也顾不上了，嗖地站起身往外走。

候选人之一的姜各东哀怨地朝他看过去，夏曦头大，又来了又来了，搞得他好像跟他争官当似的。

可他没工夫解释。

上有创还是无创？胖苏在办公室里急得满头大汗。

无创。夏曦匆匆跑向电梯。

没机子了，最后一台早上放到特别病房去了。

不是没用吗？赶紧拿回来。

可是……

没什么可是，先拿过去用上。夏曦边跑边说。

全科有十一台无创呼吸机，一般够用，但总有凑到一堆不够用的时候。特别病房那个老太太，上午血氧饱和度降到百分之八十四，呼吸机搬进去后正要用上，老太太自己呲呲呲又缓过来了。本来要推走，老太太儿子不让，说就备在床边，付费都行，看着这玩意儿他放心。

无创呼吸机上去后，仓18血氧饱和度勉强升到百分之九十，但情况并没有变得更好。吴芳把供氧量调到最大,也只能维持到这个程度。

胖苏吓得一步也不敢离开,发型塌了、眼窝陷了,笑笑她们几个送的酸奶也不喝。是我太天真了。胖苏红着眼眶,依然是情商不在线但情感永远在线的状态。

当初夏曦本来不想留胖苏的,这种情感丰富的人在血液科很难"混",搞不好能把自己给"混"死。但这小胖子倔强、执着,而且在病人病情诊断上有极其敏锐的洞察力。

洞察力这个东西,老医生靠的是过硬的本领和实践经验积累,对年轻医生来说则是一种天赋,就像有些外科医生,天生手上感觉好,做一台手术精美绝伦、干净利落。有的则天生手欠,打一辈子结永远滑线,根本进不了手术室。胖苏过来不到半年,居然就在一线门诊中发现了好几例误诊——一个再障(再生障碍性贫血),长期被误诊为扁桃体炎;一个骨髓异常增生综合征,被误诊为营养性贫血;一个多发性骨髓瘤,被误诊为颈椎病。

连最挑剔的黄栀子都承认胖苏天生是血液科医生的料子,但天真烂漫的胖苏注定还有很长的路要走。

看着一直哭丧着脸的胖苏,夏曦没再说什么。

成为一名好医生的路途是艰辛的,几乎所有的年轻医生都需要经历这样一段时间——心理和生理上的双重疲惫与煎熬,治疗过程中诸多突发事件的判断与处置。生与死,成功与失败,往往就在一念之间。

这是年轻医生们必须独自承受的修行。

仓18最终走了,昏迷前在仓里写下一段话——妈妈,如果说真有因果报应的话,让我为你承担所有的反噬吧!这世界,除了我们欠姐姐、欠医院、欠医生,没有任何人欠我们。

善良的祝鼎用这样的方式，为他自认为自己不该存在的这段短暂的生命画下了凄凉的句号。

他走得很安详，甚至带着微微的笑意。

老大知道了吗？黄栀子问护士。

护士点点头。

他没来？

护士摇摇头。

黄栀子觉得自己问得有点多余。夏曦是个感性的人，同时也极度自律，他对时间和精力的把控能力远胜于科室其他人，他不会把时间用在过多的告别和感慨上，他永远是竭尽全力救助，又毫不犹豫首先离开的那个人。

时间对病人和医生都同样珍贵，还有很多病人等着安抚或治疗，有的是救命，有的只能是……送一程。

有时治愈，常常帮助，总是安慰。

注释：

①白细胞：人体血液中充满各种血细胞，血细胞里又有三类细胞——血小板、红细胞和白细胞。白细胞是三种血细胞中数量最少的，但它是人体最重要的防御系统，如果把人体称为首领，那白细胞就是当之无愧的"锦衣卫"，白细胞低，打卡巡逻的"锦衣卫"就少，人体抵御能力减弱。白细胞为零时，人体将失去所有抵御能力，一个小小的炎症就足以危及生命。

②红细胞：红细胞是血细胞中最辛苦最劳累的"氧气搬运工"，负责人体内氧气和二氧化碳的运输和交换，每个红细胞在经历九十余天的"辛勤奔波"后会自然消灭，同时骨髓里又会源源不断地孕育出新的红细胞。红细胞携带的氧气是支持人体生命动力的源泉，红细胞严重减少对生命有直接的危害。

③血小板：主要起凝血、止血、修复破损血管的作用，也称为血管"创口贴"，血小板平常是静止状态，人体一旦受伤出血，血小板会迅速结队在数秒钟内到达"阵地"封闭伤口以止血，我们平时受伤结的痂，就是为了保护我们而"献身"

的血小板和各类凝血物质。人体血小板重度缺乏时，会引起出血不止甚至死亡。

　　④造血干细胞动员：人们通常所说的捐献骨髓，其实是指捐献造血干细胞。骨髓移植其实就是通过在麻醉状态下，抽取供者骨髓中健康的造血干细胞，然后回输给接受移植的病人体内。随着医学技术的不断进步，现在抽取造血干细胞不再像最初那样直接从全相合供者骨髓中抽取，而是通过供者的外周血来抽取。但由于成年的造血干细胞并不在外周血中，而是在骨髓里，所以，每一位全相合供者在接受采集前，都要提前数天使用一种动员药物，即粒细胞刺激因子，将骨髓里的造血干细胞动员到外周血中，完成动员后，医生可以像处理献血一样，从供者手臂静脉处采集全血，然后通过血细胞分离机提取足量的造血干细胞用于受供者，同时再将血液里的其他成分如红细胞、血浆等回输到供者身体中。这个过程比一般的抽血难度大、时间长，但是对于供者来说，比抽取骨髓里的造血干细胞要安全简单得多，也可以减少供者骨髓穿刺带来的痛苦。

　　造血干细胞的模样，对于平常人来说就是一袋浓稠的"浆浆"，它既不是脊髓，也不是骨头。

四

环视着和以往没有任何不同，却又仿佛什么都不再一样的小小的 18 号仓，黄栀子摸摸机器人康康的脑袋，叹口气往外走。

不用猜黄栀子都知道，今天整个仓里的病人状况都不会好——在这个与外面完全隔绝的无菌空间，病人们对生的渴望有多大，绝望和恐惧就有多大。每个病人的出仓都在加持着他们的希望，而每个病人的去世都会加剧他们共同的绝望。所以，只要仓里有人离去，当天查房的情况和交流的效果都不会好。

果然，仓 9 和仓 12 都不接电话，呆呆地坐在火柴盒似的仓里，木偶般一动不动，大量用药和贫血已经把他们的皮肤煎熬成了枯黑色，尽管夏曦特意安排把仓里的墙壁调配成了美好的灰绿色，但这生命的色彩却点不亮他们的喜悦和勇气。

黄栀子叹了口气，瞄了一眼配药区的护士，意思是盯紧点。聪慧的小护士戴着口罩，看不到表情，漂亮的大眼睛眨一眨，表示知道了。

有时候黄栀子挺可怜这些小护士，花朵一样灿烂明媚的年纪，

　　　　　　　　　　　　　血液科医生

却天天守在这封闭的空间,在这没日没夜的惨白灯光下,在这没有窗户和新鲜空气的病区里。

仓里的世界,白天和黑夜是一个样子,冬天和夏天是一个样子。它是静止的,也是死寂的,唯一的生机是蛰伏在这死寂下面的春天——骨髓移植后十四天左右,骨髓造血功能将缓慢恢复,像幼苗从雪封后的土地里冒出芽。血小板、白细胞、血红细胞将以每天零点几的速度缓缓生长,而伴随其间的是免疫功能低下导致的感染以及排异等各种风险……得一关又一关地闯过去。

这期间,医生和患者都不容易,都在打仗,都在黑暗里等光。

可世间哪儿有那么多平白无故的光,只不过是医护人员与病人共同支撑起希望而已。

查完房,黄栀子出仓。

挂钟正好指向八点。

才一个钟头,却漫长得像一辈子。

脱下蓝色无菌手术服,换上白大褂,黄栀子匆匆取出放在隔离柜里的手机,不出所料,里面信息一大堆,都是住在康群小区的病人家属们发来的。

某人也发来了信息,和平常一样,短短两个字:"落地。"

黄栀子没有回复。

五

山城医院很少有人主动提及"康群小区"四个字。

康群是山城的一根刺，沉默地扎在以火辣、泼辣、热辣著称的山城躯体中，一般人轻易不触碰它。

就连和山城火锅一样辣爆粗野的出租车司机，哪怕是天不怕地不怕的性子，送人到康群时也会安静得像个斯文而腼腆的少年。他们都知道，康群里住着一批特殊的人群，这些人犹如一片片摇晃在悬崖边的树叶，不知道死亡和惊喜哪一个先到。比起租住在康群里的人和他们的亲人，正常人每一次健康自由的呼吸对他们而言，都是上天的恩赐。

这群特殊的租客就是山城医院血液科的外地病人及其家属。他们在康群等排队、等化疗、抢床位或照顾病人。

没办法，但凡大医院，床位没有不紧张的，整个中国都这样，更何况山城医院血液科每年收治的恶性血液病患者占了整个西南地区血液病患者总数的五分之二，科室从一层楼扩到两层，床位依然不够，黄栀子和夏曦他们每天不是在替外面的病人抢病床，就是在

血液科医生

催里面符合出院体征的病人赶紧出院——不是钱的问题,钱再多你也得腾病床给其他等待化疗和救命的病人。

这里的病床不光是用来治病的,更是用来救命的。

就像不知道江北旧货市场是怎么成堆汇聚起来的一样,谁也记不清楚血液病人们是从什么时候开始在江河路康群小区扎堆的。康群的房租一直很便宜,小区不大,但里面有座精致小巧的花园和一个长长的看台,站在看台上可以看到宽阔的嘉陵江。大雨过后,通透而蓬勃的江水味沿江岸抬升,奔涌的生命感扑面而来。花园里常年种满栀子、玫瑰、月季和茉莉,春日里争先恐后地开放,清香四溢;夏季的时候有石榴和炮仗花;到了冬季,其他花都败了,几十株大茶树又大碗大碗地开出红花来,总之热闹得很。

夏曦的哥哥夏晨说,这些四季常开的繁花簇拥着心如死灰的人们,好比蓬勃的生与阴凉的死在相互守望,谁不想在漫长的寒夜中绽放出一丝丝希望来呢?有花、有期待终归是好事。

血液病人及其家属选择康群,除了房租便宜,还有一个最大的原因是康群离医院近。"生死"二字对于血液病人来说是命悬一线的赌博,以分秒计算的抢救和得失决定了两条不同的道路,医院门口的小区房租太贵,贵得让人难以承受;远的地方,病人有特殊情况,光是堵车都能把活人熬死。康群是个特殊的存在——从康群到医院步行只要半小时,只不过这半小时是常人难以接受的——山城之所以叫山城,就是整个城就是一座山,医院在山上,康群小区则在医院后山的悬崖下,跟住院部落差有一百多米。这里当年不过是嘉陵江边棱棱岩上的一块荒茅田,属于城中村位置,像块鸡肋,胃口大的看不上,胃口太小的又啃不动。直到有人不动声色地买过去,在螺蛳壳里头做道场,建了栋炮楼式的公寓电梯楼,腾出两亩多地修花园亭台,又沿着半壁山体弯弯曲曲把台阶一直修到山顶,这时那些食之无味的房地产开发商们脑子才转过弯来——有了这"天梯",康群和医院简直就是浑然一体了。

只不过这个使医院与小区"浑然一体"的天梯,是要靠顽强的意志和坚韧的毅力来发挥作用的,平常人一辈子也不愿意爬一回的天梯,血液病人家属每天至少得爬四趟,忍受如此辛劳,是只为每月能节省出一两袋输血费。

这些年康群的租金基本没涨,但依然有人眼红,说康群的老总一开始就没安好心,存心赚昧良心的钱,都说"但愿世间人无病,何妨架上药生尘",这厮倒好,爪子伸得这么长,直接把楼盘接到医院后院来了。

黄栀子挺替"这厮"叫屈。人家当年建楼盘在这里根本就没想过要赚这种钱,那时候除了像黄栀子一样买不起房的小医生小护士,谁愿意天天像登泰山一样住在这山岩子脚下?爬一趟简直要人命。同样,要不是血液病人家庭都得一分钱掰成两分钱花,鬼才愿意遭这个罪。

天梯枝繁叶茂的时节,夏曦经常抽空跑到医院顶楼去透气,从那里可以看到悬崖上那一壁繁花。

他自我嘲讽说,看完了苍白无声的病房,得再看看繁华的人间,不然再坚强的灵魂也会死。

小区病人家属们其实没有多少心情欣赏花,他们一年四季都忙着照顾病人、忙着给医生发询问信息。

那些问题貌似细微却事关生死。

比如——

苹果怎么吃?

洗干净,用勺子刮成浆吃,小展前天出院时血小板还很低,绝对不能直接用牙。

丹丹可以洗澡吗?

她贫血,白细胞也太低,必须绝对卧床,擦擦就行了,别洗!还有,千万不能受凉。

…………

看似简单,每个问题都人命关天,黄栀子从不敢轻视,永远耐心作答。

然而,有些回答解决了别人的问题,却伤到了自己,它们带着细小锋利的刺,让人在毫无提防时被刺痛;痛是其次,令人难受的是那种顺着神经和血管弥漫开来的酸楚和无力。

小松子那个坚强又乖巧的女朋友小艾也来信息了,问的是:黄姐姐,他生日今天,可以吻他吗我?

像看到一朵脆弱又可怜的花努力撑开石壁后的绽放,黄栀子心头莫名涌起一波忧伤的柔软。

小艾。她是真心疼这个喜欢用倒装句的可爱丫头。

终于到了下班时间,黄栀子满脑子还都是仓18的事,正想着找个地方透透气,夏曦的电话打了过来,喝茶去?

每次有病人移植失败,夏曦都要去夏晨那里喝茶。也许他的所谓喝茶,不过是为了求那四个字——拿起、放下。

尽管和老大经常抬杠,但这种时候黄栀子向来是乖的,说了声好,转身取出衣柜里的茶人服,又问,捐款的事呢?

黄了。夏曦快快地答,说我抢了他老娘的无创呼吸机,不干了。

他老娘的无创呼吸机?黄栀子气得想笑,咱们的好不好?喊。

特别病房那个老太太的儿子是山城一家物流集团的老总,穿钱裤子那种,一进医院就定了特别病房,财大气粗地宣称,只要医院把他老娘服务好,他捐一百万元出来救助缺钱的血液病人。话一出,医生护士包括病人家属们没有一个不兴奋的,开水房或者洗手间排个队啥的,都是他家的保姆先上,哄得保姆走在病区跟个皇太后似的。

病人家属们还轮流进去陪老太太聊天，都想着齐心协力把钱拿下。

结果仓18用了一回无创呼吸机，一百万元没了。

这两天不少病人家属私下朝老大夏曦翻白眼，也不知他们哪儿来的感觉，总觉得一百万元自己是有份儿的，夏曦抢了"人家"的呼吸机，就等于害得他们认定到手的钱泡了汤。

何况人也没救回来。

搞得夏曦很郁闷。

夏曦其实很少这样子，和他哥哥夏晨不同，夏曦是一轮太阳，热烈向上，二十四小时照耀着病区的每一个角落，有他在，科室永远充满着蓬勃的生机与激情。这样的老大是科室和病人的福气。夏晨则更像月亮，静谧安静，不轻易说话，但说一句是一句，不容人反驳——比如去他的茶室，都得穿茶人服。

换成其他人黄栀子不会听，喝个茶，整恁多仪式，宝气兮兮的。

但夏晨的话黄栀子听得进去，夏晨身上有一种特殊的魔力，看到他，你会觉得自己的暴躁、放肆、粗鲁……通通对不起他和他给你泡的那壶茶。

路过护士站，吴芳准确地把小郭子送上来的车钥匙扔到黄栀子手上。

去不去？黄栀子扬扬手里的茶人服。

吴芳笑脸转阴，嘴角一歪，无声地骂：滚。

"滚"本来是黄栀子经常怼老大夏曦的话，结果整个科室全都给传染了。足可见老大被"滚"已经成了大家喜闻乐见之事。

"滚"进电梯，里面人满为患，黄栀子紧贴在角落，听到一对探病夫妻在窃窃私语，讥笑院里让病人签的《医患双方不收和不送红包协议书》。

女的鼻子哼哼，神经病啊，以后去洗脚，是不是要签一个嫖客与坐台小姐不嫖和不卖的"协议书"？现在的医生，没几个好的，就像你们男人,事还没干呢,先忙着撇清关系。

电梯里浮起一阵细微的笑声,男的有点尴尬,脑子倒还是够用,嘀咕道,傻呀,哪有拿自己跟坐台小姐比的,再说,医生也不是嫖客不是?

那你呢?女的反问。

又一阵蚊子嗡嗡飞似的笑声。

黄栀子听得面红耳赤,这什么比方!计较吧,白大褂都脱了,谁认得谁呢,自己找不痛快。何况人家起头说的是红包,尾巴上骂的是男人。不计较吧,又噎得慌。天气已经够热了,真是颇烦。

正装聋作哑,偏巧旁边转过来半个脑袋,是位病人家属,外号"百度哥"。

百度哥家属化疗已经七八回了,这家伙在血液科跟在自己家一样熟悉,百度哥年轻时是个木匠,游吃四方,脑子转得比别人要快,是个人精,又天生是个坐不住的尖屁股,整个儿一"包打听",科室哪床病人的情况,他比查房的大夫还清楚。新进来的病人不听话的、猫吃团鱼找不到头的,他通通负责义务讲解,至于医院周边哪里菜新鲜、哪里有紫外线消毒灯、哪家有真正的土鸡卖,只管问他,精确堪比百度,搞得护士医生们基本上都不叫他本名,直接都叫他百度哥。

百度哥看一眼黄栀子,义愤填膺地大声咳嗽。

然后一群脑袋都转过来,看到了黄栀子,一个个表情跟当了贼似的。

难堪的寂静中,一楼到了,黄栀子哭笑不得地看着病人家属们争先恐后出电梯,生怕被自己逮着训话似的。那对奇葩男女蒙头蒙脑跟着人流出去,突然回头说,不对不对咱们到负一楼停车场。

去负一楼的黄栀子面不改色,在女人花蝴蝶似的扑过来的同时,迅速摁下了关门键。

谁说医生不能有小心眼儿?

我有,你能把我咋的?

从医院出来驱车向左,是山城最热闹喧嚣的子珍路,子珍路这个名字,据说还是中华人民共和国成立初期,陈蕴竹爷爷提议的,因为这里有全城最著名的子珍中医堂和若干中药铺,路旁是林立的小叶榕树,无论是冬日还是酷暑,远远望去,都是宁静安然的所在。几十年过去,如今中医式微,大家习惯了快节奏的生活,对中医的慢,实在是没耐性等,渐渐地,中医堂和中药铺隐退,全部改成了餐饮店。小叶榕树常年让炒锅煎锅的油烟给熏着,树身上钉满了钉子,挂着各色各样的广告牌——正宗本地黄豆,生血佳品;七眼猪蹄野生小鲫鱼,催奶神品,一汤见效;一室一厅,日租六十元,月租一千五百元;CT替人排队……

花花绿绿的牌子、烟熏火燎的灶台、各色各样的面孔,总之,每个大医院附近,永远都会有这样一条热闹杂乱的街,吃的住的用的,都围着病人和家属而来。还好天热,躺在板车上骗钱的假病人不在,不然堵一路更热闹。

已是下午,天空依然蓝得不见一丝云彩,闻声不见影的蝉子叫得声嘶力竭,隔着车窗玻璃都能听到吵闹声。地面上热浪翻腾,像无形的火焰,把远处的车景蒸得异常扭曲,路边摊贩一个挤着一个,身上都濡湿一片,远远看去,像是刚从江里捞出来的一群落水客。

喧嚣炎热的尘世、艰辛前行的路人、逝去的仓18、签协议书的医生和病人,还有嫖客和坐台小姐……

这都什么跟什么!

黄栀子突然觉得挺没劲。

什么都没劲。

从子珍路往贡生路行驶,再穿过高架桥驶入森林路,世界骤然变得十分安静,华延寺旁,两棵巨大的黄桷树垂下偌大一片绿荫。

一辆SUV车停靠在左边两三人合抱粗的抱石树下,夕阳从茂密的枝叶间洒下来,碎金子般洒在车身上,也洒在老大夏曦肩上。

他已经换上了白色的茶人服,下身本就穿条亚麻白裤,身旁是宽整的寺庙大门、幽绿如巨伞的大树、斑驳跳跃的光影。

高挑的他戴着墨镜魅力十足地斜靠在车上,斜看着路口。

路人纷纷侧目。

烧包。黄栀子喊一声。

看到黄栀子的车驶来,他伸出长腿晃了晃,示意黄栀子停下来。黄栀子嘴角轻翘,加了一脚油从他车旁急驶而过。

然后,倒车镜里,黄栀子看到那耍酷的二货忙不迭地钻进车里,直追过来。

黄栀子的心情顿时明媚了。常年待在不见天日的血液科,枯燥无味的日日月月年年,幸好有这么个家伙,添点乐趣。

从华延寺沿着森林路一路往上,快到琵琶山山顶时,斜插进一条开满蔷薇的小路,黄栀子和夏曦的车一前一后,在悬崖边的平地上停下来。

夏晨的茶室就在这里。

夜幕已经降临,远山尽头,夕阳在天边抹出最后一道玫瑰色,黛蓝色的天空已挂起一轮月亮,有心无心,仅一痕淡白。悬崖边是两棵上百年的巨大楠木,俯瞰山下城市烟火和天空云卷云舒,安然如老僧。茶室门口的竹编灯笼映出门头上的两个闲散小字——独坐。

黄栀子凝视着那两盏灯笼,久久不动,心头渐渐升起一阵温暖。山风很大,吹乱了黄栀子的头发,她突然想起前段时间微信上流传的那个老树的画面——"天地何其广大,人世多么渺小。你看一世繁华,都随大风去了。"

走进茶室,一身灰色茶人服的夏晨早已在门口的黄花梨木案前等着,一盆净水,飘一朵金钗石斛花,煞是惊艳。

仪式感。夏曦像不服气的小马驹一样喷着响鼻,他对有这么一个讲究的哥哥是抗拒的,因为太吸引人眼球了。

我哥就喜欢弄这些调调,装腔作势的,不实在,不像我。他批评他人兼表扬了自己。

黄栀子不理他,净了手掀开左侧小隔间的布帘进去换茶人服。

换好装出来,看一眼正前方的镜子,黄栀子不禁暗笑。夏晨的规矩是有道理的——喝茶先得放下,换装的过程其实正是放下的过程。换上茶人服的黄栀子,已经在无意间涤荡去了一路上的焦躁和满身的"医院味"。

镜子里现出一张脸,是夏晨,他懒散地歪着头,冲着里面臭美的黄栀子竖大拇指。

这老帅哥儿……们。

夏晨对很多事是不计较的,除了茶。他固执地认为夏曦和黄栀子身上的"医院味"会冲撞了好茶。夏曦和黄栀子不得不听话,在夏晨面前自己有几斤几两他俩心知肚明,凭良心说,他们根本配不上喝夏晨的茶。所有的茶友中,他们可能要归类到最差一档,因为再好的茶对他俩来说,首先是胡喝一通,解决渴的问题,然后是吵架——很多时候他们来喝茶,其实都是换个地方吵架。要是其他人,早被请出去了,还好夏晨拿他俩没办法。

夏晨的确拿他俩没办法。

他们要来时,蛮不讲理,一个电话说来就来;他们要走时,也是边接电话边大声嚷嚷着就要走。典型的俗人,偏偏这俩俗不可耐的二傻子,是他活得几乎寂静的世界里唯一的烟火。

黄栀子的确俗——明明夏晨泡的是老寿眉,她放下杯子,却憨戳戳地佯装风雅,说,今天这红茶不错。

夏晨瞬间石化,执壶的手悬在半空,久久不能落下。

夏曦笑翻在蒲团上。这就是他喜欢和黄栀子一起来喝茶的乐趣，只要有这笨蛋在，乐趣就在。

笑闹间，不知不觉又提起了仓18。

夏曦还是心情不畅，科里近三个月来，每例移植病人都是成功出仓，眼看成功日子数就要破百。这都不是事，关键是孩子正当少年，是接受移植的最好年纪，人家四十多岁的都挺过来了。

我还是觉得生死由命。黄栀子说，就像那句话——"我来自地狱，要去往天堂，正经过人间"，咱们整天这样子堵在人家路中间干啥呢？人家去的地方是天堂。

话说到这里，劝劝夏曦也就够了，但黄栀子向来是作死还要最后给自己挖坑的猪头。夏晨深谙此道，便赶紧给黄栀子续茶，想堵她的嘴。

没想到黄栀子又加了一句——再说了，反正都是死，长痛还不如短痛。

夏曦腾地坐直了。

夏晨无计可施，淡淡地瞥了她一眼，只想捂上耳朵。

果然黄栀子被夏曦劈头盖脸一顿臭骂，狗血淋头的那种。

跟你说了多少遍，不要动不动把"长痛不如短痛"挂在嘴边。你是医生，你都这么想，病人还有希望？

喂，我只是想，我没挂嘴边。黄栀子也火了，你急什么？我没脑子吗？你什么时候看到我对病人说了？

想也不行。夏曦喊了一声，把杯子狠狠扣到茶桌上。夏晨不动声色地取过那只南红杯，换了只普通的茶杯放到原位。闹吧，要砸，砸便宜的。

管天管地，你还能管着我怎么想的？黄栀子抢白。

管！夏曦不正经时比谁都贫，正经起来比谁都轴，一张脸拉得比马脸长，着实端起老大的派头——你思想消极，处理病人的治疗方案时是会发生偏差的,就像高速公路上超车的时候,你要不要加一脚油?要不要超车?本来是果断超车、完美解决问题,但是你一迟疑,超不了车不说,还容易出车祸,病人命就没了。懂不懂?

这比喻没毛病,黄栀子本想反驳点啥,但听了只有埋头喝茶,心里到底还是窝火——搞什么?明明是他情绪不佳,要她陪着来喝茶,好人没做成,反倒换了个地方开批斗会,她欠他了?

打得你爬。她愤愤不平,喉咙里嘀嘀咕咕。

你嘀咕啥了?夏曦敏锐地盯着她。

我打嗝。黄栀子装傻。

你肯定在骂我是猪。夏曦乜斜着眼,警惕地说。

嗯,你自己说的。黄栀子回答,扬扬眉毛挑衅。

夏曦吃了哑巴亏,不服气,损她,一个老女人,动不动朝人飞啥子眉毛、抛啥子媚眼嘛。

你再说一次老女人试试。黄栀子火了,老娘老不老的,关你屁事!

是你自己张口老娘闭口老娘。夏曦哼哼,下次我再听到你说什么"长痛不如短痛",我就天天叫你老女人,别不信,你在一天我管你一天。你不在,我还管。

夏曦语气霸道蛮横,但说到最后一句,却带着点恋恋不舍的味道。

三人都沉默了。

江那边,山城医院分院也要建血液中心了,风传黄栀子会被派过去当主任。

夏晨摩挲着手里那只盘了两三年的紫砂壶,垂眉斜目看看黄栀子,字斟句酌地说,过江那边去……没什么不好,去当老大嘛。曦曦骂得也对,你年纪轻轻,不能老是看破红尘的样子。我倒是觉得,你可以试着谈个恋爱什么的,一个人,时间长了,心会上灰的。

夏曦捂面。大哥,上灰你也敢随便说。

果然黄栀子炸了,曦曦、曦曦,你心里就只有曦曦,我就是看破红尘,关你什么事?我就上灰,怎样?

夏晨有点摸不着头脑。黄栀子从来不跟他横的,看来还是不能跟她提找人嫁了的事。当年多谷他爹到底把黄栀子怎么了?害得她这辈子提到男人就发飙。

夏曦盘起腿,慢悠悠说,我们是养肥了狗崽子被狗咬,哼,就会凶咱们,你有本事出去耍横试试?

黄栀子不好意思地打了蔫。她心里清楚,这二十来年,两兄弟待她比待亲妹子还好,真在外面,谁搭理她这臭脾气呢?抬眼再见夏晨一脸的不安,只有搓着脸嘟囔,是你们惹我冒火的。

你发火还用得着惹?夏曦哼哼,你倒是很高看自己的脾气。

黄栀子不想再干架,只好瞪着夏曦。夏曦也不示弱,回瞪着她。见二人再次剑拔弩张的样子,夏晨无奈地搓搓手说,你俩不对路,是我的茶泡得不对,我走。说完起身出去了。

你这个家伙,何必呢?夏晨一走,勉强坐得老实的夏曦顿时如软体动物般懒洋洋半躺在蒲团上,吊儿郎当的样子,话却是直直射过来的——你明明是副菩萨心肠,非要在人前装出冷面观音的模样,让人看不透。你看那些名医良臣,童颜白发如神仙,哪儿像你,跟个李莫愁似的。

黄栀子不说话,手指认真挠着下巴上的一粒小痘痘,本来想喝点茶降火,结果一吵反而上火,真是划不来。

她凭什么要让人看透,人一旦被看透了就容易被人糟践。

夏曦摇头,见她细长的无名指和拇指还在无比努力地挤着那粒小痘痘,又作死地加了一句,挤有什么用,得找个男人消消火。

等夏晨从山顶的福泉井取了一壶新鲜的井水回来,茶室里的蒲团和茶巾等一切砸不烂的东西已经全部移了位。

夏晨用眼神询问夏曦,夏曦耸耸肩,用唇语说,男人。

夏晨点点头。

跟这个女人，谈不得男人。尽管她的两个铁哥们儿是男人。

从茶室出来，已是深夜，站在琵琶山山顶，夜风比来时更大，呼啦啦吹来，涤荡去悬浮在空气中的闷热。

夏曦和黄栀子仰头迎风，有点荡气回肠的感觉。山下是万家灯火和宽阔可见的嘉陵江，头顶是布满璀璨星星的深蓝色天空，风从很远的地方蓬勃地吹来，又蓬勃地去往远方，世界在这一刻是如此的美好，白天所有的紧张在夜色中全部沉淀成安宁。

夏曦一改三人相处时的皮样，轻声说，栀子，你看，我们就是那些星星。

黄栀子也恢复了白日里冷静笃定的样子，静静地凝视着天空，没有回答。

上个月周院长给你介绍的那个人怎么样？夏曦问。

喂。黄栀子无奈地看他一眼，你能不能不要这么烦？跟你们说了，不要提公的。

什么公的母的，找个伴儿总是好的。

我什么时候沦落到要找一个伴儿？是我老了？还是没资格等一场恋爱？黄栀子挑挑眉，为什么我要去找？

好，不说这个，分院那边，院里一直想让你过去，你怎么想的？夏曦问。

你在哪儿我在哪儿。黄栀子是个直肠子，想都不想就回答。

到那边你可以当老大，在这边科室里，你只能当千年老二，除非我走。夏曦吸一口烟，猩红色的烟火在夜色中沉郁闪烁。

千年老二怎么了？黄栀子装出一副风情万种的表情，拐他一肘子，说，跟定你了。

夏曦心里一块大石头放下来，高兴得很，嘴里却骂道，油盐不进,跟你说什么都是白搭,摆弄个风情也够恶心。

"独坐"茶室的灯光,在黄栀子和夏曦的车灯灯光穿透层层黑夜,分别拐弯指向不同的方向时熄灭了。

世界那么大,他们三个人各有各的路。明天一早,夏晨就会去他的茶山,而夏曦和黄栀子又将在同一栋楼里为各自病人的治疗方案争执或达成共识。而当他们吵到不可开交时,便会来到"独坐",在夏晨这里喝茶喝到火熄。

对于世界、生命以及生活,黄栀子并不抱乐观态度;夏曦不一样,脸上、心里永远是阳光明媚。跟夏曦在一起,黄栀子其实很轻松开心。还有夏晨,这家伙就像一杯置身事外的野茶,有茗香,有让人通透澈静的本事。三人行,对待人生的态度截然不同,却始终为一群抱怨或感激他们的人做着共同的努力,以爱之名——那是一种力量和信仰,它让友谊像希望一样坚不可摧。

是的,以爱之名,坚不可摧,尽管仓18走了,但小艾今天却想吻小松子了。

六

小松子是两个月前入院的病人。

二十六岁的小松子入院那天没少折腾，都烧得满嘴边掉皮屑了，还有力量杵在 26 号床位前面犟——也怪护工孙阿姨一张碎嘴，念叨什么前头 26 床刚去世，小伙子真是运气好，她才做完整床消毒，晚一分钟这床都轮不到他。

这叫运气好？小松子一想就头皮发麻，那床垫子、枕头芯子还带着死人气。

我不要这张床！他死死抠住床头柜——我二十六岁，这 26 床又刚死人，啥意思啊让我用这张？

黄栀子刚从门诊回来，憋了半天尿不说，还讲得嗓子冒烟，才进走廊就听说新收治的急髓①病人闹着要换床，火头顿时上来，骂人的心都有了，已经急髓了，还有闲心挑床！

我费力劳心给他腾出一张床他还挑？你去跟他说，排队等救命的人一串一串的，他以为是去菜市场买菜。黄栀子火大。

吴芳耸耸肩，耍滑头说要去一起去，你是医生，你骂他他听，我们护士不顶用。

你是长,护士长。

他们只认白大褂。吴芳翻了翻白眼,撺掇她说,走吧,走吧,一起去,我看这孩子有点轴,二愣二愣地,再说烧成那样,怕是烧糊涂了。

两人正拉扯,身边急匆匆跑过一姑娘,小脸煞白,长发甩在空中青黑油亮得像块黑色的丝绸,这可把黄栀子看呆了——一辈子把头发当宝贝养护的陈蕴竹也没这么漂亮的一头黑发。

那会儿还不知道,黑绸子丫头就是小松子的女朋友小艾。

26床前,劝说小松子的小护士曾真已经很累了,温和的声音充满委屈——外面排队想进来的病人恁多,你闹啥子嘛?医院病房哪张床都有可能死过人,你只有尽快接受治疗才能救你的命,挑啥子床嘛你。

小曾有一副好嗓子,以前业余时间还在电台兼过职,可这会儿她的声音已经明显沙哑了。没办法,打仗似的忙了一上午,抽血、送药、输液、上药、量体温……曾真走出病房,摘下口罩喘气,漂亮的脸上印着一道深深的压痕。

一个长发女孩跑过去超过她,然后刹车般怔忡地站在病房门口。

她像一棵细柔却坚定的芦苇,静静矗立,含泪张望着病房里那个狂躁不安的小伙子。

小松子……她轻唤。

长手长腿的小松子正撒野呢,看见她,人晃了晃,动作停滞,傻瓜一样张着嘴。

两个人泪眼婆娑地凝视着,木偶似的。

好半天,小松子哇地哭了,伸出手来,像隔了万水千山,向她委屈地求助,小艾!

我在。小艾也哭了，曾真赶紧从护士服里掏出一个口罩递给小艾，示意她戴上。小艾颤抖着手戴上口罩，紧跑两步上前，紧紧抱住小松子说，不怕，我在。

小松子终于听话地躺到床上，干瘦修长的左手恐惧不安地紧扣着小艾的手不肯放。

散了散了。吴芳松口气，吆喝几个过来帮忙的小护士清场。

小松子。也不知是来看热闹还是帮忙的申宝儿，边走边低声学着小艾的声音。

哎。小米和曾真佯装深情地答。

走廊里留下小护士们轻快的笑声。

还是女朋友管用。吴芳由着前头几个丫头闹腾，撇嘴道，你看，出这么大事亲娘老子都没告诉，先通知女朋友。我看你呀，也别成天惦记你家多谷了，靠不住的，自己赶紧找个伴儿。

我这岁数还找个鬼。

你这岁数怎么了？吴芳一脸贼笑，手指轻挑黄栀子的下巴，这岁数正好，可咸可甜，老少通吃。

黄栀子愤然拂脸，只觉三观尽毁，这女人当年看电影《壮志凌云》的亲嘴镜头都要羞得脸发烧，怎么如今离了婚就俗成这德行？

翻什么死鱼眼？吴芳边冲路过的家属一脸正义温暖地笑，一边问她，说正事，那个小松子，上什么针？

今天先上留置针，明天骨穿，结果出来再定方案，确定要化疗再换PICC（经外周静脉穿刺中心静脉置管）。黄栀子边走边答，又看着前面几个小护士问，这轮实习护士如何？有好苗子没？

江河日下。吴芳长叹一口气，特别是那个申宝儿。

小家伙挺乖啊，洋娃娃似的。

天天念着要当编剧，还死爱顶嘴，不是护士，是祖宗！吴芳答。

小松子的骨髓穿刺和染色体基因骨髓活检结果出来,早幼粒细胞达百分之五十,AML-M3:急性早幼粒细胞白血病。

进出血液科多次的病人和家属都知道,分型 M3,是不幸中的万幸。

这家伙运气好,目前分到中危组,白细胞不高,直接进行维 A 酸、三氧化二砷诱导,立即输血浆。还有,注意患者用药后的反应情况,统计血常规、凝血功能,注意护肝护肾……查完房,黄栀子给胖苏交代完,仍不放心,又转身提醒护士,注意病人有无出血情况,M3 易出现 DIC②,你们要警惕些。

小艾刚松懈下来的表情唰地又紧张起来,眼睛死死盯住黄栀子。黄栀子看一眼小姑娘,心头一咯噔,那瘦削的下巴、惶恐的表情,活脱脱一个当年的小栀子。莫名地,她怜爱地冲她笑了一下,说,放心。

一趟查房下来,黄栀子嘴巴都说干了,家属听懂没听懂的都围着不让走,好像她一走病人就要出事。好不容易逃回办公室,还没来得及喝口水,小艾又钻进来,眼巴巴看着她,小手握在胸前像在祷告,整个人抖得跟筛子似的。

怎么了? 黄栀子有点蒙。

医生,真有救吗,小松子? 小艾咽了口口水,眼睛里写满迟疑和惧怕,你说! 我……受得了。

有啊。黄栀子忍着喉咙干涩的不适,温声道,急髓病人分型从M0 到 M7,M3 通过特异性的靶向治疗药物,百分之九十五的患者可以不用做移植就能治好,它已经算是最幸运的分型,在我们科,遇到分型 M3 是不幸中的万幸,你要有信心,但第一疗程至关重要,需要细心照顾,不能放松警惕。

都讲是最好的了,小艾听完却抖得更厉害,像暴风雨中摇摇欲坠的一片残叶。

"有时治愈,总是安慰。"黄栀子脑子里又冒出这句话,可她宁愿去治,不想去慰。不是她讷于劝慰,而是人间那么多苦难,劝慰是不顶用的小糖果,何况她也没那么多糖果。

她只有对眼前的小姑娘说,赶紧去准备钱吧。

小艾低下头,漂亮的长发垂下来,遮住清秀的小脸,黄栀子看不到她的表情,只听到从她颤抖的肩膀和头发中间冒出一句——没钱。

找他父母啊,你只是他女朋友。黄栀子帮着小艾打太极,没办法,只要是病人进了血液科都没钱,这就是个烧钱救命的地方。

那两边不会拿钱的。小艾哽咽起来。

两边?黄栀子有点蒙。

他爸妈离婚好多年了,各过各的。小艾哭诉。

小松子的内心独白

护士姐姐们都在替我高兴,说我真幸运,是 M3,好治。小艾抱着我,又哭又笑,说有救。

呵呵,哪儿有救啊,我离死就一闭眼的距离。

其实我不怕死。

我在这世上本就是个多余的人,老天爷从来没想过让我好,他一直都在逼我走,逼我从这个世界消失。

我前头那个 26 床不是死了嘛,我跟着去不就完了?正好我也二十六岁,就到这儿吧……

下雨了。

山城夏天总下暴雨。我讨厌下雨,可是小艾喜欢,她说暴雨后只要站在九十三台拐那里看嘉陵江,就一定能看见彩虹。山城很多逛不起商场的男生都带女朋友到那里去看彩虹。

彩虹是穷人的礼物。

但现在我连给小艾送礼物的机会都没有。

我只能躺在这里，像一具只剩下呼吸的尸体。我想知道雨水滴落在泥地上是什么味道，想听大船在下大雨时在嘉陵江中的鸣笛声。可我现在什么也闻不到、什么也听不到。我不知道他们给我用了什么药，我连味觉和嗅觉都没有了。

雨好大，砸在病房的玻璃窗上，当当响。

护士来了几趟，叫我打电话给家里人，得交钱。

我打给谁呢？打给哪边？

他们俩离婚那年我九岁。现在，恐怕他俩连我多大了都不记得。

可能在老天爷眼里，我就是一个无用又碍眼的疮，所以他决定把我挤掉。从我九岁那年他就想把我挤掉，所以他把我的世界撕成了两瓣，等着我漏到中间掉下去。

一边是我老汉，他在小镇场口马路东边的荒地上搭了个棚子，收镇中学和华相集团的废品。一边是我妈，她在西边煤场边的空地上也搭了个棚子，抢收弯坑煤矿厂的废品。他们抢废品抢得怎起劲，却都不稀罕我，在他们眼里，我还不如废品，废品还能换钱，而我只能赔钱。

春天的时候，他们各自成了新家，那会儿梨花开得满山遍野，冬天过去了，所有人和新冒出来的草都欢天喜地。唯独他们不喜乐，因为他们做着同样的买卖，谁看谁都是挡路的鬼。天气好的时候，他们隔着马路唱歌一样地互相谩骂、挑衅，一个镇子的人都在看他们表演。下雨时，他们缩回各自的棚子，然后从废品堆里挑出来不要的东西往马路对面扔。

我呆呆坐在卫生院门口的大梨树下，看着他们把我的书包和衣裳也当成废品中的废品扔来扔去。

我想，要是我和书包可以化成鸟儿飞走该多好啊，再也不

49

回这个地方。

扔完了书包和衣裳,她撵我去那边,她把衣裳撩起来给我看她身上的伤疤——你这个补疤老汉太凶。她哀哀地说,他容不下你,你不走,他会捶死我。

我看到了她瘦骨嶙峋的肋骨,甚至看到了她松垮的乳房,我曾经衔着它,吃奶吃到小学入学。她天生是个邋遢且万事不放心上的人。我爱吃不吃,她爱管不管,奶其实早没了,我只是哑巴着玩,她由着我,甚至把日子过得也跟闹着玩似的,没心没肺。就像跟我老汉离婚,骂骂咧咧哭了两天,一转眼便又找个杀猪匠过日子,都没当回事,唯独挨打吃了痛,她才回过神来,四五十岁的乡下女人,再离一回日子就没法过了。再说,她总不能自己遭捶,由着马路对面那个死男人快活,就凭这一点,她非得把我撵过去。

我只有过去,把自己缩得和纸片一样薄,贴在那边的门口,很自觉地跟他们说,我睡塑料棚,守货,和花狗一起守货。

那边不回答,屋子里的气氛像随时会爆炸的火药桶,我赶紧跑到棚子里去。春雨绵密,棚子里很冷,花狗缩成一团,我也缩成一团。

下午,新割了双眼皮新文了眉毛的新妈妈炒了青菜牛肉,香气飘到棚子这边来,我感觉肚子里有东西在叫。天色一点点暗下来,我想,他们很快就会来叫我吃饭的。

直到小镇人家都亮起了灯,依然没有人叫我,花狗跑出去到屋子那边转了一圈,回来了,嘴里衔着一块牛骨头,然后我听到了洗刷碗筷的声音。

雨在夜灯下隔出一堵墙,我在这边,他们在那边。

九岁,我明白了一件事,那就是世界有时候容得下一条狗,却容不下一个人。

小镇上的人每天都看到相同的一幕情景，那就是我端着一个碗，从马路这边被撵到那边，又从那边被撵到这边。

天是黑的、碗是空的、我是麻木的。天长日久，我已经感受不到悲伤和羞辱，我只觉得饿，醒来饿，睡着了也饿。

我每天都在废品堆里翻饮料罐和饭盒，通常都会有点残汤剩水在里面，这些东西，只要没倒进泔水桶，都可以吃。

终于我吃上一次饱饭，是跑去镇政府食堂偷扣肉。食堂王老歪揪住我，凶神恶煞的，我以为他要打我，结果没想到他转身回厨房盛了一大碗饭，凶巴巴塞给我说，捡垃圾能捡一辈子？给老子吃饱赶紧去读书！

王老歪是个好人，从春到冬，他瘸着腿替我跑了好几次那两边，但他每次去，还没开口讲道理，两边的人就开始扭成一团，又打又骂，闹得鸡飞狗跳。

老歪插不上话，他们也不打算让老歪插话，老歪实在扯不清我家这团乱麻。快过年了，雪厚，风又大，他披了一身的雪花气冲冲回来，烧了炉炭火一个人躲在屋里头喝闷酒，结果一氧化碳中毒。辛亏发现得早，送到医院，他迷迷糊糊醒过来交代"遗言"，说的竟然是我。

和平年代的乡镇，还能饿死个娃子？

老歪后来说，因为他的"遗言"事关重大，涉及人民生命保障，分管卫生的副镇长十分庄严地点了头。

老歪出院后，我成了镇政府食堂的"编外"人员，白天上学、读书，晚上帮老歪洗碗、扫地、做泡菜、制甜酒、发红豆腐，老歪还教我做八大碗……累了我们就坐在炉火旁说话、喝米酒，火很旺、米酒很香。那是我人生中最温暖的日子。

有一天副镇长喝醉了酒，接着我问，幺，感觉到党和政府的温暖没？我有点蒙，我不知道党和政府是哪个人。她笑起来，绵软的胸脯像一床温暖的棉絮，你个憨包仔，她说，党和政府就是所有给你衣服、鞋子、学费的人。

当然也有她。

暖和不？她大着舌头，指指我身上的羽绒服。

我点头。

嗯，你以后长大了，也要做一个温暖别人的人。副镇长的脸红得像灶火，真好看。

我那时听不太懂她说的"温暖"是什么，我只知道，那些年的冬天一年比一年冷、风雪也一年比一年大，但镇政府食堂的炉火一直很温暖……

十九岁我考上了大学，司法所所长在马路两边的废品收购铺子来来回回跑了十多趟，才替我拿到五千元的学费，还没有在镇政府工作的叔叔孃孃们捐给我的多。

从那以后两边再没给过我一分钱。他们义正词严地说，我已经过了十八岁，成年了。

我离开了疼我爱我的王老歪，以及所有不是亲人的亲人们。我想我将永远离开他们了——是的，我十九岁了，成年了，再也没有资格继续让他们照顾我。

九月，我坐上开往省城的中巴车，心中充满绝望又充满渴望。我带着生死未卜的恐惧和向死而生的憧憬一路前行……

站在大学门口，我来不及看校园有多美，我紧张的是钱要交出去多少，还能剩下多少……我关注着每一个学生手里的饮料瓶，它们可以换钱……

除了废品收购，大学的一切对我来说都是陌生的，我不会坐校园公交车、不会看站牌、不会用信用卡，第一次去白楼交贫困生受助申请时，我站在电梯前，不知道该按哪个键。一个戴眼镜的老师好脾气地告诉我说，你要上，就按"上"，要下就按"下"，我站在一楼时，懂得了这意思，可是到八楼办完手续要下楼时我又蒙圈了：我在八楼，电梯在四楼，我要下到一楼，是该按"上"先让电梯上来接我呢？还是直接按"下"？我站在电梯前，忧心忡忡，担心电梯搞不清楚我在哪里、要到哪里去。

寝室的同学因为这个事整整笑了我四年。

我无所谓，当一个人活到每天一睁眼就必须为三餐发愁时，尊严也好、面子也好，根本不重要。

大学很大，比镇子还要大，大得从寝室到校门口取一个快递都要走一两公里，他们都在抱怨，只有我很欢喜。

我有腿，我替他们取快递。

小件一元，大件三元，重件五元。明码标价，哪怕是遇到每天夜里我都会梦到的漂亮女班长，我也绝不降价。

她每次给我钱时，表情都怪怪的，带点羞涩，仿佛替我不好意思。

我理直气壮接过钱来，一张张数……我是那样鄙视和厌恶如此穷酸且功利的自己，又是那么渴望自己能够勇敢地迎着她善良的大眼睛，对她说我喜欢她。

但每次在寝室镜子里看到那张瘦得跟标本一样的脸时，我颓然自嘲：梦想和爱情在生存面前算个屁！

得活着，得多接单。

日子越跑越沉，我越来越怕接到重件，明明好脚好腿，偏偏上楼像灌了铅。每次艰难地抱着重件上楼时，我都在想：下次再也不要接重件了。可是下楼的时候，我又反悔，心想：明天要是多有两件重件就好了，那样我就可以赚更多的钱。

"可怜身上衣正单，心忧炭贱愿天寒。"

我不是卖炭翁，我是个不要命的"跑跑"。

大学四年,风和我在一起,我快,它也快……春天时它像温柔的手,冬天时它像凌厉的刀。

校园很浪漫,他们在漫步,我在跑步。

好不容易拼命"跑"完大学,我以为我拿到了通往幸福的门票。

事实却是,我一毕业就失业了。

我们只招研究生——他们、他们、他们都这样冷若冰霜地拒绝。

除了研究生就不招了吗?

博士当然更好。他们笑起来,真诚而傲慢。

学校再没有我的宿舍,也没有属于我的床铺。我借住在研究生师兄的宿舍里,夏日渐凉,我开始每天只吃一袋方便面,饿了就到菜市场找水龙头喝水,即便是这样,钱依然一元一元地少下去,最后只剩下五角钱。那还是从菜市场出来时,前面两个小姑娘掉的又懒得弯腰去捡才留给我的。

你们知道饿的感觉吗? 我知道。

当你的肚子涨满了水,你会发现你的意念会像江水一样荡漾,双腿又会软得像水草。

开学了,师兄回来,委婉地表达了他的意思——床很窄,两个大男人挤在一起睡很尴尬。

月亮高高升起在我曾经学习和生活过的校园,我背着铺盖卷儿一步步离开它,我知道,我再也回不去了。

深夜,我和流浪汉们一起住在嘉陵江码头的地下通道里,他们本来要收我占位费的,我拿出毕业证书告诉他们,我除了这个红本本,什么也没有。

知识在这种时候体现出它最伟大最喜剧的力量。

他们竟然把最通风最凉爽的通道口让给了我。

血液科医生

一天天，我跑遍了山城所有的公司和大楼，世界那么大，却没有一个工作岗位属于我。

秋季到来的第一个夜晚，我穿着短袖衫感到身上一阵阵发冷。

我瘫坐在嘉陵江边的大黄桷树下，那棵树上系满了红色的祈福带，血红而刺目，巨大的码头灯从树枝间闪漏下无数颗星星，像梦中的幸福，我冲它们笑，挣扎着站起来，朝江水走去，我听见自己对自己说：算了吧！

算了吧！

从九岁起，其实我的路就已经走到头了，不过是因为一个虚幻的梦撑着我又过了十几年。

考上大学你就会有工作的。王老歪是这么告诉我的，可他们为什么说不行呢？

算了吧！

在这个世界上，我就是个多余的人。

是小艾救了我。

她是超市的仓库管理员，偌大的仓库，随便腾一个角落就是我的床和家。

我珍惜这个落脚的地方，哪怕是饿得想啃土的日子，我也没有动过仓库里一袋饼干、一瓶水。我是大学生，不是小偷。

我饿晕那天，是小艾发现了倒在一大堆食品货箱旁的我。她认定了我是好人，和我搭伙吃饭，还借钱给我买了一辆二手摩托车，又找老乡教我骑。

学会骑摩托车的第二天，我当上了外卖小哥。

小艾是老天爷送给我的最好的礼物，日子有了她，突然就有了秩序和意义，我觉得自己有了家。

尽管我们俩细小得像两粒尘埃，可这世界并没有用雨水或江水把我们冲刷掉……

真好。

我们像尘埃，是的，我们平凡平静地过了三四年，我以为老天爷已经放过我了——我已经生存得如此细小卑微，我已经再也不奢望去当一个公务员或小职员，这样的我不足以入他们的法眼。

是我太贪心，发烧那天晚上，小艾不在，我打电话过去，她和超市的同事在唱歌，我听到她在电话那头笑得好开心。

那清脆美好的笑声离我那么遥远，我突然害怕有一天，她就这么和别人快活着、笑闹着，不知不觉抛下我。

我决定要和小艾结婚，我想每天早上醒来身边都有这么一个人，她温暖柔软的身体在我怀里，她醒来第一个看见的人必须是我。

这个念头一起我就控制不住。

老婆孩子热炕头，床头吵架床尾和，婆娘要胖、儿子要壮……那些所有存在于乡间俗语的热闹劲敲锣打鼓地朝我扑过来。

我要和小艾结婚。

一定是这动静触怒了老天爷。

好几次送盒饭给小艾时，我都在流鼻血。小艾的同事挤眉弄眼对小艾说，看吧，上火了，你也不给人家消消火。

小艾脸红了。

我也脸红了，放下餐盒，我走出库房，骑着心爱的摩托车穿行在绿荫遍地的松山街道，那是山城夏天最凉爽的地方，高大的梧桐树像巨神一样安详又慈爱，挡住最酷热的阳光。世界在它们的怀抱里，静谧如梦。

我的鼻血惊醒了这个梦。

它们像小溪一样潺潺流淌，两旁乘凉的人惊愕地看着我，我停下车慌忙擦拭，看着自己满手的鲜血，我莫名想起了刘德华主演的电影和那首《追梦人》，还有电影里肝肠寸断的别离……

我笑自己太敏感。

倒在地上的时候，我迷迷糊糊间看到了九岁时的自己——天空下着雨，我端着一个空碗，从这边走到那边，又被那边撵到这边……

是的，我是一个多余的人。

注释：

①急髓：急性髓细胞性白血病的口头简化称呼，是一种血液恶性肿瘤，即造血干细胞的恶性克隆性血液系统疾病，骨髓中异常的原始幼稚细胞（白血病细胞）大量增殖并抑制正常造血，广泛浸润肝、脾、淋巴结等各种脏器组织，表现出贫血、出血、感染等现象，平均生存期仅数月（不治疗的情况下），短者甚至在诊断数天后便死亡。急性髓细胞性白血病英文缩写为 AML，在临床中，其分型有 M0、M1、M2、M3、M4、M5、M6、M7 八种类型。

②DIC：弥散性血管内凝血。一种在多种严重疾病基础上发生的机体凝血与抗凝过程中平衡失调的复杂病理改变。在急性白血病中，约有百分之十五的患者合并有 DIC，其中以 M3、M4、M5 亚型发生率最高，由于疾病导致凝血系统激活，全身形成广泛的微血栓，同时全身出血、微循环衰竭。

七

有时候我想,他要不是 M3 该多好。小艾捏着欠费通知单,长发汗湿成一缕缕,贴在脸上,整个人像刚从水里捞出来——黄医生,撑不下去了我。

黄栀子无言以对。

钱不是东西,但它是个能要命的东西。

可笑吧——能治愈的喜讯有时候比立即就会来临的噩耗更让人难以接受。因为一旦上天迅速决定让一个人死亡,那么亲人就不需面对放弃还是坚持这一类的选择题,也不担心被人贴上绝情的标签。死亡蓬勃热烈地到来,属于病人的时光很短,短到他们的亲人不需要付出过多的金钱和精力,短到他们的亲人可以流出最浓烈的泪,然后用最痛苦最真挚的情感陪伴病人走过最后的时光,再接着办葬礼,火化……最后各自延续高雅或庸俗的生活。

在绝症面前,对于必将死去的人和还得继续活着的人,最理想的状态不过如此。不长不短的时间刚刚足够用来道别和怀念,活着的人需要承受的资金压力也正好相对要轻。

血液科医生

就像女儿出嫁、兄弟远行，离别的伤痛只需数日可解，所有的眼泪、爱和担忧都刚刚好。

"可治愈"的喜讯却不同，它让离别变得绵长、悠远，让照料变得沉重、冗长，它意味着家属得拿出更多的真金白银，要用更漫长艰辛的护理来支撑。它饱含艰辛，又极度挑战伦理、道德、体力和耐力的底线。

我好想跑掉算了。小艾古怪地咧嘴笑，反正我又没跟他结婚。

黄栀子点点头，是的，只是谈恋爱而已，她不是他的妻子，小姑娘这段时间做得已经够多够好了，小松子要是没有她，早死了。所以，即便她明天悄然离去，也无可厚非。毕竟钱这个东西不是你想变就能变出来的，没有就是没有，小艾一个二十岁出头的女孩子，又是从农村出来打工的，听说她家那个地方是特困县，在毕节。她自己都穷得叮当响，还能要求她做什么？

可我是不会走的，我要陪着他。小艾又大声说，仿佛在宣告什么。

好呀。黄栀子把桌上的酸奶递给小艾，怜爱地说，吃点东西吧，护士说你没吃中午饭……要不，还是再试试找他父母？生死大事，不告诉他们也不对。说完，黄栀子犹豫了一下，告诉小艾——你可以试试血液筹，科里也可以给基金会说一声，让他们来处理。

小艾愣住了，放下酸奶，突然咚的一声跪在地上。

黄医生……小艾哭起来，我以为你会瞧不起我。

你就是跑掉，我也不认为我有瞧不起你的资格。黄栀子扶起小艾，认真地说，毕竟，赔上的是你整个的人生。

小艾抬起头，愣愣地看着黄栀子。

黄栀子静静地看着小艾，目光睿智却尖锐。她不得不用这种方式提醒小艾，值不值得为一个男人付出一辈子，这是一件很严肃的事。黄栀子自己深有体会，再聪明的女人，谈恋爱时智商也基本为零。

小艾也静静地看着黄栀子，她的脸越发苍白，直到呼吸急促。最后，她无比坚决地挺起瘦削的腰，说，愿意的我！

小艾走了，门口轻卷来一阵风。办公桌上，花瓶里的玫瑰悄然无声地掉落一瓣，黄栀子轻轻拾起，缓慢夹进笔记本里。

无计可施，又无法放弃。多少飞蛾扑火，为了爱情。

小松子血液筹的效果并不好，十多天过去，只筹到了六万元。

护士陈笑笑郁闷地托着腮帮子，说，都怪湖北那个有钱的小娘儿们，开着宝马筹治疗费，让媒体曝了光。他们遭报应是他们的事，却害得我们病人遭殃。

吴芳伸出手指头戳了戳笑笑额头，姑娘家家整天小娘儿们小娘儿们，搞得跟西门庆似的。到时候唐明明那边要退货，我看你悔死。

唐明明是笑笑的未婚夫，小儿骨科的台柱子。两个人婚期将近，夏曦一直很欣慰，毕竟肥水没流外人田。

吴芳舍不得笑笑嫁人，怕她飞。

毋庸置疑，陈笑笑是科室最可心的护士，没有之一。小丫头做事细致、有耐性，又有爱心，一年到头总是自己掏腰包，今天给儿童病房剪一堆花蝴蝶，明天给出仓病人送一束糖果鲜花，每到过年都买来气球和彩带，把病区装扮得温馨又漂亮。以后不出意外，妥妥的是吴芳的接班人。这些都不是关键，关键的是小丫头是开着卡宴上班的家伙！家大业大的小金主，科里一个月四五千元工资还不够她烧油。笑笑老妈是山城最大的超市连锁企业成辉集团的老总，因为姓王，又排行老五，人称"钻石女王老五"。王老五心疼闺女，喝酒一上头就来医院要人。她一来吴芳就当老母鸡，把笑笑护在身后头，气得王老五直跺脚，威胁吴芳——信不信我找个人来收拾你！

吴芳也是个"王老五"，一听，顿时摆出一副流氓嘴脸，恬不知耻地答,最好是男人,最好多一点,韩信点兵多多益善。

都是离了婚的女人,谁怕谁呀?

十天过去了,小松子血液筹页面下面的留言有好几千条,小艾天天盯着看,却始终看不到他父母的信息。

给他们发条短信,就说来收尸。小松子喘息不止,明明是夏天,他却感觉自己已经成了一片深秋的叶子,世间最细微的风,也能把他带到另一个世界去。

泪水从他眼角溢出来。

心好痛,为什么还是会想念他们? 明明是恨着的。

周六中午,黄栀子打扫完家里的卫生,给儿子多谷炖好玉米排骨汤,换了条裙子准备出门。

干吗去? 多谷帅气地转过身来,清晨的阳光照在他侧脸上,显出一层薄薄的绒毛,像极了葛蓝,黄栀子看得魔怔了。

多少年过去,葛蓝从不知道自己有这么一个儿子,如果他知道了,可会着急上火跑来抢?

多谷还在她面前晃,她垂下眼,不看他,伸手拿包。昨天刚收进来一个急髓病人,我不放心,过去看一下。

你把自己卖给医院得了。多谷又问,干爹今天去不去?

他去不去关我什么事?

他去你就去呗,多培养感情。多谷调皮地眨眨眼。

黄栀子瞪大了眼。

这破小孩,脑子想些什么呢?

我跟你干爹……

话还没说完,多谷打断她说,我晓得,你和你们老大是兄弟。

就是兄弟。黄栀子边换鞋子边强调,瞎想什么呢?

当下流行……多谷挤挤眼,兄弟正好。

现在的孩子在学校整天学了些什么呀,黄栀子觉得自己简直要疯了。

赶到医院和外地赶来的病人家属谈心,结果一个小时下来,谈得黄栀子一个头两个大——在外打工多年的男人对媳妇好像没啥感情,病人护理、安慰什么的,一句都听不进去,只是边在手机上回着微信消息边懒洋洋干巴巴地反复回答一句话——都听医生的。

黄栀子有点后悔给自己找罪受,本来不用来的,来了气得她肚子疼,正想去洗手间,却突然听见病区隔离门那边被人捶得咚咚响,吓她一跳,运气没这么背吧? 周末遇到医闹。

笑笑从护士站麻溜起身,这丫头正好值班,她从小到大都有钻石妈壮胆,向来是个不怕事的。看到紧张的黄栀子,她比画了个加油的动作就跑了过去。

门外站了两个中年男女,两人身形、身高和长相都像一个模子里刻出来的——五十岁出头,一米六左右,眉眼阴郁,两张焦黄的脸上都写满了被人逼迫似的不情愿。

你好,什么事? 笑笑对着通话器问。

好什么好,开门,我看人,26床。什么鬼地方? 还把人关起来? 门外的男人不耐烦地答道。

笑笑暗自惊喜,赶紧问,什么关系?

我是他爸,她是他妈。男人极不情愿地指了指女人。

可等来了,笑笑开心地按下开门键。

两人满脸不痛快地走进来,都光脚趿着双黑不溜秋的塑料拖鞋,脚太脏,又汗又腻,花斑斑的,隔着口罩都能闻到味……笑笑赶紧递了两双鞋套,又皱眉从护士服口袋里取出两个口罩——小丫头的口袋像机器猫的口袋,什么都有。

血液科医生

男人却不领情,反倒凶神恶煞地瞪了笑笑一眼,一巴掌拍在门框上,嚷嚷道,好好的一个人,怎么一到你们这里就得白血病了,啊?还有,把这个鬼什子门关着要搞什么?怕他跑了,你们讹不着钱?

女人也愤怒地点头,表示赞同,也狠狠拍了拍门框。

门框无辜地微颤,笑笑看着眼前两张阴郁的脸,暗中叫苦,这两人脸上压根没有儿子要死了的揪心和惶恐。

笑笑强压着不快劝说道,不戴口罩不能进,这里是无菌病区。

两人犹豫了片刻,不情不愿扯过口罩,胡乱挂在耳朵上,吧嗒吧嗒走进来,男人表情愤然,左右张望,约架一般——我要见医生。

黄栀子远远听到"见医生"三个字,直接闪进了办公室。什么鬼?还一凶二恶的,老娘不见!

笑笑机灵,迅速挡在走廊中间,指着小松子病房的方向说,家属到医院一般都是先看病人嘛。

男人白她一眼,你个服务员,我先见谁关你屁事,我就是要先见医生,怎么了?犯法?

服务员?笑笑基本对这两人表示无语,真是奇葩年年有,今天到我家。要见医生是吧,见去吧,见黄医生他们能讨什么好?比冷血谁拼得过她?

我问你,医生在哪里?男的吼道。

笑笑头也不回,扔下一句,今天周末,没医生。

女人却指着黄栀子消失的方向,朝男人挤眉弄眼。

八

　　看到两道人影黑压压冲进来,黄栀子下意识把桌上的茶杯和两盆多肉推到最里面。

　　砸多了,钱是小事,心脏受不了。多少年了,说是经验,不如说是妥协。

　　你说,你给我说。男人好像很喜欢拍巴掌,又一掌拍在桌子上,指着黄栀子,胸口剧烈地一起一伏。女人在一边悲愤不已地点着头,好似在增援要打仗。

　　很多时候,面对患者家属莫名其妙甚至莫须有的质问,黄栀子完全不知道自己到底该"说"什么,而且眼下她连这两人是哪个病人的家属都不清楚。

　　不知道说什么,那就不说。黄栀子本就不是话多的人,也不健谈,更没有与家属争辩黑白是非的机敏,但她有足够的自信和定力保持沉默。

　　她只是有点心疼桌子,它招谁惹谁了,莫名其妙地挨一巴掌。

　　黄栀子轻轻抚摸着桌面,然后抬起头看向男人,目光沉静,波澜

　　　　　　　　　　　　　　　　　　　血液科医生

不惊。

一个中年女大夫的沉默还是颇有几分魄力的——对峙了一两分钟后，男人尴尬地咳嗽着，从裤兜里摸摸索索掏出一包皱皱巴巴的烟。

黄栀子这才开口，淡淡地说，不好意思，医院不允许抽烟。

那怎么办？男人终于找到发泄点，发飙似的将烟盒砸在地上，又一脚踢翻椅子，反正我们是没有钱的！我们就是乡下收废品的，好不容易养出个大学生，你们东一查西一查，就把小松子整成了白血病，你们还有没有良心？我跟你说，要钱没得，要命有一条。

对，要钱没有，要命有一条。女人比男人要木，但劲不比男人差，凑上前来，恨恨地重复。

黄栀子没提防他折腾，摔倒的椅子正好砸在自己脚背上，痛得直跳。正在想发火的节骨眼儿上，脑子里却不断冒出夏曦的碎碎念———控制脾气、理解家属。黄栀子一边在心里骂"烂好人"夏曦，一边推开追进来的笑笑，强忍疼痛说，我们拿你们的命来做什么？两位家属，我有必要解释一下：第一，医院是救人命的地方，不是杀人的地方；第二，我是医生，不是抢劫犯；第三，病人的病不是我们"整"出来的，是检查出来的。你把医院全砸烂了也没用，病就是病，还在那儿摆着。但是治不治你们说了算——家属要放弃病人，医生阻拦不了。但你们家小松子，治愈率非常高，活生生一条命，你们不想他死，就去缴费。

女人怔了半秒，抹一把泪，咧咧嘴，把脖子扭到一边，十足耍赖的做派，说道，你说得轻松，缴费？我们拿啥子来交？十几万呢，又不是水花花树叶叶，天上不落地上不长。我是没办法，你们看着办！这是命，各人有各人的命！

有那么一刹那，黄栀子想起了葛蓝的母亲，那个女人端坐在木芙蓉树下，挺直着腰，矜持而冷漠地看着黄栀子，昔日充满慈爱的脸上不带一丝笑容。

这是命,她锐利的目光毫不留情地刺向还沉浸在幸福中的黄栀子,并一字一顿地说,姑娘,各人有各人的命。

黄栀子不曾怨恨那个女人:作为一个母亲,她为了保护儿子不受到任何意外的伤害,不惜伤害他人,尽管不道德,但情有可原。因为她是母亲。

可眼前这个母亲的态度,却远远超出了黄栀子的想象。

关于"两边"的故事,黄栀子一度是存疑的,她总怀疑小艾因爱生怨,以至于把"两边"形容得如此不堪:这年月谁家也不缺一碗米一双筷子,哪有让亲生儿子端着空碗从"这边"撵到"那边"的道理。现在黄栀子终于信了,被椅子砸伤的脚很痛,但她更觉得心痛,替小松子痛,他在他们那里连一碗饭都吃不到,更何况是钱。

两个人邋里邋遢地走出黄栀子的办公室,在走廊里你推我搡好半天,才极不情愿地踱进小松子的病房,齐齐地站在病床前,看着瘦削虚弱的小松子,表情古怪,都想哭,都憋着,都期待着对方先哭,似乎谁先哭就意味着谁的盔甲先行破碎,成为必须且首先为小松子的救治承担责任的一方。

进来送药的孙阿姨斜瞄两眼,看出了他们在暗中较劲。

孙阿姨是血液科的老人了,从有这层楼的第三年开始就做血液病人的护理工作,她知道的血液科故事多到可以写一本古今传奇。看着这架势,她忍不住冲哼哼唧唧不愿扎针的 27 床说,哭就哭呗,只要脸皮厚,哭又不要钱。

27 床听出味来,也不躲了,伸出手臂给护士小米,嘴里咻咻直笑。

听出孙阿姨话语里的奚落,小松子父母面子上挂不住,终于开口说话了。

女人一脸恨铁不成钢的样子,恨恨地骂道,念个屁大学,把命都念进去了,你不是混得很好吗?老歪说你在学校开跑跑公司,你赚的钱呢?

男人则耷拉着脸,鼻子眉毛皱成一堆——人家的娃儿读完大学,领了工资回家给爹妈买衣服,你倒好,跑到这里来睡觉。

小松子躺在床上,呆呆地看着眼前这两个人。

好多年不见,他们比记忆中更老了,也更邋遢,脸上的法令纹凶残刻薄地深嵌在嘴角。他看见男人又黑又糙的手上戴着一个方头方脑又粗又壮的金戒指。女人乱蓬蓬的头发下,也毫不示弱挂着两朵做工粗糙的金花。

他们仿佛一直都在彼此叫板,但他们永远都并不比对方活得体面干净。

同样,他们都把小松子当累赘,可笑的是这么多年过去,他们的日子也并没有因为抛弃小松子变得更好。

当然,既然有金色的戒指和金耳坠,他们的日子也糟不到哪里去。七八万元,想必也是有的。

小松子百感交集,希望如同气泡一样浮起来,他忍不住激动地轻声咳嗽起来。

男人和女人吃了一惊,捂住嘴,双双往后退。

小松子啼笑皆非,如果是小艾,听到他咳嗽,一定会立即扑到床边,轻轻抚摸他的胸口,用蘸水的棉签滋润他干裂的嘴唇。

他们是他的父母,却视他如瘟疫。

呵呵。小松子轻喘着笑起来,费力又讽刺地说,又不传染,你们躲啥子?

父母是什么样的人,小松子早已看透。他只是有点不甘心:世界上那么多陌生人都惦记着他,水滴似的捐款过来,他感激这些陌生人的爱,但他更渴望来自他最恨的这两个人的爱,哪怕一丁点——

电视剧里的人死了,灵魂在人世间游荡,不就是因为还有心愿未了吗?他不想做那个又笨又傻的孤魂野鬼,所以他最终还是让小艾打了电话发了信息……所谓念念不忘,必有回响,也许他们终究会伸出手来,毕竟他是他们的儿子。

如今看来,都是妄想。

他们僵硬地站在床边的样子,像是到殡仪馆参加遗体告别仪式。他们没有伸出手来抚摸他,也没有倾下身子来仔细端详他。

也许,他们都在期待对方做出这样的举动,因为谁做了谁就输了,谁输了小松子就赖给谁了。

小松子不再期待,兀自转过头去,盯着细细的输液管。

男人和女人也跟着盯输液管。

输液管像是被三双眼睛盯怕了,一滴药水将滴未滴地悬在那里,半天不动。

喂!一直闲着偷看热闹的 27 床急了,叫嚷起来,你们这个爹妈咋个当的嘛!两对二五眼盯着都不晓得喊人啊!都不滴了,是不是堵喽?漏喽?

孙阿姨走过去,轻车熟路地顺了顺小松子 PICC 置管的手臂,指导小松子换体位,那滴药水闪了闪,慢慢滴下来。

这里有点红呢。孙阿姨看着小松子的手臂,皱眉说,得用点药。

小松子轻声答道,欠费了,明天要停药。

病房突然陷入死一样的寂静。

正午,日头在窗外渐渐灼白,七月初的山城,天早已热得人想跳江,病房里却是二十几摄氏度恒温微凉。一个穿短袖的男人搓了搓手臂,打破寂静,低声嘟囔道,见他娘的鬼,这里头倒是凉快。

女人扭过身子轻声骂道,凉快你来睡嘛,天天睡在这里头。

…………

床上传来小松子隐约的哽咽声,女人迟缓地站起身来,走到床

血液科医生

边,看着小松子,满脸山重水复,想说什么,却迟迟不开口。

对不起。小松子吸了吸鼻子,鼓足最后的勇气,小心翼翼喊出一声——

爸,你在镇上那栋房子,可不可以卖了换点钱,我以后还……

他本不想开这个口的,他也叫不出这声"爸",他宁愿死也不想跟这两个人要钱,但他心疼小艾,跑前跑后跑进跑出累得变了形的小艾。

万一有希望呢?

一直杵愣着的男人听到小松子喊"爸",条件反射地猛站起身,粗声粗气地吼,你还晓得我是你爸?卖了房子我和你婶婶住哪里?你说得倒轻松,还?你拿啥子还?

小松子像是让他给吓着了,急急闭上眼,不再吭声。

笑笑正好拿着日结算单进来,看着小松子的可怜样,走也不是,不走也不是,想了半天,到了嘴边的话还得继续说——那个……欠费了,你们谁去交一下钱?

男人朝女人看一眼,脖子一扭,对着笑笑说,她去交。

女人"咦"了一声火烧上房般跳起来,凭啥子我去?是你的儿。

你身上掉下来的肉。

老娘身上掉下来的肉又怎样,是你的种。女人骂起来,你他妈有本事,你倒是养啊。

你有本事,你凶我倒是行,你有本事冲杀猪匠凶啊!老子看到的,还不是天天拿给人家把你当猪捶?

笑笑算是听明白了,以前小松子吃个饭两边都要推,现在不更得推?

中午,休息区,孙阿姨端着饭盒,筷子扒拉来扒拉去:食堂除了瓢儿菜就是花菜,盖子一焖,黄不拉叽的,实在没胃口。

你们没见那两个人，笑笑前脚一走，他俩你看我我看你，像地下党对暗号似的，一前一后，哧溜，都跑了。孙阿姨放下饭盒，添了勺油辣椒，边搅拌边说。

交钱去了吧？实习的申宝儿是个吃货，从来不知道什么叫没胃口，腮帮子塞满饭菜，含糊不清地问。

申宝儿啊，你还小，想得太简单喽，交钱？哼，看吧，往后肯定人影子都见不着。孙阿姨摇头叹气，说，真是要小艾的命，她都……说到这里，孙阿姨打住了。

她都啥？申宝儿是典型的好事精，一脸警惕地盯着孙阿姨。

都脱发了，那么乌溜一把好头发。孙阿姨面不改色地说完，端着饭盒走了。

喂。申宝儿冲她背影直叫，不用骗我，你肯定有事。我是编剧，学编剧的懂吗？伏笔！你话里有伏笔。

血液科医生

九

小松子闹着要出院,不然就拔针。

化疗刚结束,再哄他两天,后天就让他出院吧。黄栀子拿这种病人很头痛,让吴芳叮嘱小艾——你俩最好先在康群住一段时间,小松子肺部还有炎症,有问题就近处理。

可出院才两三天,小艾却打来电话,坚持说他们要回江北那边的超市仓库去住。

不知为什么,小艾的电话黄栀子总会接。

也许是因为两个人的爱情隐隐打动了黄栀子,也许是小艾像当年的自己。

黄栀子正忙着给 27 床解释升白针"失灵"的问题,一听小艾在电话里这么说,果断打断小艾——超市仓库的卫生状况根本达不到要求,再说江北太远,现在你们在康群能租到房已经万幸了,还要走?到了江北那边,万一有什么紧急情况,隔着个嘉陵江和半座城,你飞过来都来不及。

小艾在电话那端半天没有回应。

她不是不知道病情凶险，她是没钱了。

打工攒的那点钱早没了，这两次化疗要不是有血液筹，早就扛不下去了。

黄医生……其实我也不知道我俩搬出去以后该去哪儿，仓库那里……他未必撑得到那儿……倒是跳江，一上桥就是。小艾声音细微，像大风里微弱的烛火。但病房很安静，小艾的话，27 床躺在床上听得清清楚楚，吓得他太阳穴直跳。

跳江！小艾和小松子真会去跳江？

他突然有点后悔，那天……

怎么办？跳江呀，可不是小事。27 床心里直打鼓，闭上眼睛一动也不敢动，他总觉得他一动时间就会跟着流动起来……然后小艾和小松子也会动起来，像慢镜头一样。他们双双走出门，手挽手，走上桥……然后扑通跳了江。

天爷啊！可要不得。

黄栀子哪知道 27 床在想些什么，只见他闭着眼装出一副没听见的样子，但一双眼皮直抖。

他是怕黄栀子替小艾向他借钱吧？这家伙从一进院就这样，自己花起钱来如流水，一有人问他借钱就装死。

黄栀子懒得理他，只顾着责骂小艾——净瞎说！心里头却忍不住抱怨老天爷，小松子人年轻，病也轻，有机会做移植却没钱；27 床呢，有钱，却上了岁数，不具备移植条件。世上的钱和病，就不能匀匀？

27 床是真有钱，经营着三家汽车维修连锁公司。他有个令人捧腹的名字——涂金钱，小护士们每次上药核实病人名字时，叫一次"涂金钱老师"就乐一次，他也乐，毫不遮掩地说，仔呀，莫笑，你们还小，不晓得世道难，我跟你们说，钱是好东西，图金钱不丢人。我儿子

　　　　　　　　　　　　　　　血液科医生

叫涂快乐,等我有了孙子,我给起个名叫涂地位。

我看你现在该起个名字叫涂健康。吴芳一针见血,涂金钱顿时哑口无言,乖乖闭了嘴。

涂金钱是个鬼头精,二十世纪七十年代汽车兵转业,在部队见了些世面,脑子转得快,又懂技术,回到地方那会儿正逢八十年代改革开放,涂金钱见大马路上车子渐渐多起来,但会修车的人没几个,立即撺掇大舅子辞职一起干汽修和运输。事实证明涂金钱的方向和眼光是正确的——小县城的县长、副县长们才领几百元、几千元的工资时,他和大舅子已经成了响当当的万元户、十万元户、百万元户。人说少年得志、中年得财,到了老年就该嘚瑟了。果然,六十好几岁的人了,不服老,进院时穿着浅色欧版小脚裤、青绿色 T 恤衫,头上戴顶白色棒球帽,那派头整得像是去打高尔夫。叫他换病号服他一百个不愿意,骂骂咧咧半天,提着病号服说,太难看,又塌又皱,像披了块烂酸菜。

27 床的注意力之所以集中到病号服而不是病,是因为他的病与旁人听起来不太一样。

27 床是 MDS[①],骨髓异常增生综合征。

27 床和常人一样,觉得病里没有“癌”字,就不是大病,他把重点放在“增生”上去,以为骨髓异常增生综合征和骨质增生差不多,再加上他进了医院,见身边 M 开头的病人,后面不是 1 就是 2、3、4、5、6……然后这个在化疗、那个在等移植,更觉得庆幸,他是 MDS——后面没数字。

病友们不也向他表示庆幸吗? MDS? 啊,还好。

感谢菩萨。

涂金钱的老婆和穿得花里胡哨的涂金钱不一样,可能是因为胖,她终日都是一件宽大的袍子,浅白色、灰色、红色,各种简单的款式,进进出出带着几分女老板的威严,她的姓和身材很登对,姓牛,叫牛丽香,做事风风火火、干脆利落,粗看觉得是个孙二娘,细看眉眼不错,年轻时应该也是个俏丽的人。

涂金钱的病,按常规黄栀子第一时间没跟他本人细说,只是让一线医生贺清把牛丽香叫到办公室,和牛丽香进行了详细的沟通。

MDS,这三个字母单独看牛丽香都认识,连在一起是什么意思,不知道。

目前这个病,简单点说,有些人称它为白血病前期。

牛丽香听了吓一跳,说,他不是肺炎发烧,然后白细胞啥的偏低送过来的吗?怎么成了白血病前期?

恶性血液病人入院前期的症状大都是这样,全身无力、发烧、出血,表现为肺部炎症等等。黄栀子答。

那我家老涂就是血癌了?牛丽香的声音开始发抖。

也可以这么说吧,但也不是特别精确,总的来讲,MDS算是恶性血液病的一种,这个病根据危险程度有不同的治疗选择,一种是一直就这样子,较低危,终身维持异常的血液学状态,轻度贫血啊、白细胞减少啊啥的,这种我们可以采取支持治疗,缺什么输什么、处理什么,包括输血、促进红细胞生成素等免疫调节,用低毒性药物治疗。只要它不转白血病,就长期采取支持治疗,但是在治疗过程中可能有并发症,比如白细胞减少身体缺乏抵抗力,出现感染死亡;比如血小板减少身体凝血功能差,导致出血死亡;还有一种较高危的,会转成白血病,需要特殊治疗。

那我家老涂是哪种?

目前说不准,黄栀子说,但是只要急转成白血病,大多数就只有几个月生存期。

移植呢?电视上不都说只要移植就能治吗?需要多少钱?我们

不缺钱。牛丽香霍然起身,像是忙着去取钱。

你先坐。黄栀子让贺清阻止住牛丽香,说,科里已经做过评估了,是夏主任主持的讨论会,你家属的情况不是很好,病人六十八岁了,年龄有点大,并且脏器功能和各类指标不理想,化疗和移植的危险性都比较大,主要是移植前预处理时,病人的耐受性差,容易出问题,然后就算是扛过了预处理这关,移植后产生并发症的可能性也非常高。总而言之,他的身体不适合做移植,死亡率太高。

牛丽香呆住了,这才后知后觉开始感到恐惧,那我家老涂怎么办?

先治着。黄栀子叹了口气,他的生存质量在一定时间内还是可以的,但必须注意细节,控制住感冒和发烧等危险。

那个……牛丽香痛哭起来,保守治疗的话,他能有几年?

中位生存期大约五年左右吧,这个不是绝对的,每个病人都不一样。总之,我们争取通过支持治疗,尽量提高病人的生存质量、延长生存时间。

中位生存期是什么意思?

通俗点讲就是平均生存期的意思。黄栀子单刀直入地说,今天找你谈,是希望你们回去商量一下,当然,如果你们能接受一定的风险,我们也可以联合小剂量的化疗,上一些低毒性的药物。

那有用吗?

部分有效,患者可以延长生命,但是回到我刚才说的——治疗有风险,因为并发症也能要命。

那我们到底该怎么办?这也不行那也不行。牛丽香眼泪大滴大滴往下淌。

要么保守治疗,要么低强度药物治疗,目前效果比较好的化疗药物,例如去甲基化药物——现在说了你也不懂,总之可以考虑。前者风险小,但疾病终不可控,也许可能推几年,也许很快转成白血病,一旦转白,就活不过半年。后者呢,有一部分病人通过化疗,病情可控,但风险大,治疗可能出现的并发症,会让病人将大部分时间耗在医院里,生存质量并不高。

妹子,如果是你呢?你选什么?牛丽香焦灼又绝望地伸出两手,紧紧抓住黄栀子。

黄栀子语塞,这问的叫什么话?

牛丽香看她一脸诧异,这才反应过来自己讲错话了,赶紧打了自己一嘴巴,目光却依然逼向黄栀子。

我……黄栀子有些生气,但看着牛丽香伤心欲绝的模样又气不起来,只好无奈地说,我回答不了你,我只能讲明利弊,每个家庭和病人的情况都不一样,我无法替你们做决定。

你说、不怕,牛丽香紧紧抓住黄栀子的手,她的双手颤抖得厉害,指甲深深掐在黄栀子的手腕上——妹子、亲妹子,你比我小,你就当帮姐姐一把。啊?

……我不知道。黄栀子吃痛,挣扎着抽出手,冷静地回答,但我到了春天,还是想去看看茶山的樱花和琵琶山的晚霞。

你的意思是,如果我们家老涂做化疗,连春天出门去看个樱花都不行?牛丽香更绝望了,傻傻盯着黄栀子。

不是不能去看。黄栀子迟疑地回答,比如那期间正好在化疗,又比如出现并发症,等等。

还有一个"比如",黄栀子没说出来。

牛丽香却懂了,她不再询问,木偶一样一动不动地呆坐着,任由眼泪不停地流淌,好半天,她扭头看向窗外。

窗外的天蓝得让人想流泪,有一群鸽子飞过,自由且欢快。

世界那么美好。

牛丽香盯着天空越来越远的小黑点,下巴绷得越来越紧。

最后,她缓慢地转过脸来,声音喑哑,妹子,拜托你们,不要告诉他这个病是啥子。他一直以为他就是血小板、白细胞低,他是个粗人,一辈子跟车打交道,除了车子和漂亮女子,他没啥放心上的。你们别笑话,接下来估计有不少花蝴蝶排着队来看他,来哄他的钱。那些小姑娘在的时候,麻烦你们让护士发条信息给我,我就不来了,眼不见心不烦。他呢,他想怎么高兴就怎么高兴……

黄栀子听不下去,拍拍她的手说,不想那些事情,算了。

是,算了。牛丽香深吸一口气,苦笑着低下头,眼泪滴在手上,都这地步了,还能怎样?随他去吧,我家老涂的性格我晓得,你要让他成天待在病房里,不如要他去死。还是让他开心一年算一年吧。咱们就保守治疗。

也行。黄栀子点头。

不要告诉他这个病严重,千万不要。牛丽香紧张而又坚决地叮嘱,就让他花蝴蝶满天飞,我认了!让他快活几天。

黄栀子没回答,病人花花草草的事,她懒得管。

知夫莫若妻。牛丽香说得没错,涂金钱还真是个人物,入院没几天,进进出出的年轻姑娘已经来了四五个,一个个打扮得花枝招展,像是来走秀的。

笑笑看不惯,吆喝实习护士们在隔离门那里盯着这群"幺蛾子"——化浓妆,不能开门;喷香水,也不能开门。

气得涂金钱在病床上边输液边大骂笑笑,屁大个小丫头,你要翻天。

吴芳护犊子,说,涂老师,血液科有血液科的要求,你看这里医护上下谁敢浓妆艳抹?在这里安全第一,粉啊妆的不安全。

涂金钱无可奈何,只有板着脸拿着手机和隔离门外的"宝贝"说,洗个脸再来,麻利点,老子都要憋疯了。

不得不说,涂金钱是个十足的老油条,姑娘们进了病房,他一会儿装可怜一会儿耍江湖,各式各样的"作",弄得人眼花缭乱,黄栀子看在眼里,出乎意外的冷静,没有鄙视,也不戳破什么。

夏曦有些好奇,一向嫉恶如仇的黄栀子竟然如此平静如水?

陈蕴竹了然于胸,点破道,栀子是看在他老婆面子上。再说,他还能有几年苟且?

苟且。夏曦不喜欢从陈蕴竹嘴里听到这两个字,以往、现在、以后,都不喜欢。他白了陈蕴竹一眼,强调道,要说幸福。

陈蕴竹也白他一眼,嘴里没回答,心里却说,娃,有你,老太太我已经觉得很幸福了。

夏曦是当年血液科初建时,陈蕴竹和老主任老贺在外科瞄到的苗子。

你有没有注意到在外科实习的那个高个子小伙子?老贺和陈蕴竹坐在百年老榕树下,树大如盖,从枝条上垂下成千上万的气根,像从天而降的瀑布,随风轻拂,老贺一双贼眼欲盖弥彰躲在气根后面,跟她咬耳朵——喏,就跑步的那个,我觉得这家伙是块好材料,那眼睛晶亮晶亮的,外科的老顾说他查房这家伙永远挤在最前面,满脑子满嘴都是问题,缠得老顾看到他就躲。

那就等正式入院后弄过来喽。陈蕴竹倚靠着古老的树干,语气波澜不惊,眼里却充满抢人的亢奋和杀气。

没错,是抢人,院里让他俩组建血液科,可全院上下没人愿意来,过来做什么?说是血液科,院里一个学这专业的医生都没有,完全是挂羊头卖狗肉,先安店再起灶。

院长倒是发话了,全院医护人员随他俩挑,可是挑个鬼啊,那段时间她和老贺走在院里人人离他们八丈远,躲瘟疫似的,生怕脸上磨不开,两人只差抬着轿子去求人。

没想到正式入院的夏曦在分配科室时竟然主动表示要来血液科。

陈蕴竹顿时没主意了,本来她和老贺是盗已无道非常盗,已经打算用抢了,结果人家自愿来,这就有点良心不安了。年轻人是吃错了药吗?她和老贺两人好歹是过来当老大、老二,他一个兵跑来凑什么热闹?明明在医院实习时就已经出了名,人长得帅,又爱笑,个子又高,走到哪里,哪里就围一堆小护士,急得副院长黄启发都主动给读大三的女儿当媒人,想把好果子收到自家。这些都不算,重要的是这家伙学业精、人也精,别看整天围着外科老顾他们求教时懵懵懂懂的,一进诊室就沉稳老辣得像个老中医,懂得分场合看形势。用老顾的话说,这家伙天生是个当医生的料,不容易吃亏。在医院,当个好医生不难,能不被揍才是真本事。就这么个实习成绩最好、最吃香的家伙,又是老顾首先点名想要的人,居然放弃最好的外科和最权威的老顾,主动到血液科来。

老贺本就是个心肠软的人,又惜才,一听夏曦主动报名,干脆摇头不要了。他还把夏曦带到住院大楼后面,指着一楼墙角长着青苔的小二层砖混楼苦口婆心地劝说,这是红楼,就是血液科和内分泌科、中医科在一起,总共才三四十张床位,你想好了,咱们这个三甲医院,前头这栋楼十七层,住满了天南海北的病人,近十个学科在全国领先,你留在外科前途远大。到了血液科,就这破两层六十年代老砖房,连空调都没有,冷两年你就得熄火。

夏曦还是坚持留在红楼。

陈蕴竹很纳闷,问他为什么。

这家伙是怎么回答的呢?

这回答陈蕴竹几十年都没有忘记,包括当时的天气。那时候,正入秋,楼前的梧桐树都黄了,风一来,叶子哗啦啦吹落一地,树下停着辆自行车,画面像一张明信片。

而夏曦就坐在一束黄灿灿的太阳光线里,他眯眼看着纷纷飘落的树叶,年轻的脸上洋溢着向往的笑容——我觉得外科像刺绣,但很多绣样都是画好了的，我只管跟着一针针走线就行了。可我喜欢推理和分析，喜欢站在掀开了一半的秘密旁，去探究没掀开的那一半秘密。我知道你们一直在抢人，院里的老医生们还笑您和贺主任是盗已无道，只能非常盗。但科学和医学的探索从来永无止境，我觉得今天是强盗的盗，明天也许是道法的道，因为道亦有道、亦非常道。

陈蕴竹很震惊，她完全没料到一个刚毕业的研究生能用这样的思维和高度来思考问题，说白了，就连她和老贺，对这个完全为零的学科也从未像他这般自信和笃定。

晚风轻拂、夕阳如金，那是她筹建血液科两个多月来最舒心的一天。

她看一眼年轻的夏曦，心里头满意得很，自嘲道，这境界，我们跟不上啊！

夏曦脸红了，搓着手说，我是仗着年纪轻有时间折腾，是老师你们境界高，开疆拓土的英雄是你们。

陈蕴竹先是一愣，接着毫不掩饰地笑起来，说，小夏，我们没你说的伟大。贺老大呢，人老实，一辈子就是一块砖，人叫往哪里搬就往哪里搬。他不是境界高，是好欺负。我嘛，大家都晓得，净捡人不爱听的真话说，说话像打枪，伤人，不讨人爱的，塞哪儿哪儿烦。我在呼吸外科，他们说我一开腔，快接上气的人都能被我给气断喽，所以为病人着想，我还是出来的好。

老师，你们这样子多好啊！善良和耿直都是美德，你们都值得我学。夏曦乐呵呵笑道。唉，回忆当年，夏曦笑起来可真是好看，话说起来也真是好听。性格好、嘴又巧，这样的夏曦在血液科混了二十多年，不当老大都难，他混成了人精，科室里的人一个个也跟着成了精，一个死气沉沉的血液科，让他和一群娃弄得跟相声专场似的，患者在微信群里刚发个检验单图片出来，指标不好，马上就有胖苏在

　　　　　　　血液科医生

里面搭腔说——大郎,该吃药了……

那年梧桐叶落尽的时候,老贺让陈蕴竹带队,带着夏曦和一个护士长、一个护士去北京进修,主攻骨髓移植。

那是一次尴尬的出行,像贼偷了东西出门,偷偷摸摸、不敢宣扬,怕院里同事们看笑话。当他们四人收拾好衣物,和外出打工的人一样大包小包赶到火车站时,却被院长一通电话狼狈不堪地召回了医院。

胆子大了,就这么跑?

外出进修科室有自主权的,也报人才科了。老贺嘟囔。

都不用去了,没有必要。院长不耐烦地说,咱们医院那么多优势学科,在整个西南地区都顶呱呱,血液科? 别闹了,学了也没有用。

怎么会没有用? 老贺有点急,目前我们的检测已经开展起来了,就是不能治,病人只有跑北京跑上海,攒点钱都花路上了,多可惜。

可不可惜人家愿意,你放眼整个西南地区,谁放心把血液病人留在家门口治? 再说骨髓移植那么好学的? 就算学到了也没有用武之地,咱们医院尽管是三甲,但你们是新科室,没用。

那怎么办? 那就一直这样挂羊头卖狗肉?

派个学中医的去吧,方向改一下,主攻中医治疗血液病。院长显然是经过一番思考的——就这么办。

那派我和蕴竹到血液科干什么? 你派学中医的来啊。老实本分的老贺一着急站了起来。

你说干什么? 不然你怎么当主任。院长白他一眼,占了便宜不知道啊?

陈蕴竹看到老贺的脸唰地红了。

什么叫"占了便宜"? 陈蕴竹替老贺打抱不平,立即就顶了回去,你们当年和老贺一起进院的师兄弟,哪个不是院长、副院长?

所以啊,这不都快退休了,总得给师兄一个职位啊。院长也火

81

了,陈蕴竹这里没你事!

你别叫我师兄,你是院长,院长我申明一下,我老贺从没想过要当主任,这个主任当着憋屈,也丢人!我也不要你这个安慰奖,我就想着我要退休了,退休前总得把血液科搞起来,不然,丢人。老贺说着,眼睛都红了。

搞个鬼,明明就是有人在搞你!陈蕴竹看不下去了,说,要是不准去进修,这个破副主任我不当了,老贺你当不当自己看着办。

院长,其实血液科搞不起来,您脸上也难看的。站在旁边一直没吭声的夏曦突然开口,把老贺吓了一跳:这种时候这种场合,哪里是他一个新人说话的地方?他知道夏曦脑子好使、聪明,但这时候不合适。

老贺不停摆手,示意夏曦出去。

夏曦不走,放下旅行包说,我是今年新进的医生,我叫夏曦,院长您看可不可以这样?我们血液科与您定个君子协定,只要您同意我们去进修学习,让贺主任在家里做准备,半年后,我们保证学好技术回来,然后院里再给我们半年,一共一年时间,一年内,我们保证至少能做一例骨髓移植,实现零突破。院长也不想堂堂三甲医院,结果老虎生老鼠,出了个让人笑话的血液科吧?

院长愣住了,整个表情就是一句话——这是哪里冒出来的?

一想到当年院长的表情,陈蕴竹就觉得无比解气、无比痛快,以至于只要她心情不好时,就去回忆院长的表情——老家伙的嘴巴张成"O"形,一双小绿豆眼很可爱地瞪成两个圆圈——一个赫赫有名的骨科权威、一院之长,居然被一个刚进医院的年轻医生戗得说不出话。

叫啥,夏曦?院长愕然之余,愠怒地扫了老贺一眼。陈蕴竹嘻嘻笑,拦住院长的目光说,你别恨老贺,他没教人坏的本事,这孩子跟我呢。

你还好意思说!跟好人学好人,跟着端公学跳神,算了,先不说你……院长转头继续看夏曦,心情实在是毛躁——夏曦,我看你到时候要哭兮。

等我们把血液科建起来,院长,您一定会叫我笑兮。夏曦高扬着头,丝毫不怵院长,实在搞不起来,大不了两个主任都辞职……夏曦调皮地挑了一下眉毛,说,反正他俩也没想占便宜。

老贺扑哧笑出来,院长无奈地看了眼老贺,眼神山高水远,最后妥协说,随你们便吧。

夏曦一听,兴奋地提起旅行包,转身就冲出了院长办公室。

没来由地,陈蕴竹居然也提起自己的包跟着年轻的夏曦走了出去,门外有难得的冬阳,暖暖地照在脸上。她看着前面高大的夏曦,竟觉得自己才是夏曦的跟班。

这奇异的感觉一直困扰陈蕴竹至今,明明她是师傅,他是弟子,她当医生时这家伙半夜怕是还在"画地图"呢,但说不清楚什么原因,仿佛从那一天开始,他就已经走在了她前面。后浪啊,可怕的后浪。

你这仔,居然不怕院长。追上夏曦,陈蕴竹冲着他后脑勺儿就是一巴掌。

我也不是不怕院长。夏曦望着暮色中迅速逝去的江面,抽丝剥茧地分析——我觉得院长其实是想把血液科做起来的,不然他组建血液科做什么?

那他为什么拦我们?

我想他是担心贺主任,中医有句话叫"药医有缘人"。西医不同,夏曦沉思半晌,缓缓地说,贺主任还有几年就退休了,院长是个好人。

一周后,陈蕴竹终于成功带着夏曦和一名护士长、一名护士踏上了开往北京的火车。

在北京的半年,是陈蕴竹生命中最苦最累的半年,北京的冬天真冷啊,她记得他们在医院旁租住的那个四合院,房檐上永远结着长长的冰。他们从院子那头的集体浴室洗了澡,穿过十来米宽的院子回到宿舍,头发居然就冻成了冰坨子。还有雪,铺天盖地的雪……可是北京的病房是真暖和,热气腾腾的暖气和学习的渴望焐得他们每天都像在蒸笼里,一天二十四个小时,仿佛每一分钟都一闪而过,要学的东西实在是太多了,医生、护士嘴里冒出来的一串串英语单词和病症简称、用药简称,听得人头昏脑涨,记住了这个忘记了那个,偏偏人家一脸小傲骄的表情,存心就没打算慢慢讲。

那一刻陈蕴竹深深感受到了南北两地的差距,尤其是知识的差距。幸好带了个夏曦,这家伙天生有语言天赋,记不住意思,但记得住语调和单词发音,回来一个个回忆、一个个补记;至于专业知识背后的理论系统和解析系统,全靠夏曦两条大长腿来来回回跑医院的图书馆。

进修到最后,最关键的环节是造血干细胞冻存和复苏技术,这是最要命的核心技术,珍贵的造血干细胞怎么确保能存在零下八十摄氏度的冰箱里而不被破坏?又怎样确保复苏时不损伤到它……想学的东西太多,想介入的也太多,可是医院根本不可能让进修的医生插手最关键的地方,原因很多:怕他们学不上手回去弄出问题、怕他们回去了心急眼急整出事、怕他们新建的血液科团队力量和硬件跟不上最后殃及师门……总之一句话:你们的团队不行。

陈蕴竹是爆竹脾气,气得差点心梗,却拿医院没办法。

夏曦不,他脸皮厚、嘴巴甜,天天跟着"师傅"屁股后头跑,寄东西、拿信件、复印论文,外带替人家接女儿放学,周末帮忙买菜,保姆和秘书的活儿都让他干了,最后师傅才松口说,我不能教你,但你可以看!

夏曦就这样靠"看",把核心技术弄了回来。

春暖花开的时候,他们四个人风尘仆仆地回到了山城。一进红楼傻眼了——老贺已经给他们准备好了层流病房、隔离仓和病人。夏曦和陈蕴竹看着大变样的血液科,目瞪口呆,他们实在想不出老实巴交的老贺是怎样说服院里添置这些设备的,这些可是白花花的银子啊。更想不出老贺是怎样劝说病人留下来的,说白了,这相当于拿人来练手。他们只知道,老贺看到他们的第一眼,眼眶是湿的。老贺人瘦了,头发也比半年前白了很多。

叔叔。治疗开始的前夜,夏曦坐在病房前,那么温和那么细心地对病人说,您知道吗? 您是我们血液科第一个真正的病人。

我知道,我的命,交给你们,我信。病人说。

就那一句话,感动了陈蕴竹和夏曦他们一辈子。天知道这首例移植是多么手忙脚乱、心慌腿软,又是多么细心谨慎、刻骨铭心。从医十多年,直到那一刻,陈蕴竹才真正深刻地体会到医者与患者之间的关系,是信任,是给予,不是医者给患者,而是患者给医者。

没有信任医生的患者,天下就不可能有什么良医、名医。

因为这信任,陈蕴竹和夏曦在血液科一待就是二十余年,把所有心血和青春都倾注在了这里,直到把科室建设成西南地区最好的血液科。病人终于不需要从南到北去北京苦苦等一张化疗床位——那张床太难等了,有时候床没等到,人没了……

而在山城,有水路、铁路、公路,无论是交通花销,还是物价和房租,都远远低于北京、上海。血液病的治疗费用本来就是个无底洞,节约一张机票钱就相当于捡到几袋救命的血小板。

当血液科的干细胞移植技术做到全国前二十时,老贺走了。

然后,陈蕴竹亲手把夏曦推了上去,陪着夏曦,又用了十年时间,把科室做成了西南地区规模最大、国内设施领先的造血干细胞移植层流病房。

她爱这个孩子,尽管他现在是她的领导,但她仍然忘不了他剃着板寸,在北京的寒冬中,迎着风迈着大长腿奔跑着穿过四合院的样子,以及那样自信地举起手表示胜利的样子。

她知道他一直希望她幸福,但有些伤,在青春的记忆深处,永远无法痊愈。她与这个世界永远隔着一层坚冰,唯有病人是她最柔软的牵挂,当然,还有科室这个温暖的家。

涂金钱在"苟且"或"幸福"的路上越走越得意了,每天都有不同颜色的"花蝴蝶"飞来探视,不过涂金钱多少也还有点良心——他和花蝴蝶们约的时间大都是牛丽香不在的时候。

他哪里知道,牛丽香其实一直都在,她只是假装走掉,去志愿者小课堂那边陪病区的白血病宝宝了。

只有找点事做,牛丽香才能强迫自己控制住悲伤和愤怒。她心疼这些可怜又可爱的小宝宝:头上带着留置针管,脸上戴着大口罩,露出一双黑溜溜的大眼睛,又孤独又恐惧。只要你肯抱他们,他们就会立即用小小的手紧紧抱着你的脖子,抱住就不放,那细小又孱弱的呼吸柔软得像蒲公英的小伞,轻轻地、轻轻地落在你的脖颈间……牛丽香每每抱着他们,都觉得整颗心又痛又碎。

哄睡刚做完骨穿的小雨花,牛丽香轻轻抹去她脸上的泪珠。小雨花颤抖了一下,小手在睡梦中都不忘紧紧揪住牛丽香的衣领。也许在梦里,她把牛丽香当成妈妈了。小雨花的妈妈因为要替小雨花凑钱做骨髓移植,不得不在外地打工。每次小雨花做完骨穿都会大哭着喊妈妈,牛丽香每次都代替她妈妈来哄她。

妈妈不走……小雨花呢喃。

不走,妈妈不走。牛丽香鼻子一酸,把小雨花抱得更紧了,她想着不远处病房里的丈夫,她和他已经许久不曾拥抱过。爱还在,却硬得像石头,沉甸甸地堵在心里,令人窒息。

吴芳从仓里出来,一脸鬼笑。黄栀子正好路过护士站,好奇地问她啥情况。

仓11,异基因移植那个大姐。吴芳忍不住又笑,小米帮她晾了杯开水刷牙,她一直没动。小米怕时间长了漱口水被污染有细菌,就给倒了,重新给她打了杯开水。结果她对着那杯热气腾腾的开水嘤嘤嘤哭了一早上,一直哭哟,哄都哄不好那种。

她哭啥?

她说好不容易才凉下来的刷牙水,说倒就倒了。

就为这个?

就为这个!我刚才又去哄了半天,刚哄好,五十五岁呢,跟个小孩一样。

黄栀子也忍不住笑,病人有力气矫情是好事。她转头看移植仓紧闭着的雪白色隔离门,叹气道,谁还不是个宝宝——在那里面。

涂金钱的病情你还没给他讲?吴芳边问边指着黄栀子有点松散的头发:在她面前,医生也得整洁再整洁。

什么叫没讲?什么病他床头明明白白清清楚楚写着呢。黄栀子老奸巨猾,扎好头发,看着护士站鱼缸里的红色小金鱼,幽幽道——MDS,一个字母都不少。但凡他有点心,但凡他把家庭和自己的健康当回事,手机一查什么都知道。还有,但凡那些花蝴蝶把他当回事,一搜,也什么都知道。

那倒也是……也许她们中间有人查过了,吴芳沉思:现在的女孩子都鬼精,你没看见那个小芭蕾来得特别勤,特别体贴,那个哆、那个哄啊骗的,骗得27床把他卡里的十五万元全都借给她了。

十五万元?黄栀子倒抽一口冷气。

申宝儿从护士站后面的备药室里摇晃着脑袋走出来,神经分分地念叨,十五万元算什么?我要是她,根本不找涂总这岁数的,要找就找个九十九岁的土豪,跟他领个证,出了民政局就挠他痒痒,让他笑死掉,然后第二天我就拿着遗产,五湖四海,天下帅哥皆朋友,和他们一起举头望明月,低头逗姑娘,哼哼哼。

吴芳瞪大了眼,难以置信地看着这活宝神神道道地从她眼皮底下走过去。

黄栀子点头,啧啧道,不愧是打算做编剧的,简直了!

疯了疯了! 吴芳回过神来,恨铁不成钢地冲着申宝儿背影狠剜了两眼,现在的年轻人,思想可怕得很。就像那个小芭蕾,我觉得她应该是上网查过的,只是不说穿,抓紧时间浑水摸鱼捞两把。

这话说得黄栀子寒从两肋生。

人心深,深过海底针啊。

周四,土豪27床欠费了,这家伙躺在病床上嘻嘻直笑,说卡里钱没了,丢人、真丢人,叫找牛丽香。吴芳让笑笑打电话给牛丽香催缴费,电话没人接。到了晚上才回了通电话来说,把钱打给吴芳,托吴芳缴费。

吴芳直接想挂电话。现在的家属一个个还真把护士当保姆了,居然指挥起她这个护士长来,要知道她这种骨灰级护士界元老,就是医生也得跟她客气些。心头一不痛快,便冷冷回了句,不合规! 自己来办。

求您了护士长,我来不了。牛丽香语音低沉凄凉,我知道我没资格麻烦您,但是我又不能把卡给他,他人躺在医院,那些花花绿绿的姑娘可没少打他主意。网上银行我又不会操作,我们这岁数的人,都不行。

你怎么就来不了? 吴芳质问,人还在这里躺着呢!

那边沉默了许久才答,我也在医院躺着,脑梗塞,今天幸亏发现得早,刚发觉手脚不利索店里师傅就送我到了医院。你知道,老涂没死前,我不敢死。这半个月我自己身体稍微有点风吹草动我都注意着。他不顾我，我得顾——他安逸死了，总得有个人给他收尸不是？

吴芳没想到是这么个情况，一时也不知说什么好。

哀莫大于心死。牛丽香声音低沉，我也不想跟他吵，那个跳芭蕾的，人家前天和她师弟在江城雅亭选房子呢，老涂那个二百五，根本不知道人家拿着他的钱去和小师弟买安乐窝，我都拍到照片了……说真的，要不是想着他这辈子也不容易，我真想发给他看，气死他……

吴芳听着，心想真是够乱的，也不忍心拒绝了，只说，我让陈笑笑护士明天和你联系吧。

好，牛丽香道歉，对不起护士长，谢谢你听我发这通牢骚，我这不……快憋疯了。

没关系。吴芳轻声说，你好好养病，这几天情绪放松，不管怎样，自己的命最要紧。

挂掉电话，吴芳莫名觉得惆怅，再要强的女人，遇上个"情"字，终究是要输的。

抬头看夜空，那么多星星，一颗、一颗，它们看起来相隔并不遥远，但其实每一颗星星都是孤独的。

人和人也一样。不是吗？涂金钱跟牛丽香做了一辈子夫妻，到最后涂金钱都不知道自己的老婆有多好。牛丽香都被气成脑梗了，涂金钱还在病房里逗姑娘。

真是活久见。

牛丽香不来，涂金钱明显有点毛躁，他病情比别人轻，科室里只有他没做化疗，每天就是控制炎症和发烧、打升白针、输成分血。下午一退烧他就逮着人吹嘴壳子，不是跟人"探讨"世界那么大，该不该去看看，就是"研究"英国的绿化与法国园林之间的区别，偶尔还十分"内行"地分析普济岛与迪拜的共通之处，用笑笑的话说，简直是烧包得很。

黄栀子带着实习医生给她们示范做骨穿，涂金钱躺着都还不老实，不停地嘀咕——外国的设计好，不像我们中国，针头太粗……黄栀子冷冷道，你再呱呱我换实习生上了啊，她们没轻重，你也得给我忍着。

涂金钱吓得乖乖闭上嘴巴。让实习生做骨穿？吓死人呀。涂金钱想想都肝颤。

第一次做骨穿他就硬是差点吓得背过气去，恁长恁粗一根针，硬生生就刺到他骨头，不，骨髓里头去！护士长说十五分钟就可以走路，他却硬是整整一天没敢动，他想不通这些娇嫩得像花骨朵的医生，咋恁心狠，拽住病人就穿，生生扎到人骨头里……

许是让黄栀子吓着了，做完骨穿没多久，涂金钱尿急，佝偻着腰一步一挪去了洗手间，出来时又是一番烦骂。

要是人家日本的厕所……涂金钱甩了甩撒尿时弄湿的鞋子，气呼呼地说。

孙阿姨本就是个"老司机"，正忙着擦拭床架消毒，听到这里又起腰一脸狠琐地笑起来，说，关日本厕所啥子事，这个年纪，嫩黄瓜都成了蔫茄子，走路要人抬、屙尿淋湿鞋，正常。

小松子在边上正喝水，呛得差点咳嗽。

涂金钱整个人都不好了。

病房里还有个小艾呢！

他偷看一眼小艾，老脸涨得通红，愤怒地指着孙阿姨说，素质、素质。我投诉你信不信？

孙阿姨嘻嘻笑，说，涂总，你莫吓我，血液科的护理有几个敢接？动一下就是大出血、抬一下就是呼吸困难，不是我吹，我孙大娘的水平——甲级。嘴巴嘛我是有点欠，但是"孙阿姨"三个字在血液科是响当当的金字招牌，三天我不在，保管你们想死我。

想你个屁。涂金钱刻薄地说，想你老得额头皱纹一行行、眼角皱

　　　　　　　　　　　　　血液科医生

纹放光芒。你个死老太。

孙阿姨也不生气,哈哈大笑,拿着抹布弄下一间病房去了。

那天以后,几个老护工背地里给涂金钱起了个外号叫"嘘嘘"。吴芳听了又气又想笑,责骂一群老妖精,又再三提醒,不能让人家听到,伤自尊的。

申宝儿却在一旁听得津津有味,吴芳只有摇头的分儿,小姑娘家家的,非礼勿听,你倒好,百无禁忌。

干吗要有禁忌。申宝儿无辜地说,我们当护士的眼里只有病人,不分男女,你们不就是这么教的吗?不还要学插尿管的吗?

对对对。吴芳笑得很"慈祥",所以你得赶紧轮到泌尿科去。

申宝儿立马不吭声了。

金眼科银外科,吵吵闹闹小儿科,走投无路传染科,死都不去泌尿科。

她才不去呢。

涂金钱不知道自己"嘘嘘"这个外号,只觉得小护士们看到他总是笑,便更加烧包了,天天拍着胸膛说什么等贫血治好了,带她们去深圳,租一个游艇出海吃海鲜。小护士们只听不答,笑着走了,只有护理阿姨们不嫌事乱,一边笑疼肚皮一边唆使着几个病人家属去问他借钱。

他钱多,找他试试。

七八个病人家属往门口一站,把正在吹牛不嫌皮厚的涂金钱吓一大跳,秒怂了半分钟后,立马换了个频道,愁眉苦脸地摇摇头说,我说了不算,现在我家的钱归我老婆管。

说完把脑袋往被窝里一埋,装哑巴了。

家属们本就没指望啥,也不怨,脚步拖沓着散了。

有啥子好怨的,进了血液科都是苦命人,谁的钱不叫钱?谁还能嫌钱多？出现严重并发症，一天就能甩出去一两万元，水似的，钱自己用着保命都当割肉，还给别人，可能吗？

涂金钱怕人拿脸色给他看，已经准备了一肚子理由，什么赚的是血汗钱卖命钱，什么媳妇就是个河东狮……结果等了好几天根本没人跟他说道，把他膘得不行，觉得自己摆了恁久吃天的架势，结果屙了泡软屎，实在丢人，闷闷不乐一整天，第二天又打电话约"小宝贝们"。

打卡签到、打卡签到。涂金钱怕她们不来，在电话里放鱼饵。

打卡签到是有签到费的。

这招管用，小宝贝们一个个轮着班来看他。

来是来了，一个个都娇气：这个说天好热，提盒牛奶都要热死人咯；那个说一接到电话就赶过来了，忘了买东西，不过还好，涂总啥也不缺。

涂金钱心里骂娘，心想，你们他妈的一个个不知道弄点养人的汤来啊。但表面上只是呵呵笑，挥手说，来了我就开心，比吃灵芝还开心。

那你答应给我买的包包呢？

涂金钱暗想：买个包包给老子装骨灰啊。看看人家隔壁小艾，年纪和你一样大，看看人家熬的粥，香得……

当着小艾和小松子的面，他只有干笑，挥手说答应了自然算数，然后拿起手机微信转账。

转你个鬼，他按一个键，心里骂一句——老子汤都不得你一碗。又按一个键，又暗骂——老子汤都……

小艾看着心焦，只有在旁边巴巴提醒他，涂老师，你莫玩手机嘛。哎呀你的药输完了，你叫她们帮你看的啥嘛，我帮你按铃……

小艾的声音清脆得像雨水滴落在老家苞谷林叶子上，真好听。

他喜欢听小艾说话，他其实不喜欢这些鬼精无情的女子，所谓无利不起早,恁热的天要她们来医院看他,凭感情?连他都不信。前面一拨自己争先恐后赶来的,都是因为他欠着钱,酒店里的、餐馆里的、洗发店的,人来的目的是收账。后面这一拨要不是他说打卡给签到费,一个个早跑得远远的了,真正关心他病情的没几个,连 MDS 是个什么病都没人问,还会替他看输液瓶里药液还有没有?想得美。

天下熙熙,皆为利来。她们和他相处不过是各取所需,他老了,图她们的容貌撑面子。她们年轻,图他的钱——既然是给涂总撑面子,出场费总是要给的。

早就习惯了的套路,到了医院也没觉得不妥。没想到因为小艾,鬼女子和他都开始不自在起来,说起钱也没那么理直气壮了,一个个在喉咙里哼哼唧唧,小鸟啄毛似的。

没办法,小艾的眼睛太干净,干净得让她们心虚。穿着寒酸的小艾安安静静守在病床边,偶尔轻声笑着和小松子说话的模样,总显得那么有板有眼、光明正大,明明小小的一张脸,端得却是明媒正娶般的小妻子架势。她们呢,和小艾差不多年纪,来看望的却是个年过六旬可以给她们当老汉的老头子,平时在外头经常欧巴欧巴地叫,现在只有中规中矩叫涂总。一叫涂总,气氛他妈的就有点怪了——你来看个"总",裙子穿恁短干啥子呢?胸口露恁多干啥子呢?跟人家要钱买东西干啥子呢?

气氛一怪,她们就只有郁闷地坐在病床边玩手机。

涂金钱也郁闷,他妈的,女人嘛,出门在外哪个有钱男人不是左边搂一个右边跟一个,就算儿子看不惯跟他吵,他也没觉得丢人——老子打的江山、老子挣的钱,你当儿子的白吃白喝白用,有什么资格说老子,有本事不拿老子一分钱,自己打天下去。儿子也是个倔货,早几年就和他断了往来,断就断,他无所谓。

偏偏病房里这个小艾让他觉得别扭。

真是见了鬼。

涂金钱有点憋闷,想换病房,但哪有什么病房可以换?抢到一张病床已经很不容易了,要不是白细胞和血小板下降得厉害,用医生的话说,他入院的资格都没得。躺在床上这十几天,他腰都躺酸了,可输了五六袋血小板,进了他身体跟被偷了似的——怎么测,血小板就是不长,进来时是四个,现在还四个;白细胞也不长,进来时二十二,现在还是二十二。

他身体里是住着个江洋大盗吗?

心情无比烦闷。

涂金钱无趣地踢了踢被子,有些委屈又有点生气,侧头瞥小艾一眼,更气急败坏了。

那丫头正轻手轻脚地给小松子掖被子,她抬头看到涂金钱的目光,没移开,反而柔软地看着他,脸上绽开无声的笑。她眨眨眼,哎呀,眼睛晶晶亮。

涂金钱挫败在小姑娘干净的笑容里,索性蒙上被子,瓮声瓮气地撵床边只管玩手机的女子,走吧走吧,老子想睡个觉。

床边的人如释重负。早就想走了,拿到钱就想走的,但是那样走太直接,总得多坐一会儿才好走不是?这一听,立即站起身扭着腰一阵风似的走了,涂金钱这才一把扯下被子,露出气鼓鼓的一双眼,死死盯着房顶,暗骂,他妈的! 又骂,他妈的!

给我转个病房!有没有特别病房,我加钱!他跑到护士站缠吴芳。

你当住酒店呢,还挑床?吴芳忍不住奚落涂金钱。

唉,我病房那两小年轻整天苦兮兮的,看着烦。

人家还没嫌你烦呢,一天换一个,走马灯似的。吴芳说。

一天换一个怎么了?老子有的是……

吴芳抬头看他,眉毛一扬一扬,两手抱起红十字会捐赠箱,哐当放他面前,手一指,有钱人,请。

涂金钱缩缩下巴,硬生生把"钱"字咽回肚子里。

人都是贱骨头。

两天后,小松子出院了,换了位聋哑老人住了进来,涂金钱又不自在了,在床上翻过来翻过去,熨衣服似的。

我觉得咱们病房里缺人气! 他拍着被子对孙阿姨发牢骚,发完牢骚又叹息——他妈的,还是年轻好,你看看前两天那 26 床,爱得死去活来的。

笑笑逗他说,人老怎么了? 老了也可以爱得死去活来。

怕不会哟,你看我家那个牛魔王,最近来都不来。涂金钱哼哼道,他压根儿不知道牛丽香脑出血住院的事。

你身边花蝴蝶恁多,她不来才好。笑笑是个行侠仗义性子的人,不客气地提示涂金钱——涂老师,出来混迟早要还的,等你活到八十岁,你就晓得你要倒霉,花蝴蝶都飞了,牛魔王也不管你。

老子怕个屁,老子恁多……钱。涂金钱左右看两眼,心虚地把"钱"字声音压低。

笑笑不厚道地咯咯笑。

她笑得让涂金钱心虚:小姑娘人小鬼大,这话怕是要应验。

也许是受了笑笑的刺激,涂金钱转了性子,一个花蝴蝶也不约了,每天的粥不是托孙阿姨她们熬,就是找哪个病人家属匀一碗喝,再不然就是笑笑她们东一床西一床地去给他拼——营养倒是不缺,只是过得有点像个叫花子。

你至于吗? 又不是没钱,有血液科专订的,干吗天天问人家要? 吴芳看着他实在窝囊。

钱不是万能的。涂金钱叹息道,街上三百元一碗的蟹粥,都没有自己熬的一碗白米粥香,唉……

他欲言又止,掏出手机啪地扣在护士站柜工作台上——帮我买粥,只要咱病区的,一碗一百元。

吴芳啧啧直赞,说,你要是一天能吃一万碗粥那该多好,把没钱的病友都给包起来。

涂金钱嘀咕说,不气死我你们不舒服。

护士站的小护士们低声笑起来。

夏曦经过,看到她们在笑,也笑了。血液科医护人员和病人之间的氛围在全院一直是最好的。吴芳斜眼看夏曦,一脸"求表扬"的神情。夏曦大步流星走过,手背在背后,竖起个大拇指。

小护士们又开心地笑起来。

注释:

①MDS:骨髓异常增生综合征,起源于造血干细胞的异质性髓系克隆性疾病,由于骨髓的病态造血而出现白细胞、血红蛋白以及血小板的减少,该病向急性白血病转化的风险较高。所以,也称白血病前期。低危组患者平均生存期五年左右,中危组两年左右,高危组半年至一年左右。

　　　　　　　　　血液科医生

十

也许是被小艾的一句跳江吓着了,涂金钱总觉得头皮发痒。他匆匆起床,披着那身"烂酸菜"到护士站申请登记,让护士给他预约护理中心。

约个人过来给我洗头发!他妈的,都酸了。他生气地拍着护士站的台面,然后耸耸鼻子,做出一副要呕吐的模样。

护士站玻璃鱼缸里的红色金鱼被他一巴掌吓得直往水草里钻,护士小米生气地瞪了他一眼。

涂金钱有点惭愧,作势捧了捧鱼缸,点头哈腰地给小金鱼道歉。

冒犯了!

这小家伙可是血液科的小吉祥物。楼上楼下,出院的病人家属临走前都会来和小金鱼道别,不为别的,只为了在一个个不眠之夜,在万籁俱寂的病区,唯一陪伴他们的,就是这条随时都会向他们游来的小金鱼。小金鱼的尾巴特别细长,像飘扬的红绸带,它一转身,就会拖弋出一道美丽的红色彩虹,很梦幻,像……生生不息的生命。

涂金钱抚摸着鱼缸,极认真极细声地对小金鱼说,对不起,我错了。

小金鱼缓缓从水草中冒出头来,悬浮在水中央,静静地看着玻璃缸外的可怜老头儿。

小金鱼的大眼睛像一汪水。

涂金钱的眼睛里也有一汪水。

唉,这小东西好像看穿他的心了,他的心,有点孤独。

黄栀子匆匆回到办公室,关上门急忙给小艾发了条信息,叫小艾先到办公室来一趟。

接着给夏晨打电话,说小艾和小松子的事。

你不是说,所谓爱情都是假象吗?电话那端,夏晨言语如二月春风,好听,却带点剪刀的尖锐。

总有意外嘛。让人揭短,黄栀子有点不自在,辩解道,所以世界才值得期待。

期待?期待有用就好了,你以为起个房号叫119,就真能救火?

黄栀子得意地笑起来,她就是这意思咯,当年夏曦和她假结婚,就是帮她救火,所以她叫这间老公寓119。

你直接打电话给康群物管就是。我说过,你要房直接拿,房租免了。钱这个东西,生不带来死不带去。不过,栀子,我麻烦你个事,芳芳……

黄栀子赶紧挂掉,尽管拿人手短吃人嘴软,但这个忙她帮不了。

挂了电话黄栀子才反应过来:不对啊,这家伙今天说话语气怎么那么悲观?

她求知欲甚强地给夏曦发了条信息。

夏曦只回了一个字——笨。

黄栀子摸不着头脑,打了个问号发过去。

今天是他俩离婚纪念日。夏曦又回。

黄栀子无比尴尬,这种日子她还打电话给夏晨,还秀小艾和小松子的恩爱,真是欠揍!

一个男人居然把离婚的日子当成纪念日,每年都惦记着,真是够衰。就像她,老是忘不掉离开白河和葛蓝的日子,那两个日子像刀一样刻在记忆里。

他们都一样,都是受伤的那个。

还好夏曦比较幸福,身边永远缠着个爱他的狐狸精,虽然不结婚,但从不跑掉。

刚看完分组病人的血检报告单,小艾就来敲门,黄姐姐?

黄栀子板起脸,想训她两句,嘴巴刚张,却愕然不能语。

门开了,小艾还是那个小艾,简朴的碎花裙子,苍白的小脸,细瘦的胳膊、腿。

但小艾又不再是那个小艾。

是光头的小艾。才两天不见,小艾的头发没了!

你的……头发呢? 黄栀子喉咙发涩,眼前浮现出第一次看到小艾从身边跑过的情形,长发飞扬如瀑,那么美、那么黑、那么亮。

小艾是从康群小区的天梯爬上来的,她猛烈地喘息着,撑着腰,身体像一叶被风吹折的芦苇,下巴上悬着一滴晶莹的汗水,那汗珠和她的脑袋一样,泛着亮闪闪的光。

剪了。好半天,小艾匀过气来,轻声回答。

为什么?

没钱了啊,我剪了卖了。小艾嘴唇轻轻抖动,用手挡着额头,不安地问,是不是很难看?

不……不难看,挺酷的。黄栀子不擅长说谎,只好赶紧转移话题,问,卖了多少钱?

五百元。小艾眼眶红了,汗水从她额头上淌下来。她抹了一把脸,把汗水或者是泪水一并抹掉。

黄栀子望着小艾,不知说什么好:五百元能管几天啊?这丫头成天这样子跑进跑出,又能扛几天?

小艾,坐。黄栀子递了张纸巾给小艾,轻声问,我问你,今天外面几摄氏度?

四十。小艾怯怯地看着黄栀子,她明白医生的意思,四十摄氏度的高温下,小松子这样的病人是不能出门的。

知道就好,黄栀子说,喏,我给你一张条子,你到康群找物业的成总,他会给你 119 房间的钥匙。你们搬到那间房子去住,钱不用管,我找了个捐款人,他来付。

小艾黯然摇头,不肯接。

就算房子不要钱,但吃和用呢?还有药。我们还欠了不少钱……世上的路千万条,唯独她和小松子无路可走。

小艾,听话,小松子这样子去江北很危险,他肺部一直有炎症。

去什么江北!我们就在桥上投嘉陵江算了。小艾突然仰起头,眼泪滚滚落下,小脸却笑得灿烂无比——那样还能省火化费,我俩现在连死都死不起。

净说傻话!黄栀子听得心脏怦怦乱跳,说,血液筹那边你接着发照片、写日记,现在小松子还有二十多天才化疗,时间充裕,而且他这个病后期花费又不大,你不想想,万一有个大款突然在明天、后天一下子给捐一二十万呢?就像刚才我刚挂电话,就有好心人捐款帮你们解决半年房租。

小艾愣了半晌,号啕大哭。

她早就想哭了,一直憋着,这时闸门一打开,委屈和悲伤就成了汪洋大海。

黄姐姐。小艾大口大口呼吸,像一条濒死的鱼——其实昨天晚上,小松子把遗书都写好了,他念的,我写的。我答应他我不死,好好

血液科医生

活着。其实我也想死，太难了，黄姐姐，日子太难了。为什么人家都活得好好的，而我们要遭这个罪？黄姐姐，我们昨天想了一夜，怎么个死法……又省钱、又省事……他说跳江，我说现在的江也不好跳，还要劳烦政府捞尸……割腕他不忍心，说，血管里流的都是好心人献的血，不是自己的，流了对不起人家……后来我们就想回江北去，仓库边上搭了个厨房，里面有煤气罐，把煤气罐打开就是，我们还有一千多元，就放窗台上，留给老板，我们老板对我挺好，这些时间他安排调货都是下午，他说上午我要守小松子输液……

黄栀子听得后背冒冷汗，她想象不出两个二十五六岁的年轻人，依偎在一起，肃穆、绝望、认真地讨论了一夜，不是谈未来，而是商量怎样自杀。

俩孩子实在扛不动了，换成黄栀子可能也扛不动，每天一睁眼就是钱，进医院得要钱、租房子得要钱……这感受黄栀子曾经有过，那是母亲去世，她变成孤儿后，拿着仅有的几百元，面对茫然未知的人生时最真切的感受，它让人绝望、让人恐惧。

让小艾比当年的黄栀子更难过的是，除了面对缺钱的绝望，还得面对不断跑到医院来要债的同事和朋友，他们尴尬又焦躁地站在走廊里，陈述着各种各样不得已的原因，希望小艾还钱，小艾贴墙垂头，小脸通红，两手交替着不断抠自己的指甲。无论他们怎样说，小艾打死不吭声，只是把头越垂越低，远远看去，脖子仿佛快要被折断……这些都不算完，情绪失控的小松子还要动不动折腾着拔针头、寻死、要她滚……

那么多煎熬，真不知道小姑娘怎么熬过来的。

每次看到无助、倔强甚至厚脸皮的小艾，黄栀子都会想到当年的自己，心里隐隐作痛。

不要瞎想。黄栀子轻拍小艾的后背，那里瘦得两扇蝴蝶骨高高凸起。你们既然连死都不怕，还怕活吗？现在房子有了，钱也会慢慢筹起来的,小松子的化疗也只有一两个疗程了,以后出了院日常服药定时复查就行了。所有的情况只有更好,没有更糟,何况你现在护理血液病人有了经验,只要不怕吃苦,以后可以在血液科当护工,比在超市守仓库好。

血液科的成熟护工,一个月同时护理两个人,能挣五六千元,关键是人要撑得住。

谈到钱,小艾立即像注了血,人顿时活过来,也不哭了,愣愣地望着黄栀子,眼睛闪着晶亮的光。半晌,她笑了,接着又哭起来,颠三倒四地问——再做一两次化疗就行了?真的?不用去自杀了我们?我可以在这里找工作?我不怕辛苦,只要有钱,什么都不怕的我。

嗯。黄栀子点点头。激动的小艾拉着她的手直摇晃,弄得她有点发晕,差点摔倒。

吴芳是听见哭声跑过来的,进来先是被小艾的光头吓了一跳,紧接着被黄栀子惨白的脸色吓着了,上来就摸黄栀子的额头,怎么了?

黄栀子扶着桌子缓缓坐下,嗔怪地看小艾一眼,说,还不是怪她,和小松子商量怎么死,又是跳江,又是捞尸的,吓人。

小艾吐吐舌头,不好意思地低下了头。

听说不用搬走、不用付租金,情绪一度失控的小松子陡然放松下来,当天夜里,他的体温恢复了正常。

果然是心病最难治。

时间缓慢艰难地前行,康群小区里,剃光头发的小艾像一轮悲壮的小太阳,照耀在每个人心上,让人觉得暖又让人觉得痛。康群的血液病友已经达成了默契——小艾不用花钱给小松子做粥,大家轮流匀粥和汤给小松子,反正哪家的病人都吃不了两口,两勺是熬,三勺也是熬,一家匀两勺,小松子的进食量就够了。

　　　　　　　　血液科医生

小艾、小艾、小艾,总有人亲切又温暖地呼唤小艾的名字。

小艾接过一碗粥、一个苹果、一根香蕉,眼里满是泪花。

濒临崩溃的小艾终于缓过劲来了,每天发信息给黄栀子汇报小松子的体温和食量,语气也逐渐活泼轻快,说她和小松子要做打不死的小强。

黄栀子听着,心情反而沉重起来,她越来越替小艾揪心,甚至自责,大家给小艾的希望是不是太多了点,万一护理和化疗中出现病情反复和感染风险怎么办?万一所有的帮助突然消失怎么办?

如果不能带人走出黑暗,就不要给他阳光。这话谁说的?

是不是管得太多了?驾车驶过夜灯辉煌的高架桥,黄栀子问自己,作为科室副主任,她只需要一周两次查房,有什么事交代给一线医护人员就行,非要管那么多,跟病人和病人家属接触交往那么深,把自己全陷进去,有必要吗?

心底有一个熟悉声音回答她——有时治愈,总是安慰。

好吧,就这样,黄栀子松了松油门,车子徐徐驶过车辆拥挤的江边大道,像一条善良的鱼游过人世间冰冷的江河。

中午,黄栀子在食堂随便刨了两口便回到办公室:天热,没胃口。

正要关门午睡,小艾又来了,和上次不同,小姑娘气色好了许多。

黄姐姐。小艾贴着墙,神情恍惚地笑着,你猜小松子他怎么形容亲我时的味道?

黄栀子想:这傻妞,这个话题让人怎么猜?

他说我有苹果的味道,他想天天都尝尝苹果的味道。小艾摸着自己的唇,晃着她又圆又亮的小光头,眼睛里闪烁着星星点点的喜悦,细看那喜悦背后,仿佛又隐藏着悲伤。

黄栀子没有细想,这种时候谁还能无忧无虑呢?能笑已经不错了。

小松子的治疗效果其实可以更好的,但他思想包袱太重,你多开导他。这段时间他恢复得不错,你们有点接触不是太大问题,但一定不要太用力……黄栀子提醒着,有点尴尬,但她又不得不多叮嘱两句,只好硬着头皮说,亲吻时尽量不要吮吸,避免伤到他的口腔黏膜,而且你要确定你们都没有感冒。还有,要刷牙,注意清洁卫生。

小艾点点头,非常认真地答,注意着呢我,我都是刷得香香的亲他。

黄栀子脸红了。

年轻真好。什么话说出来,都带着无所畏惧的天真和单纯,不像她这个年纪,做什么都来不及了。年轻时没敢说出的话,错过的事,越是人到中年,越是没有心力和底气。尤其是爱情,碰都不敢碰。当然,黄栀子也不想碰那玩意儿,夏曦和夏晨两个再劝也白搭,"爱情"这个词在她二十多岁时就和"狗屁"画上了等号,想想都臭。

乖。黄栀子说,突然觉得自己的语气像个宠溺女儿的老母亲。

黄姐姐,我是担心万一哪一天他又想寻死,我就再也亲不了他了……所以现在想多亲亲他。黄姐姐再见,我不耽搁你午休了。小艾说完,摆摆手走了。

黄栀子浅笑,关上门拉开躺椅。

世上最怪异的关系,应该就是血液科医生和病人的关系吧。老大说得好深情——他们和他们,比情人更持久、比亲人更依赖、一世难相见、一见定终身。

的确,病人一旦住进血液科,往后余生,医生便成了病人永远拽着不敢放手的那个人——和一般的科室不同,比如外科,那里是流水线作业,检查、上台、切开、缝上、下台、输液、拆线、出院,顶多咨询或复诊一两次,只要没纠纷,医生和病人从此天地辽阔各奔西东,江湖再见亦是路人。

血液科不一样，恶性血液病人一旦被确诊，便意味着正常生活状态从此结束，冷风不敢吹，冷水不敢摸，坐车想敞开窗子吹吹风都得事先问过医生才敢开。病人就变成了像玻璃一样脆弱的宝宝，需要小心呵护，以至于亲人手足无措，一般性的护理常识对于恶性血液病人（特别是治疗期的病人）来说，完全不管用——总之，他们的人生从此和自己的主治医生紧紧联系在一起，一年、两年、三年……直到病愈重返家乡，或者终归尘土。

那些最终要逝去的病人，与医生的道别犹如残阳消失在一直守候的地平线，悲怆且决绝，而他们与医生的情分，正如那道殷红壮烈的光芒，永远会留在彼此的记忆里……

一轮清冷的月光洒在山崖上，崖边站着一个身着白衬衣的少年，是白河，他那衬衣是真白啊，像梦一样，闪着圣洁的光芒……突然，一声尖厉的惨叫从遥远的山谷里传来，吓得黄栀子全身一颤，接着便醒了过来。

原来是个梦。

好不容易中午打个盹儿，怎么会梦到他呢？而且没梦见好事，惊叫声都冒出来了。黄栀子惊魂未定，心有余悸地从躺椅上坐起来，全身发软。

突然，又是一声，那个短促而恐慌的尖叫声再度传来。

不是梦，是病区出事了。

黄栀子弹身而起，抓起白大褂边穿边打开门冲了出去。

声音是从 9 号病房传出来的：发生了什么事？

一时间，所有人都在往 9 号病房门口拥，又十分默契地停在门口——家属们都知道，天大的事，除了医护人员，不能乱往人家病房里窜。

急救吗？谁出事了？黄栀子边跑，边晕乎乎分析，27床没有发烧和炎症，25床是慢淋，不存在生命危险，而小松子出院后新进来的26床化疗效果目前也很稳定。

能有什么事？

跑过护士站时，老大夏曦还有陈蕴竹和她会合到一起，也是一脸紧张。

已经很久没有听到这样凄厉的尖叫声了，血液科病区里的家属，天天面对死亡的威胁，钝刀子割肉，早就豁出去了，就算出了什么事，也不会这样子叫。

你们慢点。夏曦飞快地瞥一眼黄栀子，她脸色明显发白，不太正常；又拦住陈蕴竹，怕老太太摔着。

我去。他大踏步向前。

三人前前后后冲过去，只见病房里，25床和26床一脸惊诧地半躺在床上，盯着27床；27床则光脚站在地上，双手扯着他老婆牛丽香的胳膊，头顶上的吊瓶急促摆动，摇摇欲坠，输液管里已经回了好长一段血他也顾不得了，直冲着老婆牛丽香大吼——你给老子放手！老子叫你放手！

牛丽香才不管呢，一双有力又彪悍的手正紧紧揪住一个瘦小的姑娘。

是小艾。

瘦弱的小艾被她揪扯得摇来晃去，像暴风雨里的一叶小舟。小艾的裙子已经被牛丽香撕到腰部，露出异常突出的锁骨和瘦削前胸，小艾低头紧紧护住身体。面对强悍的牛丽香，小艾连挣扎的余地都没有，只有不断地尖叫。

夏曦冲上去一把掐住牛丽香的手腕，牛丽香手一酸，痛得顿时松手。黄栀子随即挤进病房，把上半身几乎赤裸的小艾一把抱进怀里。

吴芳几个赶紧示意27床躺下。27床狂躁地摆手,大叫,不医了,不医了,老子马上就去死。

叫什么叫!吴芳急了,都回血了,赶紧躺下,要死回去死。

牛丽香闷不吭声地猛然推开夏曦,一巴掌朝小艾脸上打去,小艾吓得一缩,黄栀子没提防,那一巴掌便结结实实打在她脸上。

混乱间,她看到老大怒目圆睁,像是要吃人。

停停停!黄栀子头昏脑涨但意识清醒,吼道,怎么了?到底怎么了?

牛丽香一巴掌打着的是黄栀子,自己吓了一跳,也不彪悍了,喘息着又起腰,指着小艾——问她,你们问她!不要脸的妖精货色。

所有人都一脸疑惑地望向小艾,小艾躲在黄栀子怀里,全身都在颤抖,脸色惨白,嘴唇发紫,一言不发。

只有陈蕴竹一脸平静,她缓缓脱下白大褂给小艾裹上,然后道,说吧小艾,咱们这里,生死都是小事,有什么不能说的。说!

小艾抽泣着,小手紧紧拽着黄栀子的衣服,拼命摇头。

她好意思说吗?你问她好不好意思说!牛丽香骂着,大哭起来,谁都可以,你不可以!小姑娘,我们是一样的命啊,你怎么恁狠心,恁不要脸!你小小年纪,学什么不好?要学坏,学男盗女娼。

你放你妈的屁!27床刚躺下,又准备跳起来,让吴芳给摁住了。

夏曦意识到了什么,说,有什么事,到办公室说。

牛丽香却不肯走,胸膛剧烈起伏——夏主任,办公室去说大家就听不到了,多没意思!你问问她,你问问她自己做了什么。说完,她举起手机。

27床又要跳下床去抢手机。牛丽香挥起大巴掌,轻轻一下就把27床推倒在床上。

这就是证据。牛丽香大口大口喘着气,吴芳心里担忧得不行,因为只有她知道,牛丽香脑梗刚出院没几天,可别再出什么事。

107

牛丽香,你冷静点。吴芳指指自己的脑袋,大声提醒。

我没法冷静。牛丽香摇头,脸上湿漉漉的全是泪,愤怒地说,我本来都想开了,几十岁的人了,管他想怎样,什么小芭蕾,啥子小妖精,我都想得开,但是我就是忍不下这口气,忍不下你小艾这个妖精! 我还是那句话,全世界的妖精我都能容忍,你不行! 你做什么不好? 你要做这个! 我念给你们听,你们好好听听——

涂叔叔,你能借点钱给我们吗? 只要你肯,叫我做什么都可以。

涂叔叔,我可以跟你,我不会问你要包包、要旅游,我只是想给小松子留点钱,把外面的账还清。

涂叔叔……

众人愕然。

够了。27床突然声嘶力竭地吼叫起来,一把扯掉手上埋的管,顿时鲜血飞溅,溅的申宝儿护士服上一串血迹。申宝儿整个人都吓蒙了,瞪着护士服上的血直发呆。

牛丽香愣了愣,转头大吼,涂金钱,你他妈有病,你扯什么管子?

老子死了行了吧? 涂金钱脸色灰白,喘息不已,粗暴地推开准备上前处置出血的吴芳,愤怒地说,老子马上去死。

有人可舍不得你死。牛丽香恨恨地指着小艾,大声嚷道。

小艾在黄栀子怀里抖得更厉害了。

不用说,连最笨的人都已经明白了,牛丽香念的那些短信都是小艾发给涂金钱的。人群里响起细微的嗡嗡声,看向小艾的目光,有可怜、有不可思议、有恍然大悟、有同情,但更多的是鄙视。

黄栀子这才后知后觉,为什么刚才小艾谈到小松子和她接吻时,喜悦的目光里会闪过一丝悲伤。尽管大家都在帮小松子,但小艾

血液科医生

手里那么点钱能支撑多久呢？

小艾想给涂金钱当小三，帮小松子换后半辈子的平安。

这也太狗血了！

青春和爱情，也许是小艾这种穷女孩在世上最珍贵的东西，也是她唯一拥有的。

…………

迎着黄栀子惊诧的目光，小艾面色如纸，摇晃着晕倒在地。

申宝儿在乱糟糟的病房门口，鬼精鬼精地瞥了一眼孙阿姨，意思是，原来是这样。

孙阿姨不着痕迹地朝申宝儿撇了撇嘴。医院待久了，是个人都修炼成了妖精，小艾和涂金钱之间的怪异她早看出来了，只是不说而已，这有啥子好说的？小艾没有错，活了大半辈子的孙阿姨早看通透了，什么爱啊情啊，到了要命的时候都是各顾各，难得小艾有情有义，愿意当小三给小松子换救命钱。这要是在古代，编成川剧、黔剧唱出来，也是千古流芳的好戏。说白了，小艾就是当了"三陪"，也比很多人干净，何况只是一说。

只是涂金钱这个老浑蛋，人老了脑子也跟着糊涂，都这个岁数了办事还不牢靠，短信看了舍不得删，等着人看热闹。

憨包脑壳。

涂金钱留给黄栀子的告白信

活了大半辈子，风风火火了几十年，我突然觉得没劲。老牛发起狂地骂我说"涂金钱你去死吧"。

我没还嘴，死就死，我还真不想活了。

谢天谢地，人终于散了，再不散老子要疯了。

但是我晓得，他们这会儿肯定在走廊里、在其他病房里继续指指点点，说我、说小艾。今天晚上、明天、后天，我注定都是他们话题的主角。

说我无所谓，我他妈还怕人说？老子什么事情没遇见过？什么脸没丢过？老子怕他个锤子。

只是连累了小艾那姑娘……

想想真他妈遇了鬼，老牛好多天都没见人影，偏偏今天来了；我他妈平时输液都不敢打瞌睡，怕管子进空气，偏偏今天睡着了，睡着就睡着吧，偏偏又把手机放在枕头边上。

早知道，那些短信我应该一看完就删掉的。

可是……真心话……我不想删啊。

从进院开始，小艾就每天在这个病房里转，她护理小松子那个细心，又体贴又温柔，每次他俩秀恩爱，我看到都莫名其妙地想哭。活了大半辈子，我当兵训练恁苦都没哭过，老母亲走也没有哭，就是受不了两个年轻人海誓山盟的样子。

我和老牛从一开始就没像小艾和小松子这样子恋爱过。我们那个年代的人比较木，表达爱的方式和现在的年轻人不太一样，吼两句是爱，打打闹闹是爱，唯独这样子的爱表达不出来。老牛也是，她是个一辈子不懂啥子叫撒娇和温柔的女人。她在我生命里一出场就是雄赳赳的架势，像棵火辣辣的朝天椒。乱哄哄的小县城，她太特别了，她老子是武装部的部长，她从小跟一群儿娃子长大，篮球打得好，架也打得猛。要不是当年有她老子管着，她绝对可以立山头建个什么帮当个大姐大，然后成为砸店打架进监狱的一块好料。当年我第一眼看到老牛时，她骑着摩托车从我身边飘过，然后一个急转弯，唑的一声刹车停在我面前，头一仰、长头发一甩说，你找我哥？

我当时激动得心都不跳了，我以为是香港某个知名女明星出现在我面前。莫笑我，我是说真的，你们没有体会过，一个人

血液科医生

激动到一定程度，那一瞬间心脏真的会停止跳动，然后再怦怦怦、怦怦怦惊天动地地猛跳。那年代摩托车本就是个稀罕物，女人会骑摩托车更稀罕，何况老牛当年那么漂亮。你说我看到能不兴奋？

不过，我也是个稀罕物——我会修摩托车、修汽车。从部队里当汽修兵退伍回来，没学会别的本事，就修理我拿手得很，县政府修理队的老师傅也得拜我为师，为啥子？我修的车型比他多啊。

老牛她哥也是当过兵的，我和他合计着开家汽车修理店，他跟他老子(也是我未来的岳父)一汇报，我老岳父立即表示支持。老岳父学习文件精神很认真，小县城那时还并不是很开放，但他认为改革开放的路子是对的，跟着国家的步调走不会错。

有了老岳父的资金支持和精神支持，老牛很快成了我女朋友，她哥也成了我大舅子。老牛从小就千翻——我们老家说调皮捣蛋，都说千翻——但她和我处起对象后就再没跟人打过架。结婚以后，家里家外店里店外，老牛都是把好手，挽起袖子可以做火锅、拿起扳手可以钻车底。有一年我在乡下给人修拖拉机，缺零件，她背着儿子、穿着皮衣、勒着细腰、戴着黑色头盔骑着摩托车就带着零件出现在我面前，老子现在想起当时的场景心头都发紧——老子喜欢她酷，但一想到她背上还背着老子的儿，老子就想揍她。可她一下摩托车，头盔那么一取，头发又那么一甩，哎，老子的火气顿时就变成了水。

讲真的，其实香港女明星也没她好看，何况能上厅堂能下厨房，还能搞定整个修车场。

现在我身边的朋友老说老牛配不上我，说她胖、彪悍、像个孙二娘，那是他们没看到过当年的老牛有多矫健、漂亮。只是听多了，我看着老牛也有点堵心。

岁月是把猪饲料，老牛又不控制，我也不知道从什么时候开始,和老牛的日子渐渐过不下去了,以前老牛凶的时候,好歹还有着一双水汪汪的大眼睛和柳条似的腰。美人凶起来,别有一番滋味。辣妹子嘛,我是一天不吃辣就没劲。可是后来老牛越来越没女人样,衣服越穿越宽松,最后干脆一年四季都是袍子,黑的红的黄的绿的。她在客厅大声说话且转来转去时,我觉得就像一道道五颜六色的雷滚过去滚过来,轰隆隆轰隆隆。

我也不是嫌弃老牛,糟糠之妻不下堂,我懂。我只是不喜欢带她出门。比起老牛,我更愿意身边带几个漂亮的出纳员,体面。

反正老子有钱。

我晓得我在外头花花绿绿伤了老牛的心。天下是她和她大哥陪着我打下来的,起锅底的钱也是她老子出的。天大的财富也应该算她牛家三分之二,但我就是管不住自己,一边觉得自己不是个东西,一边哪个姑娘一勾我又去了。

她们冲着钱来,我冲着她们的年轻去,各取所需。

我没觉得丢人,这和正常生意有什么区别?人家有供,我有求。

让我窝火的是儿子。老子辛辛苦苦挣那么多钱,还不都是为了他?结果他一谈女朋友,立马圣洁起来,跟他那个女朋友一起鄙视起他老子,说什么为老不尊。哼,真有骨气不要花老子的钱啊,还不是照样花。老子也还是照样"花"。一个破山城,说起来不得了,什么城市排名又多少多少,GDP又多少,他妈的最终还不是只有个X壳大,害得老子走到哪里都能碰上他两口子。真是遇了邪鬼。

儿子说我老不要脸。

老子有苦难言,他妈的都六十多岁了,能有多大张脸老子心里头清楚得很。漂亮女孩子,老子不过是搂一搂抱一抱,图和

112

她们在一起显自己年轻,开心快活,除此之外还能做什么?这年纪,有些事既然不能做到最好,老子情愿不惹——免得快入土的人了,还被人家茶余饭后当笑谈,老子宁愿保持点神秘感,也少祸害点人。

说到底,老子还是有三观的,歪不歪了点不好说,但老子有底裤,更有底线。

这些想法,跟老牛和儿子都说不着,老子也不屑跟他们说,人有时候还是要有点侠气,就像《天龙八部》里的萧峰啥的,全世界都误会他了,他还是照样西风古道打马天涯。

这叫气节。

不过这次住院,老子才发现,除了家人和健康,啥子气节、啥子侠气,都是水的。也许人到临死都会醍醐灌顶吧?我想了好几个晚上,不得不承认之前那些振振有词的理由就是块遮羞布。

我其实很害怕老了没人管,就像护士笑笑说的那样,屎啊尿的,糊一身没人理,那太可怕了。

起先的时候,我很想给老牛好好道个歉。夫妻四十多年,老牛为这个家付出多少,我心里头有数。早些年没有零工,那些大卡车的轮胎,一个动不动就是几十斤重,老牛一个人卸货,抵着杠子咬牙一步步挪。汽修店里的东西,东一箱西一箱,也都是力气活儿,我在外面跑车,那些东西也全是老牛收拾。寒冬腊月,她一双手全是冻疮,指甲缝里也全是机油。不是她不想漂亮,也不是她不想娇气,开个汽修店,哪里有打扮的命?

老牛做起事来就像头老黄牛,拼了命地干,渐渐就不讲究了,糙了。住院前我一直嫌弃她糙,现在自我剖析起来脸红——她不糙我能天天穿着白裤子优哉游哉去打高尔夫?

113

他妈的,病一场,倒把老子的良心抛了釉,烧出质量来。

可是我发现我根本没有老的机会——得了这个病,我的生命在倒计时。

我晓得医生护士们听老牛的话,没给我解释啥子是 MDS,怕我伤心,都瞒着我。但我上网查了,骨髓增生异常综合征,专业的话我不太懂,可有个医生的笔记我大抵看得明白,他说这个病就是白血病前期,我就像一辆刹车失灵的破车,从 MDS 开始,渐渐沿着斜坡往下滑,开始的时候速度不会太快,到了拐点,速度就会猛地加快,变成急性白血病,最后轰的一声撞在坡脚的山壁上,车毁人亡。

有意思,老子开了一辈子车,修了一辈子车,结果竟然要死在 MDS 这辆没有刹车片的车上,老子也真是服了命运这个操盘手。

不用到拐点,我直接就加油撞上去,早死早超生。这样子一天天提心吊胆地过日子,算什么呀?

刚开始住院,我当是感冒,老牛也是,直到高烧到四十摄氏度,白细胞、血小板、红细胞各项指标都拉警报,老牛才揪着我转到山城医院来。

山城医院的分量我懂得,病床紧张得要命,不到万不得已,你想住院医生都不给你开单子。人家都说了,抢得到万佛山一套房,抢不到山城医院一张床,能抢到病床是命好。

我是命好还是命不好?怎紧张的床位,我才挂个门诊号进行检查就给开了住院单。

骨穿第二天,老牛让医生给叫了去,半天才回来。

我在床上输着液,烧得晕头转向,床头上安着特级护理的卡片,我问那个笑笑——当时还不知道她叫笑笑,我问她特级护理是什么意思,她说就是不能下床的意思。

我他妈顿时就明白了,啥子不能下床,其实就是要挂了。不然,老牛能去那么久?医生的时间恁紧张,总不能跟她扯龙门阵耍。

老牛回来的时候,穿着黑色长袍的她站在门口,活像个死神。我看得出,她哭过,魂魄都不在身上。我猜得没错,我这病肯定严重。我顿时心都掉到底了。我害怕,本来是想和她开个轻松些的玩笑,却因为很久不曾和她开玩笑,把话说成了硬邦邦的一句——你他妈穿着黑袍子,是给我送葬呢?

老牛神情复杂地看了我一眼,最后缓缓坐下来,也硬邦邦地还了我一句,整天不归家,跟死人有什么区别?

有些事,有些情绪,一开头错了,后头就延伸不下去了。

想道的歉、想说点老牛的好、想跟老牛回忆以往的点滴、想叮嘱老牛我死后她该注意的事……通通开不了口了。

老牛陪着我,老是提不起精神,老是神游太虚。我跟她说话,她总是半天才回过神,然后“哦”一声。

哦个屁啊哦!看看隔壁小艾,多好!我都快死了,你就不能集中点精力和我说话?

我跟她赌气,她一去开水房或者厕所,我就抽空和姑娘们视频通话。

那天她出去半天不回来,我尿急,憋得不行,憋得腿都直了,又是第一回输成分血,看着那血袋子,我实在是害怕,动都不敢动,终于等到她来了,她却嘲笑我,说,你怎么不视频了,被人抛弃了?

我不想理她,一翻身,差点尿床上。她不知道我憋着呢,还在那里叨叨叨,我气得顺手抓起杯子砸过去,老子视频怎么了?老子都半条命进太平间了、老子膀胱都要涨爆了。

没想到杯子正好砸中老牛的眉骨,硬碰硬,砸了个大口子。

说实话那会儿我吓得连尿意都没了。结婚几十年,再扯皮再吵,我从来没对她动过手。

　　老牛顶着渗血的额头,转身就要出门,我实在憋不住,吼出一声我要尿尿!

　　我以为她不会管我,没想到她竟然一言不发转过来,捂着血淋淋的额头、举着吊瓶小心翼翼地扶我去卫生间。

　　狭小的卫生间里,我们紧挨在一起。卫生间并不臭,老牛是个勤快人,整天不是抹就是洗,连孙阿姨都说,9号病房的卫生间是最干净的。我看一眼镜子里的老牛,嘟囔了一句,对不起。

　　她替我拉好裤子,又替我洗了手,全程不说话,动作熟练到仿佛是我的另外一只手。

　　都说夫妻老了找不到感觉,就像左手摸右手,事实上当你一只手扎着针输着液啥也干不了时,你才会知道有这么一只手是多么幸福的事。

　　从卫生间出来,我红着脸催促老牛去上点药,老牛默默挂好吊瓶,又扶我躺下,这才走了。

　　这一走,老牛就再没回病房,我等到天黑,下午饭也没着落,还好小艾帮忙给我订了汤。

　　嘀嗒嘀嗒嘀嗒,时间过得好慢……晚上十点半护士来叮嘱我们熄灯睡觉,我睡不着,怎么睡啊?老牛还没回来呢。

　　暗沉沉的病房里,我彻底傻了眼。

　　我被老牛抛弃了,怎么办?

　　耳边传来隔壁小艾和小松子压低嗓音的交谈,像细小的羽毛拨弄着我的心。我烦闷不安,昏昏沉沉到凌晨三点多才睡过去,没睡多久又突然惊醒,看看床边还是没人,就再也睡不着了。

天快亮时，我隐约听到外面有人哭，哭得很压抑又很悲伤，我还以为哪床死了人，偷偷从探视窗望出去，结果看到了老牛。她裹着那身黑色的袍子，蜷缩在走廊的地上，眉骨上贴着创口贴，整个人哭得抖成一团。孙阿姨边打着哈欠边蹲在她旁边低声劝她——男人嘛，你管他呢，花不花也就这几年嘚瑟，再过几年老了就老实了，你买菜他跟着，你去跳坝坝舞他也跟着，公不离婆、秤不离砣嘛。

我不是介意他花不花，都这个地步了，他想做啥子我都不拦着。我只是想不通啊，我们家老涂才六十岁出头，怎么就得了这个病……老牛哽咽着，他还想着抱孙子……

我看到孙阿姨轻轻拍了拍她的肩膀，劝她说，不妨事，万一等得到合适的配型呢。

我心头一咯噔，是的，这段时间我也在想干细胞移植的事情，电视新闻上都是这样讲的，血液病只要做移植就行了。可是医生进进出出查房，总不提这茬儿。

老牛接下来的话彻底让我崩溃了。

没有用，夏主任他们做过评估，我们家老涂岁数太大，又满身都是毛病，黄医生说预处理能不能扛过去都很难说，目前最好的办法就是保守治疗。

我顿时眼前一阵发黑，天像是塌了，沉沉压在我身上，压得我双腿发软、全身发软，软得连呼吸都没力气、都想找别人帮忙。眩晕间，我紧紧抓住门把手，贴紧了耳朵听。

你不知道，我们家老涂年轻时遭了太多罪。为了挣钱，他又跑长途，又搞修理。一个人跑长途时，他白天憋尿、晚上不敢睡觉，老怕货被偷、油被偷，那会儿不像现在，那会儿不太平，又没有什么高速公路，净是盘山路，一过深山老菁，净是车匪路霸。有一回他太顾货，一个人跟一群人打，最后被打得半死，耳朵都被

117

打出血了。腊月下雪的天气，他被那些杂碎脱光了衣服扔在雪堆里，等送进医院时，人都差点没了……我们家老涂看起来是花，其实是年轻时没喘匀气，趁还没老，赶紧喘两口。命这个东西，这辈子亏他得老多……孙阿姨，我不怕你笑话，我们家老涂要是死了，我也不想活了，我从跟他在一起后，就没想过哪一天要离开他。

我终于支撑不住，跌坐在地上，一个残酷又狰狞的现实摆在我面前——我，涂金钱，他妈的快挂了。

我的耳朵嗡嗡作响，声音越来越大，除了嗡嗡声我什么都听不见，脑子里只反复回响着老牛的那句——我们家老涂。

很多年了，已经很多年，我没有听到老牛说这句"我们家老涂"了，因为我总在外面玩到深更半夜才回家，我回家时她已经睡了，她起床去公司时我还没醒。我们一年到头也说不上几句话——以她那犟得要命的性子，也懒得跟我说话。有一回我下午没应酬就回家了，要她给我炒酸菜肉末饭，我说我好久没吃了，她却当着我的面把电饭锅里剩的半碗饭倒在狗碗里，冷冰冰地对我说，没饭，家里从来就没有你的饭。

我气得把桌子都掀了。

日子过成这样，我以为我们俩之间早没感情了，谁离开谁都无所谓。

但现在她却在与我一门之隔的走廊里，为了我哭得一塌糊涂。

往事像电影回放一样闪现在我眼前，老牛说的那一回，我是差点死了，老牛在医院守了三天两夜我都没醒。中间我需要输血，医院没血，老牛连输了两次四百毫升的血给我，我才活了过来。

老牛是 O 型血。

从那以后,我的血管里便流着老牛的血。

她不提我都忘记了。

外面,天还黑着,病房走廊一片宁静。

我不知多少次设想过,换掉老牛,找个美丽可爱的天使一样的女人陪伴在我身边,给我做早餐、洗衣服,陪我跳舞、打高尔夫。

但当我生命的这辆车刹车失灵时,夜半为我痛哭的,不是那些什么天使,而是老牛。

老天爷,我还活着她就伤心成这样,我要是死了她怎么办?

意识到这个问题,游戏人间的我终于严肃认真起来,我家老牛爱我,我欠老牛太多。

欠她的没时间还了,爱情更还不上,我唯一能做的,就是断了老牛对我的所有念想。我要死了,男人要死就得有个死的样子,有点担当,像个汉子。我走之前最好让老牛对我寒心,寒心到我一死她就高兴地去放烟花庆祝。

人之将死,该还的账,还是要还的。

就这样。

那天以后,我越发肆无忌惮地和那些姑娘们通电话,甚至当着她的面和她们打情骂俏。

病房里还有小艾和小松子,还有25床一对老夫妇。我这样做,实在是打老牛的脸,老牛的自尊心多强啊!刚开始还强忍着,渐渐就忍不住了,表情一天天黑下去,像暴风雨来袭前的乌云。

我想起儿子小时候读书时背的课文,那啥——暴风雨啊,你快点来吧……好像是这意思。

那正是我想要的。

干洗店的小陈来医院给我送衣服,正好遇到老牛来送熬好的粥。天太热,老牛也不讲究,还是穿一件长袍子,棉麻的,有点皱。小陈这姑娘不坏,就是没脑子,我们都叫她少根筋。她一见老牛那身打扮,以为老牛是保姆,边接饭盒边使唤老牛——把床头柜东西挪挪。

老牛瞪着眼说,你指使谁呢?

老牛,客气点,我女朋友呢。我躺在床上,存心恶心老牛。

小陈脸红了,腰一扭,"哎呀"一声说你说什么呢。

不愿意啊?我打趣,是不是我病了,你就嫌弃我了?

少根筋的小陈没看到老牛眼睛里的杀意,讨好我说,我怎么可能嫌弃你嘛。

不嫌弃就好,以后跟我混,我罩着你。我继续刺激老牛。

老牛在边上气得太阳穴一阵阵冒青筋,她说姑娘,宁愿相信世上有鬼,不要相信男人的嘴。

涂总不是这种人!小陈生气地白了老牛一眼,又娇羞地看过来,说,涂总说什么我都信的。

乖。我开心地笑起来,脸对着小陈,眼睛却看着老牛说,放心,我屋里婆娘是个厚道人,她不欺负你。

老牛端粥的手在轻微颤抖,我想下一秒这粥肯定倒我脸上,我暗中捏着被子,准备拿被子挡。

单纯的小艾坐在隔壁床旁,一脸困惑地看着我和老牛。

老夫老妻的,这闹的是哪一出?

老牛被小艾的目光刺得全身发抖。

终于,她哐的一声摔掉粥碗,转身出了病房。

那以后老牛再没来。

一个个夜晚、一个个白天。

没有她,没有儿子。

　　　　　　　　血液科医生

我躺在床上,像个活死人,血象好不好我已经不在乎了,申请血浆行不行我也无所谓。我只觉得孤独,这感觉像刀子割心一样,这辈子我是再也回不到一家人热气腾腾吃火锅喝啤酒的日子了,再也听不到老牛早上起床后用她浑厚的嗓音唱关牧村的《请到青年突击队里来》了,再也享受不了人躺在沙发上、脚搭在茶几上挨老牛骂的日子了……现在我才发现,连她把我的臭袜子摔到我的脸上,都是那么温馨、美好。

回不去了……

老牛啊老牛,这辈子我欠你的,下辈子吧,下辈子慢慢还。

我本来是演戏给老牛看,哪晓得小艾那傻丫头在旁边也看进去了。

她第一次给我发信息时,着实吓了我一跳。那天中午没人来看我,病房里静悄悄的,小松子也睡了,小艾坐在病床边,低着头不晓得在想啥子。我想着老牛,睡不着,躺在那里干瞪眼。

然后我枕头边的手机振动了一下。

我一看,来信人竟然是小艾。

小艾明明就坐在我对面啊。

我疑惑地看小艾一眼,正要问,小艾一脸紧张,手放在嘴边示意我莫出声,两颗洁白的门牙紧紧咬着嘴唇。

我一头雾水打开短信。

"涂叔叔,你能借点钱给我们吗?只要你肯,叫我做什么都可以。"

我惊骇地抬起头,瞪着小艾。

小艾吓得整个身子都往后仰,她紧张地看沉睡的小松子,又回头看25床,然后看着我,苍白的脸涨得通红,一副羞愧得快要哭了的表情。

我狠狠地瞪着她，不说话。

他妈的，这小姑娘把我当什么人了？老子做出那副样子，是为了老牛。老子是有底线的，小姑娘瞎想些什么！

小艾慌乱地低下头，长长的睫毛狂乱地抖动。

要多少钱？我虽然生气，但还是回了条信息回去。

那边手机一颤动，我看到小艾惊跳起来，手机也掉在床上，她呆呆看着，半天不敢动。

我叹口气，翻了个身，背对着小艾。

好一会儿，细碎的脚步声响起——她拿起手机溜到病房外去了。

但她没有回信息。

晚上熄灯，小艾像往常一样，轻手轻脚拉开护理椅，放倒在我和小松子病床中间的过道里，然后窸窸窣窣地躺下来。我听着动静，黑暗中睁大着眼睛，脑袋里全是小艾，实在难以入睡。突然间，我发现我的短信有歧义——我本是单纯地想问小艾打算问我要多少钱，但我并没有明确告诉她，我不需要她"跟"我。

我不知道该怎么跟这丫头解释，黑暗中的空气浮动着隐约的暧昧，在小艾小心翼翼的举止和我屏住的呼吸之间无声流窜。从某种程度上讲，身处病房百无聊赖的我竟隐隐期待这场突如其来的闹剧继续——它太美好、太暧昧，它和久违的青春有关，和生命有关，和我渐渐逝去的人生有关，和我永远不能再重新拥有的梦想有关。我老了，打扮打扮还能显出点风度，像现在这样躺在病床上，穿着腌酸菜一样皱巴巴的病号服，跟个风烛残年的老头儿有什么区别？

我不想老！

莫名地，我放弃了解释，但我真没想过要跟小艾交换什么，我想等小松子出院，拿个一二十万元给医院，让他们转给小艾

122　　　　　　　　　　　　　　血液科医生

就是——我并不高尚，但我绝不至于在自己老命不保之际，还去掠夺年轻人一份美丽纯洁的爱情。

我只是开始偷偷观察小艾。

小艾是个聪明的姑娘，她能察觉到我的异常。小松子临出院的那几天，她焦躁又混乱，好几次碰翻了水杯，并忘记了记小松子的出尿量。

我提醒她，两百。

她慌里慌张地看着我，什么？

刚才，你给小松子倒的尿，两百毫升。我的目光锐利地盯着她，心里很不满——她的过激反应让我恼怒而委屈，我做什么了她这么怕我？我一个要死的人，心心念念要帮她和小松子，事是她起的头，她却天天防我像防强奸犯似的，动不动一惊一乍。我也有尊严的，她老这样，老子心头堵得慌。

因为生气，我故意死盯着小艾，故意笑，意味深长地笑。我想看看小艾接下来是什么反应。

天知道，小松子马上就要出院，我有点慌——也许我再也见不着小艾了，我期待她再对我表白点什么，让我可以幻想和快乐一下。对一辆刹车片坏掉且还在下坡的老破车来说，时日无多，这个期待不算道德败坏吧？病房的日子太难熬，老牛不来，那些姑娘我也不想再搭理。前段时间演戏给老牛看，我着实累坏了，我其实挺伟大的，可惜没人知道。

我不知道我到底有多久好活，死神就在身边晃，孤独又恐惧的日子里，小艾是我内心最隐秘的安慰。

我没想到小艾那天和黄主任打电话，居然说想去跳江，真真把我吓得心脏病要复发，我赶紧发信息过去告诉她钱不是问题，不要瞎想什么要生要死的，日子长着呢。

小艾回了我好几条短信,语气完全不连贯,我担心这孩子负担太重,心理出问题。

我想我不能再自私下去了,我终于很明确地告诉小艾——我不需要她跟我,我会很单纯地帮她和小松子。

没想到她却不干了,说,说了就要算数,人不能不讲信用。

我头大:这种事还能扯到信用上去?

我告诉她,我不需要她用这种方式表示感激。我只需要她活得好好的,我祝她和小松子白头到老。

小艾却拧巴上了,她说自从她起了这种心,就配不上小松子了,而我要是拒绝她,她又对不起我。翻过去翻过来她都没有路,我总得让她选一条路报恩。

短信反反复复,发过去回过来。

说不清楚什么原因,我一直舍不得删。

谁想到今天老牛会莫名其妙到医院来呢?谁又想得到我睡着了以后,偏偏小艾又发信息过来,说要来看我一眼,感谢我。

我醒来时,老牛正坐在病床边,拿着我的手机,脸黑得像糊了一层煤烟,好死不死的,小艾正好走进来……

等我回过神,小姑娘的衣服已经被老牛撕烂了。

真乱,又扭曲……比做梦还可怕,我看到了最恐怖的一幕——疯狂的老牛打着小艾,小艾拼命护着身子,惊恐万分地尖叫,我听到无数急促的脚步声像潮水一样涌到9号病房门口,我看到老牛扭曲变形的脸和全身湿透的小艾……

不是梦,是真实——暴风雨终于来了。

暴风雨竟然是以这样的方式袭来!

我在我生日的这一天崩溃——我早已忘记,老牛却带了生日蛋糕来。

现在,那盒精巧的蛋糕像堆稀屎一样瘫碎在床脚,如同我再也捡不起来的一生。

小艾失控的尖叫声仍然在继续，像地狱的呼哨。

我害了小艾。

我真希望所有的一切只是场梦，包括我的人生，都只是一场梦，而这场梦里，没有病魔，也没有小艾。

黄主任，我说的都是真话。人之将死，其言也善。但请你别告诉老牛，告诉她，等于我前头做的全白费了。如果你尊重我，请你帮我保个密。我之所以告诉你这些，是希望我死后，你能偷偷把我这些话告诉我儿子。

我怕我坟头没人上香，我怕我成孤魂野鬼。

十一

　　牛丽香走了，这一回，她毅然离去，没有丝毫留恋。

　　姓涂的他想做什么都可以。她叉着腰，毅然地、决绝地对管床医生贺清表示，麻烦你，他死了，打个电话我来收尸。

　　管床医生贺清情商向来不高，傻傻地回了句，他目前这个状况，维持两三年问题不大。

　　那就两三年后再打给我。牛丽香认真地说，我不换手机号。

　　贺清没想到的是，第四天她就给牛丽香打了电话。

　　27床不见了。

　　病床上，胡乱丢着那套他最讨厌的"烂酸菜"病号服，下面放着一封信、一张身份证、一张银行卡和一张便条。信是写给黄栀子的，便条是留给大家看的，上面潦草地写着三行字——第一行说卡里有五十万元，全部捐给小松子和小艾。第二行说小艾的事错在他。但是，人之将死，想想美好的事物又怎么了？第三行说卡密码已经发到黄主任手机上了。

　　黄主任呢？夏曦皱着眉，问贺清。最近黄栀子带了三个组，组员

126　　　　　　　　　　　　　　　　　　　　　血液科医生

分别是贺清、胖苏、刘玲，又负责干细胞移植，忙得看不到人影。也不知道她前两天挨牛丽香那一耳光脸消肿了没有。

黄主任在和苗苗谈心，仓9明天移植，今天要采苗苗的外周血干细胞，就是那个八岁的小姑娘。陈蕴竹替贺清答道。

那等完了再找她。夏曦说。

他知道黄栀子那边很关键，八岁的苗苗要给母亲捐献骨髓，但苗苗的体重刚到标准值，孩子小，心理压力大，前几天打动员针后就老是哭，说腰痛，脖子也酸。为这个事，黄栀子已经三天没有按点下班了，苗苗甚至每天晚上都要拉着黄栀子的手才能入睡。其实打动员针的副作用并没那么严重，可能是苗苗太小，救妈妈命的重担又全落在她身上，小姑娘有点扛不住，整个人精神状态又紧张又焦躁。

前两天，治疗组做了评估计算，苗苗得分两次抽取造血干细胞救她妈妈，每次抽两百毫升左右。正常人身体血循环一次是十来分钟，循环一次只能提取七毫升造血干细胞，采集两百毫升造血干细胞意味着八岁的苗苗整整四五个小时都必须一动不动躺在手术台上。也许在正常人看来，四五个小时不动弹不是什么可怕的事情，但是当供者躺在手术台上，两臂插着管子，身边是冰冷的干细胞分离机，那种心理压力是很大的，成年人都会紧张、恶心或眩晕，何况才八岁的小姑娘。

黄栀子今天的采集工作压力相当大，必须全程盯着。

先去查监控。夏曦示意吴芳，找人。

监控录像里，涂金钱换上了那身去打高尔夫球的装束，精神气十足，而且他是跟着孙阿姨一起下的楼。

找了孙阿姨来问，孙阿姨一脸蒙——跑了？又不是没钱医，他跑啥子？我去药房领药，他跟着下楼，我问他去哪儿，他说是去一楼缴费，欠费了，他表情很正常啊。我还问他为什么换衣服，他雄赳赳地说他要去后勤中心照张相,免得万一发烧引起感染死了,好看的遗照都没有一张。我还和他开玩笑,说就凭他这花花肠子,至少还能活二十年。

夏曦一愣,后勤中心的确是有个便民照相点。

再查后勤中心。

人根本没去过,只看到在医院大门口,涂金钱潇洒地叫了辆出租车,消失在车流中。

麻烦了。

该不会去寻死吧?

科室请示院里,又赶紧叫来了牛丽香,牛丽香看完监控,淡淡地说,他死不了。

为什么?

他什么德行我还不知道?牛丽香面无表情地回答,他要是想去寻死,根本就没心思换衣服,你看他穿得花枝招展的。

牛丽香不同意报警,只是替27床办理了出院手续。身形壮硕的她沉重而缓慢地处理完一切事务,最后站在病房门口,深深地、深深地看了一眼空荡荡的27号病床,眼里充满留恋和泪水。

到头了。牛丽香嘴角浮起一丝自嘲的笑容,对吴芳说,我是瞎了眼,他喜欢浪荡,随他去吧,我管不了,也不想管。

家属不报警,科室也不好做什么,何况出院手续一办完,跟医院就没关系了。夏曦只好叮嘱牛丽香,涂金钱的血小板和白细胞都很低,感染和出血的风险都很大,有问题要立即送科里来。

我到哪儿关注去?牛丽香冷笑,一年三百六十五天,人影都看不到。

看着牛丽香,夏曦强忍着不把真相告诉她——涂金钱留下的那封告白信他和黄栀子几个都看了。

这老涂是个狠人,也是条汉子。

吴芳让孙阿姨帮忙收拾完27床的东西，连着银行卡一起交给牛丽香。牛丽香不接——他这钱爱给谁给谁，不就是给小妖精嘛，老娘不在乎。

这个曾经在小县城骑着摩托车飙车的女人，尽管老了，但是骨头依然是倔强的，她曾经爱他有多深，如今恨他就有多深。

不得不说，涂金钱的判断很准确，他知道怎么伤老牛的心。

黄栀子忙病人的事，没管牛丽香。她挺赞同涂金钱生命末路这种做法：相望于江湖，不如相忘于江湖。

何况27床在发短信告诉黄栀子银行卡密码时警告过她——他只是想出去透透气，不是想去死，科里人敢说出真相，他就立马死给血液科看。

只求我家老牛恨我，忘掉我，好好过她的晚年。你们不要添乱，不要当救世主，你们不是万能的。

黄栀子淡笑，这老头儿说的没错，医生不是万能的，这事她不会掺和，也掺和不了。

忙碌的日子在继续，并没有多少时间拿给大家感慨，送走牛丽香，吴芳就迅速安排做卫生的阿姨们给病床消毒准备迎接新病人。

下班时，胖苏约吴芳和黄栀子吃火锅，说他要汇报思想。吴芳正训斥申宝儿，这家伙帮肺部炎症严重的32床录视频，自作主张把病人的床摇高，病人坐的时间久了，一口气没上来差点过去了。申宝儿也不知道摇个床能惹这么大祸，吓得整个人都呆了。吴芳本不想轻易放过申宝儿，听到火锅，这才从凶巴巴的状态中收手。

山城的火锅是凡人的饕餮。

下午三人出了医院,在子珍路的"八〇后"重庆火锅店抢到座位坐了下来。吴芳一挥手就要了加辣的,胖苏苦哈着脸,赶紧点了三瓶王老吉,清火。

菜刚上齐,小松子打来电话问吴芳——小艾今天回不?

小艾啊……吴芳苦着脸打哈哈,那几个重病人的家属都还没赶到呢,估计她还得扛上两天……有工资的有工资的,一天五百元呢,所以你自己今天先休息吧,吃了没? 吃了,啊,那就好。另外,小松子啊,给你讲个好消息,你现在好好养着啊,今天有人捐钱给你治病了,五十万元。

那那……天……真的假的? 小松子估计是欢喜过度,在电话那头话都说不利索了。

吴芳三下五除二地挂掉电话,哭丧着脸问,咋整? 一直这么骗下去?

小艾晕倒醒来后,一看到人就失控尖叫个不停,送到精神科好几天了,一点没好转。

黄栀子叹了口气,说,再过两天看看。又问,咱们真要把姓涂的这笔钱给他俩? 我觉得好硌硬。

我管呢! 吴芳麻利地涮着牛肚,七上八下,蘸芝麻油,毫不犹豫地说,欠的就该还,小艾要是疯了治不好,看我收拾不死他!

我觉得吧……胖苏的确是摆出一副要讨论人生意义的架势请两人吃火锅的,此时他的娃娃脸上俨然一副饱经沧桑的表情——我觉得,人之将死,向往美好,情有可原。夏主任经常教导我们说,血液科医生要多探究人性,要学会悲悯和善良。这段时间我还是有点体会的。你们听过那个故事没? 一个年轻的战士,快死了,却从来没有尝到过恋爱的滋味,女护士听说后,说那个……那个,就把自己的初吻献给了他。胖苏说着,脸已经很"人性"地红了,他强装镇静地继续说,我觉得小艾的做法,只是换了个对象来给小松子继续奉献。反过来讲,27床也是发乎情、止于礼……

黄栀子目瞪口呆地看着高谈阔论的胖苏,夏主任教导你们这些?夏曦还教导你们啥了,怎么听着怎别扭呢?

谈人性?吴芳也是一愣,紧接着怒气冲冲地盯着胖苏,你个嫩娃才几岁啊,你跟我谈人性?还吻上了,那涂金钱能跟为国捐躯的战士比吗?他算个屎!

人家胖苏就打个比方。黄栀子赶紧往吴芳碗里搛菜,喏,堵上,吃火药了这么冲。

做人要有原则!吴芳这个"两面针"已经像刺猬一样全炸了——小艾已经被逼到这份儿上了,他还把她当耗子耍,什么生命到最后想重温一下青春和美好,屁!有些念头,有就有,没有就没有,别整什么高大上的出来忽悠人。

黄栀子无奈闭嘴。这女人天生就是个联想家,说的是涂金钱,心里头已经联想到自己当年离婚的事了。

当初离婚明明是吴芳提出来的,而且大有不离就跳嘉陵江的气势,她那个只会"且将新火试新茶"的好老公开始是不肯的,最后给逼上梁山才签字。吴芳离婚的原因很霸道、很无理,刚开始是因为自己宫外孕切除了子宫,不能生育,闹了一通,后来老公再三表白真正的爱不需要儿女来维系,这才作罢。后来,老公在茶园认识的一对茶农夫妻出车祸去世,留下个儿子,看着可怜,老公便说干脆咱们收养了吧,这句话一出,吴芳立马又架起火来烧,翻脸要离婚。

不是孩子可怜不可怜的问题——吴芳认为——说是收养孤儿,其实就是想要孩子!他今天起的念头是收养,明天就会想要自己的孩子,念头这玩意儿就像癌细胞,每个人身体里其实都潜伏着生长癌细胞的可能性,它可以永远不发芽,但只要冒出了头,气候、土壤一合适,它绝对会蓬勃生长,从养一个到在外面找一个女人、再到和她生孩子,和和美美尽享齐人之福。

能把这瓜子大的事联想到西瓜恁大的女人，除了吴芳也是没谁了。

吴芳有吴芳的逻辑，有些想法，你可以想但不能提，你想，我不知道，装装瞎子聋子就算了，但你要提出来，大家就都没法装了。所以有些事你提都不要提，这是原则问题。

离婚后的吴芳有没有后悔没人知道，只是这"两面针"越来越不好惹。黄栀子偶尔启发她——那家伙还是单身狗，你真不打算吃回头草？吴芳一脸不屑——男人，单身？你也信？

摸摸自己的良心再说话啊，人家恁多年一直活得跟个出家人似的，吃素吃荤你不知道啊？偏当人家是花和尚。

……他，吴芳嘴硬，哪有恁好，吃素，人家是那卧龙岗上散淡的人，什么都无所谓的。

鸭子死了嘴壳子硬。黄栀子瞧不起她，恁虚伪。

吴芳不吭声，不是吃不吃回头草的问题，而是吃了回头草她还是不能给他生孩子。

爱一个人，放弃也是一种爱的方式吧？

哪怕所有人都责怪她。

火锅热气腾腾，吃的人死气沉沉。

胖苏刚领会人生百态，想站出来走两步，结果一亮相就直接让吴芳给拍死在墙上。小胖子沮丧地闭着嘴，牛肚黄喉也不香了。

黄栀子本就不是一个善于组织话局、活跃气氛的人，吴芳生气不开腔，胖苏不敢开腔，她也便懒得开腔。

店外是喧闹繁华的大街，行人匆匆来去，各自有着各自的悲喜。夕阳从香樟树间斜射来一缕缕零碎的光线，像白色的眼泪洒在桌面上，黄栀子神经质地用手去抹，那眼泪又滴到了她手背上。

十二

　　小艾的治疗在继续,科室实在瞒不住,告知了小松子。

　　小松子立马跳起来就要往门外冲,一副风吹都能倒的骨头架子,居然几个人按都按不住。

　　笑笑和志愿者一波接一波守在康群,混乱的情形一直持续了三四天才控制住——这时夏曦和黄栀子才知道,笑笑这丫头竟悄悄建了个"阳光志愿者协会"。

　　我们每天安排两个志愿者过去照顾小松子,他已经肯吃饭了。笑笑好不骄傲地跑来汇报。

　　你确定?夏曦太阳穴一跳一跳的,仍觉得有点虚火。

　　确定,笑笑点头,不要低估我们,我们训练很久了,孙阿姨都给他们上过护理课。

　　我不是指照顾,我是问小松子的心理情况你确定没问题?夏曦说,要是这头没按下去,那头翘起来又弄个失踪、自杀啥的,我可老了,心脏受不了。

　　您放心活到一千岁吧。笑笑眨巴眨巴眼,得意地笑了,下午我请了"迎春花"去。

听说是迎春花，夏曦的心这才妥妥帖帖地落回心窝里。

没个大人，他实在是怀疑——光是一群小屁孩能顶什么用？

迎春花真名叫黎君，是名警察，也是科室多年的血液病友。因为是老病友，他久经沙场和生死考验，渐渐就"修炼"成了科室谈心室的心理疏导志愿者。他患的是慢粒（慢性粒细胞白血病的简称），从最先查出慢粒想从血液科跳楼，再到后来写抗癌诗歌鼓励病友，黎君可以说是凤凰涅槃。这些年来，他已经义务为科室病友做了几百次心理疏导。这家伙够能扛，除了慢粒，还有先天性输尿管狭窄，手术医治无效，每周都要经受两三次生不如死的肾绞痛，而这样痛不欲生的日子，黎君一扛就扛了十年。十年来，除了面对慢粒的威胁，他还不得不长期靠口服曲马多和注射杜冷丁止痛。

这样的生存质量，他还能仰着一张笑脸定期到医院里来，和新入院的病友聊天、下棋、朗诵诗歌，引导新病人走出恐惧的阴影。夏曦对他除了佩服，还是佩服。

病了就当一个合格的病人，听医生的话，放松情绪好好治病；好了就当一个合格的宝宝，听妈妈的话，好好谈恋爱，好好吃饭。

病人们听到这里，总是哈哈大笑，之后互相问候都是那句，宝宝，要好好吃饭。

不得不说，穿着一身笔挺警服走进病区的黎君总会让人心中为之一震，而他暖心的微笑，就像是盛开的迎春花。

有时候，我也很想一死了之，死了，到了天堂，就再也不用恐惧、不用担忧。天堂里没有白血病，也没有肾绞痛。遇到万念俱灰的新病友，黎君总是用这句话开头。

血液科的医护人员，包括护理阿姨，几乎全都能背诵黎君的诗——

我曾在梦里去过天堂

那里虽然不再有疼痛和绝望

却也没有

彩云飞天和果实金黄

没有亲人的陪伴

静止和永恒

是这样的孤单凄凉

死亡近在咫尺

落花瞬间遍地

长夜漫漫

直到

我从天堂活着回来

看到迎春花开

才知道

人间到处是春天

  这是黎君从抢救室里走出来后写下的诗歌,他给诗歌起了一个有些悲凉却美丽的名字——《活着就是春天》。

  小米把这首诗做成配乐朗诵发在微博上,短短数天,微博点击量便上百万了,全国的血液病友群也传开了这首诗。

  活着就是春天,小米毫不掩饰地表达她的敬仰——黎警官就是朵迎春花。

  夏曦让笑笑拨通黎君的电话,很正式地托付他——帮忙把春天带给小松子,还有,告诉他,他这臭小子要是再说自己活不下去了,那小艾就跟着完了。

言简意赅，带点匪气。

这几天他太累了。

　　暮色已深，康群与医院之间的"天梯"光线昏暗，鹅黄色的路灯光将一级级的阶梯若有若无连接在一起，仿佛映亮的是通往希望彼岸的路，又仿佛预示着希望是如此的微弱。吴芳站在岩顶，内心很挣扎。这条路自从离婚后她再没走过。阶梯两边，繁茂的三角梅一丛丛一簇簇从山上一直倾泻而下，昏黄的灯光映着细小繁密的花朵，如梦如幻。

　　主要是放心不下小松子——也不是小松子，主要是笑笑——吴芳在心里为自己辩解。笑笑这傻姑娘，都要结婚了，也不知道操心自己嫁人的事，整天爱心泛滥，折腾这个折腾那个，累是其次，她怕笑笑跌跟头——俗话说人不做事，事不登门；人若做事，事事烦心。这世道，不干事的人都是评论家，干事的人都是倒霉蛋。小松子这种事，聪明的人都躲着呢；笑笑倒好，上赶着操心。

　　她吴芳好不容易找到个护士长接班人，可不得有闪失。

　　磨磨蹭蹭走了半个多小时才下到康群小区，刚进大铁门，一股熟悉的香味就扑面而来，是桂花。

　　也许就是她当年在这里栽下的某一棵。吴芳想着，心里无声地苦笑。花园里的灯坏了，过道有点暗，但这对她来说不是问题。她闭上眼也能穿越花园和竹林，虽然膝盖有点酸溜溜的疼，鼻子也是。

　　119室，小松子一脸紧绷地坐在狭小整洁的客厅里，像一粒瘦黑的子弹，随时会决绝而疯狂地发射出去。帅气的迎春花坐在他身边，同样清瘦的脸，却带着坚毅且笃定的笑容。他的手臂紧紧搂住小松子的肩膀，或者说是箍住。

　　他们刚刚完成两个男人之间的对话：关于责任、关于活着、关于春天。

　　　　　　　　　　血液科医生

迎春花说,小艾守候你已经太长太久,该轮到你为小艾做些什么了。

小松子不回答,依然保持着等待发射的姿势。

厨房里,笑笑和志愿者正在忙碌,鹅黄色的灯光洒在她们身上,笼了一层细软的光,像天使的光环。笑笑正从热气腾腾的开水盆里夹起苹果往破壁机里放,长发小姑娘则呼呼呼边吹着热气,边用两只小手战战兢兢地试探着在滚烫的热水里刷洗碗碟。

没有科学依据,但大家都遵循着:血液病人的碗筷不用洗洁精,全靠大量开水烫洗。

看得出孩子们平时在家里很少做家务,动作有点笨拙,但所有流程竟然十分规范有序。

吴芳心头一阵温暖,谁说"九〇后"是垮掉的一代?眼前这两个孩子,庄重的神情完全超出她的想象——除了实战熟练度不够之外,她们对血液病病人的护理常识相当熟悉,碗筷的消毒、菜板的清洗、苹果浆制作之前的高温杀菌、进出的清洁措施、存放东西的位置……专业水平完全不亚于血液科的专业护工。

原来,笑笑和唐明明把平时谈恋爱的工夫,全用到培训志愿者上了。

看到吴芳走进来,小松子有点意外,怔怔地看着她,突然一咧嘴,哭了。他紧绷的身体和毁灭的发射等待过程终于停止下来,随着眼泪融化成水。

护士长……他看着吴芳,像看到自己的母亲。他不知道这个护士长终身不能生育,他只知道她比最慈祥的母亲还要温暖。

好好治病,不然……万一小艾治不好,疯了,谁要她?吴芳温柔地威胁他。

我要她,小松子想也不想就答,我保证治好病,照顾她。

吴芳看一眼迎春花,两人相视而笑。

小松子从进院开始就没少折腾，今天拔针头明天不吃药……要不是看在小艾面子上，科里上上下下都想踢他出去。没想到现在小艾出事，小松子反倒坚强起来，因为他总算找到了活下来的意义。

只有27床找不到吧？或者说他已经放弃了。他已经不想再存在于任何人的生命里，牛丽香他是不愿意、不舍得，其他人他是无所谓。

暮色四合的康群小区，吴芳不禁心生担忧——茫茫人海，涂金钱在哪里？

好人一生平安。那么，涂金钱这种带点坏的人呢？也可以被上天原谅吧？

酷热的天气，阴晴不定，几乎每天中午都有一场惊心动魄的雷阵雨。可怜的小艾在病房一听到雷鸣一看到闪电就吓得尖叫不止，四五个人都摁不住。只有这边科室的人过去，小艾才会表现出莫名的乖巧与安静。

笑笑下班便经常去那边看小艾。

吴芳在开会时表扬笑笑，申宝儿坐在最后头生闷气：她倒是想去那边楼里守着小艾，可整天不是这个叫她换床单就是那个叫她取快递，下了班还得帮着弄卫生，这个记录那个补本的，好人都让笑笑当了。想着想着，小丫头一脸不痛快。

吴芳眼神往一群小护士堆里扫了两秒，就已经知道那家伙在想什么了：能吃醋，还有救。

中午，笑笑从小艾那边跑回来，淋得浑身上下湿答答的。申宝儿看着地上的水大声找碴儿说谁呀谁呀，弄湿了也不拖。

吴芳板着脸说，嚷嚷啥，都看到湿了你不拖？

申宝儿吃了瘪，嘟着嘴往工具间走去。夏曦看着这一切，欲言又止，闷不吭声拿起雨伞。

黄栀子端着两盒盒饭走来,诧异地问,去哪儿?

我去白楼转转。夏曦摇晃着僵硬的脖子,疲惫地说。

不吃了? 黄栀子扬了扬手里的盒饭。

一会儿弄点别的吃。夏曦说,你去不去?

黄栀子无奈地摇摇头,把盒饭放在护士站,跟他一起下了楼。

大雨如注。

山城医院两栋住院大楼,血液科在灰楼,精神科在白楼。雨幕中,两栋楼都被笼罩得灰白一片,带着相依为命的执拗,静默在混沌的世界中。

病房里很安静,小艾躺在病床上,发出轻微的鼾声。

刚打了镇静剂。主任李少群轻声说,这几天症状没有明显好转,倒是养胖了些,这姑娘严重营养不良。

拜托了。黄栀子说。

慢慢会好起来,她这个不是大问题。她男朋友,那个叫啥小松子的,叫他不要来,我们这栋楼不比你们那边,这边人杂,又不像你们科有专用电梯,别这边刚治好,他那儿又感染。李少群说着,奚落道,你俩也真够闲,管恁多破事,连带折腾我。

好好一个姑娘在我们病房疯了,不管也不行啊。夏曦说完问,费用花了多少?

我哪知道,问护士长去。李少群搓搓手,突然八卦地笑起来,好奇地问,那个涂金钱真留了五十万元? 有意思。

有个屁意思。夏曦没好气地说,都把人整疯了。

李少群啧啧着无比向往——你们那边的剧情还真狗血。

从精神科出来,夏曦和黄栀子到食堂单独点了几个小炒,已经过了饭点,食堂人不多。黄栀子刚吃两口,突然一阵头晕。

是不是让牛丽香打成脑震荡了? 夏曦有点紧张,我看那女人力气挺大。要不去拍个片？

黄栀子有气无力地摇摇头说，都多少天了还脑震荡。

夏曦紧扒两口饭，难得认真地说，下午你回办公室休息休息。

下午我门诊。黄栀子按着头呻吟，死的心都有了，下辈子再也不当医生，这世上两种人不敢随便请假，一个是老师一个是医生，老师请假，学生怎么办？医生请假，病人怎么办？

回到灰楼，黄栀子甩了甩雨伞上的水，突然看着人来人往的大厅发呆。

又怎么了？还晕？夏曦碎碎念，拍片吧还是。

黄栀子摇头，苦笑着说，不是……我总觉得这满大厅都是小艾的影子。

是的，小艾曾经就在这大厅跑进跑出，每天她要从这里跑回康群，在严格消过毒的小厨房里为小松子做饭，然后又急匆匆地爬天梯赶回医院。等小松子吃过药和粥，输液结束，下午她又要跑下楼赶公交车到江北那边，完成超市仓库进出货。到了晚上，她又汗津津地再赶回来……

从她进这个地方开始，她的衣服就从来没干过。

她一直在奔跑。

小艾已经昏昏沉沉躺了好多天。谁知道她醒来该怎么面对这个世界呢？她又该怎样面对小松子？正如吴芳所说，有些念头，再善良再无辜，一旦暴露在众人面前，也是不耻，除非你藏得好好的。

唉，黄栀子叹息道，当时我要是留住小艾多谈一会儿就好了，就几分钟的事。

该来的事你挡也挡不住。夏曦拍拍她的肩膀，语气温和地劝慰，明天周末多谷放假，你好好休息。多谷要吃啥，跟我讲。

提到周末和孩子，黄栀子精神一振，问夏曦，你准备怎么过？

还能怎么过，拜码头去呗。夏曦鼻子眉毛皱成一团。

　　　　　　　　血液科医生

上次因为帮仓18"抢"走无创呼吸机,捐赠那个事黄了……说黄也不是真黄,对方不高兴,存心悬着,笑笑的妈——钻石王老五王总在中间走动了好几回,带着夏曦上门拜访,结果是回回都答应了,又回回吃闭门羹。

笑笑都有点看不下去了,心里替老大委屈——老大是谁啊?全国著名的血液病专家、长江学者,走到哪里不是一群"粉丝"跟着?不光是实力爆表,长得又帅脾气又好,是她们的男神。就算市长、副市长提到老大也是尊敬有加,这么牛的一个人物,为了几个破钱,天天跟个破土豪磨叽,那家伙算什么玩意儿?

王老五也看不下去,跟着女儿叫老大说,老大算了吧,老娘捐,他不是说一百万元吗?老娘补上。

女人彪悍起来,基本就没男人啥子事了。

夏曦连连摇头,王老五已经捐过一百万元了,一个单身女人在生意场上打拼,每分钱都来得不容易。夏曦没少听笑笑埋怨,她妈喝醉酒回到家,那个形象,不摆了。笑笑也正因为她妈的原因,打死也不接班当小老总,宁愿在医院当个普通小护士。

人家一个女人为了五斗米都在折腰,他一个男人折折又有什么打紧?何况是为了病人。他不入地狱谁入地狱,何况整整一百万元!

黄栀子强撑着眩晕和无力看完门诊。回到病房,一张脸都是灰的。吴芳被吓得不轻,赶紧让笑笑给她弄了两支葡萄糖。黄栀子喝了葡萄糖,这才止住虚汗,慢慢开车回家。

从医院出发,沿着青龙山盘山路一路下行到江畔路,因为紧挨着江面的旅游路段,人行道两旁的夜市摊子渐渐多起来,烧烤、烙锅、臭豆腐、凉虾、冰粉,人来人往,喝酒的、划拳的、点歌的,热闹非凡。江面更是游船如织,一片灯火辉煌。

黄栀子不由自主地打开车窗。

雨后的傍晚空气很清新,也不燥热,晚风轻软,如纱拂面。

……乌溜溜的黑眼睛和你的笑脸……

记忆中熟悉的歌声飘近又飘远。

黄栀子淡淡苦笑。

车窗外的世界离她如此近又如此遥不可及。她每天经过他们,却永远只是个观众。这样悠闲的时光她早就不奢望了,科里太忙,病人太多,偶尔她能有时间陪陪多谷或者是去夏晨那里喝喝茶,已经很奢侈了。

回到家,黄栀子煮了碗荞麦面条,那是老家常年的食材,是穷人的美味,早已刻进灵魂里,时不时地总要吃上一碗才感觉踏实。每次吃着荞麦面条,她都觉得自己正在回答那灵魂三问——你是谁?从哪里来?要到哪里去?

要到哪里去?她当然是朝着儿子那个方向去,儿子就是她的一切。吃完面,她便紧赶着给多谷熬银耳汤。

晚上十一点,多谷准时进家,提了一大包脏衣服,没心没肺地交给他老妈,走了两步才想起来匆匆亲了老妈一口,敷衍了事,直到看到银耳汤,这才开心地转回身给了黄栀子一个熊抱。

亲妈、亲妈。

好像没这碗银耳汤亲妈就是后娘。

遗传这东西,黄栀子不得不佩服,多谷明明从未和他亲生父亲在一起过,却完全遗传了葛蓝的基因,高个子、卷头发,喜欢打球、吃辣、喝银耳汤。

夜灯如梦,黄栀子温柔地注视着儿子,心里暖暖的。

她从偏远的山村走出来,一直走到这里,然后在这世上,因为有儿子,所以她有了家,有了温暖的灯光,真好。

妈。多谷喝完汤,开始下第二天的菜单:

滑肉、糖醋排骨、麻辣兔。

全是肉,这孩子属狗的吗?

第二天一大早,黄栀子跑到菜市场买了排骨和咸菜,兔肉是昨晚定好的,老板将打理并切碎的肉包装好给了黄栀子,也不消她开口,送的淀粉也已经递了过来。转到菜市场侧门边的旮旯地,黄栀子挑了半斤葱、蒜,葱是分葱,细颈瘦头,比大颈管的火葱要香;蒜是红头瘦脖的,炝炒起来味足。至于价格,则是一路砍下去,卖菜的都鬼精,半捧半嘲地说,大姐,看来看去你都不像是缺钱的人,和我们计较这三角五角的。

黄栀子蛮横地答道,毫毛都能集成捆。我讲我的,你卖你的,少五角钱,卖不卖?

卖,卖。摊贩一脸不痛快地称重。

黄栀子左一袋右一袋走出菜场,看棚顶外,才上午十点来钟,火辣辣的太阳早已白花花一片,晃得人眼睛都睁不开,不禁暗自呻吟。她只好打了辆车,原来生活中每一分硬币都有它的去处,你买菜节约了,它自然在别的地方漏掉。

刚上车,手机来了短信,一看,又是两个字:登机。

有病,黄栀子没好气地关上车门,下意识地翻了个白眼。

小司机一口云南口音,无辜地问,嘎?

黄栀子有点蒙,什么嘎?

你横我一眼,嘎?小司机满脸络腮胡,却妥妥一颗玻璃心。

黄栀子哭笑不得说,我哪只眼睛横你了,快走吧,前面红绿灯左转。说完,困惑地盯了一眼小司机,蓄恁长的络腮胡,不热?

小司机好不委屈地解释,你们山城的姑娘凶得老火,一张嘴就是麻辣汤锅。我一天开个出租车,又不是服侍慈禧太后,吵又吵不赢你们,打又不能打,蓄个络腮胡看起来凶咯,伪装咯。

黄栀子呵呵笑,心虚地抚抚额头,脑海里冒出老大当年揭穿她那句话——明明是个软肠子,伪装得那么高冷做啥子?

是的,其实她是个软肠子,不然也不会管小艾那么多的事。可在这座异乡的城市里,她没法不伪装。当年她未婚生子,历经的何止是暴风骤雨,简直就是炼狱。从怀多谷的第五个月开始,她的秘密和肚子一样,就再也掩盖不住。院里一次次找她谈话,她的心明明已经撕裂成了碎片,却不得不硬着头皮装出幸福甜蜜的样子说,马上就结婚。

　　那段时间幸好有夏曦。世界虽然对她关上了所有的门,但还是给她留了小小的一盏灯,她是一进科室就跟夏曦的。年轻的夏曦有着善良的心肠和敏锐的洞察力,他一眼看穿她的假话,却不戳穿,只是在背后默默地给予她帮助,比如在她孕吐严重时替她写完医嘱,在天气变冷时给她宿舍送来电炉。

　　记得有一次她晚上加班回到康群小区,119室门口,昏暗的走廊灯下空无一人,一袋核桃静静挂在门把上。黄栀子心头微暖,默默取下,进屋关上门一颗颗砸核桃,恍惚间砸伤了手指,一阵钻心的疼痛,黄栀子紧揾着手指,终于哭出声来。

　　她不知道未来是什么样子,她也不知道医院会不会开除她,但她必须生下这个孩子,尽管孩子的父亲已经离开了这座城市。

　　茫茫人海,人来人往,孤苦无依的黄栀子觉得自己又回到了母亲逝世那年:她一个人惶然地站在上这么黑的山顶,望着暮色中的两座坟。天渐渐黑下来,她的世界,从此一直就那么黑着……

　　主任老贺也开始找她谈话。老贺是个好人,比老师更温暖,比父亲更慈祥,他说孩子,路还长,你好好想想吧。

　　她哭起来,她不知道该怎么跟这个亲自将她从学校要到科室里来的恩人解释。腹中一阵阵绞痛朝她袭来,昏倒前那一刻,她无力地揪住老主任的袖子,哀求他说,帮帮我,救救孩子。

　　醒来第一眼,她看到的是陈蕴竹和夏曦。

　　她艰难地想撑起身子,陈蕴竹阻止了她。

想生就生吧,陈蕴竹淡淡地说,你管别人怎么想呢。陈蕴竹一向是个特立独行的人,对世事的看法与应对从来就不拘泥于习俗和习惯。不屑于世俗眼光的她,看到全世界都苛刻对待黄栀子,她有点火大——不就生个孩子嘛。

院里领导说,没结婚证、没准生证,违反计划生育政策。

陈蕴竹讥笑,歌星影星那么多违反计划生育超生的没见你们开除,揪着人家生一胎的不放,看女孩好欺负啊?

很多年后,陈蕴竹说,她之所以帮黄栀子,是觉得一个敢未婚生子的女人,必定对生命有着特殊的情感,这样的人其实最适合当医生,治病救人。而且,母亲是人世间最伟大的职业,一个女人连做母亲的勇气都没有,还能干好啥?

你就学我,傲气点,傲气是一副盔甲,很管用。陈蕴竹面无表情地偷授绝技。

黄栀子偶试一两次,这才发现沉默与不屑一顾的妙处——以不变应万变,任你说翻了天吼破了嗓子,我不回答就是不回答。逼急了,假装肚子疼,对方绝对立即闭嘴。

夏曦是她每次装肚子疼后负责去接她的人,没法子,她一到科室就跟他,算是他徒弟,医院里人都知道黄栀子无亲无故,一有危险便打电话召夏曦。

看着她日益笨重的身子,夏曦忍不住也劝她:何必,孩子爹都跑了。

黄栀子感受着腹中的胎动,含着泪执拗地说,这世上我没有亲人,我只想有个亲人,不行吗?世界那么大,就真的容不下我和我的孩子吗?

夏曦疼惜地看着憔悴不堪的黄栀子,明明该是青春明媚的年纪,明明长得那么漂亮,可她却把自己弄成了这副鬼样子——嘴唇上了火,皲裂着;头发乱蓬蓬的,焦黄干枯;吃不下饭,整个人看上去瘦骨嶙峋……跟个逃难的叫花子似的。

唉,是啊,世界那么大,真的就容不下一个可怜的母亲和无辜的孩子吗?

夏曦不说了,只是每天早上默默地在黄栀子办公桌上放一盒鲜牛奶。天知道这丫头穷成什么样子——他见过她在医院门口跟卖苹果的小贩讨价还价的样子,小脸紧绷,为了一角钱认真坚决地战斗。

黄栀子最终平安生下了多谷,一时间,未婚生子的她成了整个医院里的人茶余饭后议论的焦点,院领导脸都气黑了。黄栀子也知趣,月子没坐满就强撑着上了班,前前后后也就只请了二十多天的病假。

天知道一个年轻姑娘独自一人抚养婴儿有多艰难!那些日子她没有睡过一个囫囵觉,没有好好吃过一餐饭;上班的时候,奶水涨得不行,她也得把门诊看完,然后趁中午的时间跑下山到康群小区去给多谷喂奶……就这样,还必须面对院里一张张八卦的脸和一双双阴阳怪气的眼,那些眼神像大山压在她头顶上、钳在她脖子上,让她无法呼吸、无法走路。柔弱的她苦苦抵抗着,每天硬装出一副拒人千里之外的表情,用陈蕴竹教授的秘诀支撑着走过风雨雷暴。

冷美人的称谓就是从那时候开始传开的。

多谷半岁时,老院长被调走了,新来的院长"新官上任三把火",第一把火直冲黄栀子而来——非婚生子,违反计划生育政策,必须开除。

老贺主任急了,跑去求院长——这姑娘自身就是孤儿,真开除了,她离开医院带着个刚满月的娃娃怎么活?出了事怎么办?

院长说,能出什么事?出事也是她的事。

老贺阴森森地说,如果她抱着孩子在医院跳楼呢?自杀呢?

那是她自己的事。院长怔忡了好几秒钟,强硬地说,又没谁推她。

老贺蔫了。

补个证行不行？夏曦不知什么时候跟进来的，站在老贺后头，十分认真地说，我和她领结婚证，再补办生育证，包括交罚款。

院长看看他又看看老贺——开什么玩笑？

我没有开玩笑。夏曦认真地说。

行啊。院长瞪了夏曦一眼，他正想找个台阶下，老贺刚才说跳楼，他其实心里挺发毛的，这院长刚当上，屁股还没坐暖和，整出个人命不划算。

听说要和夏曦办结婚证，黄栀子把发髻都摇散了：这算什么事？孩子亲爹没了，找个人来冒充爹，这不坑夏曦吗？

她死活不肯，急得老贺在她宿舍门外团团转。

你真等着被开除啊？

不行就是不行！黄栀子倔起来谁也劝不动，我不能害人家。

夏曦在门外一脸的不在乎——办个证而已，名义上的，我又不真想当你老公，除了个本本，什么都没变。

怎么没变？黄栀子窘得快哭了，你是我师傅，多硌硬啊，我不干。

你不干，开除了你你拿什么养孩子？夏曦大骂，就你老家那几棵老樟树，能值几个钱？硌硬，我都不嫌硌硬你还嫌硌硬。

不是……哎呀，我和你们说不清楚。黄栀子抱着娃，隔着门，整个人异常烦乱：处境再艰难，她也没道理拉上夏曦。

最终黄栀子还是去办了证。没办法不去——陈蕴竹竟然跑到康群小区，从门卫老婆那里偷了多谷，也不管娃饿得哇哇哭，她面不改色地抱着多谷在民政局等。这样的神助攻，今天想来也真是服了，黄栀子哪里想得到清高的陈蕴竹居然能干出"偷娃"这种事情来。电话里听到儿子饿得哇哇直哭，她急得自己也差点哭，放下电话就往民政局跑。

三个戏精就这样裹挟着黄栀子演了一出掩耳盗铃的好戏。这下院里再没人在明面上拿这事说道了——人家夏曦帮忙都帮到这个份儿上了，再大会小会地提就显得卑鄙了。

也有不怕事的女护士，私下里偶尔言语挑衅黄栀子，谁知道黄栀子为母则刚，战斗力指数狂飙，再也不是以前那个和善听话低眉顺眼的小黄同志，谁取笑她，她就定定地站在谁面前，一言不发地，看得人汗毛直竖。

黄栀子从此一招冷酷打遍天下。

多谷一岁半时，夏曦谈了场恋爱，欢天喜地带着女朋友像见丈母娘似的来敲黄栀子的门："申请"办理离婚证。这可把黄栀子和吴芳乐得笑弯了腰。多谷不知所以，跟着咯咯笑，边笑边伸出小手要假爹抱。

于是三个女人一个男人，其乐融融地抱着个娃去民政局，把红本本换成了蓝本本。

民政局工作人员满脸困惑地看着眼前这四个人，觉得满脑子的智商都不够用。

办完离婚证出来，正是金秋时节，山城的秋天美得像幅油画——江水是黄绿色的，钢筋水泥的城市是银白色的，再沿着上山的台阶一级级向上，丛林从绿色变成金色，又变成红色。再往上，天空是蔚蓝色。

四人坐在大会堂广场遍地金黄的梧桐树下，看多谷蹒跚学步的可爱模样。多谷走着走着就往夏曦那边去了，一边走一边含糊不清地喊，爸爸爸爸。

夏曦的女朋友亚西坐在一旁，尽管心里有所准备，但见此情景，仍是一脸的目瞪口呆、一脸的欲哭无泪。

黄栀子看在眼里，有种恶作剧般的痛快，不禁失声大笑。

她好久没这么开心地笑了。

夏曦气急败坏地说,你笑什么笑?再笑我女朋友要怀疑咱们了。

黄栀子还是嗦嗦地不停地笑,说,怪我咯?是谁笨得要死,上赶着给人当老汉。

白眼狼。夏曦没好气地骂,不晓得谁笨,人都跑了,还给人家生孩子,我不入地狱拉你一把,你现在能笑成这鬼样子?

亚西有点受不了他俩的"打情骂俏",反复用探究和不满的目光观察着黄栀子——这个她男朋友名义上的老婆。

真就只是假结婚?亲密成这鬼样子,让人看着心里乱哪。

亚西忍不住戗黄栀子,你也是,真敢生!害得我家夏曦受连累。

黄栀子一听不对,亚西语气虽然柔软,可这话里明明带着火。

吴芳也品出味来,收起笑容,紧张地看着黄栀子,又看夏曦。

黄栀子收住笑意,温柔地看一眼多谷,再看向亚西,目光清澈,毫无掩饰。

她知道,她必须给亚西一个交代。

亚西,我向你道歉。这件事拖累你男朋友,但是我没办法,因为这个孩子我必须生下来。

什么叫必须生下来?亚西半侧着头,眼神灼灼一片。

是啊,什么原因?吴芳也挺纳闷,是不是你有什么妇科病?子宫畸形?吴芳一连串地问,听得亚西不好意思起来,脸都红了。她是搞摄影的,拍过不少人体,但那是用镜头,还带着艺术的面纱,她还不太适应这些医学直男直女们的言语对话。

黄栀子沉默好半天,终于说——我是 RH 阴性血。

RH 阴性血?亚西不太懂,转身看夏曦。

夏曦神情凝重,低头不语。

吴芳是护士,对与血型有关的深层次问题,她的知识量和亚西相差不大,一时间,两人都一脸蒙圈地看着夏曦和黄栀子。

夏曦捡起一片树叶,握在手里,缓缓告诉二人——这个血型,在生孩子时一旦有出血,她身体里就会产生抗体,流产也一样,下一次怀孕时,抗体会自动启动,伤害宝宝。所以,栀子不敢冒险打掉孩子,因为一旦打掉,她有可能以后再也生不出健康的孩子。

哦。亚西的眉头终于舒展开来。整个上午,她一直温柔地笑着,但心里始终有个疙瘩:自己的男朋友自己还没咋样呢,就成了别人的丈夫——什么样的原因非得要夏曦帮这么大个忙?或者说,多深的感情才能让夏曦付出这么大代价?

搞了半天,原来是这样!

亚西,我血型的事只有夏曦知道。本来我和多谷的爸爸已经要领结婚证了,就是因为这个原因,他妈妈不同意我们在一起。可是我已经怀上了多谷,没办法,我只有把他生下来……夏曦帮了我和孩子一个大忙,他是好人,可是很多人都质疑他的目的,搞得他很烦,相了几回亲都黄了。他之所以一直没告诉你,可能是故意在考验你,因为只有最爱他的人,才有可能包容这件事。

考验?亚西回头娇俏地白了夏曦一眼,追我的人排长队,你还考验我,搞得你多能耐似的。

不不,是你考验我。夏曦赶忙卖乖,现在你晓得你男朋友人品有多好了?救人一命,胜造七级浮屠。你看看我这境界多高!

是高。亚西抿抿嘴,半开玩笑半当真地对黄栀子说,你真舍得放走这个前夫?要是我就不放,顺水推舟假戏真做。

黄栀子摇摇头,严肃且无奈地说,不好弄,你知道的——人太熟,不好下手。

吴芳噗的一声,笑倒在草坪上。黄栀子还在装——是真的,真的太熟了,不好下……

话没说完,黄栀子被夏曦一脚踢倒,压在吴芳身上。多谷见状,咯咯咯笑着,又扑倒在黄栀子身上。吴芳给一大一小压着,笑着直叫,救命。

150

景色很美，画面很和谐，阳光从树叶间洒下，洒在夏曦的笑脸上。亚西平静、骄傲、忧郁地偷看着夏曦。

他青春洋溢的脸，闪烁着坦荡明亮的光。

这样一个坦荡又阳光的人，她爱，却突然又怕，天不怕地不怕的她，突然就怕了。

恁好一个人，万一哪天丢了呢？

黄栀子和夏曦办完手续没多久，院里又再次掀起风波——有人举报说黄栀子作风败坏，孩子不是夏曦的，应该把她清除出院。举报信寄到卫生局，卫生局把信转到院里，叫院里管，院长看了直接是懒得理——有病啊？黄栀子孩子的爹本来就不是夏曦，人家夏曦是活雷锋。至于黄栀子作风如何，谁不知道她是个冷美人？

黄栀子和夏曦他们一样没工夫搭理这些破事。

当时老贺、陈蕴竹和夏曦几个正忙着和半相合移植较劲。那会儿，科室的移植只能做全相合，也就是在同父同母的兄弟姐妹中选择供体，可就算是同胞兄妹，全相合的概率也只有百分之三十左右，而没有血缘关系的人群中，全相合的概率只有十万分之一。换句话说，很多病人就算来了家里也有钱，但找不到供者，也只能眼睁睁放弃。眼看着人家北大血研所已经开始做单倍型相合造血干细胞移植了，不需要同父同母的兄弟姐妹，儿子女儿半相合也可以，把老贺几个急得——这对血液病人来说简直就是福音，只要能做半相合，儿子女儿可以给父母，侄儿侄女也有可能提供给舅舅姑姑……这是世界血液科移植的巨大进步，解决了困扰全世界移植进展的大难题，多大的事啊！老贺一直盯着缠着北京那边，要派人去学，人家不肯收，说是移植后的抗感染和排异等难题现在还在边"打仗"边探索中，一切都还未成系统，自己修行都还没出山，收啥子徒弟……

黄栀子那会儿还没轮上着急，她刚进来没多久，只顾着白天上班,晚上带娃——深夜,坐在沉睡的小多谷身边,看着乖巧的小多谷,黄栀子百感交集。这个小小的人儿,是世上唯一与她血脉相连的人,是她唯一的珍宝。是他让她对生命有了一种涅槃重生的激昂和执拗,从此人生的路再艰辛她都不会害怕。

那莫名冒出来的举报信,黄栀子知道是谁,她不想去理论。

女人面对爱情,总是自私的不是?

黄栀子知道亚西没有什么恶意,她只是想把自己逼到市二医去——因为区域规划调整,山城医院和市二医正在做整合分流。

但黄栀子不想离开这里,并不是什么传言中的她心里暗恋着谁、舍不得谁,而是因为市二医没有血液科。一入科室老贺就交代过她,血液科的医生不要轻易转行、不要轻易转院。因为血液病人从一进院,生命就紧紧系在医生身上,病人的每一步都必须有医生带着走,移植病人更是如此,一般人发烧感冒直接可以找外科医生,但移植病人必须回来找他的主治医生,因为他的发烧和感冒很有可能都跟移植有关,所以血液科医生也必须比一般的医生要了解和学习更多其他科室的专业知识。

记住,你们是陪他们走完一辈子的人,你们走了,他们去找谁?

老贺的话黄栀子牢记在心里,在病房、对病人,她思想单纯、目的明确。夏曦是她的第一个师傅,通过夏曦,她渐渐明白书本上得到的理论在这里远远不够用,很多东西她需要从头学起,急淋、急髓、慢淋,各个类型及分层治疗……人体和医学像一片浩瀚的海洋,医生要在无边的海洋里找到治疗的方向,并且窥探到海底无数涌动的暗流,在随时出现的病情变化和身体变化中、在最佳时间最佳状况下迅速拿出最精确的方案,这些,除了深厚的理论基础,更需要在一线不停地锻炼和探索。

她喜欢那种跟在老贺、陈蕴竹和夏曦身后探险般的感觉,时而中流激水、时而绝崖飞瀑，时而绝望透顶、时而绝处逢生，那一份份从死神手上抢回生命的喜悦，每一次都让黄栀子欲罢不能、惊喜交加。

可吴芳不乐意，她是个爱恨分明的人，见不得弯弯绕绕的做派。你就这样子吃哑巴亏？也不让夏曦出面管管？

黄栀子放开多谷的小手，多谷跌跌撞撞跑开了，圆乎乎的小腿、白胖胖的小脸，像个瓷娃娃，真可爱。

出来混，总是要还的。黄栀子一边甜蜜地看着小多谷，一边轻声回答，我和多谷本来就欠亚西的。

她算个屁呀，你欠她？夏曦帮你的时候她都不知道在哪里，半路杀进来个捡桃子的，还当这棵树是她的！吴芳喊了一声，要不是夏曦喜欢她，她算什么东西？

日子磕磕绊绊往前推着。新年到了，本是夏曦和亚西准备结婚的时候，但是鞭炮声中，并没有新婚的焰火，春风吹拂山城的面颊时，夏曦和亚西分了手。摊牌的时候，亚西轻蔑地说，我猜得没错，你俩是一对有情人。

你不懂。夏曦一脸坦荡，我们是战友和兄弟。

兄弟？她是女的，你不用欲盖弥彰。

你真不懂。夏曦叹息起来，看着满脸醋意的亚西，有点疼惜也有点宠溺——亚西，你太单纯，你的世界里没有那么多生老病死，你的世界五彩缤纷，就像你的作品一样。可我们不同，我们的世界只有白色和黑色，白色是我们的战袍，黑色是死神。我们是天天跟死神打仗的人，我们的病人天天都可能陷入地狱——和死神打仗很累、很紧张、很孤独、很恐惧。我们需要并肩作战的战友，这种团队作战的感情，因为生死一线，它会比爱情更恒久牢固，你如果非要拿我们的感情跟这个相比的话，你比不了的，而且爱情和友情之间本来也没有

153

可比性。而你非要我二选一，那太苛刻了，也没必要。

是吗？亚西黯然失色，她不想看到比爱情更恒久牢固的友情，那太可怕。如果夏曦的心是一套房子，她希望这房子里只住着她和他，她没法想象在这套房子里还住着黄栀子、白栀子、绿栀子……

我祝福你们的战斗友情天长地久。亚西说完，背着相机头也不回地走了。

夏曦看着亚西消失在榕树群尽头，没有挽留。她出现在他生命里本来就是个意外，从毕业到进院，夏曦没有太多时间考虑个人问题，他几乎用所有的时间跟工作谈恋爱去了。医院和课题研究以外的世界对夏曦来说是陌生的，正好她出现在医院里，背着像机枪一样沉重又霸气的相机和长短镜头，帅气却又无奈地站在导诊台前——她想进医院为罕见病儿童拍摄一组纪实性摄影，因为院里有"瓷娃娃"——成骨不全症患儿，有苯丙酮尿症患儿，还有"月亮宝宝"——白化病患儿。但导诊台的小护士显然没心思谈什么情怀，她整天脑袋里都嗡嗡嗡响着这样那样的问询，看到这个眼神闪着光像是来摄取猎物似的女摄影师，她本能地反感，三句两句就打发了她。

看着她那又帅又吃瘪的可爱模样，他忍不住走过去帮助了她，因为他觉得做一个全国罕见病儿童的摄影展是有必要的，毕竟宣传也是一种关注和爱。事实证明亚西的创意是对的，去年十月份，亚西的八省巡展轰动全国甚至影响到了国外，那段时间她的电话都快被打爆了。

这样的女子注定是飞翔的大雁，他留不住也不敢留。他只是一个普通的血液科医生，一辈子过着三点一线的生活。

四月，正是山城最美丽的季节，满城的樱花开得如梦似幻，江水是绿色的，空气中充满了春天的气息，榕树叶子蓬勃生长着，油亮如玉而巨大的榆树上则结满了翠绿的榆钱，像爱的风铃。世界如此饱满，他的心却空空如也。这是他的初恋，他骗了吴芳和黄栀子，其实他很爱很爱亚西。亚西的世界充满了色彩和迷人的风景，她单纯又刁蛮、可爱又霸道,特别能闹腾,就像五彩斑斓的春天,所有的鸟都在热闹地鸣唱,充满生机和活力,带给他的却是无尽的冲击力。

他是真爱她,她却不懂他。

既然如此,那就散了吧,把她放心里。因为他实在是没那么多时间和精力去哄一个女孩子。他太忙,自由和恋爱都是奢侈的事,不累倒在岗位上已经很幸福了。

比如黄栀子就病倒了。

越来越多的病人、越来越复杂的情况,几乎每个病人背后都有一个厚且沉重的故事,或暖或凉、或悲伤或无情,黄栀子渐渐被压得透不过气,心律不齐、胃痛失眠,本来人就瘦得跟纸片一样,面相又带着层薄冰,再加上一对黑眼圈,像个活死人。

夏曦作为"曾经名义上的前夫",很负责任地揪着她到外科内科转了一大圈,任何一样检查都不漏,CT、核磁共振、胃镜、心电图……整了半天,什么问题也没有。

难道机器都出问题了? 夏曦一头雾水,你是不是有啥子癌?

黄栀子带着娃,哪里听得了这诅咒,本来状态就不好,抬头便骂,我有癌你开心咯?

那是黄栀子第一次骂夏曦,从那次起,黄栀子怼夏曦就渐渐上了瘾,用夏曦的话说,什么一日是师、终身是师,全都和良心一起喂了狗了。

陈蕴竹看着两人跑进跑出地折腾,最后若有所思地说,小黄,抑郁症吧?

夏曦一愣,二话不说,拉起黄栀子又往精神科跑,折腾了两天,真是轻度抑郁。

你生个病还生得真是洋气。吴芳半开玩笑地说,全国人民都在忙着建高速公路修高铁,忙着开发旅游歌颂祖国大好河山,你倒好,有闲工夫抑郁。

换作平时,黄栀子已经和吴芳扛上了,这回却毫无反应。

是不正常,她觉得没劲,啥都没劲。

陈蕴竹在一旁不轻不重地给了她一棒,闺女,好好地,不然你出事多谷谁带?

黄栀子完全不对焦的眸子顿时灵动起来,一点一点,变得杀气腾腾。

是的,她有儿子要养!她绝对不能成为问题医生,成了问题医生,这辈子就相当于贴上标签,基本玩完了。

多运动。陈蕴竹不愧是老法师——产后体内激素水平下降,加上你月子没坐满就上班,没调理过来,现在除了适当用药,运动是个好办法。我当年也抑郁过,就天天在山上跑,跑得全身是汗,管用。

对对对,夏曦说,你需要快乐的多巴胺。

于是夏曦开始每晚拉着黄栀子到医科大学的操场去跑步。那是一个个春夜,月光清澈如水,爬满院墙的蔷薇盛开,清香扑鼻。操场尽头,初婚的吴芳娇艳如花,和老公一起抱着小多谷看他们跑,每跑过他们身边,多谷都会清脆响亮地叫着——妈妈加油、干爹加油。

黄栀子汗流浃背地跑了半个多月,先是被逼着跑,后来越跑越轻松,整天板着的脸终于松弛下来,有一天跑完步,看着后面累得像狗一样的夏曦,黄栀子绽放出许久不曾有的笑容,难得情真意切地表白——还是你这棵大树靠得住。

靠得住?夏曦却警惕起来,瞪大眼一字一顿地警告"含情脉脉"的黄栀子,咱之前可是"演戏夫妻",你可不能拿抑郁当挡箭牌,"逼良为娼"。

好不容易温柔一次的黄栀子差点没背过气去,火直烧到天灵盖——我逼你个鬼,谁稀罕。

我不是担心嘛。夏曦小心翼翼地回答,离婚妇女门前是非多,离婚妇女心头想法也多。

我想你个锤子。黄栀子气急败坏,破口大骂。

夏曦吓得转身就跑,黄栀子边骂边追。

春风沉醉的夜晚啊,如今想来一切都是那么美好……

甘当人爹和"逼良为娼"的笑话,成了血液科乃至全院的经典,最后传来传去,演绎成了某个徐娘嘴里喊着"我不结婚我不结婚",心里却时刻惦记着要吃男天鹅肉的故事。黄栀子刚开始气得杀人的心都有,可时间一长,看夏曦天天一副理所当然、嘘寒问暖的模样,索性跟着摆出一副"正吃天鹅"的德行。如此,新人旧人各种揶揄,也再不能阻止两人在众目睽睽下情比金坚:一起做实验、一起讨论重症病例、一起突破治疗困境……

大家不再怀疑他们的感情,就像没有人怀疑老贺与陈蕴竹一样,毕竟血液科在老贺和陈蕴竹、夏曦手里是从无到有,再从夏曦、黄栀子他们手里变得由弱到强。艰辛的历程,人人都看在眼里,敬重在心里。一二十年下来,血液科这种新科室并肩战斗的情谊,远胜过其他常规科室。

是的,夏曦说的没错,他们是彼此出生入死的战友。

奈何这些年,阴魂不散的亚西像个钓鱼的,时不时跑回来撩夏曦的魂,不说结婚,也不说恋爱,总之来了就来了,直接到医院找夏曦要"家里"的钥匙,晚上等夏曦回家,烛光晚餐和浪漫音乐齐齐的,每每让夏曦觉得只差一个下跪和一枚钻戒,他的人生就圆满了。可亚西上床时什么都表示相信,早上一翻身起床就还是"你和黄鼠狼的事我不信、不信、不信"。

有些情感是潜伏着的,你不懂!你俩是恋人未满、阴谋未遂,时间一长就要露出狐狸尾巴。亚西振振有词。

夏曦从背后拥抱着亚西,闻着她短发上的香气,无奈地答,我的阴谋都写在这里呢——他多希望亚西怀孕,然后奉子成婚。

倔强前卫的摄影师说你快拉倒吧!就算怀上了,我也不和你结婚,黄栀子一个人能生孩子,我也能。我要是有了小宝贝,我就抱着小宝贝到上海父母那边过"三代同堂"的幸福生活——你看我多好,让你和黄栀子这对鸳鸯继续浪漫。亚西在离开他去机场的路上打来电话,嘻嘻哈哈没心没肺地说。

夏曦忍了好多年,听到这里终于火大,在电话里大骂,亚西你能不能正常一点?你老扯黄栀子有意思吗?咱俩中间总不能夹个黄栀子一辈子吧?

亚西挨了骂,居然挂了电话直接从机场杀回来,直冲血液科,蹭蹭蹭爬到夏曦办公室的窗台上就要跳楼。

吓得夏曦差点没晕死过去。

骂我呀! 亚西恨恨地咬着牙。

不骂了不骂了,我求你,亚西。夏曦双腿发软,我求你了,我们结婚吧。

结婚? 你再逼我结婚我真跳了。

好好好,不结。

我不要结婚,但我要一个人生孩子,一个人养孩子,亚西蛮横地说,她行,我也行!

黄栀子和一群医护人员正站在夏曦后头,本来也跟着腿软着呢,听到这儿才听出味来,气得骂亚西,你个憨婆娘,我一个人生娃是因为他老汉跑了,你学我做什么? 你以为你很牛啊?

亚西哪里咽得下黄栀子的打击,跳下窗子冲过去就要打黄栀子。夏曦顾不上俩女人谁打谁,跑到窗台边一边砰砰关上窗户,一边大声吼,声音直发颤——吴芳! 吴芳! 钉上,钉上!

那次跳楼闹剧最终以黄栀子和亚西二人嘻嘻哈哈相拥走出会议室而收场。众人看得瞠目结舌,也不知道两个女人怎么打着打着,又搂着笑着从会议室走了出来。

158　　　　　　　　　　　　　　　　　　血液科医生

夏曦也弄不明白,问黄栀子,黄栀子翻着白眼说,你那个婆娘是个坏心眼子的,见不得我好,我不好,嘿,她可乐了——我跟她说我已经严重抑郁症,受不了她再这么误会我。我还把手机里头的诊断书给她看,她就信了,然后拉着我的手给我道歉,说我是个命苦的,以后就放心把我交给她和你了,你俩一辈子都会保护我。她还说她就是想着我和你成天在一起,心头发慌。我说我都这样了,你亚西真舍得逼我去二医,孤苦伶仃地一个人?她又道歉说她错了是她心眼儿小。我顺着她杆子爬,唱苦情戏,说我要是哪一天走了,她得认多谷当儿子。你猜她怎么说?

她怎么说?夏曦一愣一愣地。

她说没问题,她一定把多谷当亲儿子养。黄栀子愤然道,你说她坏不坏?

没毛病啊。夏曦不解,挺仗义的,她能这样很不错了。

没毛病!没毛病!黄栀子气得眼睛冒火,拿起桌子上的病历本就往夏曦身上、脑门儿上狠狠一通乱打——你俩都巴不得我死是吧?亲儿子!亲儿子!我送你俩亲儿子!

亚西和黄栀子冰释前嫌后终于不再闹腾了,但亚西不结婚的决定坚持不变——我要你做我永远的男朋友。只有那样,我们才彼此没有负担,又彼此思念——得不到的才是最好的,不是吗?

夏曦对于亚西各种稀奇古怪的想法已经无能为力,面对一个敢吊着绳子下到一百多米深的洞穴里拍作品的钻地龙或者是边滑翔边摄像的女飞侠,你能把她怎么样?夏曦觉得自己中了亚西的毒:这样子的女人在他生命里没有过,但他着实喜欢她身上那种永远折腾不完的劲。她生机勃勃,充满野性。

这些年,亚西上海、山城两头跑,一到山城就到夏曦科室里来瞎转,有点像是来宣示主权。

吴芳见她站在护士站聊天但一双眼睛净往医生办公室里瞥,叹气道,大神,你放心吧,夏曦没骗你,这里真就是个战场,除了战友还是战友。想谈恋爱,全是战友;想玩战友,门都没有。我跟你说,一个战壕里待久了,给床再好的床单都滚不出感觉,哪怕面前是潘金莲,哪怕她露着大腿,都没用!你看看我们科,医生和医生好的,没有;医生和护士好的,也没有。

两人正嘴碎,夏晨来了,一身布衣,他是给夏曦来送布鞋的。他常年在乡下茶园,种茶的老人喜欢做手工布鞋送他,夏晨心疼夏曦每天在病房跑"马拉松",时不时给夏曦送来一双,反正他俩一样的码。

平时夏晨来时吴芳都埋头在忙,或者躲着他。这会儿突然冷不丁听到吴芳这么一段香艳骇人的言论,温文儒雅的夏晨眼都直了。

吴芳也吓坏了,尴尬万分地转过身去。

亚西狐疑,望着夏晨的背影嘀咕,谁呀,怎帅。

吴芳憋红了脸,直到离婚,她这个"两面针"在夏晨面前一向都是萌萌的加可爱系的,彪悍又色情的一面一直藏着呢。没办法,跟这个明月清风般的前夫在一起,她豪放不起来。

问你呢。亚西斜眼瞥她,还脸红了。

我……前夫。吴芳嗫嚅道,顿了顿又道,你男人的哥。

亚西张大嘴,眼睛直放电,喃喃道,这床单好啊!比夏曦那床好。

吴芳听惯了亚西疯疯癫癫的话,完全不生气,做了个手势——"请"。

怎么了?办公室里,夏曦边试鞋子边看夏晨:这家伙不对劲,在一旁净傻笑。

还好你和栀子没有床单,只有接不完的门诊单。夏晨收敛了笑容,一本正经地叹息,我看你这辈子要被亚西这床单裹疯了。

什么床单? 夏曦一脸呆萌。

十三

出租车从拥挤的菜市场口驶入花台坡路,刚到十字路口,天空便传来隐约的雷声,一阵大风刮来,顷刻间太阳不见了,天陡然暗下来,云层迅卷——暴雨又要来了。

一个炸雷打下来,黄栀子不禁打了个寒战,心有余悸地朝天上望。从小到大,黄栀子始终克服不了对雷的恐惧。此时此刻在恐惧之余,她又多了一份莫名的担忧。这段时间27床涂金钱到底在哪里?恁糟糕的天气,可怜的倔老头儿怕是很难对付。世界那么大,他能去哪儿?他不孤独吗?他有没有带伞?会不会淋雨?要是淋雨就坏了,虽然只是MDS,但一场感冒照样能让他送命。唉,这惹大祸的家伙,那天晚上小艾被送去精神科后,他顿时腰就弯了,眼神也黯淡了,人立马老了十来岁,哪里像个整天打高尔夫的潇洒老总,分明就是个早晨去菜市场买菜、傍晚去江边喝茶的普通老头子。

他说他后悔留下小艾的那些短信,但后悔有什么用?小艾都让他害成了这样子。

轰隆,又一道闪电撕破天际,紧接着瓢泼大雨终于下了起来,车内车外顿时变成两个世界。前面有两辆轿车着急忙慌追了尾,十字路口堵成一团。

小司机焦灼地拍打着方向盘,碎碎念,小雨生意好,大雨水尿了。

随着又一声惊雷,手机响了,是陈蕴竹打来的。

在哪里?老太太问。

买菜。黄栀子心情慌乱,敷衍地答。

到家了给我打电话。

不打。黄栀子突然赌气。

打。

就不打。黄栀子犟着,莫名地,眼泪掉下来。这些年,黄栀子莫名依恋陈蕴竹,她们有着同样的气质,又有着同样的心肠,只是一般人看不透而已,但气质这个东西是相互吸引的。两个女人,像女儿和母亲,或者是小妹和大姐。

不打算了,我就是提醒你,这段时间你有点过界了。陈蕴竹不生气,淡淡地说,医生和病人,关系再好都必须有个界线,之所以不让你过界,是因为我们医生没办法解决所有的问题——病人的所有问题,和所有病人的问题。你最近状态也不太好,别像刚来科室那阵子似的,把自己搞出病来。

黄栀子默默听着,没有反驳。

是的,这一回如果不是 27 床拿出五十万元,小松子和小艾注定会成为两粒细小的尘埃,飘浮在世间最沉重的空气里。她再心疼小艾也没有用。

我就是心疼她,她跟我当年一样,无依无靠地……

黄栀子抚摸着模糊一片的车窗玻璃,呢喃道。

她觉得好委屈。

大雨还在下,雨刷器摆动个不停,透过时而模糊时而清晰的挡

162

风玻璃,黄栀子突然看到十字路口有一把熟悉的红雨伞和一个熟悉的身影。

是多谷,这孩子居然接她来了!

黄栀子从车里钻出来,大雨顿时将她全身淋透了,她不在乎,看着前方那抹红。虽然雨水是冷的,但她却感到一股暖流流过她的身体。她,一个不惑之年的中年妇女,单身,脾气不好,没有父母,没有兄弟姐妹。

在这茫茫人海的城市里,她本是个流浪的孤儿。

可是,她有儿子,有血液科,有他们。

还有大雨中的一把大红伞。

十四

夏末秋初,病人明显比上半年多起来,医生们除了门诊、查房、完成各种病历文书、和家属轮番沟通,每天半夜十二点还得调好闹钟爬起来给外面日常病房的病人抢床位。白天稍有空,院办又动不动通知开会,学习这个学习那个。

所有人都忙得连轴转,大家的情绪都有点毛躁,正一个个在医生办公室里埋头看病历下医嘱,陈蕴竹匆匆走进来,一脸焦灼,谁给我一张床?

全都闷不作声。

哪有床啊,都缺床。

这时,胖苏的手机突然响起一声喷嚏——上班时间夏曦不允许手机开铃声,科里的娃一个个也都是奇葩,不让设铃声,就来电设振动、短信设怪声,有打嗝声、水滴声、嗖嗖的飞箭声,还有放屁声……想收拾他们几个吧,结果病人和家属们还挺喜欢。

只见胖苏看了一眼手机,然后愕然抬起头来,喉咙里冒出比那个短信喷嚏声更古怪的嗓音,我,我可以匀一张。

所有人全部掉过头盯着胖苏。

黄栀子教训胖苏,病人能不能出院你个一线医生能定?你可以匀一张,能耐,你怎么不匀一打呢?

不是……金阿姨的那个床……用不上了……胖苏摇了摇举起的手机,表情沉重——刚走。

众人愕然。

朝西的会议室,窗外炽白一片,炫目得看不见太阳,夏曦觉得眼前一阵阵发黑,好半天,他转过身,缓缓说,下班后,能去的都去一趟。

金阿姨是院里的老财务主任,血液科新组建时真是连多余的桌子、椅子、床都没有。那时候建血液科简直就是个笑话,全院上下都觉得老院长是心血来潮图新鲜。明明院里资金那么紧张,到处都是用钱的地方,搞什么血液科?

老贺在时,回忆当年,经常感慨万千地唱——想当初,老子的队伍才开张,总共只有十几个人来,七八条枪。

唱归唱,实际上当时的血液科连子弹都没得几发,三十九张床位都是和内分泌科合用。

院里每次开会,跟老贺有夺徒之恨的外科主任老顾都要讥笑他,叫他"站长",因为那时候的血液科翻来覆去只会到血站要血,除了给人控制炎症和输血,他们根本无计可施。

只有金阿姨坚决支持血液科,她曾经是老贺的爱人,所谓不是一家人不进一家门,关于血液科、关于医学,她和老贺的观点一致——从一步到百步、千步不足为奇,从零做到一才是最关键的。医者最宝贵的品格之一就是探索和挑战。

血液科第一台零下八十摄氏度超低温冰箱——用来保存造血干细胞的大家伙,还有干细胞分离机,都是金阿姨帮助申请购买的。

那时候一台干细胞分离机好几十万元,不是小数目,全院上下没几个人同意,不光是钱的问题,而是全院没有几个人相信血液科能做移植手术。

听说金阿姨在院长、副院长的办公室里坐了许久,不知道她用什么办法说服了他们,总之,当山城的迎春花开遍江岸大堤时,购买干细胞分离机的指标下来了。当夏曦他们学会移植技术回来时,一切装备和阵地都备好了。

如今,科里用来保存干细胞的超低温冰箱已经从一号排到七号了,干细胞分离机也已经有了五台,科室半相合造血干细胞移植手术的实力排到了全国前十……所有的一切都那么好了,金阿姨却走了。命运何其残酷!一直默默支持血液科的金阿姨,竟然是因为血液病走的。

那些年,金阿姨和老贺两人一个打前线、一个保后勤。榕树下、大楼前,大家经常能看到夫妻二人有说有笑、同进同出的身影。老贺是个橡皮泥性格,禁得起摔打拿捏,又带点调皮和执拗,这也是老院长把血液科交给他的原因。金阿姨比老贺大两岁,看老贺的眼神像妻子又像姐姐,带点欢喜、带点宠溺。就这样般配恩爱的一对人,谁知道说散就散了。

那是二〇〇二年冬天,山城居然下雪了,老贺上街去订冬至的羊肉汤锅,四岁的小孙女小橘子跳闹着要跟着出去看雪。老贺牵着小孙女出了门,刚到宿舍大院门口,分管财务的副院长打电话来,说院里明天开会,估计血液科报的来年用款申请有些项目通不过,上新设备的事恐怕暂时也不考虑。

你们有些工作动都没动起来,不能拨款。

你不拨款买设备我怎么动得起来?老贺急得在大马路上就跟副院长在电话里吵起来,完全忘了小孙女,直到后面马路上响起尖叫声和刺耳的刹车声。

老爷子蒙蒙地转过头，一看后面围满了人，大雪纷飞，世界白茫茫一片，唯有路中间，有一抹耀眼的鹅黄和刺目的红。

身着鹅黄色羽绒服的小孙女静静躺在雪地里，血从她小小的身体下面浸出来，染红了一地白雪。

老贺迟疑地抬起自己的手，这才发现自己应该牵着孙女小橘子的手心空空如也。

那场大雪下了整整三天，金阿姨和老贺一前一后走过江南大道。江南大道的尽头是民政局，从那栋苏联式的建筑老楼出来后，雪地里留下两串各奔东西的脚印。

风雪中，老贺踉跄着敲开夏曦的宿舍门，一头扎到床上就发起了高烧。夏曦一边照顾老贺，一边跑去求金阿姨。

医院老家属楼里，过道的风刮得嗖嗖响。夏曦站在门外，冻得直哆嗦，一向温厚的金阿姨却坚决不开门。

曦曦，回去吧，你们不用劝，我和你贺叔没法一起过了，谁看着谁都疼。

那一刻夏曦突然明白过来，有时候，躲避也是表达爱的一种方式，有些痛横在彼此之间，唯有躲避、唯有不提及，才会让彼此挣扎着活下去。就像科室里无数病人和家属一样，关于病，彼此都知道，彼此不说穿。

无言胜过千言，绝情亦是真情。

这些年，时光如潮水汹涌向前，血液科从昔日只能给病人输血、补铁、打升白针，到现在可以开展各类血液恶性肿瘤疾病的精准分层治疗，造血干细胞移植从开展全相合移植到单倍体相合移植，从零的突破到现在两千多例成功移植，从心里完全没底到出仓成功率达百分之九十九……夏曦深知，这并不是运气使然，而是有太多太多的人在这条路上付出了努力。

医学的道路和屈原笔下的道路何其相似——路漫漫其修远兮，吾将上下而求索……

那场大雪又浮现在夏曦脑海里。夏曦紧紧闭上眼，身经百战的他早已过了流泪的年纪。他现在是科室年轻人的老大，可一想到老贺和金阿姨，夏曦就觉得自己又回到了当年——他只是老贺的一个小跟班，刚刚研究生毕业，老贺带着他去北京、上海到处求师拜艺，派他去进修学习……往事历历在目，他们却都走了，只留下他和陈蕴竹……

夏曦不想让眼泪淌出来，不想让科室的孩子们看到流泪的自己。他要让孩子们永远相信，他们的老大无坚不摧；有老大在，天塌不下来。

陈蕴竹拍拍夏曦的肩膀，缓缓退出办公室，步履沉重。

胖苏缺根筋，追出来问，陈主任，还要不要床？

要！陈蕴竹停下脚步，恶狠狠地说，为什么不要？咱们建这个科，就是救人命的，谁的命都是命，腾一张就救一个！

说完，陈老太大步流星地走了。

望着她铁板一样硬挺的背影，黄栀子心绪郁结，闷闷地说，有时候挺想不通的，怎么恁多血液病人。以前没血液科时，也没见有这么多病人。是不是咱们建了这个血液科，招惹记？

不许乱说。夏曦呵斥住她，以后这种话，我再听到，听一次打一次。

面对情绪低落的老大，黄栀子乖乖闭了嘴。

晚上，夏曦和黄栀子去殡仪馆守夜。夜里清静，金阿姨生来不爱交友，吊唁大厅里没几个人，但夏曦知道，金阿姨不在乎。

晚上十点左右，老贺的儿子贺小兵把夏曦和黄栀子撵了出来。

开什么玩笑，科室老大、老二，有那么多事要干，守什么夜？我妈

　　　　　　　　血液科医生

不要你们守夜。

　　贺小兵在特战旅当旅长，向来说一不二，手上腿上全是劲，撺起夏曦和黄栀子来像撺小鸡。

　　两人被跌跌撞撞撺下台阶，走到停车场，夜风拂面，吹去空气中的炽热，道路两旁隐约飘来一阵花香。

　　仔细闻，是桂花。

　　扛过这个炎热的夏天，等桂花开繁，秋天就要来了。

十五

秋天是要来了,笑笑大早起来推开窗,只见风轻云白、天蓝草青,微风吹拂在脸上,难得的凉爽。

小哥哥,什么时候出发呀? 笑笑赤脚走上阳台,学着蜡笔小新的声音给唐明明打电话。

去不成了。唐明明心情郁闷到了极点,人家是夜班魔咒,到了自己和笑笑头上,成了恋爱魔咒。

笑得淌蜜的笑笑傻眼了,又怎么了?

有手术。

又有手术? 笑笑无语了,我俩八字不合吗? 为啥子只要遇到我俩都休息,你都会突然接到手术。

刚刚急诊送来一个八岁的孩子,老工业基地那边的,在轨道边玩,小火车来没躲开,双脚被碾断了。

怎么个断法? 笑笑心头一凛。

完全断掉,断肢用塑料袋子装着拿到医院那种。先不说了,我刚赶到院里。唐明明说完挂了电话。

　　　　　　　　　　血液科医生

老工业基地这些年没少出事,那里的小火车运输线每年总会出些意外。说不清什么时候起的头,紧挨厂区那个小村子里的村民总喜欢跑到轨道边来卖菜,久而久之,轨道附近成了小市场,整天筐啊箩的,把轨道占得满满的,非要听到小火车响,小摊贩们才嘻嘻哈哈、慢慢吞吞移菜筐子。那小火车速度并不很快,大家也就不当回事。但再慢那也是个大家伙,一挨着就是半条人命。城管天天管、天天撵,就是撵不动,村里人好像把那儿当村里的晒谷场了,甚至有乡下亲戚来,还会特意带他们到那里参观,让从没见过火车的亲戚们觉得自己威猛又摩登。他们像表演极限运动一样站在轨道上,由着火车拼了命地鸣笛,直到看的人吓得心脏都要跳出来了,他们才得意扬扬地撤离。城管和安监局每天都派人到轨道边守着,但他们玩得那么嗨,就像玩游戏成了瘾。

笑笑一万个郁闷,正想着要不要换睡衣,突然微信又响了一下,拿起来看,是小哥哥的微信——争取下午六点前完成手术,陪你吃饭,梧桐树,不见不散,萌萌的。

萌萌的! 笑笑回了个欢天喜地的表情包,心情又高兴起来。今天是小哥哥的生日,要是生日都不能见面,恋爱还有什么意思? 结婚更没意思了。

笑笑换好衣服化了个妆,打扮得漂漂亮亮的下楼,叫了两声"妈",却没人应。

何姨从厨房走出来说,刚走。

笑笑叹气,她老妈属于那种巴不得把天下的钱都赚完的人。

你妈给你煎了荷包蛋。何姨强调道——刚煎没多久,她说你八点会准时起床。

随了王老五的遗传,时间管理上,笑笑从小很自律。

又是荷包蛋。笑笑对她老娘的厨艺实在不敢恭维,二十几年了,永远是荷包蛋。

我给你煮了玉米排骨汤。何姨又加了句。

笑笑头大，她老妈是比着自己厨艺标准请的保姆吧？一个千年不变荷包蛋，一个万年不变排骨汤。

酸汤面。笑笑坚决地说，什么都不要，我只要酸汤面。

吃了面笑笑便开车出了门，她本来和小哥哥约好了去市郊的天河民俗村体验农场生活，那里有小哥哥最喜欢的水果——无花果，现摘现吃。

现在她只能一个人去了。

驱车出城，天高云淡、田野旷远，地平线上，漂亮的黛子山和九公岭就在前方。

笑笑深吸一口新鲜的空气，真甜。整个夏天她都没出来游玩过，白天晚上全都围着病人转去了，周末又要培训志愿者。

陈笑笑同志辛苦了。笑笑在风中大声表扬自己。

民俗村在黛子山半山腰。

无花果树并不高，谦逊地低垂着腰。民俗村的老板穿着布衫，斯斯文文地陪着笑笑走到树下，神秘地告诉笑笑说，无花果是好东西，它的寓意是守护。

守护？这个花语真好，她和小哥哥从事的事业就是守护，小哥哥对她是守护，她也要守护小哥哥。

为什么是守护？笑笑好奇地问。

古罗马有一个传说，说建造罗马的罗慕路斯和雷慕斯两兄弟，出生在无花果树下，被狼养大。后来，罗慕路斯王子被凶恶的妖婆和啄木鸟一路追杀，他躲到了出生时的那棵无花果树背后，才幸免于难。于是古罗马人就把这棵无花果树称为"罗来亚"，就是"守护之神"的意思。老板看来是做了不少功课的，讲起来滔滔不绝。

笑笑听得入了迷，想着以后家里的小院里一定要种一棵无花果树,让它守护小哥哥,小哥哥在小儿骨科,整天遇到的家属不是打就是骂,有了无花果树,小哥哥一定能逢凶化吉。

在山里吃过午饭返回山城,笑笑到蛋糕店取了预定的鲜花和蛋糕,又转进自家超市,买了一大堆玩具放车上,这才慢悠悠往医院走。

自从血液科开设了白血病儿童快乐小课堂后,每周六、周日下午都有志愿者来上课。孩子们最喜欢话剧课,那样他们可以扮医生,穿上白大褂、拿着玩具针,假装给大哥哥大姐姐抽血、做骨穿,还会学着大人的口吻哄——很快的,宝宝乖,不哭哟,我们把坏家伙抽出来,哦哦,快了快了,马上就好了……

有时候夏曦和黄栀子他们经过小课堂时,一群小医生会拿着纸筒做的大针管追着他们跑,"吓"得夏曦他们四处逃,最后还是被逮住,老老实实让小医生们打针……

快乐小课堂开办两年多,成了科里最温馨最开心的地方,当过"医生"的小病童再做骨穿或抽血时,一般都不会再哭,因为孩子们的配合度增加,科里医护人员的压力相应减轻了不少。

夏曦说,这要是在部队,笑笑可以记三等功。

车里,百合花迷人的香气渐渐弥漫开来,像情人的低语和温柔的呼吸。笑笑深嗅一口,想着小哥哥被她"退婚"又再次求婚那一晚,又委屈又深情地拥抱着她,在她耳边轻声喊"老婆",不禁脸红。她喜欢百合花。小哥哥说过,只要一看到百合花,他就会想起他俩的百年好合。

他还说,难怪他打光棍怎多年,原来是老天爷特意让他等着笑笑长大。

嗯,过了今天,他就三十五岁了,她二十五岁了。

周末,子珍路上的车流量并不大,笑笑不快不慢地开着车。快到医院时,身后突然响起了尖锐的警笛声,紧接着几辆警车从她车旁疾驶而过,呼啸着驶进了医院大门。

笑笑心头一紧。

袭医还是医闹?看这阵势动静挺大的。这些年医院遇到这种事太多了,搞得一向自信"医患关系顶呱呱"的老大也紧张起来,前段时间还请了警民共建单位的退伍警官来科室教大家防身术和格斗术。用老警官的话说,这点三脚猫功夫什么作用都不起,不过通过练习反应迅速点,要想逃命,问题不大。这番话逗得大家哄堂大笑。

警车开过门诊大楼和灰楼,径直往白楼去了。笑笑也没在意,把车开进灰楼的地下停车场,抱着一箱子玩具走进电梯。

亲亲我的宝贝……手机铃声响起,笑笑腾不出手,只好由它响,这是老妈和小哥哥的来电提示音,小哥哥在动手术,打电话的肯定是老妈了,她能有什么事?无非是问她回家想吃什么。

她才不回家呢,她要给小哥哥过生日。

从一楼到七楼快乐小课堂门外,手机一直响着,笑笑进了隔离门,这才把纸箱放在地上,掏出手机。

笑笑你在哪里为什么不接电话?那边是惊惧又颤抖的哭声,是小哥哥科室的规培医生方瑜,笑笑一愣,细看一眼,才发现是小哥哥的来电。

可怎么是方瑜在说话?

突然,笑笑意识到了什么,整个人就有点慌神了。

有人从小课堂里出来,冲她笑,替她搬走脚下的纸箱。她茫然地点点头,手机里传来方瑜零乱的讲述。她呆呆地听着,脑子嗡嗡作响。

那个孩子小腿肚的肌肉全都碾没了,只剩下一小块皮,唐老师进手术室前就给家属交代得很清楚,手术首先解决的问题是输血止血、纠正休克,然后清除异物、剪除失活坏死组织、清创缝合,尽量预防术后感染之类的致命性问题,能不能接肢,完全说不准。

神经肌肉软组织毁损严重,挤压后的肢体缺血性肌挛缩……方瑜说的那些,笑笑听得懂又听不明白,只听懂了一件事,那就是——家属认为他们用塑料袋提来的那双还穿着鞋子的小脚板,还能缝回到孩子脚上。

唐老师做完手术出来,话都还没说完,有个男的就扑上去……不晓得他手里哪里冒出来的刀——牛角刀,带倒槽那种……

笑笑听到这里才发现方瑜颠三倒四把最该告诉她的事情放到了最后,刹那间,笑笑全身的血液都凝固了——小哥哥受伤了!

嗯嗯是,笑笑你快来。方瑜失声大哭,唐老师手上身上全是血,他们在抢救,我们都不晓得到底唐老师被捅了多少刀、不晓得多深……

人呢? 笑笑顿时也哭起来,现在他人呢?

在里面、里面!

哪个里面? 笑笑嘶吼。

我们科手术室里,唐老师流血太多,不敢搬,你快来。方瑜哽咽不止。

笑笑想跑,却跑不动,两腿发软抖得不行,好半天才挪动一步。她使劲掐了大腿一把,混浊一片的脑子才清醒半分,身子强撑着迈出一步、又一步。

下了楼,笑笑穿过大厅、穿过花园,泪流满面地往白楼狂奔,白楼楼下早已经围满了人,警察在维持秩序、记者在采访拍照……进了大厅,八个电梯口排着长队,笑笑转身径直走向楼梯间,一口气跑到九楼小儿骨科。

黑压压的人群拥堵在科室门口,层层叠叠,但整个病区死寂一片,每个人都不说话,眼神里写满恐惧和惊讶,笑笑使劲扒开人群冲进去,迎头撞进一个警察怀里,警察伸开双臂拦住她,她狂乱地挥舞双手,拼命往里挣,警察一把抱住她,她挣脱不开,尖叫着又踢又咬。

警察吃了痛,哟一声弯下腰,就在那一刻,泪眼迷蒙间,笑笑越过他肩膀,看到里面骇人的一幕。

前面长长的走廊里,拖着一条长长的血迹,顺着血线往前看,手术室门口的血迹则是混乱一片,笑笑呆怔地趴在警察肩上,瞪大了眼,不能呼吸。

在那一摊摊形态各异的血迹中,她仿佛看到了小哥哥被捅刺后又被拉扯拖拽在地,仿佛看到他一边淌着血、一边无辜又无助地与一群家属扭打在一起。他一定是拼命想挣脱他们,因为她看到了地上蹚出来的血印;他一定是想着要跑掉,因为他和她约好了晚上要见面的;墙半腰处有一个血手掌印,那一定是小哥哥拼尽所有力量支撑着想站起来,但他失败了,因为那个血手印带着长长的竖线,从一米左右的高度拖拽到地上,而地上则是厚厚一汪湖泊似的血。

小哥哥动不了了……

放开我!放开我!笑笑疯狂地嘶吼,警察意识到有可能是受害人的亲戚,反而更加用力地箍住她不让她动弹,嘴里不停安慰,在抢救、在抢救!

方瑜听到声音从病房里冲出来,沿着墙脚跑到门口,两手缠着止血绷带,一把抱住笑笑。

她也受了伤。

别看,方瑜缠着绷带的手在猛烈地颤抖,她用它挡住笑笑的眼睛,笑笑你别看。

笑笑不说话,小脸苍白一片,冷酷地推开方瑜的手掌,死死盯着那片血迹,然后,她开始呕吐……

血!

到处是血。

小哥哥的血。

　　　　　　　　　　　血液科医生

整个走廊里至少有两千毫升的血。

一个人身体里的血液总量顶多只有五千毫升，小哥哥的血已经流了将近一半。

小哥哥……笑笑的喉咙里冒出古怪的声音，然后晕了过去。

唐明明没有吃到代表守护花语的无花果、没有看到百合花，也没有实现和笑笑的百年好合。

凌晨四点，唐明明的生命定格在他生日的第二天凌晨。他修长又如神赐的灵巧的双手布满了十一道深深的刀口，腹部两刀、胸部两刀。

那天晚上院里紧急动员，所有 AB 型血型的同事都赶到了医院，在家的院长、副院长都赶到了小儿骨科，副市长也打电话下达指示，说要不惜一切代价，救活唐大夫，请最好的医生。

可是最好的医生都在山城医院啊。

山城医院救不活唐明明，还能有谁？

黎明就要到来，寂静一片的凌晨时分，遥远的江面传来航船低沉的鸣笛声，像强抑的呜咽，所有人都预感到了什么。

手术室门开了。

都去道个别吧。负责抢救的陈副院长黯然说。

人们都愣住了：有那么糟吗？这么多医生，这么多措施。

穿着睡衣就赶过来的吴芳无力地看向笑笑。

笑笑依在妈妈怀里，瞪着空洞无神的双眼，漂亮年轻的脸上没有任何表情。

陈副院长说的话，她仿佛没听见。

梧桐树，不见不散。

梧桐树，不见不散。

可是人呢？

十六

唐明明下完葬，笑笑就病倒了，本就娇小的身躯躺在床上，薄得像片纸。吴芳握着笑笑冰凉的左手，伤心地劝，宝贝，想开点。

想不开，怎么可能想得开？他连生日都不过，给孩子做手术，他们呢？他们怎么对他的？

笑笑眼神空洞，右手紧紧捏着一个已经快烂掉的无花果，怎么劝都不肯放。

她已经三天三夜没有睡觉了。

李少群开了药，私下告诉夏曦，得治疗一段时间再看情况。李少群很少这样严肃和紧张——她这状态很糟糕，先休息一段时间，不要到医院来。

王老五哭得差点背过气去。

吴芳去给笑笑办病假手续，笑笑却冷笑不止，这一辈子我都不想再回医院，我请什么假？

好好好！辞职，再也不回医院。吴芳心疼得厉害，抱着笑笑哄，我们辞职不干了。

　　　　　　　　　　　　　　血液科医生

回头吴芳还是按病假给笑笑办了手续，然后一个人跑上楼顶，十分伤心地哭了一场。

这个姑娘，她是当女儿来疼的。

晚上下班，吴芳抓了黄栀子去喝酒。

陪我喝酒。吴芳蛮横地说，老娘想喝酒。

黄栀子只有呻吟的份儿，不敢说"不"字。

归去来兮酒吧里，灯光昏暗，如同两个女人的心境。

黄栀子第一次来这种地方，心头七上八下。在她看来，酒吧都是某些"坏女人"来的地方，狂野、放浪。没想到吴芳轻车熟路，拐来拐去寻了最僻静的一处，靠窗坐下来，点了些稀奇古怪名字的东西。黄栀子也听不懂，乡巴佬进城似的，只有看的份儿。不一会儿，小帅哥端了一托盘的酒盅上来，一个个红红蓝蓝绿绿的，像试验室里的药剂。

能喝吗？黄栀子皱眉，毒药似的。

毒药好，吴芳端起一杯蓝色的，一口喝干，说道，上帝赐我蒙汗药。

慢点慢点。黄栀子拦不住，有点着急，忐忑地看向四周，倒也不像想象中那种乐声震天扭扭跳跳的地方，挺安静。舞台上，一个萨克斯手吹着要死不活的曲调，文艺倒是文艺，就是……就是调子有点浪，那家伙的腰扭得也有些夸张。灯光迷离下，气氛很暧昧，黄栀子不禁眯上眼脑补着若干画面——吴芳平时来这里都干了些什么？

别乱想。吴芳白了她一眼，仰头又干掉一杯，说，都半老徐娘了，你以为能干什么？就是来看看，看看他们。

随着吴芳的眼神看过去，酒吧里，一对一对少男少女低声轻语，缠绵悱恻。

看他们干吗？黄栀子是个不开窍的。

看他们爱得要死要活、卿卿我我、百年好合。吴芳边喝边冷笑起来，哪有什么百年好合。

黄栀子心想：这女人原来芳心一直在乱动呢！便托着腮，意味深长地盯着吴芳，她得清醒些，看这家伙喝醉了吐点啥子真心话出来，她好卖情报。

你，真牛！吴芳渐渐就有些口齿不清了，朝黄栀子竖大拇指，说，面前天天放着个大白兔，说不下手就不下手，百炼成钢了？

不然呢？黄栀子不上当，推开酒杯说，我连根芦苇秆都没有，再吃一回亏，淹死到水里都没人捞。

你……放屁！曦曦对你好不是一天两天，亚西吃醋都吃了十几年。

什么叫曦曦对我好不是一天两天，我们是哥们儿好不好？吃醋，亚西她爱吃不吃，讲了不信，活该她抓狂。提到亚西，黄栀子心情也不好了，明明打定主意不沾酒，一郁闷，不由自主也抿了一口。

别说，喝下去肚子暖暖的，还真舒服。

又抿了一口。

老黄，咱们是不是太犟了点？吴芳晕乎乎地反思，幸福和意外，不知道哪个先到；人呢，也不知道啥时候突然就噶屁了，及时行乐啊……唉，早知道老唐要出事，笑笑早点和他结婚，给老唐留个娃也好。

什么娃娃不娃娃。黄栀子倒了一小杯，说，不提娃。

就提，我生不了娃，我觉得笑笑要是给老唐生个娃，那多好，多好，男人都想有个娃……吴芳说着，支撑不住，趴倒在桌子上。

男人都想有个娃吗？黄栀子想，葛蓝要是知道他还有个多谷，会不会痛哭流涕狂奔回来，抱着她的腿求她原谅？

哎呀，是喝醉了吗？想怎多。黄栀子甩甩脑袋，眼前的一切都在她面前转，桌子在转，酒杯在转，桌上的小台灯也在转。

喂,她推吴芳,推不动。

黄栀子用残存的意识,一手紧紧扶住小台灯,一手拨打夏晨的电话。

快来接人。

什么? 夏晨温和地问,接你吗? 你在哪里?

什么接我,接你老婆! 你前妻! 喝醉了。黄栀子头有点疼,不耐烦地说,快点。

夏晨的声音顿时乱了,飙得高高的,什么? 在哪里,你们在哪里?

黄栀子哼哼冷笑,挂掉手机,重色轻友的家伙,什么播音员腔,一听到前妻有事嗓子顿时破功。

没多久,夏晨匆匆跑进来,一身茶人服和酒吧格格不入。台上的萨克斯手诧异地看他一眼,继续吹奏着曲子。

黄栀子摇摇晃晃站起身,大叫,在这里!

一群年轻人便转过头来好奇地看向她。

夏晨望着花花绿绿的灯光和酒杯,简直不敢相信自己的眼睛,呆呆地看着黄栀子半天才回过神,飞快地跑过来。

人呢? 他戒备地四处张望。

黄栀子努力看向夏晨,眼皮却直往下搭,夏晨顺着她眼皮往下看,这才看到在沙发上缩成一团的吴芳。

喝了多少啊,你俩! 向来温和大度的夏晨顿时发火了,你怎么带她来这种地方? 也不看着她?

什么叫我带她来这种地方? 这种地方是什么地方? 你是看到有人嫖了,还是有人赌了? 还有,凭什么就该我看着她? 黄栀子突然多毛,趁着酒劲撒起泼来,凶我做什么? 又不是我带她来的,是她带我来的。再说了,你女人才是女人? 我不是? 我想买个醉都没敢喝,巴巴替你看着她,还讨你骂。我就该没人管是吧?

夏晨从没见过黄栀子说这么长的话、撒这么大的泼,有点反应不过来,好半天才憋出几个字,管、管管管,我都管。他象征性地拍了拍黄栀子的肩膀,然后就转到吴芳身边,去拉吴芳的胳膊,吴芳哼哼两声,不动。

夏晨无奈,摊开双手迟疑地请示黄栀子,怎么办?我抱她走?

你的人,爱抱不抱,你想怎么办就怎么办,反正她喝醉了,什么都不知道,哪怕你弄回去把她给办了。黄栀子粗鄙地挥挥手,赶紧走。

夏晨瞪大眼,难以置信地看着黄栀子,喂,栀子,你没事吧?

我没事。你先走,我也去找个男人,也把他给办了。黄栀子一脸醉意,雄赳赳地答。

你们两个,是想来这里找个?夏晨吓坏了,试探地问。

黄栀子酒醒了一半,我的天,老夏!她正气凛然地指着他,痛骂道,想不到你这么龌龊。

夏晨哭笑不得,到底谁龌龊啊?心头暗自想,以后真不能让这两个女人单独出来喝酒了,要出大事。于是一边把吴芳脑袋扶起来靠在自己肩膀上,一边给夏曦打电话。

夏曦听了完全不信,她俩去酒吧?不可能。你老婆有可能,栀子不会。

快来吧,都要去找男人了,还不会?夏晨吼道。

没多久,夏曦赶了过来,一看,好家伙,两个女人一个已经打蔫睡着了,一个牛气哄哄吵着再来两杯。兄弟俩只好各管一个。夏曦捉小鸡似的把黄栀子从酒吧里揪出来,嘴里骂骂咧咧——归去来兮,还归去来兮。再敢来,老子打断你的腿。

夏晨则抱着呼呼大睡的吴芳,眼神温柔,心疼得不行。

黄栀子手臂吃了痛,还不忘作死。轻点!她摇摇晃晃地哼哼,转过头指着夏晨和吴芳,说,看吧、看吧,那是真爱,多温柔。

你想我对你真爱是吧?夏曦气得面色发青,敲打着黄栀子的脑

　　　　　　　　　　　血液科医生

门儿。

啊,想都别想,老娘心如止水。黄栀子明明整个人都趴他身上了,嘴里还在口口声声宣誓。

看看你这德行,谁愿意理你,想得美。夏曦火大,一把打开车门把黄栀子往里塞,动作粗鲁。

黄栀子被摔得有点晕,倒在副驾驶座上,半天动弹不了,然后很不雅地打了个哈欠。

系安全带。夏曦命令道。

老娘不系。黄栀子闭上眼,不理他,像个任性的孩子。

系上!

老娘就不系。黄栀子死皮赖脸,丝毫不动。

跟酒醉的人没法讲道理,夏曦无奈,忍住火气,替黄栀子去拉安全带。

正好黄栀子挺了挺身子, 夏曦的手不小心就挨到了黄栀子的胸,一片柔软。

吓得夏曦一缩手,紧紧盯着黄栀子。

还好,黄栀子没反应,像是睡着了。

夏曦这才松口气,战战兢兢替黄栀子系安全带,因为紧张,安全带的扣半天插不进去。

正心里抓毛。

一直没动静的黄栀子突然悠悠骂起来,你瞎呀。

夏曦一愣,脸顿时就红了。

黄栀子睁开眼,扑哧一声大笑起来,而且笑起来就没个完。夏曦尴尬万分地呆坐在座位上, 好半天, 一巴掌打在黄栀子脑袋上,骂道,要死啊!

黄栀子笑得弯下了腰,声音也笑得断断续续——又不是……皱儿……哈哈哈。

夏曦脸都气黑了:这女人喝了酒真是胆够肥的。

半夜,醉得一塌糊涂的吴芳被手机铃声惊醒,两手乱抓着找手机,又去抓衣裳。

衣裳拿在手上,还是喝酒时穿的那条棉裙,不知为什么,汗津津的,一抓满鼻子汗味。

吴芳皱眉,这日子,出门一身汗,回家一身馊,女人臭成这样,活该是单身,想想人家……来不及细想,手机还在桌子上响个不停呢,吴芳翻身下床,光着脚去拿手机。

一不小心脚下踩到个软绵绵的东西。

啊! 吴芳吓得尖叫起来,第一反应是老鼠。

是我。一个男人的声音,充满磁性。

吴芳摇摇脑袋,她是听错了吗?

还是幻觉?

是我。夏晨说。他从地板上站起来,那么高、那么清雅。月光下,整个房间顿时被他占得满满的。

夏晨?

半醉半醒间,吴芳向往又惆怅地看着眼前这个男人,许多年不见,正好夜色温柔、窗外又月华如洗,照在他脸上,多么好啊……还是那么一张沉静又温和的脸,那张她做梦都在想念的脸。

一定是做梦,春梦。吴芳晕乎乎地伸出手,有点站不稳。

夏晨一把抱住她。

熟悉的气息包裹住了她,吴芳终于彻底清醒过来,脑袋轰的一声,几乎要炸裂。

你干什么? 吴芳又尖叫起来,低头看自己,裙子换过了,还好,不是小说里的那种桥段,她还穿着睡衣。

你喝醉了,我送你回来。夏晨轻声说。

你、我……你凭什么送我回来,谁给我换……吴芳脸红得发烫。

我。

你凭什么给我换……吴芳本来是想发火的,但发出来的声音却像小猪在哼哼。

以前都是我给你换衣服。夏晨的声音带着某种信息,暧昧、宠溺。

吴芳差点就陷进去,然而,刚安静下来的手机却又不合时宜地响起来。

吴芳回过神来,伸出手语无伦次地警告夏晨说,你别过来,我接电话,科室的,肯定是科室的,等我先接电话,等我先接电话!

夏晨在昏暗中哑然失笑。

“等我先接电话”,这意思是接完电话还可以说点啥或是做点啥?

吴芳脑子已经乱了,夜半下床一脚踩到前夫身上,这是什么桥段?

她抓起手机接听。

手机那头响起哼的一声擤鼻涕的声音,清晰响亮,像要甩到这边来似的,吴芳一阵恶心,赶紧把手机拿得远离耳朵,问,怎么了? 哪床?

结果那边却传来娇滴滴的哭声——我知道大家看我不顺眼,可是至于吗? 我就吃碗方便面,至于这样吗? 他们凭什么骂我? 我要告她们我。

是洋娃娃申宝儿。

一听不是病人抢救,吴芳松了口气,无力地靠在衣柜上,可是……刚刚这家伙说什么来着? 方便面?

吴芳感觉自己的脑袋嗡的一下又大了,紧接着心头冒起一阵怒火,问,刚才你说什么? 你吃方便面?

是啊,我饿了,我吃碗方便面怎么了?这个冲过来凶我一顿,那个冲过来吼我一顿。洋娃娃在那头还不服气呢。

你脑子不清醒是吧?吴芳气得想摔电话,从你第一天来,我有没有告诉过你?陈笑笑她们有没有告诉过你?血液科值夜班不许吃方便面,不许吃方便面!

你们是不是太小题大作了?洋娃娃在那头倔劲足得很,啥子夜班魔咒、方便面魔咒,拜托,二十一世纪了,讲点科学好不好?都是科研工作者,是医生,讲出去笑死人的。

吴芳感觉自己的血压在飙升,她已经不想跟这个实习生说话了,她只想去揍老大:弄了个啥子东西到科里来啊?

挂掉申宝儿的电话,吴芳深呼吸两口气,偷眼看夏晨。他安静地站在窗旁,无声看着她,那眼神深沉如大海……太迷人了,真让人受不了。吴芳暗自叫苦,脸红心跳地默念:老娘单身了好多年,老娘也很正常,你能不能不要这么刺激我?

夏晨却依然盯着她不放,似笑非笑。

吴芳实在忍不住,说,你先不要这样子看着我,我受不了。我现在有正事,你给我转过身去,马上。

夏晨听话地转过身。

吴芳这才松一口气,给值班的小米打电话,现在情况如何?

还能如何?小米完全是气得要哭的语气——现在各个都紧张得要死,你不知道,十一点刚过,那个 M3 的产妇突然要生,陈主任和妇产科一起折腾到凌晨三点多,刚回科里来,睡了不到半个钟头,申宝儿在那儿吃方便面,她这一吃大家都吓坏了,陈主任也不敢睡了,正带着刘医生她们一间间病房巡视呢。反正现在大家大气都不敢出,打仗一样等着……申宝儿倒好,不知错,还在那里哭得稀里哗啦,说我们欺负她。

哪个陈主任?吴芳搓了搓额头。

陈大诚和陈蕴竹两个副主任,陈大诚性格比较面,处理医患矛盾时,陈大诚比陈蕴竹妥当。

大诚副主任。小米答。

那就好,你先别管申宝儿,跟着陈主任,眼手都麻利点,吴芳沙哑着嗓子,言不由衷地说,也别生气,她一个实习护士,不懂。

是不懂还是不老实?说了千万遍她都不听。都给她讲了,血液科晚上值班不能吃方便面不能吃方便面,这事是个人都知道,连病人都知道,她非不信!吴妈,她这是在拿病人的命开玩笑好不好?你们不能惯她这毛病。

吴芳正要劝小米两句,突然听到电话那头传来一阵急促的尖叫,医生,医生……

靴子终于掉下来了。

电话那头急匆匆挂掉。

完了。吴芳叹了口气,颓然倒在床上,捏着手机,目光呆滞地看着窗外:这一闹,谁还睡得着?

山城的夏夜本就闷热潮湿,吴芳的房子又在江边,江水一到晚上就变成了蒸笼水,睡觉翻个身都要出汗,这一折腾,吴芳满额头全是汗。凑到窗边吹风,抬头看,夏夜暗蓝,天空很高、很远,星星很多,密密麻麻挂在天上,有夜航的飞机,翼灯像萤火一样微弱闪烁着缓缓向西,不细看,像流星。

老人说,天上有多少星,地上就有多少人;天上落颗星,人间走个人。今天晚上,因为洋娃娃一碗方便面,血液科病房怕是又要走一个。只是,那边会是谁呢?17床?29床?54床?

申宝儿,你知道不知道,不是一碗面的问题,是一条命啊。吴芳抹着汗,喉咙一片焦渴。

夏晨像是知道她渴了,熟门熟路摸到客厅倒了杯水过来,也没开灯。

这房子他也曾住过五年，每一个角落，都有他和她的回忆。

吴芳没敢看夏晨的脸，默默接过杯子，一口喝干。

脑子里闪过无数记忆碎片，有他和她的，也有科室的。人命关天，此时此刻，尽管夏晨就坐在她身边，她想得更多的还是科室里的事，以至于夏晨从后面轻轻抱住她，她都忘记了反抗。

吴芳记得，当年自己刚进血液科时，老护士长就叮嘱过她，血液科值夜班的医生护士不能吃方便面。第一年，她亲眼看到护士张玉和高小苏在值夜班时偷偷吃方便面，那一晚，血液科累得人仰马翻也没挽救回病人，死去的两个病人都还年轻，一个十七岁，一个二十二岁。

多年的护士经历，吴芳深知有些事情不能去挑战，比如生命和敬畏。也真是奇了怪了，医院很多科室都有自己的夜班魔咒——比如妇产科，老大何明道和老二孙飞云绝对不能同时出差，只要同时出差，妇产科绝对出大事；外科呢，跟人没关系，跟天有关系，只要遇到夜里打雷，也必定出事，所以外科主任安排科研外出和开会，基本上都会错开夏天，山城的夏天，打雷下雨是常事，半夜雷阵雨，一个夏季总会有那么三四回；肝胆科没什么大的忌讳，除了顾勤奋大夫值夜班，反正只要是她值夜班，急性入院的胆囊炎病人绝对从天黑接到天亮，直到顾勤奋退休离开肝胆科，这事才算完，大家都说，顾勤奋应该改个名字叫顾悠闲。

血液科凡是进新护士和新医生，不管是实习的、规培的、正式的，老人们都会非常郑重地提醒他们——方便面在血液科的值班世界里不能有。

偏偏申宝儿听了不过脑子。

申宝儿这个实习生，从一进来吴芳就不喜欢。那姑娘整天心不在焉，净想着写什么剧本，天天宣称什么她要当编剧，做白日梦。你跟她讲正事，她听了半天"哦"一声，再问讲了什么，说不知道。老护

血液科医生

士让她干杂活,她还顶嘴,说正事不让她学,净让她当环卫工。

想想当年吴芳她们实习时,看到带教老师像老鼠见了猫,哪敢像她这样大大咧咧的,还和护士长顶嘴,几条命都不够死的!

真不知道夏曦弄这么个实习生来做什么?

无声无息地,有一只手轻轻环绕到她腰上,温暖有力。

吴芳回过神来。

睡吧,不要想那么多,科室有人在。夏晨低沉的嗓音充满磁性。

吴芳尴尬地推开他,什么叫睡吧……这半夜三更的,两个人、一张床。

我去睡沙发。夏晨像是听到了她心里的话。

不用,吴芳脱口而出,这床……怎宽,沙发太短,你太高。

十七

第二天食堂早餐,夏曦问黄栀子昨晚的事,黄栀子无辜地抬起头说,昨晚有什么事? 不就是吴芳喝醉了,我打电话让夏晨接走吗?

说完一脸鸡贼地问,有没有好事发生?

夏曦心想这女人没救了,骂道,好意思管人家,记得自己什么表现不?

我什么表现? 黄栀子满脸正气,我保护吴芳啊,要不是我一直控制着局面,那家伙早喝死了。

还控制局面。夏曦表扬说,你真行,你没把自己卖了就算万幸,还控制局面,昨晚你不是疯了吗? 不是念叨皱儿吗? 怎么,最近想吃嫩草了?

黄栀子表情秒僵,什么? 不……可能吧。她环顾四周,又看看夏曦,困惑又试探地甩了句,骗子,我信你个鬼。

夏曦不置可否,拿起餐盘,留下意味深长的笑容。

喂。黄栀子被他那一笑吓得汗毛直耸,巴巴地追着他问,别走啊,昨晚我到底说什么了? 我真说了?

夏曦停住脚步,认真劝说,老黄,我看你还是找个人嫁了吧,看得出,你想嫁人了。

你哪只眼睛看出我想嫁人了?你哪根筋不对?嫁嫁嫁,我嫁你个鬼。黄栀子没好气地骂。

可别嫁我这个鬼。夏曦摆了摆手,把餐盘哐当一声甩进清洗台——咱俩离过一回了。

黄栀子看着夏曦大步流星往前走,心里依然发虚,昨晚上自己喝断片了吗?不能啊,自己真一直控制着。

我到底说什么了?喂、喂,你干什么去?

去看小艾。

不查房呀?

才周二,我是主任,查什么房?夏曦很霸气地丢下一句,走远了。

黄栀子气得直咬牙。

小艾的情况有所好转,但依然不认得小松子。然而爱情是个神奇的东西,她每天刷到抖音好友小松子的视频,都会开心地笑。为了小艾,小松子一边化疗,一边坚持上抖音,他用家乡话念打油诗,很难有人听得懂,小艾认真听着,一句一句地学,又给小松子发微信语音,唱她的彝族歌给小松子听。

李少群直乐——我看这两颗石榴籽要越抱越紧。

夏曦见小艾没大问题,和李少群匆匆聊了两句便下了楼。

一大早,都忙得要命。走到灰楼,不到八点,大厅里照样又是熙熙攘攘、人来人往,送早餐的、拿药的、缴费的、排队检查的……每张脸上都写满焦灼。

从你的全世界路过。夏曦心头闪过这句话,紧接着想起夏晨微叹着接的那句——你的全世界都是病人。

命啊,夏曦匆匆上楼刷卡进了病区,没走几步,感觉气氛不对,

191

护士站那里站了一大堆病人家属,窃窃私语,神情异常。

出了什么状况?夏曦有点蒙,早上取药的时间已经过了,病房紫外线消毒的时间又还没到,一个个都挤在护士站做什么?他疑惑地扫视了一圈,看到了百度哥。

喂,啥子情况?夏曦紧走两步,问他。

老大早,百度哥虽然跟着吴芳她们叫着老大,但表情跟往常不太一样,瞪了他一眼,象征性地扯了扯嘴角,算是笑。

夏曦狐疑地停下脚步,这家伙瞪着自己是个啥子款式?他有点郁闷,脸上却依然挂着微笑。

穿着浅绿色花朵护士服的年轻护士们,一个个忙碌地从他身旁经过,端着治疗盘的、拿着记录本的……科室里最累的其实一直是这些小可爱们。夏曦喜欢看到她们,还有什么比看到这群小蜜蜂更开心的事情?

可惜这些笑脸里再看不到笑笑,夏曦心里头有些惆怅。

那么好一个孩子。

还有唐明明……

笑笑带上治疗的药物和王老五去西藏了,她还带了一小盒唐明明的骨灰,说唐明明一直想去西藏,想看雪山和布达拉宫。

正在办公室里换白大褂,门被人咚的一声推开——喂。

是黄栀子,她的声音短促急迫——还不去管管?申宝儿惹祸了。

洋娃娃又惹什么祸?夏曦有点烦,小姑娘不就是想当编剧嘛,一个个老批评人家干什么。

夏曦匆匆走进会议室,只见陈蕴竹端坐在那里,板着脸冲他问,申宝儿的事你晓得了?

申宝儿到底怎么了?夏曦心头咯噔一下。

昨晚半夜她吃方便面,然后刚刚一大早,那个女军官走了。陈蕴竹面无表情地说。

血液科医生

夏曦心头一紧,这才明白那堆表情古怪的患者家属是怎么回事。

那孩子才二十七岁。陈蕴竹取下眼镜,揉了揉眼睛。

夏曦看得真切,她在抹泪。

都说陈蕴竹脾气臭爱骂人,但其实夏曦知道,她是真正把病人当成父母兄妹或儿女等亲人看的人。她对病人的狠其实是急。能怎么办呢?如今的病人什么奇葩样的都有,进了院分不清轻重、听不进医嘱的多了去了,她气不过,总是凶巴巴要骂人。事实上凶有凶的好,多年数据证明,陈蕴竹管床的病人与科室其他医生管的横向比较下来,感染率始终要低三到四个百分点,这可是个不得了的数值。

老太太伤心,夏曦知道她是联想到自己的女儿了,老太太那不省心的博士女儿也是二十七岁……

女军官三月入院,确诊为 M1,人进来时一身戎装,帅气逼人。连黄栀子那个视美貌如无物的呆子见了都半天移不动眼珠子, 低声叫——哇。

具体情况?夏曦坐到电脑前,皱眉问。

颅内大出血。陈大诚走进来,打着哈欠,一脸疲惫地答道。

病床呢?抓紧消毒腾床。夏曦知晓了便不再计较细节,在康群小区租房的病人常年有一百多人,排着队等床位。

已经在消毒了。吴芳站在门口一直气呼呼没吭声,突然开口说,申宝儿你到底要不要给个态度?我毛了啊!

夏曦叹了口气说行行行,好嫂子,还有几天她就转科了。

什么嫂子?你叫、叫、叫什么嫂子,我不是你嫂子。吴芳突然烦躁起来,挥挥手,红着脸慌里慌张溜了。

夏曦探究地望向她的背影。

状态不对啊。夏曦还没细想,眼角就瞄到一个花里胡哨的人影正蹑手蹑脚往楼梯间溜去。

申宝儿! 夏曦喊,你给我站住。

申宝儿逃跑未遂,垂头丧气站在楼梯间门口,不敢动。

还知道跑? 夏曦恨铁不成钢。正要教训,申宝儿却哭起来——凭什么都骂我?吃个方便面就会死人,你们信吗?还拿国家科技进步二等奖呢。

你说凭什么? 夏曦火了,凭你二十二岁,病人才二十七岁! 她只大你五岁,她走了,你还活着。你明白什么叫尊重生命吗? 如果不明白,你白挨这一巴掌。我告诉你,不是方便面的问题,永远都不是方便面的问题,我希望你能想明白!

申宝儿瞪大双眼,茫然地盯着夏曦,仿佛听懂了,又仿佛什么也没听懂。

十八

查完房，一群白大褂回到会议室，累得不是捶腰就是揉脖子。因为女军官的事，大家的情绪都不高。

陈蕴竹端着杯红茶，默默看着窗台上的绿萝发呆，真是岁月不饶人，这两年她明显觉得自己体力跟不上，时间过得真快，等过完年她就六十岁了，该退休了。一想起这个，她心里头就泛酸。她实在是舍不得这片亲手打下的江山，这些年，眼瞅着夏曦这家伙带着血液科冲过一道道关卡，跑进全国前十，她多想跟着再拼几年！

夏曦这个接班人，她和老贺都很满意。有些人天生就是当医生的命，就像夏曦，开朗、豁达、医术精湛，对医护人员好、对病人也好。有他在，其实她离开也是放心的……

陈姨？夏曦的声音打断了她的浮想。

嗯？

您看看65床这个。夏曦指着65床的资料说。

陈蕴竹揉了揉膝盖走上前去看了一会儿，摇头说，不好，应该是复发了。

胖苏白花花一团肉凑上来，巴巴地问，为什么？

单侧胸水感染，肺部是好的，但我觉得是复发，因为单侧太少见，而且胸水量大，抓紧查一下吧。陈蕴竹温和地答。

胖苏一脸崇拜地猛点头，转身出去了。

77床呢？您觉得希望大不？夏曦压低声音问，表情有点迟疑，和刚才带小医生们查房时的气势截然不同。只有在陈蕴竹面前，他才会露出他最真实的一面，有负担、有压力，脆弱或无助。

77床。

陈蕴竹沉默了。

夏曦也沉默。半晌，询问道，要不还是冲一下？

陈蕴竹点了点头，病人意愿强烈，我觉得可以冲一下。

胖苏不知何时又凑到他俩身后来了，他这段时间替休产假的何欢多管了几张床，其中就有77床。听到这里，他两眼放光。他喜欢冲，有打仗的快感。

黄栀子在一旁不置可否，嘴角下垂。

将死的病人有什么冲的必要？她在心里说。

十九

周三,正开病情讨论会,突然所有人办公桌上的电脑屏幕上又闪出紧急通知。

临床各科室:

  因市血液中心供血不足,造成我院用血紧张,现库存量只能保证紧急用血使用,希望各临床医生严格掌握输血适应症,减少不必要的输血,积极采用自体输血技术,随时联系输血科进行采集,谢谢。

输血科

血荒,每天都闹血荒。

77床的血小板约了吗?黄栀子回头低声问胖苏。

约了。胖苏皱眉,有点困难。

77床姓黄,五十四岁,和黄栀子是本家,是个县级医院的外科主任。跟涂金钱一样也是MDS——骨髓异常增生综合征。说不清为什么，这几年得这个病的人数在递增。老黄病程已经有两年，他自己是医生，个人护理做得十分到位，病情一直很稳定，半年前才开始进入定期输血、打升白针阶段。

十多天以前，老黄因为痔疮严重入院，来时病情已经很危急了，血小板只有两个、白细胞不到二十。问他为什么要撑这么久才来医院，老黄说，市里脱贫攻坚检查，他那三户贫困户告状说他造假，县里开全县领导干部会，让他在大会上做检讨，做了检讨又让他到村里给贫困户道歉，直到贫困户撤回举报信，他才抽出身来。

你造啥假了？胖苏是个好奇猫。

县里要求"三个一"，每个月和贫困户吃一次饭、谈一次心、帮助贫困户打扫一次家庭卫生。老黄尴尬地说，我手上的手术恁多，一天都排满了，哪里腾得出时间，临到检查前我挤了半天时间，到菜市场买了三锅老鸭汤、三锅酸菜蹄髈、三只卤鸡、三盆扣肉跑到村里去，一家奉上一份，拍了个照就赶紧回来了。

那不都吃上了吗？胖苏也是吃货一个，挺满意地分析——你不吃他们还能多吃点。可是你自己的情况自己清楚，都这个病了，还整天做什么手术，退居二线吧。

我们那边这个病没列进单子，门诊费用报销不了。老黄苦笑，一分钱逼死英雄汉，趁着还能动，多给自己攒点救命钱。再说了，这些年基层搞脱贫攻坚，带伤带病守在岗位上的不止我一个，还有年纪轻的。我想着反正我也活不了几年，死前绝不能给组织抹黑拖后腿。

夏曦听到这话，心里五味杂陈，一边是俗不可耐地想着多上班多挣钱，一边是想着不给组织添乱。人心何其复杂，只有在生死线上，人才没有虚伪、没有造作，处处都是最真实的写照。

幸好老黄及时住了院，刚挂上吊瓶，体温就飙到了四十摄氏度。老黄自己都紧张得不敢睡觉。他是医生，知道高烧对自己来说意味着什么。

放心,夏曦宽慰他,下回县里开脱贫攻坚表彰大会,保证让你精精神神去领奖。

老黄有气无力地摇头,说算了吧不被处分就好。

光是给老黄降体温就用了十一天,这十一天紧张得跟打仗似的,小护士们一个小时过去量一次体温,都不敢让家属代劳。

和科里人的紧张形成强烈对比的是老黄老婆。

女人不是老黄原配,只有四十岁出头,说老不老,说小也不小了。她整天在病区悠闲无比地晃来晃去,穿个低胸吊带装,下面是短裙,不知道的以为是去三亚度假的。说是在医院护理病人,可孙阿姨说人家早上洗个脸都要折腾半个小时。老黄发着烧,死神就坐在他床边上,连陈蕴竹一有空都会过来看一眼。她倒好,每天打电话、刷抖音,挂瓶里的药液都没了,她还在那儿笑嘻嘻的。中午午休时,她还要抱着瑜珈垫到休息区去练习瑜珈,傍晚则是雷打不动地要到后院的公园去跳坝坝舞,哪怕天气热得全身淌汗。

猜我遇到谁了,老黄?这天,她跳舞回来,胸口汗湿了一片,边进洗手间洗脸边兴致勃勃地问。

老黄躺在病床上,喉咙发苦,无力作答。

我看到杜副县长跟个年轻女人一起从检验楼出来,那个女的一看就是个小三。她冒出个脑袋,开心地说,这下好了,被我看到了。喂,我说老黄,你在听没?

他想"嗯"一声,但发不出声,她下去玩了两个多小时,他一直想喝水,他渴。

数天的高烧,他感觉身体像一段燃尽的树枝,绵软无力,酸痛不已,仿佛只需手指一推,就会随风而去;而身后的痔疮却像燃烧的火苗,让他生不如死,现在他感觉动一动都会要他的命。她倒好,每天化妆跳舞,把医院当美容院和舞池。老婆小他十多岁,她住院时说他查房时的样子像个威武的将军。男人都喜欢被女人仰慕,何况她笑起来真像个天真烂漫的孩子。于是他脑袋一热，就和她好上了。她喜欢玩、喜欢打扮，县城没有的品牌她就跑到市里去买，买回来说都是穿给他看的。他笑，由着她，宠着她。小十年过去，她是越来越妖艳自在了，家务有保姆，卫生有保洁。小县城里的外科主任，要养活前妻、孩子和一个爱打扮的小娇妻并不是一件特别容易的事，他除了拼命工作，还为县里数十个体面的家庭充当着家庭医生的角色，二十四小时为他们提供基本和基础的医疗常识，孩子什么样的咳嗽用什么样的止咳糖浆、女人绝经前用哪一种逍遥丸……他们随时会打来电话，认真地询问，仿佛他是个全能的神。他也不断用心把自己塑造成一个无所不能的医神，并以无微不至的服务换来了若干加油卡、购物卡、烟酒或是名牌包包、高档化妆品。

生活在体面中继续，只有他自己知道，长期的透支正把他的身体鼓捣成一个四处是漏洞的筛子。

五十岁前，他累但幸福，事业有成、娇妻如花，走到哪里都是一片艳羡的目光。过了五十岁，他才意识到二婚对老男人来说是一件尴尬的事情：华发早生的他和娇小玲珑的她走在一起，不熟悉的人常常把她当成他的女儿，她听了总是咯咯笑，无视他的隐痛和不快。事实上，结婚十来年，她从来没有在乎过他的感受。他是将军，将军就应该是威严刚强的，哪会有什么小脾气呢？

将军也应该是无坚不摧的，所以他生了病，她也没在意，甚至连什么是 MDS 也不管。医生送来的血常规单子，她不看，也看不懂，扭头就递给了他；护士拿过来的药，她从来不记用药量，在她看来，丈夫自己就是医生，什么都知道，不用她操心。

世上最痛苦的事情，莫过于自己知道自己要死了，而身边的人却不知道，然后你还得假装什么事都没有。

一直以来，他只有默默哀伤，自己为自己操心，一步步艰辛地往前走。他每天设好闹钟提醒自己吃药，一点点自己给自己攒钱治病，

血液科医生

甚至一点点偷偷提前给自己料理后事……那天选完墓地下山,他突然觉得自己连踩刹车的力气都没有了。他只好停下车,在山路旁坐下来休息。

那是一个美丽又忧郁的黄昏,山林里有啄木鸟嘟嘟嘟的啄木声,杜鹃飞过桐树,发出布谷布谷的鸣叫。风凉,落日挂在对面遥远的山峦上,橙红如血,山下是宁静又陌生的小城,生他养他的小城。可如今他一个人坐在丛林边,小城完全忽视了他,以至于他只能孤独无依地看着天上的云朵。

世界为什么离他那么远呢? 远得他难以触及。

眼泪淌了一脸,微风吹过树林,他感到浑身一阵发冷。以往这个季节,他还穿着短袖,现在穿着长袖竟然还怕风,那一刻他明白了,从此以后,他连任性地在野外吹风或淋雨的资格也没有了。

他强忍着悲伤开车下山,山路弯弯,无吉亦无凶、无喜丧无出殡,整条山道一片寂寞,只有他一个人。

也是,世间有些路,只能一个人走。不然呢? 前妻如仇人,老婆又不问事、百事无忧万事不愁,除了跳舞、化妆、做瑜珈,其他她什么也不管,什么都懒得管。在她眼里,当医生的人生个病发个烧不是什么大问题,她哪里知道,她家将军一条腿已经迈进了鬼门关。

陈蕴竹到病房看过几次,回回都把她骂得狗血淋头,他只有劝陈主任——算了吧,她就那样,一辈子没担过事操过心,现在要她担,也担不了。

陈蕴竹看着比自己小不了几岁的同行,有点心疼,说,少时夫妻老来伴儿,关键时候靠不住,有什么用呢?

靠得住啊,你看她描眉画眼,二百五一个,我乐呢。

陈蕴竹替他生气,我看你才是个二百五。

老黄眼眶一下子湿了。

陈蕴竹心软下来,拍拍他的被子,说,不说了,你好好的,夏主任说了,烧一退马上就给你安排痔疮手术。

能做吗?老黄声音颤抖。看透了生死,并不等于就不怕死,到底还是不想死的。

能做,扛过感染关就没问题,不做肯定不行……这个你知道的。

那我就听天由命了。老黄苦笑。

听天由命还找医生来做什么。陈蕴竹难得温和地说,你也是医生,可不能这样讲。

血荒的通知数日不变,一直在电脑上不断闪过来闪过去,让人焦躁。

办公室小白板申请栏上记录着重要医嘱:77 床,约肛肠科;再会诊,约血细胞、约血小板。

但是输血科还是说没血,不管是 A 型、B 型还是其他啥型,一律只能保证抢救性用血。

我们这个也是抢救性用血。胖苏在电话中辩解,术前术后都要血小板,术中需要血浆,缺一样病人都下不来手术台。

那我们也没办法,血小板全世界都缺,我们能怎么办?而且肛肠科那边都没答应动手术,你们冲我们急什么?有本事找肛肠科急去。输血科的人硬邦邦地答完,把电话挂了。

胖苏被饿得半天说不出话,喘匀气再打给肛肠科,得到的回复还是一句"待研究"。

胖苏没忍住,说,你们研究来研究去,研究个屁啊?

我们研究的不是屁,是他妈的屁眼。肛肠科的人也是被缠烦了,凶巴巴回饿过来,骂道,一个血小板都快要清零的病人,白细胞又那么低,你们说做手术就做手术?有本事做手术自己上啊,恁大的风险推给我们,真当我们是只会捅臭屁眼的傻子?告诉你,赵主任的手术已经排到十天以后去了,其他医生没一个敢接你们的 77 床,要做手

202

术,你们老大自己上。

胖苏没敢把肛肠科的人骂回来的话原样转述给老大和黄医生。

他们还是说需要再研究研究。胖苏沮丧地坐在椅子上,他终于体会到什么叫身心俱疲。

再打。夏曦三口并作两口喝完皮蛋瘦肉粥。粥是亚西送来的,没想到十几年活得像三毛一样的亚西,厨艺不精,熬粥的水平倒是越来越好了。他本想慢慢喝,但一想到77床的情况就慢不下来。

病人好不容易连续三天体温都控制在三十六点五摄氏度,错过这个手术时间,再烧起来就玩完了。

这些年夏曦主持的国家级、省部级课题已经有三十多项,他自己在中华医学会血液分会里也是响当当的一个人物,更是全院公认的宝贝,说起来挺牛气的科室老大,却每年都得掏腰包请兄弟科室吃饭喝酒。没办法,会诊病人太多,那几个白眼狼吃了他的、喝了他的,平时配合倒还融洽,一呼就到,但只要遇到像77床这种病人,几大金刚立马翻脸,说不接就不接。

让我接?上次骨科主任老管骂他,保守治疗你那个病人都很难扛,还手术?你的人死在你科里不是事,死在我们手术台上就是大麻烦。

夏曦那个贱,谄媚得跟卖笑的一样——家属理解的,都谈过话了,同意书也签了,你就答应了吧。

别跟我提家属,我怕。病人上手术台前他们恨不得跪下来求你做,一死在手术台上就立马翻脸。老管说到这里,吃饭的兴致也没了,端起餐盘白了夏曦一眼就走了,边走边甩下一句,以后再在饭点找我说手术的事,我一碗汤烫死你。

夏曦挠头,端着餐盘又去另外一桌。

还没走近,那几个老妖怪无比默契地离开了。

一堆小护士不嫌事大,咯咯咯直笑。

这回赵一刀的肛肠科不接 77 床也有道理。病人白细胞和血小板都低得可怕,手术确实太凶险。但不做,由着痔疮感染下去,77 床死得更早。

老黄自己是明白这个道理的,但他想赌一把。赌赢了,还有机会上化疗,延长生存期。不赌就只有回去等死。

看着一个来自基层的同行, 把生的希望眼巴巴寄挂到自己身上,夏曦实在做不到置身事外。

挺得过去就挺,挺不过去也没关系,真的没关系,我是医生,我明白这道理,我可以写遗书……前天,老黄趴在病床上,一边呻吟一边偷望着洗手间——他那没心没肺的老婆在里面敷面膜。他的声音幽怨而无奈——你们和她谈时,不用说严重性,她这一辈子就是个只会享福不能吃苦的人,大事情从来管不了,小事情从来不愿管,如果她事后要闹,你们把遗书拿给她看。这个手术,我想拼一下,我知道这个血象做手术风险很大,你们带着我拼。手术后抗感染关用药什么的,你们尽管大胆试。夏主任,不瞒你说,我儿子还有半年就研究生毕业回国了,我想活到那时候,看他一眼,跟他说声对不起。恁多年,苦了他和他妈妈。

夏曦故意跟他开玩笑说,想儿子可以,别想他妈,都伤人家一回心了。

午饭时间,找遍了餐厅也没见赵一刀,夏曦决定去一趟外科大楼。

干吗去? 黄栀子敏感地挡住他。

楼下透透气。夏曦在黄栀子面前撒谎眼睛都不带眨的。

你是去找赵一刀吧? 黄栀子皱眉道,我其实这两天也一直在想,到底有没有动手术的必要。昨天我看了他的骨穿结果,原始细胞已

血液科医生

经升到百分之十八了。

尽尽力吧，想想要不是他出主意，我们就没有日间病房。夏曦说，你看自从有了日间病房，咱们收到那么多感谢信。

提到日间病房，黄栀子沉默了。

老黄第一次来血液科排队等病床时，一起等床位的患者家属还有十几个，其中一个患侵袭性淋巴瘤的青年，二十六七岁的样子，病情差不多已经稳住了，全家人都战战兢兢当个宝一样心疼着，可是入院治疗时间到了却进不去——没床位。他妈妈急得每天天不亮就跑到血液科来，一来就跪在电梯口，见人便磕头，边哭边求——给我儿一张床吧，求求你们了。

老黄也每天一早就来科里找床，他血小板已经很低了，白细胞也低。在县里打了十多天的升白针，白细胞没升上来，反而有点咳嗽。老黄心里有谱，二话不说就请假直奔山城来，结果也住不进来。那几天，老黄天天看着跟自己差不多年纪的那个女人每天要哭晕过去好几回。

但是没用。

没床就是没床。

有一天，老黄在大厅拦住夏曦，谈了设立日间病房的想法——我儿子在国外，听说国外有一种病房，病人可以白天入院晚上出院……

夏曦正愁病床不够的事，一听，拉着老黄就进了办公室。

把那些病情基本稳定的、可以一天内出入院的病人，还有可以坐着化疗的病人，全部放到日间病房。老黄一边思忖一边有条不紊地说。

夏曦点头，的确，多发性骨髓瘤、淋巴瘤，情况不复杂的应该都可以做到这个。

但是你的流程要足够快，所有涉及流程的辅助科室都要转起来。老黄双手画了个圆圈，很内行地分析——比方说，病人本来可以三两天甚至一天就能完成治疗,但是你其他流程会耽搁时间,例如检验。那么可不可以针对这种病人,你们医院的检验科、核医学科,包括心超等等,专门调一批人为日间病房服务,快速出检验报告、快速开始治疗。这样相当于我们去理发店排队理发,女同志弄个头发要三四个小时,男同志只需要十几分钟,现在你们的做法是让理发的男同志跟女同志一起排队,那男同志有时候为了十几分钟的理发时间,要等上七八个小时。如果你分开弄一个日间病房,再搭配一个组给这批人,那么就能解决整个排队队伍冗长的问题。而且,血液病人大多缺钱,有日间病房,可以帮病人节省不少钱。

夏曦怔怔地看着老黄:一直以来他们都在以最快速度帮助病人,但是像这样站在病人的角度来分析医生和医院的体制、机制和流程,好像还不够深入。

老黄说得有点急,咳嗽起来。

夏曦倒了杯水递给老黄,内心充满感激。聊了半天,他还不知道他是什么病。

MDS。老黄惨然一笑,说,还没到上化疗的时候,不过我看也快了,促红素打了好长时间,红细胞一个没长。

我们马上开会讨论您提的这个建议,从理论上讲没有问题,但这涉及整个团队建设和分工协作,还有流程上的很多问题,您容我们一些时间。夏曦说,您的骨穿结果如何?

那个,现在是百分之七。老黄低下头,眼眶红了。

才百分之七,不怕。夏曦言不由衷地劝说道,这边目前真没床,您先回县里,我们给您开点药,关键是先控制肺部感染,促红素继续打,其他的问题,等有了床再处理。

老黄走后,夏曦跑到院领导那里磨了半个月,终于磨到四楼五间房,用来开设日间病房。

为了把整个日间病房的启动和流程的规范性探索、建立任务甩给黄栀子，夏曦把黄栀子接到了夏晨的茶室。

凭什么是我？黄栀子问。

夏曦取了块陈皮放入沸腾翻滚的茶水中，摆出一副恩人的嘴脸说，怕你空虚。

黄栀子面无表情，骂道，脸皮真厚！

那……夏曦耸耸肩，说，一切为了人民。

黄栀子瞪眼道，不接。

你要接！夏曦成竹在胸，你不是最怕病人多花钱吗？日间病房建起来，病人能够节省很多的。

黄栀子立马吃瘪。

夏曦暗笑，这家伙抠门数第一，自己不舍得花钱，病人花钱她也心疼，心疼到巴不得直接给晚期病人说，出院吧，你不行了，你要死了，你治不了了。

黄栀子的确是个抠门起来不嫌事多的主。一接到活儿，真正是起早贪黑鞠躬尽瘁，若干开会若干商量若干求情，三下五除二，竟然很快把流程搞定，把团队建了起来。吴芳也带着护士们把四楼那几间房整理出来，建起了有十二张病床的日间病房。

有了日间病房，一日化疗病人一般提前半个月在医院 APP 上预约，就可以正常按时办理入院手续。正如老黄所说，团队建设做起来后，日间病房的流转速度非常快。和常规病房相比，日间病房的病人办理入院手续简单，各种检查治疗又可以随到随做。诸如 PICC 维护、腰穿鞘内注射治疗、骨髓瘤等的一日化疗，后来大都在日间病房完成。做完治疗的病人又可以回到家里或出租房安心饮食和休息，不光是减轻了病人的焦虑情绪，还大大降低了他们各自家庭的经济负担。没多久，山城医院血液科日间病房就成了医院一大创新项目，前来考察学习的兄弟医院的医护人员和采访的媒体记者络绎不绝，整得院领导三天两头都在上镜，风头十足。有了日间病房，血液科的投诉量也减少了六个百分点。

老黄自己也顺利入了院，黄栀子终于见到了"传说"中的老黄，忍不住问老黄是怎么想出日间病房这么专业的建议的。

老黄不好意思地笑了——儿子在国外，也学医，是他说的。

黄栀子听了脸一红，她在美国学习了整整三个月，倒把这细节漏掉了。

日间病房的设立和走红，对科室来说，不仅仅是一个创新，更重要的意义在于告诫众人，钻研医术要深入、管理科室要细致、服务病人要用心。坐在夏晨的茶室里，夏曦感慨万千，自嘲道，还是人家县城医生深入群众，不像我们，连喝杯茶都要挑品种、挑杯子、挑水，事实证明，我们已经严重脱离群众。

这家伙说得好听，第二天出差照样向夏晨讨了十年的老寿眉，恬不知耻地扬帆远航，且在电话里和黄栀子争辩——喝茶只是一个形式，只要为人民服务的宗旨和灵魂还在，就不是问题。

现在，为自己的病人老黄去求赵一刀，是宗旨和灵魂催促夏曦必须要完成的使命。

刚冲着病人痔疮折腾一通的赵一刀洗完手，毫不忌讳地掰开护士长送过来的橘子，递了一半给夏曦。

夏曦连连摇头，说你这双手摸过的任何东西我都吃不下去。

赵一刀举起手，反反复复绕，他向往地望着自己修长白皙的手指，悠悠说道，我还用它掏牙呢。又威胁道，想清楚，你可是来求我的。

是是是。夏曦认尿，求大师赐一刀。

那你吃不吃？赵一刀把橘子递过来，威胁他。

夏曦忍住恶心，取过一瓣橘子扔嘴里，嚼也不嚼就硬咽了下去。

赵一刀嘻嘻笑,说你上当了,你吃了,哥哥我还是不做。

信不信我打得你满地爬?夏曦气坏了。

不是我不买账。赵一刀摆道理,情况明摆着,不做手术,继续感染下去必死无疑,但那是病情加重不受控制,不关医生的事。现在你非要做手术,就涉及治疗方案和医生判断的问题了。病人昨天拿过来的检测结果我看了,血小板不到十个,那等于他几乎没有止血功能;白细胞才两个,那么重的炎症只有这么点白细胞,你告诉我,够什么用?夏曦,最近几年你骄傲了,仗着胆大,什么都敢试,中华医学科技奖一等奖、长江学者也都搞到手了,但是一时运气好不等于一辈子运气都好……我呢,一辈子都跟屁眼打交道,想要绣出个花来,也只是个破菊花,永远不可能像你那么耀眼。如今你兵行险招,却把死人的风险交给我扛,我傻呀?

赵一刀说得难听,但占着理,夏曦只有干着急。

痔疮手术术后恢复对正常人来说都是件要命的事情,你就像个精神病。赵一刀慢条斯理又掰开一个橘子,人家病情已经这么严重了,一股冷风都会要他的命,你还上门来讨我补上一刀。

是病人想治。夏曦叹了口气,说,才五十多岁,又是同行,意志力很强。他说写遗书也要上手术台,他儿子还有半年就毕业回国,他想挺到那时候,见见孩子。现在这状况,如果不做手术,保守治疗下去,顶多只能扛个把月,感染继续严重下去人就完了。

做手术一样没把握啊,就算痔疮手术这一关闯过去,后期换药抗感染仍是个大问题,照样可能要人命。赵一刀摇头,何必浪费资源。

什么资源,你就怕破了你的百分之百。夏曦犀利无比,切中对方要害。

赵一刀一把把橘子皮摔在地上,瞪着夏曦,骂道,你给我爬吗?

你给我爬。夏曦回骂。

两个精英男士就这样在办公室里像无赖一样"你爬""我爬"地对骂了半天，最后以赵一刀妥协告终。

老子受不了，比蜘蛛精还难缠。夏曦走了，赵一刀恨恨地啐骂。

老子叫他逃，比老狐狸还要精。回到科室，夏曦喝了口茶，得意地叫唤。

怎么搞定他的？黄栀子问。

夏曦轻蔑地说，就他，我分分钟搞定。

拉倒吧。吴芳一脸不悦，说，肯定是答应赵一刀送他几斤最好的翠芽茶吧？

赵一刀做完手术有个癖好，要么吃香甜的橘子，要么喝清香的绿茶，原因不用脑补也能明白，酸和爽呗。

下班时，黄栀子和陈蕴竹边收拾包包边嘀咕，夏曦供出去点绿茶，吴芳在一边急什么劲？

有事，不——有戏。夏曦的茶不都是夏晨给的吗？黄栀子想着那一晚醉酒后的事，笃定地说。

这养不熟的！陈蕴竹宠溺地轻笑，说，以前提到夏晨就两眼翻白、恨得跟什么似的，现在说反水就反水。

肛肠科手术室门外，亮着的"手术中"显示牌的光终于灭了。赵一刀从里面走出来，神情严肃。赵一刀在院里一向以赵老爷自称，傲气、潇洒，仗着水平高，从来都是人还在手术室门外的连廊里，烟已经夹手上了。医院管了很多次，病人也投诉了很多次，他一句话甩过去说，屁眼臭，拿烟熏熏，你有意见？告诉你，抽烟表示手术效果好，我高兴；不抽烟表示可能还要再来一刀，你想我抽还是不抽？

病人家属吓得都不敢吭声。

久而久之，"赵老爷抽烟了"居然成了山城医院肛肠科手术圆满成功的代名词。

胖苏卡着时间从自家科室过来,站在手术室外面等,一脸紧张,额头全是汗,一看赵一刀表情不对,手里又没夹烟,顿时慌了神。

赵一刀沉着脸问,家属呢?

老黄老婆挂掉电话跑到他跟前说,这里这里,我在这里。

赵一刀目光犀利,盯着她看了两三秒,想说什么,但却只是简单交代了两句就匆匆走了,而后又丢下一句,你跟我来。

胖苏困惑地左右看了看,确定是叫自己,赶紧跟过去。

手术我已经做了,人能不能扛过来就是你们血液科的事了。赵一刀走进办公室,点燃烟猛吸了一口,说,能不能扛过这一关,关键在护理,你们别给我搞砸了。

胖苏点点头,说,我回去再给他家属提醒一下。

他家属?赵一刀呵呵一笑,刚才那个?靠不住的,我都懒得讲……还是你们护士盯紧点,我也给这边说一声,他每天过来换药,我有空也去盯一下。

行。胖苏犯疑,问,赵老师,您为啥子说那家属靠不住?

再干十年二十年,你就知道了。赵一刀抬抬下巴悠然道,去,给我泡杯绿茶来。

胖苏屁颠屁颠去泡茶,心里默默立志:总有一天,我也要成为老大和赵老师这样牛的人物。

痔疮手术后的恢复搞不好能要人命,每天的换药、清洗和消毒那是真疼,纱布拉出来,消毒后又塞进去,每回换药对病人来说都是生不如死。老黄身子骨又单薄,好几次眼看着就要疼晕过去,肩胛骨高高耸起,全身汗水像井水一样冒。

赵一刀不得不叫人看护着他。

实在疼得厉害就哼一声。赵一刀温和地说,都是同行,这毛病疼了叫两声不丢人。

赵老师,我……老黄瘦得皮包骨头,双腿打战,喘息着答,好像就只剩这一口气了。

赵一刀叹息了一声,仔细查看老黄的伤口:一个白细胞怎低的病人,一天天地,能恢复到和正常人差不多的程度,也挺不容易。

护理做得很好,赵一刀说,当然,毅力也很重要。

嗯。老黄拼命忍着疼,哼出一句,护理我心里有数,我得等到儿子回来,看他一眼。

赵一刀笑着说,不止看儿子,你的毅力和身体状况还不错,眼下只要炎症和高烧能控制住,伤口长好了,夏主任他们血液科应该有足够的时间帮你做匹配和移植。儿子不是要回来吗?半相合的希望很大。

老黄愧疚地低下头,说,开不了口,欠儿子太多。

就是欠太多,才要留一条命来慢慢还不是?赵一刀貌似轻描淡写地答。

果然,老黄愣了一下,苦笑道,你这个逻辑,也对。赵主任,你是好人,我自己也是医生,像我这种病人你都肯接,我谢谢你。

谢夏主任吧。赵一刀摘下手套,扔进医疗废弃物收集箱,他把我耳朵都磨出茧子了。

赵一刀不得不承认,在理智和仁心之间,夏曦做得比他更好。而且,正如夏曦所预测的,他给老黄做的这个手术,应该为生命的延续争取到了缓冲和预备的时间。

不知不觉间,天气越来越凉爽,老黄天天换药,状况一天比一天好,院里的桂花也一棵接一棵开得更繁茂。

老黄老婆欢天喜地跑回病房说,桂花好香,我们跳个坝坝舞,香气扑得到处都是。

老黄向往地看着她,说,好多天了?

她没听懂。

我进来好多天了。

二十七、不，二十八天。老黄老婆回忆着，笃定地答道，二十八天。

老黄不说话，转过头，静静看着窗外一小块蓝天。

他进来时还是夏日炎炎，院里四处开满了火红的石榴花。时间在挣扎、疼痛和虚脱中滑过，很慢，却又很快，快得连桂花都开了。

他已经很久没有感受到自由的空气了，那种走在蓝天下、风吹脸庞的感觉。

他还有机会走出这栋大楼吗？

他从未如此迫切地渴望儿子归来。

过几天我们就可以回去了。老黄老婆一脸马上胜利快要解放的表情，医生说再换几天药就可以出院了，那个啥子升白针，需要打时我们再来打就是。

嗯，再过几天就回去。老黄虚弱地、言不由衷地说，回去闻一下桂花香。

他该怎样和这个年轻的、天天渴望着离开医院的老婆说移植的事呢？

她一向把钱看得那么重……

老黄最终没能回家，也没能下楼闻桂花的香味。

胖苏把下一步的治疗方案跟老黄老婆谈了，女人都已经喜气洋洋地开始准备收拾回家的东西了，一听，顿时叫了起来——什么移植？什么化疗？他不就是严重贫血吗？以前都是这样，该补血的时候补血，该打升白针打升白针。他又不是什么 M1、M2、M3，他不是 MDS吗？不带数字的。

胖苏没好气地看了她一眼，心想，你老公病了这么久，前段时间高烧，人在鬼门关都走了好几回，一个痔疮手术两个科室的老大出面商量，还跟输血科吵了好几回架才准备好了血小板救命……一桩桩、一件件，是个人都能反应过来这病小不了。大家做了这么多，敢情她以为医院是吃饱了撑的！

老黄歉疚地看着年轻的妻子，轻声说，怕你担心，我一直没说。

老黄老婆急了，一脚踢开箱子哭嚷起来——到底要怎样？这个破地方我实在是一天都不想待下去了。

老黄看看胖苏，一脸求助的表情。

胖苏沮丧地说，看吧，早就跟你说了，早点告诉她。你非说自己是医生，不用她操心。这么大的病，总得让她知道，你瞒她做什么呢？

就是，你瞒我做什么？老黄老婆突然警惕起来，连连逼问，是不是你们都知道？就我不知道？老黄你瞒着我干了些什么？你是不是把钱都藏起来了？给了她，还有你儿子？你一直不告诉我就是要处理这些事对吧？我就知道，你讨厌我！嫌我没工作、嫌我不懂事、嫌我小。我小，我愿意嫁给你，嫁给你这个老头子啊，你倒好！瞒着我、净瞒着我，瞒着我和她勾搭是吧？我知道你们一直有联系。瞒着我寄钱到美国去是吧？我知道你儿子出国的钱是你给的。老黄你为什么要这样子对我？你没良心。钱呢？你说，你把钱拿到哪里去了？

病房里的人都惊呆了。

原来老黄年轻的老婆心里是这样一套逻辑。

难道不应该首先替丈夫感到伤心和担忧吗？都谈到移植了，是个人都明白怎么回事，怎么净扯钱的事？

老黄也愣了，本就混浊的眼睛模糊一片。十年恩爱，他是给足了她满满的幸福，他把她当妻子宠、当女儿宠。他大她十多岁，他又是个老思想的人，总觉得年龄相差太大，欠她了，所以什么都由着她。县里人都嘲笑他，说他是找了个小可爱，当了个老婆奴。怎么到头来却是这样一堆问号？

我没有把钱拿到哪里。老黄颤抖着支起身子,为了减轻她护理的负担,他一直只吃流食和稀饭,多少天了,他强忍着饥饿,做梦都在咽口水,走两步路去洗手间腿都打战。

秀秀,我没把钱拿到哪里去,我的存折全在你手上。

你骗我,你每个月的奖金都打给你儿子了。

那是该给的呀,我也没瞒你。老黄讨好又胆怯地解释。

什么叫该?什么叫不该?夫妻共同财产,你说给就给?现在你要做移植,没钱,怎么办吧?

怎么会没钱。老黄战战兢兢地笑着,哄她道,存折里有五十万元的定期,每个月还有一万多元的工资进账。

胖苏在一旁点点头,说五十万元差不多吧。

什么叫五十万元差不多?老黄老婆转过头来瞪着胖苏,拍拍巴掌说,五十万元是他一半我一半,他要医也只能用他那二十五万元。

老黄愣住了。

胖苏也愣住了。

病房里安静得掉一根针都能听见。太寂静了,这样的寂静是极致的嘲讽和鄙视。

老黄老婆感觉到了森森的寒意,但她不在乎。她无耻且无畏地仰起头,双手紧握成拳,心中盘算着:

> 他们全都是一伙的,只有我是一个人,既然只有我一个,那我就必须抵抗到底。我才四十岁出头,总不能嫁个老头子还一分钱也捞不着。再说,他有儿子,要治病找他儿子要钱去。

> 都大难临头,还讲什么道德?道德能当饭吃?何况谁昧着良心还说不准呢,老黄怎长时间不说,能不计划点啥?我和他是半路夫妻,人家前头那个原配跟他还有个儿子,自己什么也没有,万一老黄死了,我会不会被他们家人给撵出来还不知道呢。早

知道我就把房产证给过户了。看吧，老黄就是不让我知道，不给我时间和机会留后路，我到底年轻，哪里斗得过老黄！

既然他都不顾，那还不如撕掉那块遮羞布，早翻脸早好。

秀秀。沉默了许久，老黄看着愤怒又狂乱的老婆，痛苦地轻唤，像是从喉咙深处咳出一口血，你是怎么了？

没怎么。老黄老婆秀秀紧咬着嘴唇，身子抖得厉害，眼眶也红了，我才三十岁就嫁给你，巴巴跟着你，我讨到什么好了？都说我是狐狸精，都说我是小三上位。你们黄家过年吃个饭，没人搭理我，都说我把你给毁了，要不是我，你就当院长了……我毁了你什么了？我不嫁给你，那个院长也未必是你的！怎么我跟你在一起了，那些未必会成的事都成了强加给我罪状的由头？你们家怎么不说你要当县委书记呢？十年了，我夹着尾巴做人，讨好这个、讨好那个，你说你现在突然说要做手术，要恁多钱，要是把手里这点钱全花完了，你再有个什么三长两短的，你叫我怎么活？

没有的事，老黄哀伤地看着她，我家里人没有看不起你，只是你太小，做不来家务，她们就念叨几句。

几句？秀秀哭起来，没完没了，是几句？然后还要故意扯到她身上去，说以前嫂子的菜做得好，什么意思？以为我听不出来？她贤惠叫她来呀，马上来，来侍候你，来出钱，给你治病。

扯她做什么，我现在是和你过日子。老黄环顾病房，感觉一张老脸不知往哪里放，他只有卑微到骨头里，颤抖着求秀秀，别说了。

为什么不说？趁大家都在，我们讲讲道理——你俩有儿子，你一直替她养儿子，养到了美国，研究生马上毕业。给你治病不能光问我要钱啊！你儿子不得出啊？就凭这一点，她也得替你们儿子拿钱出来给你治病。秀秀斩钉截铁地说，养儿不就为了防老？

胖苏有点被绕晕了。好像有道理？

老黄也答不出话来。

我没她命好,我没儿子,我连个后都没有。万一你有个三长两短,你让我怎么活?秀秀又哭起来。

别哭、别哭,秀秀,刚才苏医生的话你没听清楚,可以移植,也可以保守治疗的,他是让我们比比选选,你要是担心,我们保守治疗是一样的,回去找老中医,中药好,是不是?咱们不花这冤枉钱。啊,不哭。老黄强忍着深深的绝望,伸出瘦骨嶙峋的手,取了餐纸递给秀秀,边哄着边掉下一串老泪,我这个年纪,保守治疗好,你看,县里好多病人,得了癌,不也是保守治疗吗?

秀秀扭过身子,越发哭得大声。

医生办公室里,夏曦打电话给老黄。

方便说话吗?夏曦问。

老黄声音黯淡,夏主任,给你添麻烦了。你有什么话说吧,她不在。

真的要放弃?夏曦说,再扛几个月你儿子就回来了,要不还是等做完配型再慢慢商量?

老黄叹了口气,说,钱都在她那里,我现在这个样子,没法和她商量啊……或者,你等我打个电话,我想和一个朋友聊聊。

和朋友聊聊也好。夏曦叮嘱道,别太难过,啊?

没得谈。前妻在电话里波澜不惊地回答,我和儿子只有一套房子,要治病,只有卖房子,你以前让儿子没了爹,现在又想让儿子没房子?

老黄拿着手机,半晌说不出话,最后终于怒火冲天憋出一句——我是血癌,你就不安慰我一句?

如果得血癌的人是我呢?前妻声音冷冷的,隐隐透着一丝嘲讽和悲伤,如果是我,你敢来安慰我吗?你不怕你家那个小可爱吃醋?

你敢拿一分钱出来帮我治病？醒醒吧，是你欠我的，我不欠你的。

这个女人！这个女人！老黄挫败又无奈，一辈子都这么刚，一辈子都这么冷。他为什么离婚？就是因为她脑子太清醒，看什么都透透的。

呆坐了半天，老黄又打了一个电话，这个电话号码永远在他脑子里，但除了工作，他已经十来年没有和她谈过私事了。

在吗？他迟疑地问。

嗯。对方没有说多余的话。

我……老黄嗫嚅不安。

病怎么样？那边却轻声问。

……病，不好。老黄说完，突然孩子般流下委屈的眼泪。

不好是什么意思？

血癌。老黄强忍着说。

那边的声音顿时慌乱了，什么！

老黄听着，心乱如麻，世事如沧海，这一天三个女人，一个是老婆，一个是前妻，一个是非亲非故的她。三个人，只有她是唯一一个把关注的焦点放在他的病上的人。

何其悲、何其憾、何其幸！

她是他的护士长。快二十年了，一直在一个科里，他和前妻结婚前是和她谈的恋爱。前妻出现时他动摇了，因为前妻的家庭有着他渴望的关系和利好。那时候年轻的他总有太多野心。他离开她时，她没有说一句话，静静坐在开满野山菊的山冈上，风大，吹乱了她的长发。她年轻的脸上没有任何悲伤或愤怒的表情，只有平静。

之后很多年，和前妻吵闹后的夜里，他都会想起满山的野菊花，想起她无悲无喜的神情。

也许就是那一刻她已经万事皆空，之后她一直没成家。

后来他和前妻离了婚。和传闻所说不同，他并不是喜欢上了秀秀才和前妻离婚的，实际上他和前妻已经悄悄离婚一年多了。他单身那段时间里,在科室中时,他能明显感受到她的喜悦,每天经过护士站,都有一束满天星插在花瓶里,那是他最喜欢的花……其实也不是喜欢,只不过他知晓的花名不多,当年她问他最喜欢什么花,他顺口就答了句满天星,她还笑他说,哦,你竟然知道满天星。后来他不好意思地告诉她说,他真正喜欢的花其实很常见,是桂花。

他们偷偷又好上了,不长,半年左右,她很激动,老想着要宣布恋情,他却不肯,说刚离婚,吃的又是窝边草,挺丢人的,万一人家说咱俩一直暗中好着呢?还是等等吧。她温柔又顺从地笑了,饱满又谦和的脸上写满了珍贵——她总是把他当宝。

他看着她,感慨万千,心想这十几年绕了一大圈,结果还是她。

意外的出现是因为秀秀,秀秀车祸的伤口在胸部和大腿,动手术的时候,他第一次发现女人的皮肤可以那么美,又嫩又白,像果冻一样有弹性,像雪花一样洁白,像月季花花瓣一样瓷实,一时间,他几乎无法自持,那是他医生生涯唯一一次失控。

秀秀从医生的眼睛里看到了什么。她是赌鬼的女儿,从小游走于危险与机遇之间,对于人世间的各种目光,尤其是贪婪和渴望的,她深谙于心。

很快地,医院传出了绯闻,黄医生和病人好上了。

她不相信,她都等了他十几年,好不容易守得云开见月明:不可能的。他自己也想不到,事情会偏偏朝那个方向去,就像瘾君子爱上鸦片,秀秀天生的叛逆性格对他来说独特又充满魅力,比如她会突然出现在他家所在楼栋的电梯里,趁着没人,狠狠扑上来吻他,把他吓得魂飞魄散。电梯门再次打开前一秒,她才放开他,若无其事地走出去,丢下他在电梯里,头晕目眩、腿脚发软,满脑子都是刚刚如风雨雷电般的一幕。

再后来,他娶了秀秀。

护士长是个好女人,从来不争不抢,也从没有埋怨过什么,甚至当他和秀秀举行婚礼,宴请院里的同事好友吃饭,她过来敬酒时,表情依然如水一样平静。

从那之后,护士站再没出现过鲜花,有看望病人的送花来,护士们拿到护士站,她只是淡淡说一句,扔了吧,我有鼻炎。

她也再没有穿过短袖的衣裳,再炎热的天,她总是穿着长袖衣服。有人说她喝多了酒意外割伤了手腕,他吓了一跳,想问,但他清楚自己没有问的资格,再也不能去影响她的生活。

微信如此普及的时代,连楼下早餐店都加着微信,而作为他的护士长,他却连她的微信都没有加。

有些事回不去了,有些事不能提了。

手机两端都陷入了沉默。

现在什么状况?终于,她小心翼翼地问。

医生说,做移植,还有希望。

做移植……要花很多钱,她什么态度?好半天,她低声问,她人呢?

她……态度很好……一阵深浓的哀伤袭上来,老黄觉得自己像个被抛弃的孩子,想哭,却没脸在她面前哭。他断断续续、结结巴巴地说,她……下楼去了,她说桂花开了,她给我摘、摘、摘枝桂花上来。

你就编吧。她忧伤地说,一个赌鬼养大的,谁不知道她什么德行!她要是态度好,你能打给我?是不是她不给钱?你的钱好像都交给她管了。

老黄语塞。她知道就知道吧,非要戳穿做什么!

委屈、尴尬、绝望、懊恼、悲伤……刹那间,各种情绪汹涌而至,老黄挂断电话,终于控制不住,躺倒在床上,眼泪成串地淌下来,抹一把脸,湿的;再抹一把,还是湿的……

手机嘀一声,是短信提示音。

老黄吃力地拿起手机,泪水模糊了眼前的字,他不得不用袖子擦了一把脸,这才看清短信内容——需要多少,我借给你。和以前不一样,这次要还的。

和以前不一样,这次要还的。他看着这行字,情绪再次崩溃,聪慧又隐忍的她,第一次发泄她的委屈,第一次要求他还,她哪里是真要他还钱,她是祈祷他能活下去,鼓励和支持他。

岁月像错乱的电影画面,破碎又清晰地出现在他眼前,他不知道自己从哪个节点走到了今天这步田地。说是"这步田地",好像也不大对,他并没有犯什么弥天大罪,但总归有什么东西哽在喉咙里,腥辣而温热。他也不知道,如果人生再来一次,他的婚姻会是什么样子?三个女人,他会再次选择"能帮他一把"的冷静到极致的前妻,还是任性刁蛮的秀秀,还是始终默默站在他身后的她?

整个下午,他都陷在黑暗和绝望里挣扎,是她突然给了他这样一束光,照亮他地狱般的黑暗。

他捂住脸,让哭声隐藏在掌心里,但眼泪却顺着指缝流下来,那么多、那么烫。

…………

一辈子没有这样畅快地哭过,好半天,老黄终于止住泪,再次拿起手机,深深地凝视着那段话,一个字一个字,他把它们刻进脑子里又咽进肚子里,最后,他抚摸着手机屏幕,深深吸了口气,用微颤的手指按下了删除键。

是该删除了,老黄觉得自己活了五十多年,到现在终于活明白了:无论这个世界多么美好,总有些东西是人不敢去过分觊觎和奢望的,就像那句话——出来混,总是要还的。

那就还吧,他想通透了,用自己的离开,换所有人的岁月平静。他不亏,更值得。

外面的小叶榕树梢在不停晃动,那是风的影子。

起风了。

221

他已经许久不知道风是什么味道、满天星是什么味道、桂花是什么味道、阳光洒在花园里是什么味道，他困在这一隅天地太久了，该走了。

老黄晃晃悠悠站起身来，像风吹拂着他，一步一步，他缓缓走进洗手间。

他打开水龙头，水流声哗哗低响，他想起了幼年时砍柴经过的那条小溪，溪水潺潺，清澈透亮。他凝视着水流，伸出手，将骨瘦如柴的手臂放在水下，冰凉的水瞬间包裹了他，他不禁打了个寒战，他又咬咬牙，把已经没有多少头发的脑袋伸到了水龙头下……

耳边有若干个声音在回响。

头上寸草不生，胸中五谷丰登。当年，她和他坐在医院楼顶上看星星时，她开心地笑着，打趣他的头发日渐稀少。

接着是秀秀的哭诉——要是把手里这点钱花完了，你叫我怎么活？

再接着是前妻的声音——老黄，你醒醒吧，我不欠你的。

不欠，你们都不欠。

水声哗哗，他撑着虚弱的身体，任由冰冷的水淋过头顶，心头轻声对三个女人说：都是我欠的。

半夜时分，雷声大作，大雨一直下到天亮。桂花淋落一地，走过小区，四处一片白花花的凄凉。风吹过来，黄栀子感觉有些许凉意。

真正是一场秋雨一场寒。黄栀子想着，打起了喷嚏，职业性地，黄栀子意识到自己有点感冒，而且……好像有点低烧，手里提着的一袋垃圾，竟然沉如秤砣。

不太对劲。黄栀子摸摸额头，最近动不动出现的眩晕感再次袭来，她发了条短信给夏曦，决定去小区旁的社区医院看一看。

刚走出小区，手机短信提示音响了，还是熟悉的两个字：登机。

222　　　　　　　　　　　　　　　　　　　　　　血液科医生

滚。黄栀子回了一个字过去,心头莫名烦乱又脆弱。

几乎是同时,那边回过来两个字——谢谢。

什么意思?是谢谢她终于搭理他了?还是别的什么?黄栀子懒得理。

快到社区医院时,夏曦发来视频通话,一张帅气的老脸出现在屏幕上。怎么了?他漂亮的大眼睛像好奇宝宝一样眨啊眨。

有点发烧。黄栀子说,前几天一直咳嗽来着。

看吧,说明睡觉还是得两个人才行,肯定是踢被子了,昨夜降温,没人给你盖。

我打得你爬信不信?狗嘴吐不出象牙。黄栀子骂,我真不舒服。

那你不回院里来检查?夏曦边穿白大褂边说,肥水不流外人田。

全身软软的,像粉一样。黄栀子懊恼地说,手和脚都没力气,开不动车。

那么娇气。夏曦有点惊异,你是钢铁女侠。

再说一遍,我真的不舒服!黄栀子有点冒火,老大满不在乎的语气实在是很伤感情。

夏曦这才认真起来,抻长脖子对着屏幕说,你拿近点,我看看你的脸。

看你个鬼。黄栀子没好气地挂了电话。

黄栀子在社区医院挂号时,科室这边陷入一片慌乱。

十多天来状态一直平稳的老黄突然高烧昏迷,床边所有的仪器都在嘀嘀嘀地叫。

秀秀站在一旁,惊慌失措地搓着手。

抢救时大家才发现,老黄病号服左边从袖子到肩膀全是湿的,洇得床单温湿一片。撸开袖子,干柴棒似的手臂冰凉冰凉的,像是从雪地里捞了根棍子回来。

应该是湿着捂了一整夜。

黄老师、黄老师！胖苏不停地叫。

老黄终于醒了过来，大口大口喘着气，眼睛瞪得又鼓又圆，脖子陡然间膨胀得跟脸盘子一样粗，身体的每一个毛孔都朝外面湿汪汪冒着水，毛巾盖上去，一拧就哗啦啦淌一片。

呼吸机！呼吸机！夏曦大叫。

话没说完，这边老黄突然头一挺。

秀秀尖叫，老黄！她扑上前去，却意外地扑到一团比棉花还薄又比柴火更硬的身体，她有些惶然地惊跳开了，数秒才愕然地哭号起来。

老黄！

胖苏摘了一枝桂花到病床前。

那是一枝细瘦单薄的花枝，只有三四团零星的花簇，昨夜狂风暴雨，花香早已消散。细长的枝条和老黄皮包骨头的手腕一样，黝黑又干瘦，没有一点水分。

科室人员和患者家属们没有任何人和秀秀道别。

秀秀铁青着脸，仇恨地盯着前方，鼻子里不断发出哼哼声，说是没半点感情，也不像，分明眼眶一直湿着，人也强撑着。但也许那本保全下来的存折才是她最在乎的，比对老黄的爱更珍贵。为了证明自己没有错，她撑着那股子劲，头也不回地离开了。

她义无反顾离开的样子和赶到医院来的牛丽香截然不同。

已经过去恁久了，涂金钱还是音信全无。牛丽香实在撑不住，满世界找人。

肯定是在哪个妖精那儿！牛丽香边哭边骂。吴芳劝她等等，没消息就是好消息——她暗中已经和山城另外两家医院的血液科都打了招呼，有信息就来电话。

二十

黎明的曙光揭去夜幕的轻纱,淡蓝色的天空还依稀闪烁着几颗残星。早上五点半,小松子从梦中惊醒,看到穿着浅绿色护士服的护士正端着工具盘站在他床前:抽血时间到了。

你知道吗?我刚入院时以为,白血病就是血变白了。小松子主动配合卷起袖子,回忆起刚入院时各种"作",不好意思地笑了。

小米埋头费力地找着血管说笑,那你不成了外星人?

小松子怔怔地看着小米,她笑起来好像小艾。

一定要好起来,小松子深长地呼吸,一定。

以前他想死,现在他不能死,他要娶小艾,哪怕她是个傻子,哪怕她永远记不起他是谁。以往的人生,她照顾他,以后他来照顾她。

中午,吴芳迈着轻快的步伐走进来,扬着手里的单子,满面笑容地说,小松子,要不要请吴妈吃草莓冰淇淋?

小松子不敢相信自己的耳朵。

在血液科,凡是血象成功恢复的病人,家属都会给科室人员买草莓冰淇淋,这是好多年的惯例。冰淇淋象征着好消息。

吴妈？小松子听到自己的声音像淋在雨里的树叶,颤抖、湿软。

白细胞长到零点四了。吴芳笑着告诉他。

小松子呆呆地看着吴芳,心怦怦怦剧烈而慌乱地跳动,像要从喉咙里蹦出来。吴芳还在笑,她笑得真好看啊,像菩萨、像妈妈、像天使……

小芽芽一冒头就会长得很快哟。就像春天原野里的小草。吴芳歪着头,像逗小朋友一样——离离原上草,一岁一枯荣,野火烧不尽,春风吹又生。

春风吹又生、春风吹又生。

他魔怔般地重复着,然后闭上眼,任泪水淌满脸颊。

哭吧哭吧,哭完了再笑。吴芳放心地丢下他,开心地走了。

第二十六天,小松子的白细胞长到了六点二。

坐在餐厅高大明亮的玻璃窗前,首都的夕阳像金子一样洒在脸上,参加研讨会的黄栀子侧头看着手机里胖苏转发来的那组漂亮的数据,欣喜地笑了,那笑容璀璨夺目。

血液科医生

二十一

医院大门前,车又堵成一条长龙,小郭子跑过来,惊喜地说,冰姐你来了?好几天没见,我还以为你被调到分院血液科当老大去了。

这事你也知道啊。黄栀子惊讶得只差下巴掉地上了。

医院门口混恁多年嘛。小郭子挤眉弄眼说,你们的事我们都知道,机密绝密的,我都知道。

我们能有什么事?还绝密。黄栀子下车,把车钥匙扔给小郭子,第一次没提价钱的事,潇洒地走了。

冰姐,那个穿布衣服布鞋的老帅哥来接吴护士长好几次了。小郭子在她背后嚷嚷。

黄栀子瞪大眼,强忍着没回头。

路过护士站,一阵歌声飘过来——栀子花开呀开,栀子花开呀开。

——这女人心情不错,逗她呢。

黄栀子嘴角浮起一丝邪笑,丢下一句,动春心了?

吴芳立马老实。

过了护士站，走廊前方鬼影般又冒出个白大褂，歪头看她。

唉……

这张脸是好看的，恁多年一直都很好看，温雅却又顽皮、霸道却又可亲。但他只要是这个嬉皮笑脸的调调，就一定是有事求她。

黄栀子假装没看见，迅速打开办公室的门后反手就要关上，却快不过夏曦的大长腿跟着溜进来，随后他坐到桌子上，一脸阴笑。黄栀子往后退半步，保持高度警惕，你想干什么？

院里有个会，替我去顶一下。夏曦晃晃悠悠地说。

提到开会黄栀子火大，不去！你还好意思提开会。

上次好心替夏曦开会，黄栀子出了大丑。她这个黄主任开会爱打瞌睡的毛病院里人人皆知，还好大夫混成专家后，院领导对各路"神仙"的陋习大都睁一只眼闭一只眼——对这些大神，只能宠着。

结果千宠万惯，没想到这回黄栀子居然打起鼾来，偌大一个会场，两百多人眼见着平日里高冷如冰的美女大夫在众目睽睽之下悠长绵劲地呼噜噜、呼噜噜，画风惊悚。医院的爷们儿，一群理工男，没生那根怜香惜玉的肠子，一个个憋着坏笑，也不叫醒黄栀子，就听，认真地听。

等黄栀子在一堆忍到崩溃的哄笑声中惊醒过来，已经晚了。好死不死地，又遇到姜各东那头猪，显摆自己刚当上院长助理坐上了主席台，借最佳视角录了段视频发给了夏曦。夏曦也是头猪，转手发到了院群里——后来他解释说是眼泪笑出来了没看清，发错了群。

那天黄栀子出了会议室，走错路都遇到神经病，一个个笑得跟吃螂了似的，搞得黄栀子一头雾水。

代开会闹出了全院人人皆知的笑话，虽说黄栀子十多年来早已练就一副无坚不摧的本领，但到底关乎形象，整得她很是狂躁了一段时间。

要不是看在"前夫"的面子上，她想撬夏曦的祖坟。

228　　　　　　　　　　　　　　　　　　　　　血液科医生

他还敢再提代他开会。

帮帮忙嘛——老姜最近一开会就是宣传，什么新媒体平台，他以为科室主任和他一样闲。我懒得去，去了要吵架的。咱几个当年多亲啊，搞成这样，你得管。夏曦说的是实话，老姜当年也是和他们一起逃票听张学友演唱会的死党，自从当上院长助理，嘚瑟了，讲起话来调门老高，高得黄栀子看到他就想踢他屁股。

你的意思是我很闲？黄栀子冷飕飕地看过去。

冒杀气做啥子？夏曦跳下桌子退到门口，也恶狠狠地眯起眼，再次威胁黄栀子，去不去？

不去。黄栀子戗回去。

那好。夏曦迅捷转身冲到走廊，然后黄栀子便听到他叨叨，登机、落地……

我去、去去去。黄栀子吓得心尖直颤，两大步冲过去把人薅回来摔在墙上。

她是真想问候他大爷。

吴芳寻声而来，看到黄栀子被气得七窍生烟的嘴脸。吴芳叹气道，傻大姐，他肠肠怎多弯弯，你又和他在扯啥子皮嘛。又骂夏曦，恁闲？大清早拿人家开涮，她招你惹你了？你是睁眼瞎吗？没发现栀子最近不对劲？

栀子好好的呀。

好个屁，她老说自己没力气。吴芳指着窗外说，医技楼那么小一个斜坡，她都说走着腿软，又不是公主。

你确定？夏曦好看的眼眯成了一条线。

不信你哪天和她去茶室的山上走走试试。

这是吴芳离婚后，第一次从她嘴里说出夏晨的茶室。

听说你总护着申宝儿？去茶室的路上，黄栀子坐在副驾驶位置，懒洋洋地问夏曦。

她是真懒了,懒得连车都不想开。

谁年轻时没犯过错。夏曦潇洒地打着方向盘答道,我们也是。

我觉得你老了也可以接着犯。黄栀子刻薄地望他一眼,啧啧道,你比别人多一个犯错的条件——你有当牛郎的天赋。

平常这时候,两人都爱打嘴仗。

这回夏曦却没接招,表情认真地说,栀子,我有没有和你讨论过一个话题,就是你刚才说的天赋问题,申宝儿其实很适合当护士。

你说申宝儿有天赋?黄栀子笑起来,我怎么没看出来?

记不记得老贺曾经说过,医生分两种:一种是天生的,复杂的技术知识都能够非常神奇地上手上心;一种是靠苦干,天天练、月月练、年年练,最后练出一手惊世绝活。你喜欢哪种?

黄栀子白他一眼,你想多了,我们在说一个实习护士。

你呢?你是哪一种?

懒得理你。

登机、落地,落地、登机。夏曦又开始碎碎念。

黄栀子惊慌地回望,确定车后座没人,才低声怒骂,你个烂大西瓜!

回答。夏曦吊儿郎当威胁道。

好吧,我是笨的那种,你是天才。黄栀子答,虽然是被要挟,但她说的是实话。

你是天生的老大,你是满天飞,全世界开学术交流会的烂大西瓜。

多谢表扬。夏曦脸皮够厚,说,申宝儿,和其他四个实习护士第一天报到,吴芳提醒过配药时要穿防护服,五个娃娃,只有她记住了。还有给病人扎针,她下手稳准狠,毫不犹豫、针针见血。你莫看她现在稀里糊涂,认真起来是块好料。

就这些理由？黄栀子啼笑皆非，这是一个护士起码的标准，不惊艳。再说了，吴芳说了，人家可不想当护士，想当编剧，写网络小说的。

编剧怎么了？你以为一个个都像你，除了医生当啥都不成，梦也不敢做。我说，趁现在人还没老、珠还没黄，抓紧找个歪瓜裂枣嫁了吧，你这种人出了医院就没有存在的价值。夏曦一打方向盘，把车子开进了茶室旁的空地，边停车边唠叨。

黄栀子下了车，拿起提包劈头盖脸就朝他摔过去。

却不想背后响起慵懒又迷人的声音，我家夏曦和你什么仇啊，天天给你这样打？

黄栀子回头一看，竟然是亚西。

夏曦立即躲到亚西背后，嘻嘻笑着说，快，给我弄死她。

亚西幽幽看了他一眼，说，我弄死她了你还不得弄死我？然后又将手里提的餐盒塞到夏曦怀里，说，王八汤，喂王八，赶紧吃。

黄栀子直接笑趴在车头。

亚西毫不客气地朝她腰上拧了一把，骂道，笑个鬼，血液科这么闲？闲得你在这里谋杀我老公。

反正杀的也是——黄栀子吃了痛，哎呀呀叫着朝夏晨茶室里逃，边逃边说——是王八。

跑了几步，黄栀子速度慢下来，气喘吁吁。

亚西看在眼里，不由得和夏曦对视了一眼。她的眼睛很漂亮，又深又圆，但眼神里写满了担忧。

夏曦皱眉。

才这几步，黄栀子喘成这样，是真有问题。

二十二

我想进仓。申宝儿跟在夏曦屁股后头,蚊子一样嗡嗡嗡个没完。

找护士长去。夏曦翻看着仓内病人的病历,头都懒得抬。

求你了,我想进仓,我朋友都笑我了,我马上就要转科了,仓都没进过,只知道给人家记什么拉了多少屎、撒了多少尿。

你朋友笑你很重要吗?夏曦反问。

当然重要了,人要脸、树要皮的。

那吴妈和笑笑她们总是批评你,怎么不见你有长进?你的脸呢?

我……申宝儿噎住了,顿了顿,气呼呼地说,她们对我有偏见。

什么偏见?

她们说我是你开后门弄来实习的。

那你以为呢?哪个实习护士第一站就能来血液科?哪个实习护士敢来找主任提要求?

我稀罕血液科?你明天甩我去哪儿我去哪儿。申宝儿赌气地说。

好,急诊室、外科、骨伤科、儿科,你选哪里?我马上打电话过去。

先别忙,申宝儿嬉皮笑脸,等我进过仓再走。

找护士长啊,表现好了她会让你进去的。

什么叫表现好?

护士长冲你笑了就叫表现好。夏曦说,很简单。

申宝儿却觉得自己要挂掉了,要吴妈对自己笑?太难了!这个吴妈冲全世界都温柔,除了对自己。

行,先这么着吧。申宝儿不想在这个要命的问题上继续纠缠,挫败地甩甩手说,我跟你去探视走廊。

探视走廊医护人员不受限,干吗非跟我?夏曦明知故问:笑笑走了,吴芳心情不好,看申宝儿更不顺眼,杂活儿都安排给她,护士站里一会儿小申一会儿小申地叫,小丫头整天忙得脚不沾地。

这不,又在叫。

申宝儿一脸生无可恋的表情,转身朝护士站跑,边跑边回头朝夏曦作揖,一张小圆脸上鼻子、眉毛皱成了一团,跑的速度却毫不含糊。

夏曦看在眼里,只笑不语,拿起几本病历佯装路过护士站,拐进配药室,轻描淡写地问,忙啥呢?

吴芳和几个护士在里面,配药台上堆满了药,正忙着一个病人一个病人地核对,头也没抬,说,废话,还能忙啥……突然大喝一声,申宝儿你在干吗!

申宝儿抱着一堆药委屈地说,我看你们面前都堆乱了。

我们乱的有数!别动!吴芳凶巴巴地说。

让小申跟我走一趟探视走廊,夏曦假装随意地说,明天志愿者要来,问一下仓里病人想吃什么东西。小申去记一下病人需求。

吴芳嫌弃地挥挥手,去吧去吧,药放下!原位放下!净添乱。

出了配药室,刚刚被凶得不敢吭声的申宝儿立即又是一副嬉皮笑脸的德行。

谢谢老大。

夏曦暗想,这脸皮厚得够格做护士。好护士都得心大脸皮厚。

一路上申宝儿净问一些奇怪的问题。

为什么仓里的人一个个都那么黑呢?

一是缺血,二是用药,三是紫外线消毒。

化疗为啥子会掉头发、会吐?难道我们的科技到现在还攻克不了这些问题吗?

你先说说化疗的目的。

申宝儿干巴巴地背诵,化疗是通过药物的作用,让骨髓里的……

你不要这么背,你应该这样记。夏曦耐心地说,血液病人的骨髓就好比我们生命的土壤,骨髓造出血来,就是土壤里的种子长出来了。血液病,就是骨髓造血出问题,它乱造,不该有的坏苗出来了,好苗营养让坏苗吃了。要不就是好苗一长出来就死了。化疗是什么?就是把土里所有的种子都杀光,好的坏的都杀光,让土壤变得干干净净,然后十四天左右,土壤开始长出新的苗,这时候,如果新苗里头不再有坏苗,我们的化疗就成功了。但是如果还是有坏苗,而且依然比好苗长得多、长得快,再或者是什么苗都不长,化疗就失败了。OK?

OK。申宝儿迟疑地点点头,然后问,老大,您确定您刚才讲的,是我问的问题?

夏曦说,刚才是第一枚彩蛋,还有第二枚彩蛋。

申宝儿"咦"一声说,您也懂彩蛋?

我看上去很老吗?

风华正茂。申宝儿拍马屁道。

夏曦白她一眼,说,第二枚彩蛋是关于掉头发和呕吐的问题。坏种子都有一个特点,那就是它生长得非常快。那么,人身上还有哪些细胞是生长得特别快的呢？头发、胃肠道黏膜，都属于这一类。所以你每天都在掉头发，但你并没有变成光头。那么重点来了，化疗既然要杀死长得最快的坏种子，那么它自然就殃及头发和胃肠道。所以，掉头发和呕吐，是化疗的必然反应，就像——捆绑营销。OK？

太 OK 了！申宝儿简直崇拜得下巴都要掉地上了，仰着头傻乎乎地看着夏曦，说，老大，要是学校老师这么教我们，我一定会爱上这个职业。

学校老师这么教，你们那就该下课了。夏曦敲打她，刚才不是教你专业，是教你怎样去和完全不懂医学的病人还有病人家属说话，但你还是必须掌握现象背后的东西。

现象背后是什么东西？

专业知识啊，你脑袋里装的是糨糊？夏曦有点怀疑自己的眼光，这么个二百五，确定有天赋？

你把我绕晕了。申宝儿嘟起嘴，不就是这意思吗——对病人，要学会把专业的问题表象化；对我们自己，要把表象化背后的专业问题弄明白。换句话说，我们自己要学会深入，而对病人要浅出。

夏曦长叹口气，说，小祖宗，你终于说了句像样的话，以后还吃方便面吗？

申宝儿打蔫，老实地低下头，我错了。

我和你爸妈曾经跟你约法三章，你老老实实实习完，好好积累点深刻的东西，以后想做什么，自己再决定。

一言为定！申宝儿一兴奋，举起手又要和夏曦击掌。

夏曦看都不看。

申宝儿尴尬地放下手，不吭声了。夏曦这才松口气，掏了掏耳朵：好家伙，这一路吧吧吧的！

他和 21 号仓通话。

小乖乖，今天怎样啊？

伯伯,我吐。

比昨天多还是少啊?

少。

啊,那真不错,你很棒,要加油,今天下午妈妈来探视,你可不要再不接她电话哟。要和妈妈说说话,妈妈每天去菜市场给你买菜熬菜汤粥,好辛苦。

九岁的小树苗歪着光光的头,声音沙哑,委屈地说,伯伯,我也好辛苦。说着,就已经伸出手去拿妈妈送来的饭盒。

夏曦看在眼里,笑着挂了电话。回头看申宝儿,小丫头一脸呆滞,傻傻地盯着玻璃窗里的小树苗,眼睛红红的。

怎么了?

小树苗……要在这么小一个仓里待一个多月? 只有一张床、一个床头柜、一台电视?

你说呢? 既然叫仓……

申宝儿眼睛闪过一丝忧郁,说,太残忍了。

不是残忍。夏曦纠正她,是希望。黎明前总会有一阵黑暗,不是吗?天总会亮的。再说,有我们在,我、你、所有医护人员,我们就是他们的光。

申宝儿咬着嘴唇,不再吭声。

长长的探视走廊,无边的沉默。

二十三

这一回,在拿到血液检验报告单之前,黄栀子已经有了隐约的预感。

离上次感冒不过才几天,突然又开始持续低烧和咳嗽,而且肺部有明显的撕裂感,全身无力。

它们通通都预示着情况不好,很不好。

手里的报告单打满了向下的箭头符号,白细胞、红细胞、血小板,三系偏低。在血液科,连病人家属都明白这些数据意味着什么——死神在靠近……尽管脚步轻微,但瞒不过她,她和血液病打了这么多年的仗,那个东西来临时,哪怕只是一股细微的风,她不用抬头,也能知道。

毕竟只是家门口箭道街的社区医院,年轻的全科医生经验明显不足,他忽略了这张报告单,却一个劲晃动着她的 X 光胸片,带着一脸倨傲,以及不知从哪里来的自信,说,状况不好,肺部炎症很严重,可能得入传染科。

入传染科,和肺结核病人住在一起?她心里冷笑,白细胞那么低,那不是让我死得更快?想着想着,她的身体有点摇晃,但她迅速控制住了这种令她厌恶和难堪的软弱。她定了定神,静静地看着年轻的医生,不说话。

你这个,小医生又晃了晃片子,晃出一阵哗哗的响声,不耐烦地说,只能进传染科,我没有和你开玩笑,你肺部炎症很严重。

她眼眶一热,慢慢泛出一丝温和的笑容,用原谅的目光看着眼前这张年轻又傲慢的脸,慈祥地说,毕业几年了?

啊?小医生正开入院单,听到这里抬头瞭她一眼,目光诧异、冷漠。

我十多年前在医大读完博士出来时,也和你现在一样。她轻声说。

小医生愕然地放下笔,表情有点尴尬,他开始认真地看眼前这个人,不,是前辈。之前,他的目光根本就没有真正放在她脸上过。

她站起身,继续保持着微笑,出去了。

喂,喂——大姐,阿姨,那个……老师……

小医生追出来,却只看到她的一个背影。

她走得迅捷而流畅,挺直着腰,像一条美丽且勇敢的鱼,用机敏的弧线越过候诊的人群。因为走得太快,她不禁又咳嗽起来,咳得声嘶力竭。这恐怖的咳嗽声让所有的人都吓得不轻,他们像神话中被魔术分开的海浪一样,瞬间给她让出一条白花花的路来。

于是,她带着三十八点五摄氏度的体温,卷裹着死神的呢喃,逃也似的穿出医院冰凉的走廊。

街道两旁的梧桐树树叶已经开始黄了,难道秋天到了吗?夏日的炎热仿佛还在身体里散发着余温,燃烧着她的五脏六腑,奇怪的是,她的皮肤却凉得像浸在冰水里。

"突然忘了挥别的手,含着笑的两行泪,像一个绝望的孩子,独自站在悬崖边。"

238　　　　　　　　　　　　　　　　　　　血液科医生

路边咖啡店里响起一首老歌,郑智化的,几十年了,居然还有人听!歌声孤独又委屈地穿过街道渐行渐远,留下她惶然无依地看着玻璃窗上自己的影子。

此时此刻,她就是那个绝望的孩子,独自站在悬崖边。

手机响了起来,黄栀子不想接,手指却机械地按下了接听键。

黄主任!小米在那边惊慌失措地叫,21床不见了。

来不及撕心裂肺哭自己的命运,也来不及酝酿绝望的情绪,她的注意力顿时被拉到21床身上去。

21床,空无一人。

> 赵倩,女,三十一岁,贵州省习水县人。显性格:坚毅乐观。潜性格:悲观,易走极端。护理关键词:夫妻感情危机。警惕事项:病人神经绷得太紧,易断。

这是21床的医嘱小贴士。在血液科,每个医护人员都要做这样的小贴士,供内部分享。这也是夏曦立下的规矩。刚开始是"规矩",必须执行,到后来成了默契和日常行为习惯,不必叮嘱,因为大家发现夏曦这规矩挺管用,病人进到这种九死一生的科室,医心已经远比医病重要了,所谓婆婆妈妈的零碎,到了节骨眼儿上比什么都关键。

等黄栀子住进来时,吴芳和夏曦他们会怎样写?

不想了,得赶紧找赵倩,老大出差了,陈蕴竹上门诊,这事得由她来牵头。她多戴了一层口罩,忍着想要进出喉咙的咳嗽,匆匆走回办公室。

她不能在病房多待,准确地讲,肺部有感染,她不该来病房的,她得离开……

这一次离开,时间会比较长吧?

不想了,得安排人赶紧找赵倩,赶紧找。

赵倩并不在黄栀子管的组里,她是夏曦的人,但最初是黄栀子把她弄进来的。黄栀子清楚地记得赵倩第一次入院时的情形。

……鼻血不知道已经淌了多久,一条血淋淋的旗袍,整个一楼大厅密密麻麻的人群都吓得纷纷退避。赵倩却眼神晶亮,神不慌步不乱,像披着沾满鲜血盔甲的战士,小手象征性地托着从鼻腔哗啦啦往下淌的血,急匆匆往电梯处奔。黄栀子正好去呼吸科会诊一个疑似血液病患者回来,一看这情景拦住她说,这边是住院楼,急诊在那边。

小女子居然说,不,我要去血液科。

黄栀子心头一沉,快步带着赵倩两口子上了血液科专用电梯。到了六楼,见黄栀子刷门禁卡,赵倩如释重负地"啊"了一声,一把抓住黄栀子的手,仰着脖子腾出血帘下的嘴唇,无比镇静地告诉黄栀子——赵倩,三十六岁,NK/T 细胞淋巴瘤①,鼻型二期。医生,快,我头晕。

黄栀子冷静地点点头,心想:能不晕?血都快流完了。她再看赵倩老公,个子不高,一脸书生气。他全身都在抖,面色如死灰,仿佛血流不止的不是赵倩,而是他。

不怕、挺住,都到血液科了。赵倩回身坚定地点点头,拍拍男人的手背,不小心咽了口鼻血,竟然笑了一声,然后摇摇晃晃半闭上眼说,赚了一口。

黄栀子见她要晕,赶紧护着人大声叫,吴妈!调床。

吴芳跑过来一看,立刻傻了眼,盯着地上的一汪血,碎碎念道,哪有床啊?哪有床?边说边转身想办法去了。

整个下午,整个科里的人就围着赵倩一个人忙了:约会诊、约床前检测、评估可出院病人情况、找病人谈话劝出院、要血、要血小板。偏偏输血科那边又说闹血荒,红细胞可以紧急调,血小板没有!吴芳

　　　　　　　　　　　　血液科医生

差点和那边骂起来……

鸡飞狗跳地折腾了好久,终于止住了血,赵倩从昏迷状态被救醒过来。

等腾出病床把人弄到床上,已经是晚上七点多了。

黄栀子坐到办公桌前,感觉自己像散了架,肚子饿得不行,想吃点啥,可是一闭上眼,到处都红通通的,弄得她直想吐。也不是没见过血,科室里的人谁怕血啊?只是想着赵倩那条血红色的旗袍和那双血红色的绣花布鞋,整个人就瘆得慌。

血,绣花布鞋,感觉像在演鬼片。

好不容易压住胃里那股难受劲,嚼了块饼干,赵倩老公却像缕冤魂似的突然飘进来,把黄栀子吓了一跳,饼干噎在嗓子眼儿。

医生,我媳妇到底怎么了?男人恐惧万分地问,整个人从脚底板到头顶都散发着绝望的气息。

她——这个病,查出多久了?黄栀子捶着胸,紧赶着喝了几口水,这才喘过气来。

十来天吧?一个月?男人心有余悸地坐下来,他好像也记不太清楚有多久了,现在他脑子很乱,白天的画面在脑海里盘旋:鲜血源源不断从妻子鼻腔里流出来,淌到衣服上,又滴落到地上。他不知道人的身体里到底有多少血,更不知道娇小玲珑的赵倩会不会就这么流着流着死去。

为什么不早点来?

她不想来,说这边跨了省,报销比例低,生活又不方便。花钱,女人都这样,心疼钱……

黄栀子盯着他,礼貌客套地问,你什么学历?

本科,汉语言文学,全日制。男人有点蒙,医院也查学历?

全日制本科学历,你爱人病情状况你不清楚?黄栀子很不客气地说。她不喜欢这个男人,皮肤太白,人太瘦,还戴着副眼镜,怎么看都是个软骨头。

所有白皮肤软骨头的男人黄栀子都讨厌。

她的状况是个什么状况？男人傻不拉叽，微微佝偻着的腰紧张地挺起来，她这个鼻瘤子，很严重？

瘤子？天，这个老公是打酱油送的吗？媳妇患了这么重的病，他居然以为是个一般的瘤子。

我们这里是血液科，你觉得应该是什么？

男人有点懂了，其实他一早就已经意识到了什么，但心里有个东西不停阻止他想下去。他感到身边所有的声音都在消失，只有自己心脏跳动的怦怦声，震耳欲聋。他往后缩了一步，贴到墙壁上，无路可退却依然挣扎——赵倩跟我说，白血病才是血液病，她只是瘤子。

黄栀子听得直摇脑袋，为什么所有人都以为血液病就是白血病？血液病分那么多种类，不是整天都在玩手机吗，网络不是天天在给人释疑解惑吗？他们在门诊天天都能遇到拿着手机截屏跟医生"探讨"问题的病人，怎么到了血液病，就一个个跟山顶洞人似的？

赵倩家属，那个，你名字……黄栀子忍着火问。

顾山水，左顾右盼的顾，高山流水的山，高山流水的……

黄栀子受不了他绕，打断他说，好了好了，我知道了，顾山水，你爱人赵倩患的是结外鼻型 NK/T 细胞淋巴瘤，这病医生是比较头痛的，一是具有高度侵袭性，二是对药物极易产生耐药性，一耐药我们就很难办。所以，不是你以为的只是鼻腔里长了个瘤子——直接点讲，你媳妇的病很凶险，临床进展快、预后差。

"高山流水"的顾山水像流水一样紧紧贴在墙壁上，一脸的不接受——我听不懂你在说什么。

黄栀子沉默：是，自己迎头给了人家一棒，好歹得给人家一点时间回过神来。只是这等待让人局促不安。她期待着早点结束，于是回头看看办公室门,催促说别偷听了,进来吧。

整天窜东窜西的百度哥从门外探进半个头,嘻嘻笑着,走进来自来熟地拍着顾山水的肩膀,说,21床,山水老师,我是病人家属,过来人,我跟你解释——临床进展快,就是说恶性细胞生长快,病情进展控制不住;预后差,就是指治疗干预后的效果一般都不好。

黄栀子松了一口气,看着呆若木鸡的顾山水,轻声说,交给你了,我吃口东西。

赵倩前两次疗程,顾山水除了说话总爱酸不拉叽之外,总体还属于模范家属行列。

夏曦揶揄黄栀子,天下不是所有皮肤白的都是白眼狼,你遇到的那个才是。

我遇到哪个? 黄栀子白了他一眼。

那个呗,登机、落地。夏曦比画着。

黄栀子憋气憋得胸口发堵。世上没有比自己更倒霉的女人了,谈了两次恋爱,两次被人甩不说,偏偏当时瞎了眼,啥事都告诉夏曦,连发“登机、落地”信息的白河皮肤很白这样的细节,她居然也倒豆子似的倒给他听——那会儿她也是感激夏曦的,觉得人家跟自己领了个结婚证,她总得还点人情,总得说点什么。

结果遇人不淑,这些年夏曦像个八婆,动不动就提这些破事。

顾山水周一到周四在学校,周五跨省开车赶到医院,两百公里来回跑。在医院的三天,他除了回到康群的血液病之家做粥熬汤,其他时间都待在病房陪赵倩。

用吴芳的话说,酸是酸了点,人的确是个好人。

谁知道呢? 事情坏就坏在这个“好”字上。

赵倩第三次化疗是最热那几天吧,热得黄栀子脑子发闷,眼瞅着新入院叫李子木的病人身旁那个跑来跑去叫元元的年轻老婆,总觉得哪里不对劲。

是不对劲，用力过猛。陈蕴竹不愧是老法师，查完房后，一针见血道，鬼精鬼精的，眼神老打飘，守着死驴找活马。

李子木两口子也是老师，都二十岁出头，并且都刚考进乡镇的特岗教师。两人好巧不巧，跟顾山水夫妻是老乡。病区不大，赵倩又先入院，顾山水自然成了两口子的向导和主心骨。

住院没几天，李子木想喝鸽子汤，元元又犯难，跑去求顾山水，问哪里买鸽子、怎么个杀法、多大的锅、放多少水、冷水下还是开水下……顾山水被问得头大，说，算了，我来我来，一只鸽子是炖，两只也是炖。

那我给山水哥打下手。元元大眼睛忽闪忽闪。元元个头娇小，说话发音很特别，有点拖腔拖调、有点糯，卖起萌来有点"茶山上的那个小阿妹，啊嗯嗯嗯嗯俏模样"的味道。

吴芳也很快发现古怪，说，这哪是打下手，这他妈直接就是想下手。

还好没过多久，元元离开了医院。

因为李子木死了。

求生的欲望在李子木身上是怎么一点点消逝的，没有人知道，这个曾经参加全省音乐大赛拿了钢琴演奏一等奖的音乐老师，笑起来那么恬静、那么青春的一个人，说走就走了。

李子木去世前那几天很安静，他躺在病床上，看元元像蝴蝶一样飞进飞出，他则平静地轻抿着"顾哥特意给你熬的粥"，平静地听元元抱怨"赵倩脾气好臭"，平静地输液吃药，平静地用沙哑的嗓音轻轻告诉护士说有点低烧，对不起。

对不起。他礼貌地说，仿佛自己发烧给护士们添了麻烦。

元元溜出去的时候，他会恒久地看着输液瓶，眼神偶尔闪亮，仿佛那里有一个他渴望抵达的美丽世界。他枕边的手机经常播放着两首乐曲,一首是《出埃及记》,马克西姆的,他是世界上手指弹奏最快的钢琴演奏家;另一首《迷雾水珠》,是爱尔兰哨笛。不到半个月,李子木以很快的速度消瘦下去,渐渐薄得像一张纸。一天天地,他越发安静了,看到医护人员进来,也不说话,只是一脸净澈,虚弱地笑,笑得人心头发毛。

"放弃"两个字写在他的笑容里,像刀子刻进骨头,偌大一堆医生护士,偏偏这伤口医也医不好、缝也缝不好。能缝好的恐怕只有元元,但元元都找老乡顾山水去了,人家看着顾山水的眼神带着飞蛾。

既然李子木安安静静地躺在这儿,那就让他躺着吧,那些不安的风声和悲伤的零碎,他也许知道,也许不知道——不知道更好。

七夕晚上,那时笑笑还没离开医院,她和往年一样自掏腰包订了两百枝玫瑰,一枝枝往病房送,送到李子木床头。笑笑叫了声"李老师",李子木缓缓睁开眼,眼睛里闪着湿润的光,温柔地盯着那朵玫瑰。许久,他伸出枯瘦的手。

笑笑把花递到他手里。

他摇摇头,把花还给笑笑,用很细的声音说,送给你,谢谢。

没多久,李子木走了,一场炎症风暴②带走了他。

李子木住在医院近三十个日夜,从未对人说过任何一句打探、怀疑或是悲愤、绝望的话,唯一留下的一句遗言竟然是——她还小。

原来聪明的他什么都知道,两米长、一米二宽的病床困住了他的躯体,却并不曾困住他的思维和觉察力。

面对背叛,他选择了原谅。

陈笑笑却接受不了,她也喜欢马克西姆,但她一直不想李子木听那段《出埃及记》:音乐是一种情绪,不同的心境感受到的情绪是不一样的,一个与死神抗争的人,那旋律能伤到人骨髓里去。现在好了,李子木走了,可他真的走了吗? 她总觉得悲伤的李子木陷在漫天黄沙里,根本无处可走,去不了天堂,回不了人间,只有二十多年短暂又苍白的冷。

说什么原谅不原谅，躺在病床上连上厕所都没有力气站起来的李子木还有选择吗？

说到底，他不是原谅，是没办法，是算了。

人生哪来这么多原谅？都原谅了，世间还有什么是值得付出和相信的？

那晚凌晨三点五十分，刚从手术室里出来的儿科骨科医生唐明明接到了未婚妻陈笑笑的短信——结婚的事，再等等吧。

精疲力竭的唐明明莫名其妙地瞪大眼，委屈地看着空荡荡的走廊。

没有风，也没有任何预示。

做手术的这几个小时，他错过了什么？

怎么了？他发信息过去。

没怎么。那边回过来。

怎么了？吴芳听说这事也急了，转身训笑笑——天下的好男人不多，你别不当回事，像老唐啊老大啊这样的，抢到就是赚到。

没怎么，我只是害怕。笑笑埋头整理着药具，恹恹的。

吴芳傻眼了，谁能料到一个病人的死，竟让科室最阳光的护士陈笑笑连结婚的勇气都没了呢？

可怜的唐明明，一夜之间，一头雾水地又变成儿科骨科最孤独的蓝精灵。

当时谁也没想到，一个多月后唐明明会猝然离开人世，也没有人敢问笑笑，那一夜有没有后悔过：后悔推迟婚期。

直到一场世人猝不及防的疫情轰然来袭，笑笑才自己撕开这道深深的伤疤，用生命完成了最后的治愈和缝合……

血液科医生

注释:

①NK/T 细胞淋巴瘤:恶性淋巴瘤,病变更多侵犯上呼吸道和上消化道,多发生在鼻咽部,部分患者早期表现为鼻塞、流鼻涕、涕中带血,容易和鼻炎、鼻窦炎症状混淆。

②炎症风暴:又称细胞因子风暴,是一种严重的过度免疫反应,当人体受到剧烈刺激(感染或药物等引起)时,免疫系统会被激活到极限状态,甚至失去控制,从而伤害宿主。简单地说,就是免疫系统过度保护引起的反噬。体液中多种细胞因子迅速大量产生并释放,对身体进行暴风雨式的自杀式攻击,导致病人单器官或多器官功能衰竭(MOF)甚至死亡。在重症监护室和移植病人的治疗中,炎症风暴是导致患者死亡的一个重要因素。

二十四

赵倩这次入院的指标很不好，情绪也不稳定。顾山水似乎有些麻木了，整天魂不守舍，电话不断，手机一响就跑到走廊，病人家属们看到他捂着手机低着脑袋鬼头鬼脑接电话的样子，都心照不宣地相视而笑，带一点八卦也充满鄙夷地说，喏，移动公司老总在接那个元元的电话。

这次，顾山水出去"当老总"才十分钟，赵倩就不见了。

查监控、打电话、问熟人……百度哥把卖菜的、拉板车的、送药的、卖口罩的全都问遍了，也找不到赵倩。黄栀子突然想起小郭子，打电话过去，小郭子一听，拍着胸口说，放心吧冰姐，这门口就是飞过一只蠓，只要你发话，我们的人也能给你找回来。

下午三点，小郭子不知道在哪里找到了昏迷不醒的赵倩，打了120给送了回来。

120司机也是轻车熟路，一听是血液科病人，急诊也不去，直接送到了血液科。

山城的秋天，正午的太阳依然灼热如火。这样的天气，谁也想象

血液科医生

不出化疗期间的赵倩在她消失的这几个小时里是怎么熬过来的，但每个人心里都清楚结局。

刚下飞机就直接赶回医院的夏曦隔着层流床床罩看了一眼昏迷不醒的赵倩，又望向远远站在病房门口的黄栀子。

黄栀子的额头密密麻麻全是汗。

夏曦狐疑，又不舒服？

黄栀子无声地点点头。

怎么回事？夏曦这才转身问顾山水。和平时不同，夏曦眼里有刀子，顾山水吓得哭起来，肩膀抖成一团，低号——天爷呀，这日子啥时候是个头啊？

黄栀子看着顾山水，心头浮起一层厚厚的疲倦。

是啊，这日子啥时候是个头呢？替病人要床位租房子、劝病人吃药……最后病人常常还是一个死，有的是自己放弃，有的是亲人放弃。可是，这些一个个原本与自己毫无关系的人，在他或她从生到死的这段人生经历里，自己到底算什么？老贺说，血液病人是悬崖上的孩子，医生是悬崖边那根救人的藤蔓。

那么，救下病人后的藤蔓呢？会痛吗？都在乎病人和家属去了，谁又关心过医生？

就像此时此刻，她一直在出汗、一直在憋着咳嗽，可除了夏曦，没人发现她有异常。

天知道她心里正刮过一场巨大的海啸，世界末日也不过如此，可她却必须强撑着，显示最后的坚强。

一切的一切，谁知道？谁在乎？

吴芳边给赵倩量体温边质问顾山水，又接元元电话了？

顾山水愕然，止住哭泣，嗫嗫嚅嚅地回答，今天是他们结婚纪念日……元元说她难过，我就劝了两句。

吴芳狠狠地剜了顾山水一眼，愤怒地骂道，人家纪念日你担心，不怕你自己这边数头七？

黄栀子也听不下去了，单刀直入，你喜欢那个元元，是不是？

没有人这么尖锐地问过顾山水，以至于他呆住了。

他喜欢元元吗？好像没有，可是他每次收到她的微信、接到她的电话，他是兴奋的。病房这么闷，一丝风都没有，他觉得自己都要窒息了，漫长的治疗过程，希望越来越渺茫，他感觉自己困在了一口黑漆漆的井里，无边的黑暗像泥沙一样聚拢来，淹没他，他看不到光，呼吸不到新鲜的空气，唯有元元的声音，让他觉得自己还活着。她的声音像风，从老家县城的山野微微吹来，有时是凉的，因为那边下雨了；有时是甜的，因为那边地瓜熟了。是元元告诉他什么时候石榴结果了，什么时候橘子又红了。总之，元元的声音和元元带来的信息，总是那么生机勃勃。而他已经许久没有时间和精力去注视一朵花的盛开或一个季节的来临，他的注意力都在长长短短的每日用药清单上。要是哪一天药费没有过万，他都觉得自己白捡了几千元……

如此而已，她是他的药——救活他的药。

你们不知道。顾山水痛苦地摇着头，自从倩倩病了以后，我没有白天晚上，没有周末假期，我不知道春天是什么时候结束的，夏天秋天又是什么时候来的，我每天一醒来就是倩倩的指标、倩倩的账单、倩倩的治疗方案。是元元让我觉得，这惨白的、一丝风都没有的医院之外，还有一个活生生的世界……医生，我已经很久不知道酒是什么味道了，我也很久没有和朋友吃过饭了，我不知道山川河流、鸟语花香。我只能陪着倩倩困在这里，不知什么时候是尽头！

说着，顾山水竟然挺起腰板，一脸的倔强和不甘。

夏曦静静地看着顾山水，许久，他开口说话了，声音温和、波澜不惊——

顾老师，我们所有医护人员也在血液科，你只陪了一个倩倩，我们陪了无数个倩倩。你待在这个没有风的病区里,我们也是。你只待了半年,我、黄主任、吴护士长,还有那些年轻可爱的小护士们,我们所有人,还会接着在这里待下去,待一辈子。

可是……顾山水内心挣扎着,还要解释什么。

没有可是。黄栀子接过话头,不知什么原因,她突然发现自己的身体正和躺在床上的赵倩产生某种感应,有什么东西正从悲伤中流淌过她和赵倩的身体,远去、消逝。她明白,那是赵倩——她的感受其实是赵倩此时的态度。赵倩虽然昏迷,但她正在清醒决绝地去往另外一个世界。

那流淌消逝的东西,是生存的意志。

顾山水,你很快就可以离开这个鬼地方了!等她走了,整个世界都是你的,元元、山川河流、鸟语花香,还有高山流水的山、高山流水的水,全都是你的!

黄栀子强撑着说完,转身走了,她的胸腔剧烈地撕裂着,像火苗在燃烧。

二十五

一夜怪梦，先是梦到过鬼节。半夜时分，母亲带着五岁的她越过黑漆漆阴森森的山冈。母亲提着篮子，里面装了一碗凉水米饭，上面放了一片肉、一块豆腐，她小小的手里则捏着蜡烛和纸钱。母亲说，要给天上的爸爸、爷奶和婆公烧纸、送食禄。在樟树林的三岔路口，母亲点完蜡烛烧完纸钱，然后在把米饭倒扣在地上之前，诡异又严肃地叮嘱她，栀子，你先走，千万不要回头看。

为什么？栀子吓坏了，一双小脚板吧嗒吧嗒往前跑，全身直起鸡皮疙瘩。

母亲说，回头看，鬼乱窜。钱是烧给你爸和老祖宗们的，凉水饭是给孤魂野鬼的，那些鬼魂来抢吃，万一你花心高，看到会吓失魂。

母亲一说完，栀子便仿佛看见自己的魂在夜风里飘浮起来，像山冈上浮动的白雾。然后白雾里出现了黑白无常和牛头马面……她吓得晕了过去。再一醒来却在移植仓里，全身都出现排异反应，嘴里是血、尿里也是血……

从惊惶中醒来，黄栀子全身酸痛，窗帘没拉开，屋子一片漆黑，

血液科医生

也不知天亮了没有。黄栀子昏昏沉沉打开台灯,拿起床头的体温计,颤抖着塞到腋窝下。

吃两天药了,还是三十八摄氏度。

看来……终究躲不过了。

看看手机时间,已经早上七点多了,她深吸一口气,打电话给夏曦,语气平静——我中招了……

夏曦在那边抽抽地直笑,说,神经过敏!我们是血液科,又不是传染科,是不是天天在自己科室,看着这个病人 M1,那个病人 M2,搞得走火入魔了?血液病几十种分类,每一种都是十万、二十万或者几百万分之一的概率,比中奖还难。你这个破运气,想生这个病也没资格。

她想,是啊,这么个事,怎么偏偏能让她遇到?她也想不通。

自己会是哪类?慢性?急性?M 几?如果像小松子那样是 M3 该多好,M3 是死神给予的一场挑逗,因为死神看到了太多的绝望,担心太多的放弃会让自己玩得不尽兴,故意在锁上所有门窗的时候,留下 M3 这一丝缝隙,让人看到生命神圣的光亮。如果是 M3,她可以不做骨髓移植,只用化疗,甚至连化疗都有可能不用,上中药砷剂综合治疗也行。

可是,怎么可能那么幸运呢?她从死神手里抢过太多人,死神不会把这道光送给她,它和她有仇。

喂!听她不出声,夏曦的声音大了些,很不满地说,还在为赵倩伤心呢?又不是没见过人死。几十岁的人了,动不动伤感过去伤感过来,还请假,哪有这么多时间玻璃心啊!赶紧给我滚回来,昨天陈主任帮你给悠悠抢了床,小丫头又该入院了,你忘了?自己是个医生还成天生啊死的,我跟你说,想死还早。再说,要死也死在火线上。

这个冷血的东西。她想:她都要死了,他还有心思逼我上火线,如果真如他所愿,也不怕一辈子做噩梦!想到这里,她居然轻笑起

253

来,缓慢地说,三系偏低、肺部炎症、全身乏力、低烧两天。你确定准许我回病房和病人接触?

这下夏曦有点紧张了,急促地说,莫开玩笑,你在哪儿?

我还能在哪儿,当然是在家里。

你他妈还在家里干什么? 赶紧啊。

赶紧啥? 她有些茫然,我现在真不能接触病人。

你不接触病人,但是你得回来确定自己的事啊。

我不。她平静、固执地答。

你疯了?

我没疯,我现在比任何时候都清醒。她抽出张纸巾,不知何时,她已泪流满面。还好,电话那端的人根本听不出她在哭。

她本是这么个人,天塌下来自己扛着。

好好好,那你好好在家待着,哪儿也别去。到了这时候,她终于从夏曦语气中听出了着急。

黄栀子,你听我讲,你现在什么情况你自己最清楚,我让笑笑……不,不,笑笑走了,我让小米,来陪你。我这边忙完就过来,咱们商量商量。

别,别让小米过来。她惊慌起来,我不想其他人知道。我还有很多事需要计划一下。

你孤家寡人的计划个屁。老子这么一大帮子人,三甲医院,血液科,硬邦邦响当当,治好那么多人,还搞不定你一个? 再说,才不过是个外周血检测,又没有做骨穿。骨穿结果没出来之前,你老实待着别瞎猜。我一出手术室就过来,等我。听到了没,等我啊。夏曦斩钉截铁地说着,电话里传出他那边一阵阵杂乱的声音。

她放下电话,吃力地下床拉开窗帘,刹那间,万道霞光照进来,明晃晃的,蓬勃又热烈。

今天周四,是科里最忙的时候。

血液科医生

不知从什么时候开始,也不知是谁最早发现的,周四做手术的病人出仓率特别高,于是周四成了血液科的幸运日,凡是自己亲人手术时机能吻合上这一天,家属们都喜气洋洋。一来二去,周四成了全科室最忙的一天。以往这一天,全科室都会忙得团团转。

可是现在,没有她,天仿佛也没有塌下来。

二十六

清晨五点半的血液病房,交接班之前最安静的时段,亮若白昼的走廊里悄无一人,洁白得像天堂。

说来也怪,通常病房在下午和凌晨三四点,属于病人出状况的高峰期,依夏曦的解释,借用中医的理论,是因为这段时间阳气将散、戾气正重。而清晨五点是阳气上长、万物复苏的时候,家属和护士都可以放松放松。

夏曦刷卡打开进病区的隔离门,蹑手蹑脚地拖着黄栀子往主任办公室走。黄栀子本来是心碎的,却自嘲地笑起来,轻声说,鬼头鬼脑地,不晓得的人以为你拉了个女人要私奔。

我要私奔也不找你。夏曦说完,关上门,拿出已经准备好的一次性骨髓穿刺包,铺好浅蓝色的手术单,朝她努了努嘴。她知道他要给她做骨穿,取骨髓。她迟疑地躺倒在那片浅蓝中,有点慌乱,喉咙发紧。是的,她给病人做过数千例骨穿,但她从没想过,自己会是那个躺着被做骨穿的人。

骨穿位置在髂后上棘腰窝的地方,她头发蓬乱地提着裤头,茫

血液科医生

然地望着夏曦。

脱呀。夏曦已经戴上了口罩和无菌乳胶手套,声音混沌。

她定定神,轻而坚决地说,不要。

夏曦不耐烦了,说,什么要不要,你揪得那么紧做啥子,又不是强奸你,你不要,现在由得你不要?

她知道夏曦说话难听,也知道夏曦等着她和他戗,夏曦是看不惯她那副样子,还没上战场呢,人尿了。

她是尿了,从念大学开始,整整二十余年,她从未和这片蓝色如此地接近,肌肤相亲。她胡乱地摇着头,眼泪跟着一串串滚下来,她开始哽咽,我不敢做。

夏曦眼镜后边平和的目光悠然变得锋利,像蓝色的刀刃,又来了,又是蓝色,他的声音也变了,变得愤怒——能不能不胡闹?

她继续摇头,眼泪顺着脸颊滴落在浅蓝色的手术单上,像一颗颗深蓝色的珠宝。办公室很安静,静得仿佛能听到电流的声音,夏曦瞪着她,她看着夏曦,肝肠寸断,如生离死别。

夏曦不说话,脖子上的喉结在不断地上下移动,她知道,他在强忍着。他对她有怜悯、有心疼。

这时候的人受不了这样的词汇,她抹一把脸,猛然坐起来,想要跑。

他反应比她快,一把把她推倒在床上,气急败坏地撕脱掉手上的无菌乳胶手套,摔在地上,然后去抓她的裤头。她捂着不肯,一边挣扎一边无声地哭,夏曦不管,沉默地跟她纠缠,一手掀开她的手,一手利落地解开她的裤头,退到腰窝下,这个位置闭着眼睛他们都能熟练操作一步到位,既不暴露病人隐私部位,又能最大范围地确保骨穿操作空间。因为位置太敏感,她终于不敢动了。僵持十多秒钟后,她全身的肌肉终于缓缓放松下来。

夏曦吐了口气,转身,转到一半不放心又嗖地转回来,盯着她,

257

确定她没动,这才走到柜子边,从里面又拿了个穿刺包出来,打开,再重新拿出一双新的无菌乳胶手套,边往手上套边骂,死婆子,我就知道,一个包不够你闹腾。

她不吭声,她明白他骂她是为她好。他们一起工作了十多年,他知道她是怎样一个人:落单也好、失势也好、受气憋屈也好,都只能吃枪药,吃不得补药。

没有办法,一个人在无边无际的大海里游,软弱没有任何拯救的作用,要自救,全凭提着的那一口气。

百分之二的利多卡因打进去后,要等半分钟左右才出麻醉效果。她呆看着天花板,幽然说道,你说,这穿刺针要穿透他们的皮肤、皮下组织、脂肪、肌肉层、骨膜、骨皮质,最后到达充满骨髓的松质骨,这么一层一层钻,一下一下地旋,直到钻到骨头里,这一针,他们真的不痛吗?

痛是为了不痛。夏曦恶狠狠地说完,开始进针。

她双手揪紧床单,侧着头,强忍着恐惧带来的颤抖。在她的头顶斜上方,是夏曦的办公桌,桌上和护士站一样,也放了一个圆形的玻璃缸,里面游着红色的小金鱼。小金鱼有长长的丝巾般的尾巴,诡异而美丽。这一刻,鱼一动不动,像被咒语诅咒的公主。

她也被诅咒了吗?

可她不是公主。一直以来,她都是一条孤独的流浪的鱼,为什么厄运偏偏要跟着她,一直跟着她?

夏曦把那张骨髓细胞检查报告隐秘地递给她时,她正在市第三医院的五楼呼吸科住院治疗。无论怎样,肺部炎症和低烧的问题必须第一时间遏制,说到底,白血病人最后大都是死于肺部感染、严重感染、严重出血等一系列并发症,这就是一个小喷嚏都可以要白血病人命的原因。三系偏低说明什么?说明出血时没有足够的血小板

　　　　　　　　　　　　　　　血液科医生

止血,免疫力低下时没有足够的白细胞杀菌,身体贫血时没有足够的血红蛋白补充……她曾经给悠悠解释什么是白细胞——我们悠悠的身体就是那棵树,病菌是光头强,当光头强要来砍树,白细胞就是熊大熊二,他们可以打跑光头强,保护好树。

一向明朗又乐观的夏曦面色灰暗阴沉。她看了他一眼,他迅速偏过头去,像是他的错。

我……现在是一棵失去保护的树,对吗?

夏曦痛苦地揪了揪眉毛,他一遇到难题就这样,很可爱。

没关系,她哑声道,我习惯了,像这样子,时不时来一刀子,人生,够狠。

在大树倒下之前,你可不可以帮帮我,我需要一段充足的时间去安排所有的事情。

指什么?

多谷。

我认为我们第一时间要考虑的是你,不是多谷。

树再高、再粗,总有一天会倒下,对不对,老大? 既然都要倒下,所以……

那你恁多年费恁大劲活着为啥子? 就为了现在去死? 夏曦粗鄙地戗了她一句。

呵呵,我也在想这个问题,像我这样的人,早知如此,何必当初。

你这样的人,你是怎样的人? 你是我们血液科的权威,你救活那么多病人,挽救那么多家庭,你不自知,人知。别不把自己当回事,听我话,明天转院,回咱们院自己的科室去。

不去。她再次温柔而坚决地拒绝,温柔得让她自己都悲伤起来,她低下头,不再说话。

夏曦无计可施,赌气地拍了拍她的脑袋。

她缓缓抬起头,看他。

259

她的老大、无所不能的老大,此时神情是那样的忧伤,充满慈爱,和她自己前几天看箭道社区医院的小医生时一模一样。她知道这目光是对人生的惜别和悲悯。

她看不下去了,扭过头,含泪注视窗外。

窗外是一棵巨大的桂花树,这株桂花树已经有些年头了,树冠高大,高到伸展到五楼来。这辰光,大多数桂花树花期已过,但这棵树的树枝上却开满了碎金子般细细的花,回光返照一般。浓烈的香气扑进窗来,整个病房香得不可思议。再往上看,天空蓝得像一汪湖水,让人莫名想流泪。

真香。她呢喃道。

夏曦长长地吁了口气,像极了窦性心律不齐的病人。他拿起体温计,气呼呼地甩了甩,塞到她腋下,手指拂过她胸罩的肩带,举止亲昵。

十多年的并肩战斗,何曾如此亲昵过? 却与爱情无关。

她的心突然就像窗外微风拂动的树枝一样晃了晃,晃出一两个人的影子,却都不是夏曦。

她和他是知己,跟蓝颜红颜没关系的知己,跟结过婚假扮过夫妻没关系的知己。他们是一起上梁山当好汉、一起唱"不破楼兰誓不还"、一起因为救不活漂亮的小姑娘而喝酒摔碗骂娘的那种知己。更多的时候,特别是夏曦私下喝醉酒后,把自己和她形容成牛头马面——救不了人的命,却反而眼睁睁送病人赴黄泉;每天拿着血液检验报告单站在病人的床前,宣告向左还是向右(向右是死,向左是生)。他俩都不是左撇子,所以习惯性地,很多时候,他们的手总是指着右。

好不好? 听我的。夏曦小声问,隔壁病床上睡着的病人翻了个身,仿佛表示:打扰我了。

她坐起身来,示意他给她拿吊瓶杆。两人缓缓走出病房,到走廊

血液科医生

尽头僻静的角落。

不。她盯着窗外的蓝天,依然坚决地答。

自己有科室,放着这么好的条件你不治? 夏曦憋得久了,有点毛,你就是个尿蛋。

有一个问题比我的病更重要,她严肃地说,不管治还是不治,我都得安顿好多谷,把他交给谁比较好?

多谷才读高一,日子还长,从预感到自己已经是白血病开始,她脑子里就只有一个念头:把钱留下来,给多谷;然后,给孩子找一个值得而且人家也愿意照看的人。

治好病,你可以照看他一辈子,看他结婚,替他带孩子。夏曦说。

有几个能治好的? 她反问。

夏曦不满,很生气地说,什么叫有几个能治好的? 我们上个月进仓十个,顺利出仓九个。有四个是你的,你说什么屁话?

出仓以后呢? 她盯着他,我会遇到哪种排异? 肠道? 皮肤? 肝脾? 我不是说治不好,我对我们科室有信心。我是说,我一个人还要带着多谷,我没有那么多钱。多谷还要读大学,上研究生,买房子,结婚,生孩子……我不能只想着救自己的命。

黄栀子,你老大的侠肝义胆不是假的。夏曦说着,用手指戳着自己的胸,有我在,有科室在,钱你不用考虑。

拉倒吧,这些年我和你在一起的时间比你女朋友还多,你那个小气女朋友够提心吊胆的了,这种时候再拖你下水,算什么? 难道让她再来八楼跳一次?

夏曦沉默了。

有些时候,人想做什么是一回事,做不做得了是另外一回事。亚西就是个劫数,这么多年,说合不合,说分不分,他觉得自己快成了苦守寒窑的王宝钏。

反正你先别管那么多,我们先入院,其他的再从长计议。

不。她再一次强调，第一，我不住院；第二，不准你告诉任何人，你敢告诉别人，我就消失；第三，多谷的事我自己想办法解决，不拖累你，实在不行，你再上。

但是……

没有但是。

咱们科明明可以……

我知道，可是你也知道，这么多年，我太累了。黄栀子转过头，定定地看着夏曦，我真的累了，一个人，走了那么久，我想停下来。白河、葛蓝，这些人来过，又走了，就我一个人撑着，不为别的，只为了活下去，为自己、为多谷，但老天不容我，不是吗？

栀子，你错了，你不是一个人，你有我们！我代表科室主任、代表咱们团队所有人，郑重地请求你再考虑考虑。夏曦从未如此严肃庄重过，他的表情很痛苦，好像他才是得病的那个。

黄栀子有一秒钟的动摇，但她立即掐断了这念头，坚决地摇头说，我不考虑！

你信不信我现在就一把掐死你，黄栀子你这样子真的很讨人厌！都这种时候了，你能不能别端着，能不能别搞得这么悲剧、这么高尚？你放松点，当一回真正的女人，把问题交给别人来解决行不行？这世界上有很多可以依靠的人，可以依靠的爷们儿。夏曦见柔情无用，顿时狂躁起来，举着吊瓶的杆子来回摇晃，看来他是真的厌恶眼前这娇小柔弱却总把自己当成钢铁侠的女人。因为她让他显得很无能，比世界最无能的软体动物还要无能。

有很多吗？她淡然一笑，望一眼吊瓶。吊瓶已经空了，她伸出手，把另外一瓶的开关打开，液体滴答滴答滴下来，光线穿过，折射出一道细小炫目的光芒。

真的有很多吗？她幽幽地问，为什么我活了这么多年，却从未看到？

血液科医生

我……夏曦正要开口,被她打断——而且,你忘记了一个致命的问题,我是熊猫血,你让我到哪里去找那么多的血?到哪里去找那么多血小板?就算我们熊猫血有互助组织,可是正常人都很难找到配型,何况我们这种人。

犹如晴天一道雷,夏曦顿时面色煞白,一米八的大高个儿,杵在窗边,失魂落魄地看着眼前的她,像是看到了鬼。

是的,他太着急了,以至于忘记了她是 RH 阴性 B 型血。

从我二十一岁开始,关于血液的魔咒就一直在我头顶上笼罩着。我和它斗了二十年,我累了,知天命吧。黄栀子平静地说,我已经很感恩了,至少,多谷的血不是。

夏曦沉默,背对着她看着窗外,一动不动。他的背那么坚实而有力,以至于黄栀子想抚摸和依靠——她多渴望自己的生命里能有这样的背。

但她最终没有动,她清楚,只要靠上去,她就成了凌霄花,生出依附别人的脆弱。这不可取,她必须是木棉。

浅风过处,一阵桂花香游移而来,夏曦受不了,粗鲁地关上窗户,把香隔在外面。生命如此残忍,在绝望处还送一缕花香,催人肝肠寸断。

她仅用手指戳了一下夏曦的背,问,急性的吧?

夏曦的后脑勺儿摇了摇。

那是什么?

和涂金钱、老黄一样,夏曦喉咙里沉闷地挤出三个字符,没有转身——MDS。

世界寂静下来。

许久,黄栀子轻声问,比例?

百分之八。夏曦沉声说,还不是最糟糕。

二十七

所谓的休假开始了,无论怎样,肺部感染的问题得先控制住,其他的,用夏曦的话说,一切从长计议。

输液的时间很绵长,难得一个人独处,黄栀子开始徐徐回想自己的一生。

尖锐深刻的记忆再次从高考那年冒出来。

众多即将参加高考的高三学生中,黄栀子的表情很淡定,这个大家议论纷纷、来自上这么黑村的农村姑娘,有着一种异于常人的特质,她沉默寡言、沉稳笃定。

其实黄栀子比任何人都惧怕高考,乡下的天旱水涝、风吹草动,都有可能结束她的求学生涯,只有考上大学,她才有勇气在比人家外婆还苍老的母亲面前伸出手讨要一沓被汗水浸透的零钱。她的不想背后是不敢想。

平静被打破,是六月末的一天。校长出现在教室门口,目光游离不安,他说,黄栀子同学,你出来一下。

校长跑到某个班叫某个学生,这在学校是绝无仅有的,难道黄

　　　　　　　　血液科医生

栀子要被学校保送吗?

一时间,她在同学们惊诧又羡慕的目光中懵懂而忐忑地走出教室。

校长办公室里,破旧的电风扇嗡嗡嗡转着,校长依然满头大汗。好半天,他怜惜地看着她,像看一只不安又激动的小猫。最后,他用慢得不能再慢的语速告诉黄栀子——你妈妈遭雷击去世了,区公所的电话刚刚打过来。下午四点半有一班客车,你抓紧收拾一下,学校安排团委的杨书记陪你一起回家。车费的事情你不用管,学校来解决。孩子,记住,妈妈下葬后一定要回学校来上课,离高考只有十多天了,你必须考上大学。自古华山一条路,你没有退路,只有这条路有可能闯出新的人生。

黄栀子整个人都傻了,她还以为校长找她,是要告诉她好消息,就像同学们猜想的保送生名额或者是入团。可是这个刚刚不久前才给了她一束光的校长,怎么能这么残忍地把她推到深渊和地狱?

树上的蝉鸣声、校长的叮嘱声、校园外面的汽车喇叭声,通通消失掉,她听不见任何声响,也看不清眼前的一切。

她不知道是怎么从校长办公室走出来的,也不知道是怎么坐上班车的,更不知道是怎么一路颠簸回到村里的。路上,校团委年轻的杨书记紧紧抓住她的手,不停地和她说话。她困惑地看着杨书记的嘴巴,还有杨书记那代表着毅力与勇气甩动的发辫,她感觉自己回到了小时候掉进水库时的状态,不断往下沉、不断往下沉……

天旱,山顶光秃秃的,太阳白晃晃的,四野都是刺目的光。一群娃娃兴奋地跑来,身后腾起一层层黄沙。他们不知道什么是死,只急着第一时间把消息告诉她,七嘴八舌,姐,栀子姐,栀子姐姐,你妈死了,今天一大早一个炸雷炸到你家猪圈背后的玉米秆堆上,你妈正捆拴玉米秆,轰一声被炸死了。

大人们追上来，挥手就是一巴掌，打得娃娃们找不着东西。然后他们拉着失了魂的黄栀子往家里走。她家院子的槐树下站了很多人，看到黄栀子时他们集体沉默下来——人们用隆重的悲伤提醒她，现在她是孤儿了。

她不想看到他们的沉默，那是一种悲悯和施舍，表面上像是温顺的棉布，布下面却全部是尖细的针。

黄栀子捏紧拳头，以异常坚硬的倔强完成了母亲的葬礼。

简单的仪式之后，姨妈也走了，走前把办完葬礼余下的三百多元礼金用盐巴口袋装着卷好，小心翼翼地交给黄栀子。

黄栀子把它紧紧捏在手里，几乎捏出水来。这三百多元是她从此全部的家当，她今后的光景，就只有这三百多元。她无法想象，今后漫长的一生，她能依靠的，只有三百多元。

一瞬间，她甚至没有机会再跑回母亲坟前歇斯底里痛哭一场，大脑就迅速被"怎么活下去"这个惶恐的问题牢牢占据了。站在山冈上，风哗啦啦吹来，带着暑时的燥热。黄沙满天，打在身上，扑进眼里。她惶然望着山下的小路，姨妈已经变得像蚂蚁一样小了，她呢？可不可以变成一只蚂蚁？这样，她就可以吃土、吃草，吃这世上最卑微的东西，不需要钱来养活，不需要读书。

风把蚂蚁一样的姨妈的声音传过来——栀子，你妈留的那片林子，全是樟树，是打家具的好材料。还有那四亩地、一栋房、一头牛，咱一点点卖了吧，考大学。

是的，考大学。校长边用绳子系着他那断腿的眼镜架，边胸有成竹地说，第一，他会每个月拿出四十元来供她念大学。第二，她进了大学，可以靠做家教来赚每年的学费。只要考上大学，大城市里多的是可以赚钱的机会。第三，他可以亲自去她的大学，找校领导，让她在食堂做零工，洗碗什么的，吃饭不花钱，还有工资。

　　　　　　　　　　　血液科医生

一颗露水养一棵草,孩子你放心,这世上有草就有露水在。

她茫然地看着白发苍苍的校长,母亲的棺木放进墓穴时发出的闷响声还在她脑海中盘桓。校长说得再好听,孤儿就是孤儿。大海里有再多的浮木,她也不敢奢望它们能载着她到达彼岸,她照样随时有可能淹死在海里,如果是那样,还不如现在就死在海里,免得提心吊胆。

走在校园里,她用心关注每一棵隐蔽的树和角落:桃树太脆,一吊就断;槐树太细,也不行:蓄水池旁那棵女贞子树合适,可是晚上总有偷偷谈恋爱的学生在那里。老师宿舍背后的岩石高倒是高,可是下面是牛毛毡作顶的厕所,她不想死在那么臭的地方……

班长白河在下课递卷子给她时低声说了句,下晚自习,学校后山,天渠见。

有个重要的东西要交给你。白河怕她不去,又轻声补了句,这才不好意思地笑笑,佯装轻松地吹着口哨扬长而去。他有修长的腿,还有一头茂密的黑发,走过教室,像风吹过河滩的杨柳。

白河就是那个她刚入校时把《飘》塞给她的少年。

她喜欢他,快三年了,她一直默默喜欢他。

整个下午,老师上课讲的东西她一句也没听进去,脑子里两个黄栀子在打架,一个说去吧去吧,白河笑得神神秘秘的,他肯定是喜欢你了;另一个说,你穷得连裙子都没有一条,人家凭什么喜欢你呢? 一个说,万一人家真的喜欢你呢?

是啊,万一呢? 她的心怦怦跳起来。母亲去世到现在,她第一次感觉自己的心活了回来,虽然只是一点点,虽然她还是要寻死,虽然她在决定去的时候对自己说,去看看学校后山也好,万一那里正好是个结束一切的好地方呢。

黄栀子默默坐在教室里,面色煞白,内心却波涛汹涌。她才十八岁,她从没有恋爱过。在离开这个人世间之前,会不会有一份爱和祝福陪她走向天堂?

六月的月光,像洁白的玉石照耀着山冈,她惊讶地发现,夜色也能如此美丽。

白河坐在月华之下,穿着干净的白衬衣,捧着一把口琴,琴声婉转悠扬,像他们值得期许的青春——白河吹奏的是当年最流行的苏联歌曲《莫斯科郊外的晚上》。

深夜,大山静悄悄的,整个世界只剩下一对年轻的人,夜色多美好,迷人的晚上。

可惜我没资格享受这么迷人的夜晚,我是个孤儿。她背对着白河,凄然地说。

你不是孤儿,如果你愿意,我可以做你的亲人。白河放下口琴,无比认真地说。我知道你这段时间在找什么。

我没找。她一惊,矢口否认。

少年笑起来,不跟她分辩,只说,栀子,让我做你的亲人,好不好?

黄栀子缓缓转过身来,她不敢相信自己听到的话,虽然整个下午她都在奢望能听到类似的表白,可她是那么卑微、那么穷,过了今天没有明天。人家班里的女孩子都穿着漂亮的的确良裙子,头发上戴着绸花,她穿的却是姨妈的一件旧衬衣——中年妇女穿的旧衬衣。她的长发又硬又直,像钢丝,因为她没有洗发水,她只有肥皂。

这样的女孩子,可以跟一个拥有一把口琴的男孩子做亲人吗?他坐在月光下的样子,像王子。

我……不好看。黄栀子不安地揪紧衣角,一时间,从母亲去世那天就一直戴着的盔甲卸落满地,她哭了起来。

你好看,你学习的样子,你考全年级第一的样子,都好看。白河说,你现在是灰姑娘,但总有一天你会变成公主。

总有一天你会变成公主。黄栀子愕然抬起头,瞪大眼睛看着白河,脑子里一遍遍反复响着这句话。渐渐地,幸福像月光一样笼罩了

血液科医生

她全身。她突然有了力气:原来,茫茫大海,还有一块浮木在这里,它叫爱情。

可她还是不敢回答什么,月色这么好,像假的。眼前的人说的话,或许是梦里听到的,明天的太阳一升起,这个人,这月光,这些话,怕是都会烟消云散。于是,她换了个话题,问,你说有个重要的东西要给我,是什么?

就是我啊,还有这把琴。白河一笑,月光就晃了一下,璀璨夺目。

她呆了,傻傻接过口琴,薄钢上还留着白河唇间的余温,那是生命的温度。

好半天,黄栀子缓过神来,低头抚摸着它,轻声说,要是有一天,我死了,我会把它跟我埋在一起。

也算是表白了。

白河听懂了,又笑起来。白河有一口整齐洁白的牙齿,映着月色,月光便又晃了一下。

山冈上,他们小心翼翼地挨着坐,一起抬头看月亮,心怦怦直跳,像两只惊慌而美丽的小鸟。

好好考试。许久,他用力地握了握她的手说,还有几天就高考了,我们一起考大学。好不好?

好。她的回答乖巧柔软,这声音把她自己吓了一跳,黄栀子——从小和男孩子一起抢柴火和干牛粪的黄栀子,竟然有这样温柔似水的嗓音?

还是少年的白河,手心干燥温暖,像阳春四月的阳光,照在家乡的小溪上。小溪晶莹透亮,在阳光下闪着成千上万的光芒。脱了鞋踩进水里,那温度像母亲的子宫。

还是少女的她并不知道子宫是什么样子,也不知道胎儿在羊水里到底是什么感觉,但她就有那么一种独特的感受滑过心底,与生命有关,与爱有关。

栀子，你准备考什么？

考医。她说，脑海里全是母亲遭雷击身亡前痛苦挣扎的场景，如亲眼所见。

我考老师，以后，我们的孩子，就有一个当老师的爸爸和一个做医生的妈妈，真好。白河故作轻松地抛出爱情的誓言，说完竟然一甩手，慌里慌张地逃跑了。

黄栀子一个人坐在山冈上，看着月色下那一点白越跑越远，咯咯咯笑起来。笑声惊动了一群沉睡的鸟，它们也扑打着翅膀四处惊逃。

那一年夏夜，山冈上的月光是黄栀子最美丽的衣裳。

黄栀子在医科大学读到第三年时，母亲留下的树全部变成别人的嫁妆。姨妈写信来说，栀子，我还给你留了一棵树。等你结婚时，你要打个啥，姨给你打。

她看着信，眼前全是重影。她有点疑惑：结婚，她该和谁结婚呢？

白河刚来信，说学校有个女同学想和他谈恋爱，她们家里有那么一点关系，可以帮他实现在大学留校任教的梦想。

白河是个有抱负的人，他不想大学毕业后又回到当初的小县城去工作。黄栀子知道，他一进大学校园就在寻找留校的机会，入学生会、当志愿者、参加演讲比赛，忙得每个学期都只有一两次坐火车来看她的时间。

黄栀子也忙，学医的课程重，远胜过高中。就这样，她还要每周上三次家教课，假期也要打工。她和白河的爱情，基本上只是一封封信而已。

亲人，你说，我该怎么办？

白河没有称她"亲爱的"，改叫亲人。

黄栀子明白这一句"亲人"的意思。放下信，她走出寝室，一个人到操场上跑步。黄昏,操场的草坪上坐满了谈恋爱的人,一件件美丽的裙子和洁白的衬衣,像当年月光下的她和他。

黄栀子不看他们,开始奔跑,一圈、一圈,又一圈。

校园广播里传出刚流行起来的一首新歌——

我早已为你种下

九百九十九朵玫瑰

从分手的那一天

九百九十九朵玫瑰

花到凋谢人已憔悴

千盟万誓已随花逝湮灭

…………

黄栀子晕倒在操场上。

四天后的夜晚,白河出现在她晚自习的楼下。

天下着微雨,路灯昏黄朦胧,站在开满石榴花的树下,她静静地看着他,仿佛从不认识,只是暗中用右手盖住扎过针的左手背。

他不安地看着她,洁白的牙齿狠狠咬着下唇,因为太用力,以至于唇色苍白。

原谅我好吗? 栀子。

好。她低垂着头,回答依然乖巧柔软。只是这一次,再没有阳春四月,只有薄冰覆盖的流水,冷暖自知。

我们去吃点东西?

好。她依然低垂着头。

二十八

　　黄栀子第一次知道自己的血型特殊,是和白河分手后不久。系里组织体检,班里的人都很兴奋,有不少同学还不知道自己是什么血型,听说要验血,都莫名地期待。那时候的血型检验,要等一两天才出结果。她站在热闹的人群中间,表情淡然,什么血型跟她有什么关系? 吹口琴的少年走后,她又是孤儿了。

　　没想到抽完血的第三天上午,神龙见首不见尾的系主任竟然出现在教室门口,身后跟了两个神情严肃的陌生人。班主任指了指她,同学们的目光便齐齐转到她脸上。

　　她吓坏了,高考前校长到班里找她那一幕倏然闪现,她预感到了什么不好的东西,但无法知晓那是什么,只知道眼前有一个黑色的洞,等着她掉下去。

　　她决定不动,她不动,那个黑洞就吞噬不了她。

　　班主任走过来扯了扯她的衣袖,主任说让你去一趟他的办公室。

　　我不去。她坐着,双手死抠着课桌,眼睛盯着正前方,睫毛闪都

272　　　　　　　　　　　　　　　　　　　　　　　血液科医生

不闪一下。

有事。班主任说。

不去，就是不去。她嘴唇颤抖，面色苍白。

系主任见状，索性走进教室，说，黄同学，体检中心有个情况要和你沟通一下。

黑洞像云朵一样朝她飘过来。

原来，她不动也没有办法，它会动。

只要你不垮，天就不会塌下来。那句话又响起在她耳畔，她咽了咽口水，缓缓站起身，和班主任一起走出教室。

从教室到系主任办公室，是一百四十九步。

两个陌生人亲切地微笑着，坐在她对面的沙发上。系主任坐在自己的办公桌前，班主任则和她一样，疑惑且带点紧张地坐在进门处的板凳上。

是这样，你们班的血型检验报告出来了，黄栀子同学，你的血型有点特殊，你以前知道自己是什么血型吗？

她松了口气：血型特殊，原来不是癌症。她转头看了一眼班主任，摇摇头。

你是熊猫血。高个子陌生人说。

是 RH 阴性血。另一个女人补充说。

她不可思议地看着这两个人，下意识地低头看了一下自己的手腕，薄而白的皮肤下面，隐约可见略带绿黑色的血管，与其他所有的同学没有什么不同。

怎么偏偏自己会是熊猫血？

因为血型特殊，我们今天特意到学校来，跟你沟通一下。

沟通什么？她自己就是学医的，她明白这个血型代表着什么，稀缺血型，出危险时，很难找到供血者。

不仅如此，还有更具体的事情要跟你谈谈，这个比较深入，也算是科普,你现在掌握的知识未必细到这个程度。那个……主任,您能否回避一下?女人侧身看了一眼系主任,表情神秘。

班主任一听,跟着起身要走,女人示意她留下来,你是女同志,又是班主任,没关系。

这时,楼道里传来下课铃声,接着一片嘈杂的上下楼梯声和欢快的打闹声,这些声音充满了青春的肆意和爽朗,无所羁绊。

而同样的一栋楼里,她却正沦陷在一道魔咒之中——你是个女孩子,我们有必要告诉你,你生命中的第一个孩子对你来说至关重要。

她的脸唰地红了。

那是个什么年代啊,大家的思想还不够开放呢,对一个女孩子说怀孕,太唐突。

班主任轻轻拍了拍她的肩膀,安慰她,学医的,学医的。

她抿抿嘴,红着脸点点头。

怀孕对你来说是一件非常重要的事情。你的第一个孩子很关键,在怀宝宝和生宝宝的时候,如果宝宝是阳性,宝宝的血流在你的身体里,你的身体会产生抗体。于是,你再怀第二个孩子就会非常危险——因为抗体的原因,宝宝在你身体里很可能会死掉,就算生下来,也很有可能是"黄金宝宝",同样有生命危险。从目前的医疗条件和技术来看,我们提醒你一定要珍惜你的第一个宝宝。

她听得有点犯糊涂。

也就是说,你最好不要打掉你的第一个孩子。因为一旦打掉,你很有可能一生都没法再有自己的孩子。女人温柔地说。当然,怀第一个宝宝也需要特别注意。

嗯,我懂了,那么,"黄金宝宝"又是什么意思?

哦,这是我们平时给这一类生病的宝宝起的名字,其实就是溶血性黄疸,很危险,你懂的。

血液科医生

她全明白了。

意思是,在她刚刚成为一个新的孤儿时,命运又送来一个"礼物",那就是,她特殊的血型会让她有可能终身不能拥有属于自己的骨血。

虽然是夏天,但她全身冷冰冰的。此刻,她思维混乱,但听觉灵敏,甚至能听到四百多公里以外的老家,光秃秃的山上,大风正吹过一棵孤独的樟树,它的某一根枝条正在风中断裂,咔嚓作响。

而此时此刻,她的牙齿和身体的每一块骨头也在隐秘地咔嚓作响。她突然开始痛恨自己的名字——黄栀子。妈妈叫她黄栀子,是因为她家樟树林子里生长着大片的黄栀子。开花时节,她和妈妈就和着那花香下饭,没有肉和油,花香是最好的菜。

可是妈妈忘了,栀子结出的果是苦的。

楼道里有人在声嘶力竭地学着罗大佑沙哑的声音唱——

> 轰隆隆的雷雨声,在我的窗前
> 怎么也难忘记你,离去的转变
> 孤单单的身影后,寂寥的心情
> 永远无怨的是我的双眼

无怨吗?怎么可能!

她咬咬牙,轻声问了一个问题,我的孩子,会不会也是熊猫血?

不一定。除非孩子的父亲也是熊猫血,这样的概率不高,大多数孩子可以是正常血型。女人微笑着,向她点点头,仿佛是鼓励她,生吧,你现在就可以生孩子。

多么荒谬的人生。她冷笑一声,转身走出了系主任的办公室。走廊里有风,她挺了挺腰杆,她倒想看看,多大的风,能刮倒一棵变成桅杆的树。

二十九

当年她未婚也要生下多谷，正是因为她是熊猫血。

没有人知道多谷的父亲是谁，只有夏曦知道，那是一个叫葛蓝的男人。

读博士最后一年，她恋爱了，跟葛蓝。

为了维持学业和生活，黄栀子做着四份家教，葛蓝是她学生的小堂叔。第一次偶遇，葛蓝就喜欢上了这个干净利索、眉眼间带着一丝淡淡忧郁的女博士。她上课时神采飞扬，一合上书就变得神思游离，让人感觉她经常不在状态。这种不在状态的模样使她充满了神秘感。

男孩子总是喜欢有神秘感的女孩，就像探险，能不断发现新世界。

葛蓝开始每天出现在她回校的小路上，逗她说话，跟她开玩笑。葛蓝是位体育老师，一个充满阳光的人。他的阳光感染了她，她开始变得也爱说笑和打闹。

他带她出去打篮球、乒乓球、羽毛球，还有游泳。她在运动中感

血液科医生

觉自己又活了过来,冻僵的手、冻僵的脚,还有冻住的血液。

看着葛蓝每一个调皮的表情,看着他在篮球场上驰骋如电、神采飞扬的模样,黄栀子终于战战兢兢走出了冰冻的世界。

很快就到了谈婚论嫁的时候。

她的婚嫁,当然只能靠她自己来谈。

坐在葛家客厅,她不安地搓抚着沙发巾,小心翼翼地把自己解剖了一遍,最后说,她的嫁妆,只有一棵樟树。

葛蓝妈妈坐过来,一把把她搂在怀里,眼泪汪汪,我们家有的是钱,我们不要嫁妆,我们只要你。

多少年没有哭过,这突来的善良打倒了黄栀子。她开始崩溃,从中午哭到下午,直到连抽泣的力气都没有了。

孩子,没有关系,以后我就是你妈。葛蓝,还有我们家所有人,都是你的亲人。要不你就住到家里来吧,别住宿舍了。葛蓝妈妈搓着黄栀子的背,像哄一个婴儿,嗯嗯,乖,不哭。

葛蓝第二天就真逼着她住了过来——我老爸老妈整天忙他们的生意,你来,我们两个孤儿凑一双。

黄栀子听不得"孤儿"两个字,也正因为听不得,所以无法拒绝这样的邀请。

入夜,黄栀子睡在这个叫家的屋子里时,对命运充满了感激:从此她有家了,从此她再也不是一个人了。她不用再担心每一天醒来,都要思考这一天怎么才能养活自己,下一天又该怎么做。

葛蓝半夜偷偷潜入她的房间,调皮地眨着眼。她紧紧拥抱着葛蓝健壮的胸膛,说,你是上帝派来的吗?

葛蓝嘻嘻笑,开心得像个孩子。

她跟着笑起来,在葛蓝怀里朝黑夜骄傲地眨了眨眼睛。

她那是挑衅,你来呀,你来打败我呀!

常规的婚前体检时，黄栀子这才想起自己那天后来光顾着哭了，忘了告诉葛蓝一家，她是熊猫血。

葛蓝听完，瞪大眼，兴奋得一把抱起她，熊猫血，我的天，太神奇了，我老婆居然是熊猫血。

黄栀子看着乐开花的葛蓝，也跟着笑起来，现在她是越来越爱笑了，偏偏葛蓝又是个万事不忧的性格，她跟着他，不开心都不行。因为在葛蓝的世界里，天永远是蓝色的，这样过一生，真好。

两个恋爱的年轻人把世界看得太美好了，他们忘记了有一种东西叫危险。

这是一个母亲永远不想让孩子面临的东西。

葛蓝的母亲也不例外。

起先，之所以同意婚事，是因为她为自家一个专科毕业的儿子能找一个博士女朋友无比得意。那年头，博士比熊猫还稀奇，人前人后，说起来都是件体面事。至于黄栀子大葛蓝三岁的问题，对她来说更不是事，女大三，抱金砖，她自己就比葛蓝的爸爸大三岁。当知道黄栀子家里没有任何牵绊时，她更满意了。她是做生意的，这是大好事，自己家挣的钱，永远不担心儿媳妇用到娘家去。

但是，现在要让她接受这个如熊猫一样宝贵却恰恰又是熊猫血的儿媳妇，她立即不干了。

这可不是开玩笑的事情，你这个血型如果出什么事是很麻烦的，比如生孩子大出血，比如出点其他的天灾人祸之类……总之，我不能让我们葛蓝活得提心吊胆，再说，他那么喜欢你，你要是出点事，那时候你让我们葛蓝怎么活？

葛蓝傻眼了，跟家里闹，可闹得越凶，葛蓝妈妈就越不同意——你看看他的样子，你忍心看着他为了你一辈子这么闹腾？你爱他，就该离开他。

她爱，她当然爱，所以她悄然搬出了葛家。

血液科医生

她记得,那天,微明的晨曦是湖水一样的蓝色,她爱的葛蓝还在沉睡中——尽管每天都和母亲抗争,但在宠爱中长大的葛蓝依然还有着大男孩一样的天性。他一边摔东西说要和家里断绝关系,一边向母亲伸手要钱买运动装、买摩托车。在深谙人世沧桑的黄栀子看来,葛蓝对她的爱是真的,但他对家庭的抗争最终不过是任性而已。孩子气的他担不起他们的未来,到最后等待她的,一定是葛蓝的妥协。

看透了这一点,趁彼此都还爱着悄悄离开总比撕破脸好。

她离开时没有带走任何东西,只带走了一样,那就是葛蓝的骨血。

葛蓝不知道。

没有人知道。

生活没有更好,也没有更糟。离开葛家不久,黄栀子入职山城医院血液科。那是一段忙碌而崭新的开始,对黄栀子来说,最大的改变是她有了工作,有了工资——每个月、每年,总之,她有钱了。

钱是她的底气,她一边上班,一边无畏地孕育着肚子里的孩子。

葛蓝妈妈是个快刀斩乱麻的高手,自己惯出来的孩子她最清楚什么德行。在黄栀子最忙碌的那些日子,她毅然决然把全家的生意迁到了昆明,而且能量强大地将葛蓝的工作也调到了昆明。

大男孩葛蓝离开前来过医院,失魂落魄,他想要见黄栀子,没见着。

那天黄栀子去了妇产科医院,她在那里给自己储备血——产期将近,她得预防生产时的意外。

多谷是她必须生下的孩子,她拥有健康孩子的机会不多,她做母亲的机会同样不多。

除了多谷，黄栀子生命中仅剩的便只有工作了。多谷上初中后，黄栀子的专业水平开始逐渐与夏曦平分秋色，但她性格冷淡，夏曦却乐观温良。她和夏曦对待生命的态度也截然不同，她是消极的，他是积极的。

陈蕴竹说，这是夏曦能当主任而她当不了的原因，也是他们经常吵架的原因。

她还记得他们之间最激烈的一次争吵，原因是一个六十多岁的急转 M5 病人。那病人入院几乎没什么希望了，家属却要求无论如何试一试、救一救。讨论时，夏曦主张冲一冲，黄栀子表示不认同，说都这样了，回家吧，让一张床位出来，救一个该救的人。

谁是该救的？谁是不该救的？你告诉我。夏曦阴沉着脸，你以为你是上帝？谁该救谁不该救，由你决定？

她戗上了，谁该救谁不该救，你心里比谁都清楚。

夏曦火了，我再次警告你黄栀子，你没有资格轻易对一个生命做出判决。

归根结底不就是钱吗？黄栀子按压着手中的笔，冷冷地说，他们家有的是钱，烧呗！当然，我们科也不会嫌钱多，是不是？

钱这东西，黄栀子这一辈子都跟它耗上了；提到它，黄栀子除了恨还是恨；除了抠还是抠。

夏曦愣住了，他没想到跟他一起并肩战斗的黄栀子竟然说出这种话来。夏曦脾气再好也是有血性的男人，当时就一杯子砸了过去。那几天夏晨刚和吴芳离婚，夏曦心情不好，吴芳心情也不好，大家的情绪都不在点上。杯子里的水洒了黄栀子一身，黄栀子愣住了，水浸透衣裳，渗进她的皮肤和骨头里。

黄栀子，不是这个病人该不该冲一下的问题，问题在于你的态度。一个毫不尊重生命的人，不配当医生。

谁稀罕钱！黄栀子冷冷答道，脱下被溅湿的白大褂，啪地掷在办公桌上,头也不回地走了。

科室的人面面相觑,唯有沉默。

因为黄栀子说到了钱,那段时间整个科室没有一个人主动跟黄栀子说话,吴芳甚至看到黄栀子就翻白眼。

黄栀子知道自己犯了众怒。

我有什么错?我说的不是事实吗?她发信息给吴芳。

吴芳那边沉默了很久,最后发来一长段文字,生戗戗的——你当然没错,是我们错了。是的,在血液科,家家都是砸锅卖铁来治病,这病太祸害人。但我们科室没少贴补,谁不是经常掏腰包给吃不起饭的病人家属买盒饭、租板房。你没看到吗?当然你是看不到!你从不给任何人捐一分钱,你就是只铁公鸡,不,铁公鸡生锈还掉点渣,你就一玻璃公鸡,一点渣都不愿意洒给谁!儿童病房每周都有志愿者来搞服务,那些美好的歌声你听不见吗?还有那多捐赠者,他们默默来、默默去,你看不到吗?我们那么努力,每天都在和死神抢人,这么一个团结的科室,这么一个战斗到昏天黑地的集体,却被你说得如此不堪,说成是吸血鬼,你觉得你对吗?

扔掉手机,黄栀子不想再和任何人沟通。她说的不是这个意思,她的意思是生命一旦到了无谓挣扎的时候,就应该理智面对。与其把钱花在一个毫无希望的生命身上,不如让生者活得更好。

就像血,明明流淌在健康人的身体里,好好的,偏偏要输给那些明知已经没有希望的病人,看着稀缺的一袋袋血浆或血小板送过来,一滴滴输进病人身体里,第二天、第三天、第四天的血检结果,零还是零,什么也没变,黄栀子心里特难受,她觉得特不值、特浪费。

夏曦和吴芳鄙视她,说她不尊重生命,其实她只是比他们理性而已——她更尊重病人以外的人的生命——病重的人反正要死了,为什么不为活着的人多考虑一下,比如少花冤枉钱。

夏曦是长了个汉子身材,生了副娘娘腔心肠,他懂个屁。吴芳也是,胸大无脑的浑蛋。

数年来,她和夏曦永远合不到一起的依然是这个,经常是她觉得放弃算了,而他坚持要冲一冲。

现在她成了血液病人,轮到她为自己做选择,她仍然还是那个意见——放弃。

这一回,她的事情她做主,谁能把她怎么样?

血液科医生

三十

清晨六点,黄栀子感觉下巴被什么东西磕碰得隐隐作痛。

乏力地睁开眼,一看,是枕下的口琴。

这把口琴自白河交给她后,黄栀子一直放在枕边,打雷下雨的深夜更是需要抱着它才能安然入睡,这次入院,她也带着,习惯了。

无论吹口琴的人是否还在,但在青春的记忆中,月光下奏响的口琴声永远不会消失。以至于她固执地认为,世间所有乐器都没有口琴更动听。

这一刻,黄栀子怔怔地盯着它。

马上就是周末,多谷要回家了。

走之前,她该怎么解决多谷的事情?

她需要把多谷托付给一个值得信赖的人。多年来,她早已让自己长成了一棵树,自己遮风挡雨,保护自己和多谷。她从没有要去依靠别人,以至于现在要寻找可依靠的人时,翻遍手机里的通讯录,竟然寻不出几个可以打电话的人来。夏曦她不想再连累。吴芳本来就生不出孩子,塞一个给她等于给她添堵,而且夏晨性格太温雅,多谷古灵精怪的,夏晨怕是降服不了他。再说了,她不想多谷在这残酷的人世间成长为一只绵羊,她想他是一匹狼,适应这个社会。

想来想去只有白河了,当年吹口琴的少年早就摇身一变,成了副区长、区长、副市长。一直在心中鄙视白河世俗的黄栀子,此刻不得不世俗地想——有一个副市长保护多谷,不管多谷今后成不成才,至少会有一份体面的工作。

夏曦没见过白河,但没少讥笑这个男人——明明是个负心汉,选择了飞黄腾达,如今倒回来装得情深义重,成天登机落地、落地登机地发信息,简直就是个戏精,中国欠他一个最佳演员奖啊。

黄栀子也觉得无聊和好笑,早就是八竿子打不着的人了,动不动发信息,什么玩意儿。

除了出差,每年高考一放榜,白河也会发信息过来,告诉她老家县城高考六百分以上多少人、五百分以上多少人。然后加上一句,栀子,当年我要是多考三十分就好了,我们就可以一起在山城上大学。

有一次黄栀子忍不住恶心他,回了一句,然后呢? 不还会遇到一个女同学?

那边打蔫了,回道,终究是我对不住你。

所以呢? 黄栀子冷静地翻看着病人的血检报告,回复道。

只要你认,我还是你的亲人,栀子,永远是。

好。黄栀子微笑,恶毒地回过去,哪天你来我们医院看病,我给你享受医生亲属待遇。

哈哈哈。那边回过来。黄栀子看着那三个字,仿佛看到白河那一口洁白的牙齿,在记忆的月光下闪闪发亮。

其实她在那一刻就已经原谅了他。

青春早就不在了,还说那些做什么? 不管怎样,当初要是没有白河,她估计早死了。

那以后,她的状况以及多谷,白河也多多少少知晓了些。他的短

　血液科医生

信依然,她的冷漠也依然,查房或进仓后拿出手机看,基本不回复。偶尔她累得不想回复的时候,夏曦就会抢过她的手机,对着那两个字翻来覆去地看,最后眼神邪恶、猥琐地替她回,滚。

抚摸着口琴,黄栀子觉得,白河是唯一可以托付的人。

我想把多谷托付给姓白的,你觉得怎么样?她边接过护士递过来的体温计,边打电话问夏曦。

那个白眼狼?夏曦的反应很激烈,你想什么呢?当初靠不住,现在成了老油条,更靠不住,你想在同一个地方摔两次跤?

可我找不到别人。

那就治病,又不是治不好。

我不。黄栀子固执地答。

你个龟儿子!夏曦气不过,直接开骂,这会儿我没空,等我忙完过来,再慢慢收拾你。

忙啥呢?黄栀子职业病犯了,紧张起来,又有紧急情况?

夏曦在那边匆匆说,一个捐献志愿者,我这边把病人安排入仓等他的干细胞,现在病人骨髓里头全部都打空了,明天就要用,刚才陈姨说他反悔,不捐了。

什么?黄栀子惊呆了,这不是等于杀人吗?病人都打空了。

不是,也算是,志愿啊,你也清楚,不能道德绑架也不能走法律程序,只能先听听他到底为什么反悔。夏曦语速加快,我这会儿不和你聊了我得亲自上。你给我老实点别给我添乱。找的什么人,姓白姓黑都没用,娃不受罪,得靠亲娘! 行了,我挂了,再说一遍,你给我老实点。

好好好。黄栀子听出夏曦那边急坏了,我答应你不找了,我输液呢,你先去忙。

挂断手机,黄栀子整个人松懈下来。病房很安静,就她一个人,世界怎么突然这么静了呢？她的清晨和黄昏、白天和夜晚从没有这么安静过,病房里永远是繁忙又紧张的,每个人都被需要着,每个人都忙碌着。

她有点不习惯:才这么几天,她就被这个世界遗弃了吗?

不遗弃她遗弃谁呢？她已经是一个没用的人了。

悲伤从四面八方袭来。

刚答应夏曦的话,黄栀子立马扔到脑后去了,她给白河发了条信息,两个字——亲人。

白河几乎是秒回,怎么了？出什么事了?

黄栀子惊讶于他的反应:他怎么就知道不对劲了呢?

见个面吧。她柔软地呼唤,你来。

好,时间?

尽快。

一会儿,白河的电话打了过来,是黄栀子记忆中熟悉的声音,有力而热情。不知为什么,黄栀子的眼泪又掉了下来,她突然发现,要和一个最想见的人说自己要死了,是一件几乎做不到的事情,因为念头刚起,心就会碎掉,碎成无数片,痛不欲生。

白河不知道她现在的状况,只管在那头飞快地说,我让秘书查了一下行程,我周末没空,只有今天下午有半天的时间,我中午飞你那儿,然后下午跟你见面,吃个晚饭,晚上我再飞回来。有事见面谈,如何?

啊？黄栀子被他的语速搅得几乎回不过神,吸了吸鼻子,茫然地答,怎么都行。

关键是你有没有时间,女侠,你现在是血液科权威,忙乎得很。

我……有的是时间。黄栀子咳嗽了一下,强忍着胸中涌起的痛楚,说,最近……我休假了。

那就好,吃饭的地方我来安排,我们选一个你来方便、我走也方

血液科医生

便的地方,这样,我们可以一起多坐一会儿。白河简洁地说完,挂了电话。

我们可以一起多坐一会儿。这话多么暧昧和热烈啊,快二十年了,不曾见面的两个人,天南地北,能一起多坐一会儿,对于身居高位的他和即将离世的她,都太奢侈了。

下午三点多,黄栀子输完了液,急匆匆从医院赶回家,洗了个澡换了身裙装。那是她唯一一条碎花长裙,是几年前吴芳买给她的生日礼物,她从没穿过。

白河好像也从没见过她穿裙子吧?那时候太穷,没几件称心的衣裳。

收拾妥当后,黄栀子打车来到白河说的地方。

这是离区政府不远的一处小巷,带小院的两层小楼,院子里种满了多肉。上了二楼,里面是个静雅的茶室,茶旗是靛蓝色的蜡染布,配着一套天青色的钧窑茶具,花插上简洁地插了一枝观音草。看来,当年吹口琴的少年,艺术细胞依然还在。

她取下口罩,缓缓坐下,示意泡茶的姑娘不用待在这里。跟夏晨混了多年,她已经喝不惯这些小姑娘泡的茶了。

茶这个东西,需要用心去泡,手上动作太花哨,就没意思了。

黄栀子给自己泡了一杯老寿眉。

喝到三泡时,手机响了,是白河发的信息——落地,稍等。

黄栀子有点紧张,心怦怦跳,她走到洗手间,看了一眼镜中的自己,有点憔悴,没有血色,还有点……老。她迟疑地拿出路上刚买的一支口红,笨拙地抹在唇上,这是她人生第一次抹口红。

士为知己者死,女为悦己者容。

她沦落到这步田地了吗?要靠姿色交付一个承诺?想到这里,黄栀子觉得凄凉,拿起纸巾把刚抹的口红擦拭掉,红着眼走出洗手间。

坐了几秒,终究还是焦躁不安,又进去,重抹上。

好吧,她对自己说,无论怎样,就算是为了多谷。

时间一分一秒过去,黄栀子静坐着,听到自己的心脏在狂跳,越跳越慌张。她突然有了初恋的感觉,那一夜,那轮月亮,那清朗悠扬的口琴声,那泛着白光的穿白衬衫的人……

白河出现在门口时,黄栀子有点疑惑。

这是当年吹口琴的那个白河吗?尽管还是长的腿、茂密的黑发,但神情间已经完全找不到当年的影子。他的白衬衣依然干净顺滑,但不再是青春的味道;他的裤子笔挺,黑色的皮鞋擦得锃亮,肚子微微发福,金边眼镜框使他显得很笃定威严。

整个人,不再是吹口琴的浪漫少年。

她几乎不认识他了。

那么,这个陌生的亲人,十多年未见的亲人,她该怎么和他打招呼呢?黄栀子困顿地看着他,胸中起起落落全是汹涌的波涛。他们曾经是最亲的人,携手走过她最艰难的岁月。他是她最坚实的浮木,带她游过大海,以前是,现在也是。她站起身来,想第一时间跟他说句什么,比如想念、伤心、感激、愤怒……还是死亡?

可是所有正在酝酿着的情感都被白河的一个小举动瞬间打碎。

白河从门口大步流星走过来,老远伸出手,黄医生,幸会幸会。

黄栀子傻傻地看着他,眼睁睁看着白河的手有力地握住自己,摇了摇,又摇了摇。

她还记得当年白河战战兢兢地握着自己的手的感觉,那是爱,是靠近,是初恋,是"我想牵着你"。

可眼前这个握手多么客套,纯粹是领导和客人相见的握手。黄栀子感到自己被一种绝望和羞辱包围,正想抽手掉头离去,白河的食指却隐隐约约在她手心里轻微动了一下。黄栀子看一眼白河,白河眼角朝身后扫了扫,黄栀子这才发现,白河身后跟进来一个中规

288

中矩的年轻人,手提着包,站在门口。

可是,这算什么?他们明明是亲人。

小苏,过来,见见黄教授,她可是山城医院的权威啊,下一步我们建医联体,恐怕还要劳神黄教授。

小苏快步走过来,很恭敬地叫了声黄教授。

没等黄栀子回过神来,白河挥挥手对年轻人说,你去点餐,然后自己在楼下吃点东西,我和黄教授边吃边具体谈一谈事情,七点五十分准时叫我,我们出发。

小苏便知趣地闪身走了,顺带关上了门。

门一关,气氛顿时就有点暧昧了,白河长吐一口气,坐下来,轻声叫,栀子。

一声"栀子",光阴瞬间流淌回来,她顿时就委屈了,泪水噙满眼眶,侧过脸去,不让白河看她的眼。

栀子,十多年了,你终于肯见我,我以为你一辈子都不见我了。白河的声音里,带着对旧日的缅怀,口琴声恍若就在耳畔。

黄栀子放心地暗喘了口气。

还抹口红,明明就不会,都出来了。白河温柔地说着,从桌上的纸巾盒里抽出一张纸巾,替黄栀子擦拭起来,那神情和动作,仿佛分手的十几年时光从来就没有发生和存在过。黄栀子愕然呆坐,某一秒,白河的手指透过纸巾触碰到了她的嘴唇,她一惊,整个身体都紧张了起来。

我没别的意思。白河笑道,栀子,我们是亲人,我是你唯一的亲人,我答应过你。告诉我,遇到什么事了?

你怎么……知道……有事?黄栀子镇静下来,费解地问。

没事你不会找我,你那么倔。白河了然于胸,说,不光是有事,而且是有大事。

黄栀子点点头,又低下头,想一想,再想一想,最后抬起头来,盯着白河，一字一顿地说，白河，我快要死了。

白河表情呆滞、动作停顿，整个人像卡机了一样。

我快要死了，死之前，我想把多谷托付给你。黄栀子怕自己垮掉，开始转变语速，她飞快地说着，不容白河插嘴，不带任何情感——我有一套房子，没有贷款。五年前买了一个门面房，在医院侧门后海花园小区，不大，只有十八平方米，出租给人家卖早餐、包子。我还有二十万元存款。我想全部交给你，请你帮我把多谷带大。以后，你就是多谷的舅舅。

等等，等等。白河严肃起来，身体往前倾，双手伸出来，用力捧住她的脸，哄她道，慢点，我听不明白，你慢点说。

她从没有被男人这样把脸颊捧在手心里过，像捧着一个珍宝。白河手心的温度一点点融进她的皮肤、身体以及心里。

她开始流泪，很多年没有流的眼泪，如今像大江大海一样涌到眼眶里，又淌出来。她难受，胸口一阵阵发紧，刺痛。她不停地摇头，低声痛哭。

我要死了，白河，我要带着你的口琴死了。求你替我照看好多谷。你说过，你是我唯一的亲人。

白河难以置信地看着眼前哽咽得几乎说不出话来的女人，好半天，他终于意识到了什么，一时间面如死灰。

你是医生。白河急切地说，你不会死的。

医生……也有医生治不好的病。黄栀子感到心脏负荷明显过重，她竭力控制自己，抻长脖子，大口大口地呼吸，像一个濒临死亡的人。

栀子！白河的眼眶红了，什么意思，一二十年不见我，一见我你就说你病了，你是在惩罚我吗？到底什么病？你告诉我。

白血病前期，病的名字你听不懂。黄栀子依然呼吸困难，她又长长地吸了口气，说，总之……我不想治。

你自己就是血液科权威,什么叫不想治?白河硬邦邦地说,得治!

黄栀子看着白河,泪眼模糊,那年,和你分手后,学校体检,他们告诉我,我的血型是 RH 阴性血。熊猫血,我不好找供血,找不到的。

白河整个人都怔住了,呆滞了好半天,你从没告诉过我。

那个时候,告诉跟不告诉,有什么分别? 黄栀子说,你都走了。

白河沉默了,牢牢盯着黄栀子,生离死别一样,眼眶红得厉害。

好半天,白河搓了把脸,把眼泪收进掌心,缓慢地说,我都快五十岁了,你才来告诉我。你让我回去的时间都没有。

我不要你回去,也不求你回去。白河,我只想把多谷托付给你。我没有谁可以托付。

不。白河失去了控制,不停地摇头,愤怒地说,绝对不行,除非你去治病。缺钱,我有,你不能丢下孩子。

我求你了。

不! 白河紧咬住下唇,像当初离开黄栀子时一样,艰难酝酿并做出决策,先治病。

你不答应,明天我就消失。黄栀子说,我可以明天就死掉,也可以后天。或者你答应我,那我就再多存在一段时间,三个月或者半年。你知道,我和你,我们都是一样敢下决心的人。

白河愣住了。

坚强的黄栀子,没有什么做不到的,包括死。这一点,他清楚,就像她当年瞒着所有人,坚强地生下多谷,且一个人艰难地过到现在。

白河颓然地垂下脑袋,正要答应,手机却不合时宜地响起来。白河怔怔地望一眼手机,默默挂掉。手机接着又响,一声接一声,白河不耐烦地接通,恼怒地问,谁?

不知那边的人说了句什么,黄栀子明显地感到白河表情的变化。他望一眼黄栀子,用手捂住了话筒,好像生怕黄栀子的抽泣声传过去。最后，白河轻声说，好的，我今晚就回去。我知道，我会处理好的。

挂掉电话，白河充满歉意地说，那个……谁，事太多。

黄栀子笑笑，说，她？

啊？嗯，嗯。白河的表情有点复杂，欲言又止的样子，然后烦乱地直搓太阳穴。

你跟她说，来见我？

没有，没有。白河迅速答道，我没跟她说，是……那个，小苏，可能是小苏。

她要你早点回去？

是，白河眼神游离，敷衍地回答着，是是。

黄栀子举起杯子，徐徐把茶水倒在茶海里。

白河不吭声，气氛渐渐凝固下来。

黄栀子不傻，知道刚刚这个电话意味着什么。但她依然想试一试，为了多谷，她从提包里拿出一个信封，推到白河面前，遗书、卡、房产证，所有的东西都在里面，我并不想破坏你现在的家庭，只是除了你，我的确不知道这个世界上我该去找谁，我没有朋友。

白河惧怕地往后缩了缩，面有难色，栀子，我觉得，咱们还是先治病吧。什么死不死的，别说了，不吉利。

我说过，我不想治。我不想把钱花在治病上，我要留给多谷。

多谷需要的不是钱，是你，他的母亲。

不。我知道钱对一个孩子有多重要。你知道吗白河，当年我妈死的时候，我所有的念头不是我妈死了，而是我妈死了，我怎么办？因为没钱，因为穷，我姨妈卖光了我们家的房子、木料和牛。上大学的时候，我要打三份工才能凑齐交学费的钱。为了打工挣钱养活自己，我甚至没办法去你学校看你，因为火车票太贵……你不知道，这世界上，要是没有钱，你该怎么活。

栀子,当年你完全没有必要过得那么苦,我早就想说你,大学学费和生活费陈校长都替你交了,你整天除了钱还是钱,连我过来陪你你都三心二意,在我耳边说来说去都是钱。

不,我没有要陈校长的钱,我自己赚钱。大学毕业的时候,陈校长给我的所有钱我都还给了他。黄栀子自豪地、悲壮地答道。

白河瞠目结舌地看着眼前这个女人,这个自己承诺要当她一辈子亲人的女人,这些年她到底是怎么走过来的呢?独自一人,独自承受悲欢。

他有一种冲动,想要上前拥抱她,但他不敢。他知道,一方面,黄栀子现在最不需要的就是拥抱,拥抱是火,会把她所有的冰都融化掉,而她现在所有的坚强,其实都是水结成的冰,一旦化成水,黄栀子就再也站不起来了。另一方面,有些承诺和有些事,他不能做。

敲门声响起,小苏站在门口礼貌地提醒,白市长,马上上菜了,吃饭一个钟头够不够?我们离七点五十分还有一个小时。还有,明天一早有个会,书记临时召集的,说您必须参加。

好。白河头也不回,挥了挥手,一脸公事公办的表情。

小苏的穿插和上菜的节奏打乱了白河和黄栀子的节奏,两个人像木偶一样坐在桌子的两端。黄栀子干看着满桌子的菜,难以下咽。

白河则有一筷子没一筷子地吃着,吃两口,放下筷子——

栀子,我,实在是……有点麻烦。

什么?黄栀子面无表情地问。

关于多谷,要是他大一点,或者说已经上了大学,以后要找工作、谈恋爱把关、帮着买房子什么的,都不是问题。只是,现在多谷才高一,我又是副市长,组织管理又比较严,你的财产要让我保管,这属于重大事项,按规定必须得报告。本来我们两个也没什么事,可现在的人,心思多,总会往别的方面去想,我怕说不清楚。多谷呢,我要是带到家里管,家里那个恐怕也不好说话……我们的事,她一直是

293

知道的。怎么说呢,我不是怕她和我闹,我是怕多谷受气。而且,眼下,我也有个事,关于考察的事……总之,我们当领导干部的,百十双眼睛盯着,很多事,真的不好办。

黄栀子听白河说完,心沉到了底,她看着眼前这个愁眉苦脸却又衣着鲜亮的男人。他走到今天,是曾经放弃爱情的结果,既然已经输掉了爱情,绝没有在十多年后为了旧时情分又把今天的地位和家庭再赔进去的道理。看他的穿着打扮,他是如此爱惜自己的羽毛,她黄栀子怎么傻到想要把多谷托付给他呢?曾经靠不住,往后自然也是靠不住。

黄栀子微微笑了一下,细而尖锐地说,对不起,我以为,天上地下,你都来信息,是因为你是我的亲人。

天上地下都发信息,是因为远,安全。白河孤注一掷地把碗推到一边自嘲地说,然后又用牙咬住下唇,艰难地坦白——我想赎罪,一直想。我也想你,正好你离我远,又不肯搭理我,大家都挺安全的,所以……

黄栀子实在听不下去了,人家只是调情,她居然还来自取其辱!黄栀子,你是眼瞎了!她霍地站起来往外走。

栀子栀子栀子,我的意思是咱们还是治病吧,治病是上策。白河慌了,腾地站起身来拦住她。

白市长,后会无期。黄栀子冷冷推开白河的手,从包里掏出一件东西,狠狠砸到桌上。

白河认出来了,那是他当年送给黄栀子的口琴。

但愿从今后,你我永不忘,莫斯科郊外的晚上……

白河鼻子一酸,紧赶两步,一把从背后抱住黄栀子,治病吧,栀子,我求你,咱们去医院,听话。

黄栀子挣脱开他的怀抱,仔仔细细看一遍白河,讥笑道,白市长,请自重,随便抱女人,也是重大事项,要报告的。

三十一

接下来怎么办？你找不到人托付了，我跟你说过，全世界只有自己才靠得住，当然，还有我。夏曦小声说着，人半蹲在地上。他在给她打针，这活儿大夫基本不做，以至于他小心翼翼。

她斜坐在沙发上，笑说，你这样子，要是手里不是针筒而是花，我还以为你是要向我求婚呢。

天下女人都死绝了，也轮不到你。夏曦语气不屑，手却拿着酒精棉签，轻柔地擦拭着她的臀部，还嘻嘻笑，看不出这屁股还挺白。

滚。她骂道，然后收起笑容，提起裤子，俯下身盯着夏曦，我决定找多谷的爸爸。

找谁？找多谷爸？你要不要那么贱？夏曦吃惊不小——当年人家爹妈为了躲你这个洪水猛兽，店关了房卖了，把葛蓝的工作也调走了，举家逃窜回老家云南，你还要怎样？再说了，葛蓝就是个妈宝男，这些年也没见他雄赳赳气昂昂跑回来过。这样一只长不大的泰迪，你把孩子托付给他？你还是算了吧！再说，但凡姓葛的对你有点情分，也不至于这么多年连个联系都没有。那个白河还整天落地登机、登机落地呢。你呀,给人养了十几年儿子,现在还要上演一出苦情戏给人家看,你这是丢尽我们当医生的脸。

不管怎样,他是多谷的爸爸,他有权知道,他有个儿子。黄栀子说。

当年也不见你说,人家有权知道他有个儿子。

此一时彼一时。黄栀子黯然说道,我要死了。

夏曦心头一阵寒,叹口气,软下来,说,有电话吗?天远地大怎么联系?

我还有他亲戚的电话,就是当年我给补英语的那个孩子,那孩子一直跟我有联系。

试试。夏曦站起身,又摸了摸她的额头,嘀咕道,好,不发烧了,可你这人怎么净做些发烧的事,说完去给她打果汁。

黄栀子拿起手机打了过去,边听边叫,夏曦,快,帮我记一下,139,啊,36……

夏曦赶紧掏出手机记下来,又弄了一杯果汁、一杯热水,放到茶几上。

水果记得洗后要用开水烫了再打汁,药在这里,下午三点钟吃一次,晚上七点再吃一次。我值完夜班再来看你。还有,明天周五放假,接多谷,我去。

黄栀子摸了他的大腿一把,真心说,谢谢你。

谢谢我你也不能吃我豆腐。我的豆腐得给亚西留着。夏曦扭了扭,退到茶几另一边,表露出很吃亏的表情。

你说,上辈子我们是不是夫妻?黄栀子开玩笑。她向来严谨自律,很少开玩笑,尤其是男女玩笑,但这段时间她老跟夏曦开玩笑,夏曦越躲她越来劲。

夏曦知道,她其实是紧张的,而且恐惧。

这世上没有人不害怕死亡。

是啊,上辈子我们是夫妻,这辈子是搭档,再下辈子又是夫妻,所以亚西整天提心吊胆,生怕你把我拐了。夏曦把手机里刚记下的葛蓝的电话转存到黄栀子手机上,这才绕回来,远远伸出手拍拍她的脑袋,听话,外面风大,不要出去,体温状况再稳两天就好了。我走了。

风再大也要出去,有些事得趁身体状况允许早点办好。

昆明的天气不错,黄栀子走出机场,小心翼翼地取下旧口罩,换上一个新的。飞机上,邻座一直在咳嗽,搞得黄栀子很紧张。尽管打了升白针,但她目前的体内白细胞水平太低,任何风吹草动都有可能让她倒下。

葛蓝短信里给的那个地址并不难找,沿着公园路一直向前就是。已是傍晚,两旁的小广场上到处是跳坝坝舞的老人。据说在西南三省,没有一个广场不被跳坝坝舞的老人们攻占,活到老、皮到老,还真有意思,听他们开的这个音响,是要冲到天上去的架势。

因为海拔高,路过音乐声震天响的广场,黄栀子胸口有点发闷,停下来休息了好一会儿,才继续往前走。

葛氏民宿前果然有一株巨大的三角梅,瀑布一样挂着,开满紫色的花。小四合院面积不大,也开满了花:绣球花、紫薇花、太阳花、阿拉伯婆婆纳、酢浆草、玻璃海棠……让人感觉全世界的花都开到了这里来。黄栀子不禁想:葛家的儿媳妇会是个怎样明丽如花的女人,总归比她这个只会做手术的无趣女人强吧!

思忖间,她找了秋千旁的铁艺座椅坐下来,开始打葛蓝的电话,却没想到接电话的是一个女声。

我找葛蓝。她迟疑了一下说。

我知道你找葛蓝。对方直爽地说,啥子事,我是他媳妇。

黄栀子有点意外,之前她一直和葛蓝是短信联系,难道和她联系的,一直都是葛蓝的爱人?

你到了是吧?那头说,我看到院子里坐了个美女,你往上看。

黄栀子抬起头,看见二楼木窗户旁站了个身形瘦小的女人,三十多岁的样子,长相很机灵,有着西南地区女人特有的玲珑感,但神色有些憔悴。

一会儿工夫,女人便下楼来,动作麻利,腰上系着围裙。

黄栀子尴尬地笑,说道,老板娘也亲自下厨?

啥子老板娘。女人歪嘴苦笑,回头指着院子说,两楼一底,外带这个院子,都不是葛家的了。

什么意思?

你先说你找葛蓝做什么?女人狡猾地眨眨眼,有点调皮,也有点戒备。黄栀子突然觉得这女人有点像当年的自己。那时候,她跟着葛蓝,他们一起打球、游泳……她刚开始学会放松时,也是这样,带点调皮,带点戒备。

我……是他的一个老朋友,我们曾经是球友,我跟他学过乒乓球。

你短信里说找他有事,什么事不能在电话里说,还非得赶到昆明来。女人将一杯温水重重搁在桌上,水杯冒着热气,她好像也冒着热气。

这事我得亲自跟他说……他人呢?黄栀子局促不安地搓着手,她不是来跟人抢老公的,但这样子冒昧地跑来见别人的老公,终究有点不厚道。她想早点结束和这个女人的谈话,便四处张望着,葛蓝呢?

他不在。女人盯着黄栀子,表情古怪,进去了。

进哪儿去了?黄栀子不明就里,边喝着水边问。

她着实渴了,水温温的。十月的天气,这温度正好。

能进哪儿,戒毒所里呗!女人喊了一声,仰头看着小巧的楼阁和开满绣球花的院子,愤愤地说,前两年交了些狐朋狗友,跟着一起吹壶壶。这店,还有他这个人,全部都整垮了。

黄栀子听不明白,问道,什么吹壶壶?

吸粉啊,吸毒!女人比了个诡异的动作。

一口水堵在喉咙,黄栀子呛得直咳嗽,扯得胸口好一阵刺痛。她捂着怦怦直跳的心,惊诧地看着女人,吸粉?怎么可能?那么阳光的一个人。

是啊,恁阳光,就是天天忧到一个以前耍的女朋友,忧到忧到地就跑去吸粉,吸他妈的枪壳,我跟着他是一天好日子都没过过。女人骂着,用眼角瞄黄栀子,你就是那个女的咯?

黄栀子吓坏了,直摇头。

看你也不像,那女的是医生。你看起来不像医生,倒像个病人。不过,就是你也无所谓。女人耸耸肩,做出懒散的神情,完全不像是男人吸粉、家业败光的样子。

黄栀子半信半疑地望着她,说,葛蓝都……那个了,你还笑得出来?

要不我哭啊?女人摊开手,说道,天塌下来,人还站着,就不是个事。我怕个屁,再说了,开个小店混生活还是混得的。

黄栀子敬佩地看着眼前这个泼辣的女人,她以为自己已经很可怜很坚强了,却不知道,人世间每个人都有着各自的伤,这女人明明已经山穷水尽,偏偏还能站在这里说俏皮话。比自己强多了。

黄栀子缓缓起身告辞。

女人拦住她说,到底找葛蓝啥子事?

我……黄栀子艰难地笑,本来是……借钱,这辰光,算了。

女人愣了愣,尴尬地说,钱都败光了,对不起了,你慢走。

慢走,走哪儿呢?她来昆明时是有方向的,现在找不到方向回去了。昆明的风真温柔,昆明的景色也真好看,街道上、院子里、窗户旁,到处都盛开着鲜花,热烈而澎湃。她行走在这片花的海洋里,却无法活成花的模样，让人爱、让人怜。自始至终，她都是一棵孤独的树，无处可依。

可笑的是，她努力地吃药、打针，努力地治愈肺部炎症，然后坐飞机到昆明来找一棵树，找来找去，树进了戒毒所，她还是只有自己一个人。

返回机场，黄栀子在候机室里给夏曦打了一个长长的电话。

她如水般轻柔地倾诉——老家，母亲的山林，姨妈给她留了一棵树——樟树，出嫁的时候打成家具，是好嫁妆。

她本来是当作遗言在叙述的，夏曦却不入她的戏，大咧咧地说，就冲那棵树，你也得给我好好活下去。

她莞尔一笑，说，大学的时候，我读三毛的作品，里面有一篇写树的散文，我背给你听——

> 如果有来生，要做一棵树，站成永恒。
> 没有悲欢的姿势，一半在尘土里安详，一半在风里飞扬；
> 一半洒落荫凉，一半沐浴阳光。
> 非常沉默，非常骄傲。
> 从不依靠，从不寻找。

夏曦，有时候我觉得我就是老家山林里那棵樟树，唯一的一棵树。我就是全家的血脉，是父母的延续，是未来的依靠。

所以，你很棒，你是全世界最棒的人。夏曦称赞她。

可是我现在累了，想休息。夏曦，我只是想找个人替我照顾多谷，为什么我找不到？

因为多谷的树是你。就像你，你只有一棵樟树，多谷也只有一个你。

可我要死了，我现在就像一棵沙漠里的树，没有水，它快死了。

　　　　　　　血液科医生

关键是你现在死不下去啊。夏曦的声音在那头像湖水一样温柔地漫过来——姓白的靠不住，姓葛的没得靠，靠我亚西又要跳楼，多谷的事安顿不出去你怎么死？我问你，要不要接受我的建议？冲一冲？我一直尊重你的选择，替你保密，但我也随时为你提供后援支持。你和别人不同，别人只有一个主治医生，你拥有整个团队。

我是熊猫血啊。她轻吐一口气，像吐出一口血。

这是问题吗？我可以给你找无数的"熊猫侠"。

吹牛，还"熊猫侠"。她哂一声，眼泪顺腮边滑落。候机厅里人来人往，整个世界人来人往，她却无处依靠，什么"熊猫侠"，她身边连个人影子都没有。

乖，听话，我们冲一下好不好？夏曦在电话那头哄着她，声音温和得像位慈祥的老母亲，不要轻易放弃生命，不管对病人，还是对自己。配型的事再难，要相信总会有的。

可是我怕我等不到，生命是脆弱的。她答。

生命可以脆弱，但意志不能。你说你是沙漠里的树，我倒想你去看看一棵真正长在沙漠里的树，看看人家是什么样子。你去看了之后，再告诉我你要不要入院。

沙漠里的树？在哪儿？

巴林。

巴黎？

不是巴黎，是巴林，在中东。有一个很小的国家，叫巴林，它小得就跟你一样，在人海茫茫，不，国海茫茫中，没有多少人会注意到它。在巴林，有一棵树，独自长在沙漠里，也跟你一样，一个人。它的四周没有一口井，没有一滴水，可它却在那片沙漠里存活了四百多年。

黄栀子心突然就动了一下，那是棵什么样的树，独自长在沙漠里，跟她一样？它苦吗？它的叶子会不会像她现在的面容一样，憔悴又干涸。

栀子,我觉得,就算你要死,也该去看看那棵树,也许它是你在人世间、在世界另一边的另一个你。夏曦的声音如此好听,像每一次深夜送她回家时,在车里哼唱的呼麦一样,从遥远的地方传来,低沉、徐缓、充满魔力,直透人的内心。

那棵树叫什么名字?她问。

我不知道,你去,然后回来告诉我。夏曦答。

我不去。她迟疑地说,要花好多钱。

你不抠不行吗?整天都是钱,夏晨说了,钱他出。

你给他说什么了?他为什么要给我钱?黄栀子紧张起来。

放心吧,我没说你生病的事,我只说你终于开窍了,想出国休假。他掐指一算,说你抠门得很,一算账就肯定打退堂鼓,只有他替你出钱,你才会真愿意出国玩。

我抠什么了我抠,我那叫节俭。黄栀子脸红了,她没敢说,刚才她还真是想打退堂鼓来着。

有人埋单,去喽?老大在那边揶揄她。

去,白玩谁不去?她笑,都快死的人了,有些情,欠就欠吧。

放下手机,她静静看向窗外,一架架银白色的飞机像巨鸟一样徐徐升起,世界繁忙而有序。而暮色降临,远方有星星微亮。

一时间,有什么东西在她心里像星星一样闪烁起来。她突然真的非常想去那个叫巴林的国度,想去看一看那棵沙漠里的树,那个,也许真如夏曦所说,是另外一个她。

血液科医生

三十二

我就说，黄栀子这种人，只要你不给她退路，她就绝对死不下去。夏曦在微信里狠狠说完，整个人松了口气。

这段时间他真是身心俱疲。科室里的事、病人的事、黄栀子的事。

正进安检的白河听到这则语音，也长吁了一口气，他不得不佩服这个自称栀子老大的男人。不管怎样，人家对栀子是真上心，而且他判断正确。

幸好那天和栀子见面时夏曦及时打来了电话，不然，白河就已经答应了栀子——他欠她一辈子，不能照顾她，至少替她照顾她的孩子，他会把多谷当成他和她的孩子来养的。

是这个老大打电话来阻止了他。

想想真危险，当时他差点就答应了。

夏曦也后怕——那天他和捐献者谈心出来，总有一种不好的预感，黄栀子的倔脾气他见识也不是一天两天了，这么听话有点反常，反常必有妖。他掏出手机就赶紧打白河的电话——这个副市长的电话号码太好记,一大堆的 123、321,他就知道这号码记下来迟早都有用。

白大市长,我警告你,千万莫心软,以栀子的性格,决定死是一瞬间,决定治也是一瞬间。她果断,很少反复,要逼她接受治疗,你就必须拒绝帮助她。你听着,你只管断她后路,其他的我负责。你跟她说完就立马走人,记住了?

白河当时握着手机,看着对面一脸紧张猜疑的黄栀子,只有含糊着回答,我知道,我会处理好的。

那夜,登上回程的飞机,白河感到自己很颓废、很痛苦、很酸涩,若干情绪堆积,搞得他快要窒息。他拿着手机,习惯性地要给黄栀子报登机的信息,却发现自己已经没有资格再发了。可是不发吧,他的心缺了一角,十多年,都习惯了,她是亲人,最可怜最孤独的亲人,他欠她的,而且她病了,就要死了⋯⋯想到这里,白河全身的力气都在消失融化。发吧,对黄栀子和他都是一种羞辱,一个多小时前,是他自己亲口对黄栀子说的,发信息的原因不过是为了玩味一份对自己而言没有危险的暧昧。

暧他妈的昧。

他不是!

这是怎样的一次相见?当年他负了栀子,现在栀子求到他面前,他再一次负了她。

他忘不了黄栀子砸口琴时的眼神,冰冷、绝望,却又像暗夜里燃烧的怒火。

离开时他差点就要冲口而出说出真话——其实他给她发的每一条信息,并不是他妈的什么暧昧、什么安全,他只是想让栀子知道,万一再有难熬的坎,他在。他知道她这么多年过得并不好。当年他是她茫茫大海上唯一的浮木,现在和将来,只要她愿意,他仍然是。

304　　　　　　　　　　　　　　　　　　　血液科医生

但他不敢,因为那个该死的科室老大在电话里说——我们搭档十多年,我是她老大,我比你更懂她。你给她一条退路,她就会全心全意只想一件事——死。你不给她退路,她就不得不为了多谷争取一次活下去的机会。

那一刻白河心中充满醋意:他更懂她? 他想问这个老大:你们一起在月光下坐在山冈上吹拂过夏夜的风吗? 你们一起手牵手相约过高考胜利吗?

然而他问不出口,生死事大,容不得他小情小调、小酸小醋、小心思。

他只有按栀子老大说的去做,哪怕这样,会让他在黄栀子面前变成一堆臭狗屎。

也许是感受到了白河心底的不甘,夏曦在那边轻轻叹了口气,说,对不起,委屈你了。可是你们家的栀子,需要用猛药才能冲活过来。

你们家的栀子,多动听!

是的,栀子是他的亲人,是他们家的栀子。白河的心底流过一阵暖流。

他要栀子活着。

流量控制的原因,飞机许久不动,白河呆坐了好半天,终于还是拿出了手机,缓慢而坚决地输入两个字,给傻乎乎跑到昆明去的栀子发了过去。

登机。

很快,手机震动了一下。

是栀子回过来的信息,只有一个字——滚。

白河笑起来,他们家的栀子,亲爱的栀子,发出这个字时得多么的愤怒啊。他可以想象出她咬牙切齿的样子、生龙活虎的样子、脸涨得通红的样子,那些通通都是一个人有力气有决心在这世上好好继续活下去的样子。

真好!

白河想,再等个十几二十年,等他要死了,要走在她的前面了,他就可以告诉她,他不曾想要任何暧昧;他要的、给的、期待的,只是亲人的爱。想到这场景,白河真希望自己马上就可以死去,那他就可以早一点把这些告诉她,然后镜头感十足地要求栀子和那个鬼老大"还自己清白"。

还自己清白,呵呵,想到还有一个比自己被污得更惨的叫葛蓝的男人,白河忍不住笑出声来,但眼前的视线却模糊了。

飞机开始缓慢滑行、加速,最后轰然离地,直向云天。

天气很好,白云朵朵如花,蓝天如洗。

白河副市长静静看着窗外一望无垠的云海,默默对着某一朵云说,栀子,你要好好的,我们都要好好的。

对葛蓝,夏曦下的手比对白河狠。白河刚毅果断,算条汉子。葛蓝从头到尾就是个妈宝男,他不想这个懦弱的男人在黄栀子最后的时光里冒出来充上帝。这时候不搞搞葛蓝,都对不起他自己老大这个名号。

果然,当他告诉姓葛的他在人世间还有一个儿子时,姓葛的第一反应就是要飞过来、扑回来。哼,回来?他也不想想,黄栀子顶着流言蜚语十多年是怎么过的,凭什么白白把儿子送给他姓葛的。

而且,夏曦最烦的就是这姓葛的玩意儿在电话那端立马哭开了,哪里像人家当副市长的白河,听着电话毫不慌乱,稳稳当当、滴水不漏。

他威胁他,要来认儿子可以,一并给黄栀子收尸。

葛蓝马上就尿了,怯怯道,孩子……叫什么名字?

多谷。

多谷,对了,是多谷,葛蓝想起来了,他曾经和栀子相约过,以后结婚生孩子,女儿叫多米,儿子叫多谷。

她当初为什么不说?葛蓝感觉自己快疯了,她太狠心了。

她狠心?明明你就是只长不大的泰迪!一个男人,能丢下未婚妻和全家人逃到昆明去,你还说她狠心?我也是佩服,凭你这本事,你就是活到老,也还是衔着奶嘴的货色。

葛蓝没心思听他恶心自己,只想着要见栀子。

夏曦根本不看他,说,见栀子?她现在满世界找你,就等着把多谷交给他亲爹后,自己安心去寻死路。你是见她还是逼她死?

可我真想见栀子,她病了,她一个人,那么遭罪,我想看看她,安慰她。

夏曦听着,觉得这只泰迪还有点良心,他本来是想让葛蓝把手机给家人,然后搞出个葛蓝已经死了的假象来,但是夏曦又觉得这个桥段不太可行:万一黄栀子一轴起来,要去哭坟呢?不管怎样她和他总是生了个儿子出来的,且眼下人家表现还是不错的,咒人家死好像太不地道。

于是他说,见可以,但你得让她不安心,不敢把儿子交给你。

葛蓝愣了,啥意思?

装呗。夏曦强忍住心头要作恶生乱的得意,说,你装成个头上生疮脚下流脓的烂人,吃喝嫖赌杀人放火,随便什么都行,越不是玩意儿越好。凭黄栀子的个性,绝对不把儿子交给这号人。

葛蓝不干,好好的,儿子没见着,老子倒成了臭不可闻的烂人。

你不是烂人你还是好人啊?好人丢下未婚妻和儿子十几年?你大爷。夏曦痛骂。

好好好,我是烂人,我是烂人。葛蓝彻底投降,只要能救栀子,你保证这样做能救栀子,我就都听你的。

307

我保证。夏曦斩钉截铁地答着,其实心里也够虚,不过想着自己替栀子摆了两个负心汉一道,还是很满意。

你们不入地狱,谁入地狱。他想。

你确定一切都在你掌握中?夏晨往壶里缓缓放入陈皮,因为担心黄栀子,倒水的动作并不流畅。

吴芳看一眼夏晨,叹口气,接过水壶说,你俩着急也没用。那死倔的,能不能回心转意,由不得我们。

夏晨侧过身看向吴芳,眼里全是心疼,低声说,你也是个死倔的。

见夏晨洒狗粮,吴芳不自在地哼了哼。傻子夏曦这才发现原来两个人早就开始有戏了。

什么时候的事情?

什么?夏晨装傻。

你们两个,什么时候的事情?夏曦凶巴巴地问。

那个……夏晨笑起来,就是黄栀子喝醉酒,说要找男人那天晚上。

夏曦"哦"一声,转头不满地质问吴芳,你找男人找到前老公这儿来了?不是好马不吃回头草吗?

吴芳假装认真剥石榴没听见。

只要她不尴尬,尴尬的就是别人。

唉!看吧看吧,你们都好了,一个个都在往好处走了,偏偏就黄栀子出事。夏曦心烦意乱——这家伙命不好。

夏晨把煮好的茶倒进杯子里,递到夏曦面前,都往好处走?还有谁?你和亚西吗?

想都不要想。夏曦苦不堪言——亚西说,少和她提结婚的事,以后要是有了娃,娃结婚她还让我参加婚礼,老唠叨的话,去都不让

　　　　　　　　　血液科医生

我去了。

那你悠着点。夏晨极认真地说，不然我这个大伯也参加不了。说完又执着地问，那还有谁往好处走？

小松子和小艾。夏曦抿了一口茶汤，小松子这个疗程过后没有意外的话就可以出院了。

那老头儿呢？夏晨偶尔也是好奇宝宝——惹出事那个，叫涂金钱的，找着没？

找着了，他跑去香山看红叶，嗷嗷吹了阵首都北京的风，如愿以偿感冒了，然后肺部发炎、高烧，差点熄火，他哥们儿趁他昏迷不醒的时候给他老婆打了电话，现在牛丽香在北京陪着呢。

还是原配好。夏晨别有深意地发表感言。

是啊，他俩和你俩都解决了，眼下最难对付的是老黄。她那个臭脾气，唉……

第二天上班，夏曦压下心头担忧，精神抖擞地走进病区。路过的病人家属欣慰地看着他，手里提着的接满尿的尿壶仿佛也轻省了许多。

在他们眼里，老大夏曦就是风向标，他状态好，就相当于科室今日挂上了免战牌。病人无事，医生无事，天下太平，这在血液科本就是一种加持。

这种加持叫希望。

环顾一双双充满期待的眼睛，夏曦在心中默默呼唤黄栀子——黄栀子啊，你活着，也是一种加持。

309

三十三

黄栀子把检验单递给夏曦。

夏曦看完笑了，说，还需要我帮你研判吗？指标暂时没问题，抓紧出发吧。然后又取笑她说，要不要写封遗书，或者告诉多谷点什么？

她白了他一眼。

她目前的状态并不糟，打人和恨人的力气是有的。就目前而言，她的病情最大风险是出血和感染，只要解决这两个问题，长途飞行对她来说不是大问题。

真正的问题是回来之后到底怎么办。

回来再说回来的事吧。天还没亮，夏曦站在机场安检口，犯困地打了个哈欠，拍拍她肩膀轻描淡写地说，顶多是个死，你劝病人回家的时候，不也是这么跟家属说的吗？

她语塞。道理是这个道理，但听起来怎么怎刺耳呢？

知道自己很坏很坏了？他扬了扬眉头。

我……她有点愧疚，辩解道，我只是不想他们花冤枉钱。

没时间听你说这个,我还要赶回去。你不在我苦啊,得一个顶俩。记住,回来告诉我,那是棵什么树。夏曦说完,打着哈欠一摇一晃地往回走,那样子十足是累坏了。

去巴林没有直达的飞机,在迪拜机场转机时,靠窗而坐的黄栀子看到了机场外无边的沙,而跑道仿佛是在沙漠中抢出来的一道银色溪流,貌似随时会被沙子吞噬,却神奇而又安全地延伸到前方。她想起了人体的血管和血脉,和那些与死神抢夺空间与时间的病人与战友们。

黄栀子突然无比想念在科室里奋战的那些日日夜夜。这些年,她其实一直在和沙漠抢跑道,每一次病人和病人家属的配合与努力,都让她心存感激。

机舱外,起风了,黄栀子看到一层沙子轻轻扬起,落在跑道上。

心咯噔一下,漏跳一拍,顿时有了点恍若隔世的清醒。她突然意识到,自己的态度,正是这风里覆盖跑道的沙。

好像,真错了……

转机间隙,她给夏曦打了个电话,说到银色的溪流、血管、跑道和沙,还有生命。夏曦在那头呵呵笑,说,终于醒悟了,不容易啊灭绝师太。那个,反正都要死了,潇洒点,打开流量上微信,给你看个东西。

她狐疑地打开流量和微信,看到无数新的信息,其中一个是她之前并不曾见过的群,叫"熊猫侠",一共有一百多条未读信息。

她意识到了什么,点开它,爬楼梯似的快速浏览。

让她感到意外又隐约猜中的是,这是一个 RH 阴性血的微信群,群里所有人都在 @ 她。

@栀子,我们都可以为你献血。不用急,我们帮你找合适的

311

骨髓,为你捐血小板。

@栀子,你活着的意义,是能够用你的经验和医术救更多的人——包括我们每一个熊猫血的人。

@栀子,你成功了,我们所有熊猫血的人就再不会心生恐惧。

…………

最后,她看到了一个头像,和夏曦的一模一样,是大草原。

大草原也@她了,说,宝贝,十八号,全科室等你回家。

她的回程时间是十八号。

不知不觉间,黄栀子泪流满面,她一直以为她是独自一个人,一个与全世界都无关的人,却不知道在这个叫"熊猫侠"的群体里,她不光成了他们的中心,还是他们的宝贝。

栀子,看到了吗?你真的不应该放弃。夏曦用微信私发了信息过来,第一,科室需要一个成功的病例,至今我们没有 RH 阴性血的干细胞移植病例;第二,病人们也需要有一个优秀的大夫帮他们打仗;第三,RH 阴性血的人本来就不多,死一个少一个,你有责任让自己活着;第四,关于钱和多谷,你的逻辑依旧是错的,你想想,如果时光倒回去几十年,你是愿意有一个妈,还是有一百万元?你个缺心眼儿的婆娘。

看到这里,黄栀子哧地笑起来,真是又哭又笑,小狗撒尿。

她伸出手指,点了一个表情包回去,是一个有着一头卷发的小孩子不停点头的表情。小孩子是那么可爱,像极了多谷小时候的样子。天底下所有的孩子都一样美好,因为他们有一个共同的名字,叫天使。

关闭了流量,黄栀子站在巨大的落地窗前,心情复杂地注视眼前这个阳光明媚的世界。

山城医院,夏曦也站在玻璃窗前,只不过他眼前已是晚霞满天。

十八号栀子会不会回到科室来?从曾经权威的大夫变成一个可怜巴巴等待救治的病人,这对栀子来说,不光是需要信心和勇气,更需要抵抗恐惧。巴林那一棵树,会不会给栀子力量?他觉得会,又担心不会。

这一刻,他知道,栀子的决定其实也是对他的加持。这些年面对这么多的生离死别,他心里也有心魔。无休止地打仗,是人都会累的;在崩溃的边缘,战友的支持远胜于人世间最强大的炮火。

手机响,是葛蓝打来的。

栀子回来后,治疗费我出。

好。他冷冷地答,我知道你钱多。

老大,葛蓝战战兢兢,他现在实在是有点怕惹着这个老大——你确定能治好她?

夏曦没回答,把电话挂了。他无法回答葛蓝,尽管他尽全力设下了这盘棋,但他也看不透最后的棋局,就像他尽全力救每一个病人,但最后的结局是什么,他无法回答。

岁月是一条长长的河流,他只是努力清理淤堵的那个人,黄栀子也是。他们没有神赐的魔杖,他们唯有爱和信心,伴随着呼吸,生生不息。

把手机丢到沙发上,夏曦再一次深感疲惫,对面病房的玻璃窗把晚霞的光芒射到他办公室的墙壁上,静默无声,没有黄栀子的争吵陪伴、没有黄栀子的并肩战斗,他真的很寂寞很累。他想念黄栀子,他的战友和朋友,只有他们自己知道,在生死边缘的爱和陪伴,恰恰与爱情无关,却远远比爱情深刻。

两个小时的转机时间过后,黄栀子登上了去往巴林的航班。一个小时零二十分钟后,巴林到了。

走出机舱，黄栀子也看到了金色的夕阳，它洒向大地，像炫目的佛光。

算一算，她出发是清晨七点，九个小时的飞行和两个多小时的转机时间，现在山城那里应该是黄昏，但她此刻却站在灿烂的阳光下，她从时光手里抢过来四五个小时的时差，这让她有点小小的兴奋。

谁说延长一段生命毫无意义。

有点疲倦的黄栀子决定休整半天。

坐在清真寺门口，黄栀子心静如水——已经到了巴林，她不急，她要用最充沛的状态，明天，明天再去看那棵树。

第二天早晨，导游带着黄栀子出发了。

你的手，真柔润。导游扶着她下车时，用发音古怪的中文准确地赞美她，像你们中国的宝贝，玉。

黄栀子看看自己的手，是的，它的确是宝贝，这双手救活过无数的生命。在那些人的眼中，它的确是世间最珍贵的宝贝。

风沙有点大，迷了眼，等风停后，远远地，黄栀子看到那棵树，在一片黄白色的沙漠里，在稀稀拉拉的草丛中，唯有它高高耸立，傲立在沙丘上，葱郁的绿色在清晨的白光与沙漠枯燥的色泽中显得无比惊艳。它的手臂伸得那么长，一部分主枝向上生长，像挥舞的手，又像一把撑起的巨伞；另一簇枝条则弯曲着绵延向低处，像一位和善的长者，正俯身伸出手来，对她说，来吧孩子，站到我的手心里，我带你去看世界。

黄栀子远远看着它，心中涌起莫名的震撼和敬畏。她蹲下来，把手伸进沙里，向下，再向下。

干燥无比的沙里没有一丝丝水分，她拔出的手臂明显带着身体水分被抽走的痕迹，一片干裂的白色。

她想不出来，在这偌大的沙漠和死亡的干涸中，这棵树，靠什么

血液科医生

活？

导游看着她说，不用试了，这里根本就没有一滴水，我们走吧，再走近些。

不了。黄栀子站起身，摇摇头，呢喃道，就这么远远望着就好……这棵树，它叫什么名字？

它是牧豆树。但是，全世界的人都叫它生命之树。到巴林，每个人都会来看这棵神奇的树，它很坚强很坚强，大家都爱它。导游说完，张开双臂，像拥抱世界一样。

生命之树，呵呵，她摇头，无可奈何地笑了，原来她又被夏曦下了套，夏曦并不是不知道这棵树的名字，他只是要她来完成一次洗礼，关于生命，以及坚强。

好吧，算你厉害。黄栀子在心里说，虽然我不确定回国后会做出怎样的决定，但我现在可以确定的是，关于争吵，你是对的。

拿出手机，黄栀子很认真地拍下了这棵巨大的牧豆树，她要告诉夏曦，这棵树像她和他，她是不管不顾撑着伞的那一部分，而夏曦是俯身向下弯曲着的那一部分。这棵树让她懂得，生命不仅仅是宁折不弯的刚强，还有俯身敬畏的柔韧。

她需要用一种柔软的力量，与这个残酷的世界和解，然后在和解中一点点寻找活的希望。

她要活下去。

三十四

治疗从深秋开始,黄栀子老老实实做完第二次化疗,已经是元旦。夏曦只让多谷陪了她一个多小时,就叫亚西带他走——现在的夏曦很牛,说一不二,谁让黄栀子现在是病人呢,完全没有发言权。

亚西半疯半癫、亲昵无比地搂着多谷,非要多谷叫她妈——老大当过你爹,我又是你爹的女朋友,那你不得叫我妈?

多谷不服,白了她一眼,我妈还活着呢,你要补缺还早。再说了,我干爹跟你又没领证。

你这孩子,我是担心你缺少母爱。你妈不是得病了吗?我照顾你呀。

你照顾我?你能照顾我?我才不相信……

两个人吵吵闹闹走远了,亚西的手勾到多谷的肩膀,多谷挣脱开来,她又勾上……

夏曦回到病床边,笑着给黄栀子看他录下的这一幕。

孩子比你想象中坚强。夏曦说,放心了吧?

黄栀子虚弱地点点头,声音沙哑——老大……

血液科医生

嗯？谢我吗？不用谢。

呸……那个，帮我叫吴妈。

有啥子事叫我就行啊。夏曦笑嘻嘻的，我在，不用谢。

你……不行。黄栀子挤出一丝尴尬的笑，你出去，我想……排尿。

夏曦替她按了呼叫器，又作势弯腰去拿床下的接尿器，逗她说，这种粗活儿我也行的。

你给我……滚。黄栀子急了，有气无力地骂。

夏曦哧哧直笑，正好小米跑进来了，急匆匆问，黄主任，什么事？

夏曦拍拍小米的肩膀说赶紧赶紧，黄主任要尿尿。

是……排尿。黄栀子挣扎着维持最后的尊严。

好好好，排尿、排尿。夏曦嬉皮笑脸退到门口，笑着叮嘱小米，跑勤点，黄主任没人服侍，全靠你们几个。我好不容易把她弄活，结果让你们给憋死了，要负责任的。

隔壁床的病友乐了，走廊里的几个患者家属吃醋说，夏主任，我们有意见。

啥子意见？

你对 40 床太好了。

能不好？她是我前妻。夏曦潇洒走人，背后一串笑声。

三十五

腊月尾,天干冷干冷的,但新年的气氛已越来越浓,医院的病人日渐减少,一楼大厅终于显出了些许庄严的安静。花园四周的腊梅开了,随着人进人出,飘进来一阵阵冷香。

孙阿姨提着几大筐药从药房出来,看到呼吸科的几个阿姨在角落里窃窃私语,神情严肃,搞得像几个资深专家在给危重病人会诊似的。

干吗呢?孙阿姨嘻嘻笑,是商量谁主刀啊,小鬏鬏、小鬏鬏?

头发万年不变挽了个小发鬏的小鬏鬏回过身,表情紧张,孙阿姨你叫我?

你们叽叽咕咕说啥呢?孙阿姨走近,我叫你几声了都没听见。

告诉你了你别出去讲啊。小鬏鬏一脸严肃,拉过她说,武汉那边有个病,像是"非典",已经传染了好多人,包括好多医生护士。

孙阿姨忍不住笑出声来,咋可能嘛!真要是"非典",早就封医院了,再说,就是"非典"也没啥子好怕的,十几年前就闹过一回了。

小鬏鬏见她不信,不停地甩手说,算了算了,信不信随便你,反

血液科医生

正我要买口罩,到时候万一抢不着就麻烦了。

孙阿姨见小家伙生气了,便跟了一嘴说,那那,也帮我买几个。

几个是多少个? 小鬏鬏回头,很认真地问。

你买几个?

两三百个吧。

孙阿姨瞪大眼,说你这娃疯了,买恁多。

你就说要多少吧。平日里乖巧伶俐的小鬏鬏急躁着,一脸的不耐烦。

乖乖,真……有那么严重? 孙阿姨紧走两步拉住小鬏鬏。

小鬏鬏低声说,我舅就在武汉,昨天去医院,到处是病人,床位都不够用。我舅昨晚跟我妈说他马上回来,我妈还和他吵,说回来万一是"非典"传染给我外公外婆咋个办,两个人吵了一晚上。

能回来还会是"非典"? 早隔离了,顶多是流感吧? 孙阿姨嘀咕,她在血液科二十多年,阻断传染源这个讲究她是知道的。

管它是啥。小鬏鬏说,是我舅提醒我们准备口罩和酒精,那边已经开始抢疯了。

那给我也来三百个。孙阿姨心里盘算,反正笑笑走了,科室再也没有免费的口罩提供给家属,她囤着也不吃亏,往后有家属探视没戴口罩的,她原价卖掉就是,或者多个一两角钱也行。

口罩买好没两天,医院的气氛明显不对了,说不清楚哪里不对,反正哪里都让人觉得不对,院办的、卫生局的……公家的车进进出出,热闹得很。

腊月二十九,除夕前一天,明明病人已经没几个,孙阿姨发现吴芳天没亮就来病房了,整个上午铁青着脸跑进跑出地忙,护士们也在来来回回清点药具和物资。老大夏曦进病区时也不笑了,表情阴郁得能拧出水。医生们各个步履匆匆，一查完房就全部钻到会议室里去开会，走在空荡荡的走廊里，孙阿姨感觉脊背发凉。

乖乖，形势是不对。孙阿姨溜到角落给小鬈鬈发微信。

小鬈鬈回复道，武汉封城了，你不知道？快看手机。

啥？孙阿姨大吃一惊，她一直忙着领药送药，没时间看手机。

全封了，公交、地铁、汽车、飞机、火车都停了。

天，恁多人呢，恁大个城，说封就封？孙阿姨难以置信。

嗯，我舅没能回来，我外婆担心他，刚和他通电话叫他溜回来。我舅说，武汉是座英雄的城市，人也不是孬蛋，情况是很严重，但他们不能出来，要隔离，老老实实等政府派专家和医生去救大家。我外婆急得都哭了……

孙阿姨已经听不进去小鬈鬈在说些什么了。封城，中华人民共和国成立这么久，谁听说过"封城"两个字的？上千万人口的大城市说封就封，已经混成了老法师的孙阿姨呆呆看着眼前异常安静的病区，感觉一个巨大的阴影正缓慢狰狞地袭来。

傍晚，科室公示栏里贴出了一张 A4 纸，上面是科室支援武汉医护人员的名单。

仿佛一场突如其来的海啸，所有人都震惊了。武汉封城的事，都已经知道了，但武汉毕竟离山城那么远，再大的海啸照理说也打不到这里来，可这张名单一贴出来，顿时让人感觉危难近在咫尺。

陈蕴竹的名字排在最前头，其后是吴芳和其他五位资深的医护人员。

病人家属们围在公示栏前窃窃私语，神情紧张。

陈蕴竹开春就该退休了，居然要带队去武汉。

有病人家属不干了，拦着夏曦——我家孩子是陈主任的病人，她走了我们怎么办？

血液科医生

我在。夏曦笃定地回答。

老大,我觉得不是你在不在的问题,百度哥在边上已经闷了好一会儿,忍不住吐槽道,你是党员,又是领导,关键时候你一个男的不去,不太合适吧?咱们都是汉子,这种时候汉子上嘛。

是我自己要求去的。不知何时,陈蕴竹已经站在人群后面,表情波澜不惊,正是因为我马上就退休,所以我去。夏主任是医院不让他去的,因为要顾着你们——同样是治病救人,那边有全国的力量支持,有党和政府,有十几亿人支持,我们不会比在这边累。大家都知道,我们这里一个萝卜一个坑,黄主任现在是病人,夏主任在,他是男同志,可以顶我和黄主任,但是要让我这岁数顶三个人我扛不住。总之,夏主任留下,是为你们好。

陈主任,那边很危险的。孙阿姨焦急地劝道。血液科刚开始做移植的时候,孙阿姨就进来搞护理了,虽然只是个护工,但和陈蕴竹的感情不浅。

陈蕴竹看看她,温和地笑了,孙阿姨,咱们这把老骨头,有啥好怕的,再说,青山处处埋忠骨。

人群沉默了,一个个都盯着陈蕴竹,表情复杂,眼神揪心。

陈蕴竹有些不安,干咳了两声说,我讲的不是那个意思,我的意思是我这把老骨头扔在哪儿都行,反正我那个不争气的姑娘在国外,我平时也没人管……算了算了,越说越不对了,大家散了吧,都散了吧,全国各地常规抽调人而已,所有医院都在调人,大家不用担心。

夏曦凝视着陈蕴竹,眼神里有太多东西。

陈蕴竹回望夏曦,脸上一片温厚又绵密的笑意。她宠溺地看着他,回想着当年夏曦青涩又青春的模样。

都长大了。

我再替他们一程,就可以了。

陈姨……夏曦声音低沉。

你来。陈蕴竹打断他,径直走向办公室。

还记得不?当年老贺问我那十年是怎么过来的。陈蕴竹关上门,静立在窗前,像一株孤独终老的黄桷树。

您说……苟且。夏曦犹豫而忐忑地答道。他知道,那十年对陈蕴竹来说是阴影和噩梦,但他从未追问过细节。

看着窗外雾霭沉沉的远山近楼,陈蕴竹眼底亦一片湿润。她用空旷而遥远的语调平静地讲述——当年,爷爷带着我们搬到四川老家深山里的一个小寨子,起先什么都说好了的,米、油、盐、钱票,爷爷都送过去了,全家才跟着去的,结果……你没法想象小人物的恶是多么极致。小小一个寨老,说是保护我们全家,其实对我爷爷各种作践、对我们百般苛刻,爷爷生病,全身浮肿,他却要求他每天走二十多里山路,风雨不休地到公社取报纸。爷爷去世那天早上,实在是走不动了,他威胁说爬也得给他把报纸拿回去,不然把我们全家都拉到公社去批斗……爷爷真是爬着出门的,他的小腿当时已经肿得透亮,一按一个大坑,他爬到半山腰的方竹林时,我恰巧偷偷背完《大学》从竹林里出来……那天天很冷,是我给爷爷送的终……我坐在打满晨霜的草丛里,抱着全身湿透的爷爷哭。我问他,我们陈家死了那么多人、把那么多工厂和房产送给公家,为什么好人没有好报?爷爷说,人心有善恶,但大道如一。我又问他,我们全家这样,是不是叫苟且偷生?他摇头,断断续续说,士不可以不弘毅,任重而道远……死而后已,不亦远乎?他的脸越来越白,白得跟挂了霜的菜地一样,我害怕了,哭着问他,您教过我,说一口气不来,何处安身立命?爷爷,这口气呢?在哪儿?爷爷也哭了,半天说不出话。我抱着他的肩,感觉到他的身体正一点一点变凉。那年我十五岁,跟着他熟读四书五经,却不知能为他做什么。最后他伸出瘦得皮包骨的手,指

血液科医生

着山坳说,妞妞,寻一口气,长大学医吧……

夏曦站在陈蕴竹身后,感受着来自陈蕴竹的巨大悲怆和不平。原来那句"苟且"背后,有着如此深的痛,而陈蕴竹的恨和痛里面饱藏着的则是对爷爷、对一个旧时代有良知有道德有担当的老知识分子的爱和敬。

大道如一,死而后已。陈蕴竹转过身,望向夏曦,我曾经很怀疑,但每当我走进这个医院,我都会想起爷爷、想起这片地,它是我们陈家忠诚报国的见证。我明白爷爷为什么要我学医:学医可以让我冷静、让我客观,他知道我心底烧着一把火,一不小心就会烧掉别人,也烧掉自己。曦曦,你知道吗? 你和老贺,还有栀子、吴芳,我很感谢你们,是你们让我觉得我们陈家尤其我爷爷为家国所做出的一切是对的。

夏曦喉咙发涩,愧不能语:比起陈家,自己何德何能担得起这个"谢"字?

窗外,夜色渐深渐浓,星星点点的灯光从脚下蔓延到天边。

你看这万家灯火。陈蕴竹侧身看向窗外,温声呢喃,士不可以不弘毅……爷爷要是活着,他会表扬我的。

…………

我也要去! 咚一声,门突然被推开,幽暗的房间顿时流淌进来明亮的灯光,一个清脆的声音在二人背后响起。

夏曦和陈蕴竹齐齐回过头。

难以置信,门口站着的人居然是去了西藏的陈笑笑。

我要去! 两个多月不见,笑笑剪短了头发,整个人看上去又黑又瘦,但眼睛却闪着灼灼的光。

好。陈蕴竹缓缓笑了,慈祥地看着笑笑。历经沧桑的她知道,笑笑需要一个合适的机会,才能完全治愈心里的痛。

笑笑绽放出久违的笑容,转过头认真地托付夏曦——老大,叫胖苏帮我照看一下鱼。

夏曦有点蒙，什么鱼？

护士站那条鱼，吉祥物。

嗯？夏曦完全摸不着头脑。

笑笑摸出手机翻出个页面，自豪地递给夏曦，表扬我吧。

手机屏幕上是一篇文章，病人家属写的：

关于血液病，很多人都很陌生，包括我自己。比如白血病，很少有人知道它分成很多类型。又比如在血液重症病房，探视者的一个喷嚏都有可能送掉一个病人的性命……直到父亲患上一种罕见的血液病——MDS，骨髓异常增生综合征，我才知道，血液病是天下最痛苦的癌症。

父亲最后的时光，是在血液病房里度过的，那段时间桂花开了，秋天的空气里弥漫着生命美好的味道，香浓、热烈。但他闻不到，他已经上了呼吸机，他的病房还需要每天用紫外线杀菌。生命对他来说，只剩下一张病床、一台呼吸机和一滴滴输不完的液体。

我一度拒绝回忆这一切，有些痛，特别是有关生离死别，不碰它是最好的。但我不能控制自己不去想关于病房里那些与病人共同经历生死的医护人员和病人家属，他们是战士，真正的战士。在这个人人恐惧却又人人依赖的血液科里，我看到了最温柔、最体贴的护士们，永远在奔跑，却永远不显露出惊慌失措的表情。年轻的她们总是温暖镇定地对病人说，老师，加油！老师，你稳住，呼吸，呼吸！特别是那个叫笑笑的女护士，她那么年轻、那么漂亮，护士长吴妈每次提到她都特别自豪，像是炫耀自己姑娘一样告诉我们说，笑笑家里很有钱，她是开着卡宴来上班的护士，领最少的工资，干最累的活儿。每次看到笑笑，我都在想，生命的意义到底是什么？

我看到笑笑和那些青年志愿者，他们每周六来到病房，戴着口罩，给两岁半的白血病小女孩讲故事，还带来消毒过的玩具，还给患有血液病的小朋友上课，教他们画画、唱歌。

　　我看到在医生的大办公室里，每天都有医生焦灼地求救：谁的病人可以出院了？谁可以腾一张床出来？我那个病人不行了，再不进来真的不行了，血小板都只有两个了——医院的病床紧张，不少血液病人不得不在附近租房等待空床。我觉得不可思议，医生还要帮病人抢病床？

　　我看到病人家属们每天红着眼眶却神情坚毅地奔跑于医院和康群小区出租房之间，顶着四十多摄氏度的高温，热得全身上下没有一缕衣料是干的，只为了熬一小碗菜粥，而这粥，病人也许只能咽下一小口。每天中午，家属们在开水房烫碗的时候（血液病人的碗具不能用洗碗液，全靠烫，开水房里，每个家属的指头都被烫得又红又亮），总会问谁出仓或谁入仓的情况。每当听到谁的白细胞升了，大家就长吁一口气，兴奋地说真好、太好了——大家把那一丝微弱的光，当成共同的生命曙光。

　　我更看到了医生们的焦灼与痛苦，他们经常被逼着帮助病人家属做最后的选择——是继续，还是回家？是用自费药，还是用常规药物？医生们不自觉地分成了两种，一种是冷酷理智的，像黄医生那种；另一种是温情努力的，像夏主任那种。但无论哪一种，病人家属都是一脸煞白地盯着他们——医生，你说怎么办？

　　有一天晚上，黄医生好像生病了，情绪低落，她在电梯里告诉我说，得什么病，都别得血液病，太痛苦、太残酷。她说，有时候她觉得自己要抑郁了，因为在血液病房，活着是一件很难撑却又不得不拼的战争。反而是其他癌症，无药可救，病人、家属和医生则不用受那么多的煎熬。

对活着的期盼，就像黑暗中一盏遥远细微的灯，若有若无地在远方闪烁，所有的人都盼着医生带他们走过黑暗去握住那盏灯。医生们年复一年、日复一日地牵着病人走啊走啊走……就像摆渡人，可是，谁来度医生？

于是医生们在护士站养了一条鱼。

谁也没想到，这条鱼成了病区的天使。无论是谁，只要感觉精神快要崩溃的时候，就会去看一眼鱼。但凡鱼显得萎靡不振时，大家就会紧张，祈祷它赶紧好起来。鱼真乖，好像它能听得懂大家的话，很快地，它又会灵动而美丽地游起来。那美丽的红色的尾巴，像红色的飘带，飘过哪里，哪里就喜气盈盈。

有一天，父亲邻床的家属在鱼缸边上无声地流泪。那是个美丽高雅的女人，她的儿子，二十二岁，大学刚毕业就被查出得了白血病。化疗已经过去了两周，应该是各类指标开始向上升的时候，但是这几天，每天抽血验出来的结果几乎是零。

家属们默默看着她，她哭完后，等眼眶恢复正常，转身进了病房，换上开心无比的笑容，用欢喜得几乎扬起来的声音清脆地说，儿子，太好了！好细胞都升了。

英俊的小伙子顿时眼睛闪光，笑得像王子，他说，妈妈我升到多少了？

白细胞上到一，血小板上到一点二，都过一了，而且没坏苗。母亲说起谎来眼睛都不眨，一边拿衣服一边漫不经心地说，今天你自己待着，守你好久了，我要回家一趟，反正你已经升了。

小伙子嗯嗯嗯答着，快活地说好的好的，反正我都升了。

病房里，没有一个人揭穿她的谎言，包括低头换药的小护士，大家都在道喜，仿佛果真如此。

出了病房，提着包的母亲瞬间瘫软在走廊上，头靠着墙壁，嘴张得大大的，像是要悲号，却没有发出任何一丝声音，只有眼

　　　　　　　　　　血液科医生

泪像关不住的水龙头,汹涌地往下淌。

万一呢……万一……好半天,她强烈地喘息着,明天升了呢?他心情一好,明天就会升的……

夏主任走到她身边,蹲下来,问,你刚才给孩子说的是几?

她哽咽着,有点茫然。

另外一个病人家属赶紧说,她说的是白细胞一、血小板一点二。

夏主任表情复杂地看着悲痛欲绝的母亲,额头紧紧皱成一团,然后缓缓站起来,转身离开。他走得很慢,让人感到很疲惫。就在他要进病房之前,我看到他取下眼镜,揉了揉眼眶,且长长地吐了一口气。

他要怎么做?我不知道,我只知道他很揪心。

以前我们都认为,医生与病人之间是没有情分可讲的,甚至很多人把医生与病人的关系称作甲方、乙方。但是在这里,我看到了爱与守护。

在医院的二十多天里,我看过了一场场生离死别,也看到了一缕缕希望的微光。我还发现了一个秘密,那就是小金鱼并没有恢复,是那个叫笑笑的护士,每到小金鱼快死的时候,她就会偷偷买一条一模一样的小金鱼回来换掉……每次经过护士站,经过那个鱼缸,看着那条游来游去的小金鱼,疲惫的我都会重新充满力量。因为我知道,活着是那么美好,也终于明白每一个生命背后都有着无数爱的加持与守卫。就像网络中用得最多的那句话——哪有那么多岁月静好?不过是有人在为你负重前行。

夏曦看到最后,人在笑,眼窝却湿了。

这就是他和他的血液科,这就是他和他的战友,亚西一直不懂他和黄栀子还有科室其他人之间的感情,也许只有身在其中,才会真正感悟到:这里总让你想到就流泪,却也总在让你感动。

比如陈蕴竹,比如陈笑笑,还有小金鱼。

白衣作战袍,死而后已,不亦远乎?他只恨自己不能做那个最美的逆行者。

笑笑给院书记写了封请战书,第二天,她的名字如愿上了第一批支援武汉的增补志愿人员名单。

> 这是我唯一向唐明明医生道歉的机会。大家都知道,要不是我任性,夏天时我们就结婚了,是我推后了婚期,错过了我的新郎。唐明明医生去世后,除了后悔,我心如死灰……今天,请组织接纳我的申请,让我去一线,就像他始终在一线一样。请允许我以战士的名义,与唐明明医生站在一起!

这是入冬的第一场雪,远山朦胧,飘渺如梦境,薄雪铺满了茶园,远远望去,像一行行晶莹的诗篇。

那正是她想写给夏晨的情诗。吴芳心头想着,踏碎一路雪泥,缓步走进茶园。

远处,那个身着青黑色棉袍的男人正站在茶山之巅,雪花随风落在他的额头上,又吹向她,像一个穿越尘世的珍贵的吻。

这个冬天真好,回到家,她喜欢依偎在他怀里。他温暖的下巴抵着她的额头,温声说话的味道像一壶加了陈皮的老白茶。他说,他们都是彼此的孩子,还有什么比这个更重要的事?

只是疫情突然而至,她再次思考那个她一直躲避不开的问题——要是他们有一个属于自己的孩子该多好,像此时,她离开了,至少还有孩子可以陪伴他。万一她回不来,孩子还可以代替她照

血液科医生

顾他……

她欠他一个完整的家。

那么，到底要不要复婚呢？

远处的人仿佛感受到了什么，朝这边徐徐转身。她赶紧蹲下，把自己藏匿在茶丛之中。

心事也一并藏匿。

报名的事，她没有告诉夏晨。人生总有很多路得独自去走。夏曦是个好老大，理智且豁达，永远公私分明，他尊重她的选择，也没有告诉夏晨。

手机短信铃声响了，是院党办通知各科室党支部书记开会。最近一段时间，共产党员们总是吃苦在前。吴芳第一次觉得做一名党员和骨干如此自豪。雪花还在纷纷落下，她从茶丛上抿了一捧，捂在手心。雪寒入骨，一阵莫名的亢奋和激越从心底深处升起，像战鼓在催促。

夏曦的电话也打了进来，语气很急——刚接到市里通知，第一批人员估计很快出发。你确定不告诉夏晨？夏曦在那头迟疑不安地问她。

呵呵，吴芳望一眼身后白茫茫的一片，莞尔一笑，漂亮的大眼睛晶晶亮——曦曦，我要是平安回来，你改口叫我嫂子吧！说完，也不等夏曦回过神来，便把电话挂了。

夏曦傻站在医院荷花池旁，看着绵密的大雪，后知后觉地回味着吴芳的话。正想着，一个声音在他身后响起。

老公，你会不会去？

是亚西。

夏曦转过头来看着眼前的女人。雪花已经在她头上铺了薄薄一层，他突然发现，当初青春年少、生龙活虎的亚西，如今也正在徐徐老去。

她叫他老公,真好。每次她这么叫,他心里都会涌动出归家的温暖。但这声"老公"永远是亚西愿意叫他就是,亚西不愿意叫他就不是,主动权永远在她那边。

去,我是老大,我不去谁去。夏曦心里又暖又堵,便赌气地回答,然后等着亚西像王老五那样哭天抹泪。

好。没想到,亚西突然扑上前来紧紧抱住他。她柔软的身体如雪夜的烛火,在风中轻微颤抖——我支持你!

天地静默,雪落无声。花园里,孤独的两个人,拥抱得仿佛天长地久。夏曦感受着这难得的温情,心头无比失落。

亚西,你不怕我去了以后出事吗?这个病至今还没有有效用药,传染性超过当年的"非典"。夏曦轻声说。

死就死。亚西推开他,双眼牢牢盯住他,声音昂扬——死在战场上,死得其所。

所有的温情顿时灰飞烟灭,夏曦气坏了,恨不能猛搓她冻红的脸——你很想我死?

你家栀子不说过吗?我从地狱来,要到天堂去,正路过人间——我们都要路过人间,也只是路过人间,不是吗?亚西辩解,话里依然带着醋意。

老子记得的是另外一句。好脾气的夏曦终于开骂起来——每个人的心底都有一座坟墓,用来埋葬所爱的人——你他妈到底是想埋了我还是爱我?

亚西也火了,这么大的雪,我从上海跑来支援你,你转个鬼!要不是吴芳她们一群女的都上了战场,你躲在背后当屁蛋,害我看不下去,我都懒得来见你。亚西怼完,头也不回地走了。

提到吴芳她们几个,夏曦哑了,只有眼巴巴傻看着瘦小的亚西消失在漫天大雪中。

他不知道,亚西在转身那一刻就哭了。

她早已过了顽皮的年纪,这个男人也早已深深镌刻在她生命里。她惧怕他离开,以至于一直以来连占有都不敢。她更怕他去武汉,怕他一去不回。

但她明白,对一个战士最大的尊重,就是在他出行的路上送他一程。

雪绵密如织,夏曦独立雪中,怅然若失。

是的,他是男人,是主任,凭什么笑笑都归队出征了,他却在家窝着?

他要带队出征!

姜各东却在手机那头毫不客气地打断他的话,都跟你说了不行!党组织的决定,找谁都没用。你是人才、宝贝、血液科专家,你要是报销了、完蛋了,院里损失大了,社会损失也大了!

你他妈又吃什么干醋。夏曦觉得自己的情绪在连续失控,骂道,什么时候还这么小肚鸡肠。

我什么时候也没有小肚鸡肠。姜各东在那头委屈得不行——我说的是实话,你不对路子,去了没用。说句不怕你生气的话,现在就是多去个护士也比你去强。你就好好守着血液科吧。

那陈蕴竹去为什么你们同意?

她有呼吸科十年经历,你有吗?

夏曦气得脑瓜子疼,憋了半天最后沮丧地问,哪天出发?

不知道,听从统一调配。姜各东说,别烦我了,院里忙着备物资,口罩、防护服、药品——那边说了,一律缺货,都得我们自己带,卫生巾、雨伞、毛巾、纸巾都得自己带!哦,你让吴芳提醒一下女性医护人员,卫生巾!卫生巾也得自己带!

夏曦挂掉电话,又郁又闷,正拿了笔在纸上写下"卫生巾"三个字,有人敲门,他有点不耐烦,吼道,进来!

门开了,孙阿姨和一大群护工站在门口,每个人手里都拿着一大堆口罩,她们你推我我推你,都不好意思地冲他笑。

夏曦愣住了。

主任,这都是前些天我们悄悄囤的。孙阿姨说,我们看微信朋友圈了,还有新闻,都说那边缺口罩,这些全给你,分给陈主任她们用。对了,这儿还有 N95 的,是郭阿姨她儿子从国外寄回来的。

夏曦看着眼前一袋袋口罩,还有一双双真诚的眼睛,一时不知该说什么。这些护理阿姨工资并不高,在病区里干着最脏最苦的活儿,每天跑进跑出,取药、拿药、送化验单、换床单、搞卫生、消毒。她们能准确地叫出几十个护士和医生的姓名,但夏曦却只记得住三四个老人的姓。原以为这个世界病了,是他们来给她们提供保护,谁知道这群最普通最基层的护工,现在竟然纷纷伸出手来保护他们。

夏曦往后退了一步,缓缓地、庄重地鞠了个九十度的躬,然后说,你们保护好你们自己,口罩,医院会有的!

　　　　　　　　　　血液科医生

三十六

二○二○年二月四日

上午十点突然接到医院通知，今天下午就要出发去武汉。心头突然一阵乱，前段时间报名后，天天盼着出发的信息，现在真的要走了，我突然有点害怕……刚才院里通知大家去做核酸，查胸部 CT，院长说要确保我们每个人都正常健康才能出征。老大叮嘱我说，嫂子，你得带着大家整整齐齐去，整整齐齐回来。我想骂他来着，谁现在就是他嫂子了？我还没答应呢。但看到老大眼里隐约的泪水，我没舍得骂他。从刚才看到陈姨刮了光头出来的样子，老大就一直在流泪，跟个孩子似的。他和陈姨感情深，血液科一成立他就跟着陈姨和老主任，这些年，他们打拼出这么一个优秀的团队和科室，已经不是一般的感情了。他看到陈姨把养护了一辈子的长发全剪没了，能不伤心吗？

我也哭了，科室大大小小的人都知道，陈姨最珍惜的就是她的头发，总是护理得那么好，快六十岁的人了，难得青丝如墨、又黑又亮。陈姨几十年如一日，每天都把头发绾一个法式发髻,优雅又充满知性。她爱自己的头发就像爱自己的工作和孩子。谁知道这次她竟毅然剪掉了它——这也许就是老一辈人的担当和境界吧。他们对待世界有他们的态度和看法,执拗而深沉。陈姨年少时的经历,也许有着撕心裂肺的痛苦,所以她从不提及,她像大海,包容着所有的痛苦和不平,然后吞咽下所有的东西,吐纳出希望和坚强。这就是前辈!我想,有一天我老了,能不能像陈姨一样,让晚辈们这样敬佩地叫一声"前辈"?

中午十二点寒风扑面,排队、打胸腺肽,要让自己的身体机能和抵抗力再强一点才好打仗哟。哈哈,思想过硬、技术过硬、身体过硬,我们必胜!

下午三点好冷,但江边广场人山人海,放眼望去,白花花全戴着口罩。一夜之间,我们的城市竟然也成了这个样子——大家都戴上口罩了。到处都是送行的领导、老师、同事和家人,好有仪式感的壮行啊!我们整装待发,号角已经吹响,每个人都百感交集。前方是什么样子,等待我们的又是什么?来不及思考,也不敢思考。

车启动时,我居然在人海中看到晨哥,他来了!他竟然来了!一定是夏曦告诉他的。他站在广场最高的那棵黄桷树下,穿着墨蓝色棉袄。那是他所有茶人服中我最喜欢的颜色。其实,晨哥不穿这件茶人服我也会认出他的,茫茫人海,千人万人中我也能找到他。他肯定早就到这里了,但他不来见我。我趴在车窗玻璃上,傻傻看着他,他也看着我。我看到他的眼眶红肿,牙咬着下唇。我不敢再看下去,怕自己流泪。这是我第一次感受到生离死别的滋味,如果可以,我要在武汉的战场上大干一场,打败疫情,因为我们要让我们的亲人和爱人幸福,因为我和晨哥还要在胜利的明天相拥。不管能不能生孩子,这一瞬间我想告诉晨哥:执子之手,与子偕老。

　　　　　　　　　　　　　　血液科医生

二○二○年二月五日

上午十一点，带队的傅院长召集我们医疗队全体管理组长开会。傅院长强调，让我们迅速进入状态，今天开始进入穿脱衣服的培训，确保人人高水平过关，同时培训院感知识和防控知识，尽快和那边的医院对接，最迟明天进驻医院，好艰辛啊——我们医院支援队要接管两个重症病区，一病区组长是陈姨，我跟一病区。二病区组长是梅兴，副组长是宁永平，都是年轻有为的专家，刚从国外回来。我好担忧，他俩都还没生孩子呢……唉，我老想孩子，这样不好，要全力以赴想工作。

下午四点培训仍在进行，穿脱防护服的培训以往我们一直就有，但是这一次的严格和认真完全超出以往任何时候。张处说，生死一线，穿脱防护服哪怕是一丁点的不规范，都有可能让我们失去生命。战士到战场上，还没开枪打敌人自己就牺牲了，那叫白死。大家都在拼命练习，一次穿脱下来，足足一小时，小护士们都很累，也很难受，三层口罩、三层手套、三层衣服，累是其次，关键是不透气又难喘气，穿上以后，整个身体都是木的，脑袋也是麻的。

傅院过来了，要求我们几个组长尽快熟悉接管医院的上下班注意事项和环境情况，医院工作流程特别是一线班、二线班务必用心再用心，因为我们上班与他们磨合一次后就要全部接管重症病区的工作。关于宣传工作，我建议交给笑笑。这两天我看笑笑的状态比在家里好多了，怎么说呢？老唐走后，她整个人都跟行尸走肉似的，现在终于活过来了，像个斗士。如果说这悲壮的季节还有唯一可以值得欣慰的东西的话，那就是以前的笑笑又回来了。

二〇二〇年二月七日

正式进驻病区。

头都大了,这边的器械和医护物资摆放和管理,大都和我们那边差不多,但具体的地方就得死记硬背,甚至备用灯泡、镊子、铁轮小推车、打印纸、电闸在哪里,全部都要记下来。医生们有他们的工作,这些工作基本就交给了我们护士。大家很紧张很敬业,思想压力也很大。因为我们目前只是二级防护,所以我反复叮嘱笑笑她们,一定要注意保护自己。

念到这里,夏曦哄黄栀子,行了,你先睡一会儿吧,指标我看了,都在升。

黄栀子正听得入神,不肯放手,说,只听了吴芳的,还有笑笑的。明天念。

不嘛,念嘛。黄栀子撒娇。夏曦愣了一下,心想:这家伙撒起娇来倒还顺眼,不起鸡皮疙瘩。只好说,行,念一篇你就休息,不然我就不念。

五篇!撒娇立即又成了撒泼。

三篇。夏曦指着黄栀子,威胁她,不许讨价还价,不然再也不念了。

那好吧。黄栀子只有老实点头。

夏曦不禁笑了,说,没力气跟我斗了吧?你娃也有今天!

等我好了,打得你爬信不信?黄栀子有气无力地催促,快点。

二〇二〇年二月八日

现在是中午,我得早点写日记,因为今天晚上我们要接收第一批转运患者,气氛很紧张,估计晚上没时间写东西了。

早上,妈来微信说她想我了,我眼泪差点流了下来,但我硬生生控制住了,马上要穿防护服进病区,哭不得。在这个特殊的

血液科医生

战场，所有的液体都是障碍。眼泪、水、尿，都需要控制。一旦进了病区，除了控制不了的出汗，其他通通要控制，不能流泪，因为护目镜不能取下来。不能喝水，因为喝了水就会上厕所，但我们不能上厕所，防护服太少了，穿一件少一件。吴妈说，穿一次得干到换班出来才能脱，中途上厕所？不可能的。昨天有企业捐来了尿不湿，大家都不愿意穿那个，好硌硬，但是前面的医生说，快抢吧，进去了就知道它有多管用。

这几天累得不行，光是洗手和穿脱防护服的培训，就把我们折腾得够呛。但我们都坚持着，这是打仗，不是出来玩，生死攸关。很多小伙伴边培训边喘着粗气说，不紧张那是假的，我们还有那么多美好的人生没有去享受，好多小护士连恋爱都还没谈呢。

妈说，当我们乘坐的飞机在武汉落地那一刻，她在央视新闻里看到了那段小视频，也看到我了，我不信，说我就晃了一下，远远地。她说，再远她也认得出是我。她说，她等我回家，她最近肩周炎犯了，洗头够不着。外面的洗发店都关门了，她洗个头好遭罪，她要我回去帮她洗头发。

我说好。

想一想，长这么大，都是妈给我洗头，我还从没给她洗过头发。

这里除了重症病区，其他日常生活的配置一无所有！所以我们不光是护士，还必须是病区的拓荒者：木工、水电工、维修工、设备安装员、保洁员、护工……于是，我们拿得了听诊器、注射器、输液瓶，也拿得起扳手、电钻、螺丝刀。真是神了，平常什么都干不了的我们，居然一个个都成了技能达人。

二〇二〇年二月十一日

除了重症病区，我们开辟的新阵地马上也要开始收治病人了。今天我第一次值夜班，我们的主要工作任务就是"搬运"：五个人从一楼大厅领回了八张未安装的床、床垫、被褥、床头柜，还有二十个大号医用垃圾桶、两台呼吸机、五台注射泵和几十箱患者生活物资！我的个天哪，不数不知道，一数吓一跳，我们花了整整五个小时，累得像狗，不，比狗还惨——没有体会就没有发言权，"搬运工"这个职业真的让人肃然起敬。

完成任务后，大家都很疲惫，郭玉楠突然提议拍张照，小伙伴们立马又精神起来；在深夜安静的病区走廊，以尚未归位稍显杂乱的各种物资与设备为背景，每个人都露出灿烂的笑脸，真实且难忘。我想，等春暖花开时，我们一定要去武大，在樱花树下合影留念。

二〇二〇年二月十三日

第一次进红区，护目镜压得太紧，大概一个多小时我就头痛得厉害。

在红区，医护人员和患者保持良好沟通并不容易。因为戴着三层口罩，加上防护面屏，医护人员需要比平时更大声地讲话才能让病人听清楚，这样会消耗更多体力，而且容易让口罩受潮降低防护作用，并且大声说话还会产生大量的飞沫和气溶胶，增加交叉感染的概率。更让我们头痛的是，大部分患者都是说武汉方言，我们几乎听不懂他们在说什么。针对这个问题，我觉得必须在保存医护人员体力的同时，确保医患沟通顺畅。于是我用 A4 纸制作了一些日常用语的卡片，写一些便签条，用于平时的巡诊。

说干就干哟，今天完成了一大堆了。

"您今天感觉好些了吗？""您需要喝水/进餐/如厕/翻身/抬高床头吗？""记得吃药哟！""您真棒！加油！"……一张张写满

　　　　　　　　　　　　血液科医生

了温馨话语的卡片诞生了。小哥哥,你在天上看着我吗?你要表扬我哟!你瞧,有这些小小的沟通卡,患者和我们之间就不用声嘶力竭地对话了,节省了大家的体力,还减少了交叉感染的概率。我拿起询问卡片,患者只需要对应着眨眨眼,我就知道他要什么。

突然地,我有点想家了……

小哥哥你知道吗,我在这里之所以什么都不怕,并不是老大说的勇者无惧,我只是觉得,这是这个时代、这个世界和这个特殊的战场赋予我们的特殊使命,其他人做不了,也代替不了我们。所以我们责无旁贷,就像你,即使你担忧着患者,面对患者家属的打骂,你也必须上阵。因为我们是他们最后的退路。还有……小哥哥,我不怕是因为我想你,如果能有机会让我再见到你的话,我愿意以这样的方式倒下,以战士的姿态倒下,只有这样,在天堂相见的时候,我才有资格说,我是你合格的妻子……

别念了。黄栀子泪流满面,伸出手拍打夏曦,老大你别念了!

夏曦放下手机,沉默地握着黄栀子的手。她瘦了,本就纤细的手指,像一截截细小的木棍,冰凉又脆弱。

许久,两个人一动不动。

门外有什么声音,细微、颤抖,像压抑着的哭泣。夏曦回过神来,正要站起身出门看,门口冒出个护士。

细看竟是洋娃娃申宝儿。

你怎么跑这儿来了?夏曦说,这么晚。

申宝儿实习已经轮换到了呼吸科,上次夜班魔咒事件挨批评后,申宝儿老实多了,据说在呼吸科那边对她评价还可以,就是依然不想当护士,还是一门心思要去创什么业,做什么微电影编剧……

总之天马行空地吹着牛、做着梦,不着地、不靠谱。

我来……看看黄主任。申宝儿眼眶红肿,走近两步,看到黄栀子憔悴干瘦的模样,再看她一头板寸,嘴一撇没忍住,稀里哗啦哭起来——怎么会这样,我走的时候黄主任还好好的,怎么会这样?

夏曦有点鬼火,黄主任现在好好的,你哭成这样子干吗呢,都转了好几个科室了,还这样冒冒失失。

我、我难受,我听到你念笑笑姐的日记了,老大,我真的好难受。刚才我回科里来,陈主任不在,吴妈也不在,笑笑姐也不在,黄主任又在病床上。老大,我才走两个月,怎么就成这样子了?

说完申宝儿哭得更起劲了。

夏曦受不了这娇气,指着她鼻子吓唬她,你再哭一声试试?

申宝儿吓了一跳,立马收声。

行了,黄主任没事,找到配型很快可以做移植。你看也看了,赶紧回你科室去。夏曦打量着她的护士服,说,值着班也敢乱跑,实习这么久了,全白教你了。滚,滚快点。

申宝儿缩缩脖子,无比听话,转身"滚"了。

病房一下子又陷入安静。

半晌,黄栀子问,我现在看起来很糟糕吗?

她的声音像碎细的玻璃。

不是很糟糕。夏曦纠正她,是最糟糕。

黄栀子颓然地闭上眼。

喂喂喂,伤心啥呀?猪脑袋,听不懂我意思。默契呢?夏曦伸出手指挑起她的下巴,我是说,现在是最糟糕的时候,以后就一点比一点好、一天比一天好了,因为再没有比现在更糟糕的时候了。怎蠢的女人,怎么当医生!

黄栀子依旧闭着眼,但缓缓地,嘴角浮起笑意,她有点不好意思,嘀咕道讨厌。

夏曦温柔地笑了。

我问你,黄栀子缓缓睁开眼,换了个话题——你为什么对这个申宝儿这么上心?私下里大家都说你太惯她,关系户吗?

夏曦不回答,慢条斯理地拿起一根消毒棉签,蘸了开水,又摇晃摇晃降了温,才去抹黄栀子干裂的嘴唇。

黄栀子舔舔温湿的水,她正渴,多体贴的老大!可惜了,亚西那个疯女人霸着不嫁,也不让人家娶,一只肥羊好多人巴巴地想抢却抢不着。

说呀,她轻声催促,说完自己吓一跳,恁温柔,不是冰姐的性格,顿时窘了。

看在你这么老实,难得卖回乖,告诉你吧。夏曦放下棉签,陷入回忆。

那段回忆太绵长也太混乱,他不愿去想,却永不能忘。

你还记得我们血液科刚起步时,老贺派我和陈姨几个出去学习的事吗?

光辉岁月,人人都记得。黄栀子调皮地笑道,老贺一年要感慨几十遍。

那时候是真难,移植技术是我们的空白,只能做日常的医治,缺血就补血,发烧就上抗生素……根本解决不了病人的最终问题。老贺派我们出去学习那段时间,我们真的是拼了命在学,没日没夜地学,白天手眼并用地跟班学技,晚上一回到宿舍就赶紧记笔记,生怕忘记了细节。当时我学自体造血干细胞的保存方法时,那个副主任是个闷葫芦,只做不说,也许人家是懒得说,或者是不想说,反正我就只有盯着他看,看他怎么计数,按什么比例加白蛋白、羟乙基淀粉和冻存液,怎么分装……天知道我摸着那个零下八十摄氏度的超低温冰箱时有多激动。那半年时间,我们每个人都记了十几本笔记,治疗的每一个小细节，用药、差异性把握、炎症控制，人体太复杂太神奇，每个人的情况、进程和反应都不一样……实在是太难了。后来，当我们学完移植技术回来时，又兴奋又忐忑，想上手又怕上手，你能感受到那种心情吗？

当然。黄栀子点头，你忘了？当年你带我时，我也经历过。

是，我也永远忘不了。夏曦感慨万千，回院第一天，我以为我们是先学习，回来再慢慢巩固和发展根据地，毕竟我们走时什么都没有。没想到老贺一下子就把我们逼到了一线，他说他已经给我们做好了一切准备，层流室、超低温冰箱、分离机、检测室，甚至准备好了第一例移植志愿病人。那一瞬间，我突然意识到马上就要打仗了！那时刚开春，但我当时紧张得整个后背都在冒汗。

想着笑傲江湖的老大也有被逼上梁山的时候，黄栀子开心地笑了。老贺说那时候整个科室是拿前途、责任，还有信念在赌，但最伟大的是那个病人，因为人家是拿命在赌，他知道失败的概率远远大过成功。

是，我一辈子都忘不掉他的名字。夏曦沉声说，他叫李成岭，是参加过自卫反击战的老军人。要是没有李成岭，或许我们血液科就没有今天赫赫有名的声望和地位。你知道，创新的信心不仅仅来自医生，更来自病人，没有病人的配合与理解、支持与付出，我们很难走出关键的一步。没那一步，也许今天西南地区许许多多的血液病人就不得不去北京、上海……对于一个普通家庭来说，那得多难啊！不仅仅是远，最可怕的是那一路上无边无际的煎熬，足以摧残病人和家属所有的意志。

李成岭移植后的每一天，对我们来说简直都是惊心动魄，我觉得那二十多天比一年、一辈子都漫长，每天我的心都在这儿悬着。夏曦指着喉结的位置，自嘲地笑道。

黄栀子却失神地看着他的手指，那是一双修长而细腻的手，像

　　　　　　　　　　　　血液科医生

钢琴家的双手,这双手给了黄栀子太多的帮助。黄栀子想,如果生命中没有这双手,她或许现在已经消失在这人世间……

喂?夏曦问,想什么去了?

想你这双手,救过多少人。黄栀子低语。

夏曦翻看双手,说,这手以前笨着呢,李成岭那次,我们实在是没有太多的经验。在北京学到的都是病人个案,但人和人是不一样的,排异的处理、炎症的处理,抄回来的东西管用又不管用,我们只有硬着头皮上,怎么用药、药用到什么量、怎么保肝保肾、怎么减少病人痛苦、病人口腔糜烂怎么处理、肠排怎么控制、发烧又并发呼吸道感染怎么处理……只能选择简单、粗暴又直接的方式进行,哪头冒出问题就摁哪头。李成岭是个好人,无论我们怎么做他都安然承受。其实他并不信任我们,所以他的目光里更多的是原谅和鼓励。你想想那目光……我觉得佛对人的宽恕与鼓励也不过如此……总之我永远都忘不了。那两个星期,我和陈姨还有老贺都没回家,全都睡在医院里,反正我们科室好多床位都空着……那些日子我们是走了弯路的,李成岭也是遭了罪的,好几次生死关头,完全是靠他的意志撑过来的。后来他终于顺利出院,老贺向他道歉,他却说,他的命是从战场上捡回来的,如果能在这个特殊的战场帮大家积累点战斗经验,他愿意。

夏曦说着,眼眶有点湿润。黄栀子凝视着眼前这个男人,心底涌过一股热流,温暖,甚至炽热。

她喜欢他,从一开始跟他就喜欢他,但这喜欢与爱情无关。她喜欢他把事业和病人当成自己的命一样呵护,她喜欢他的柔情万种和勇敢无畏,喜欢他永远乐呵呵的样子,仿佛天下所有的难事都不是事。这样的男人无坚不摧。这些年,他是她活下去的另一个原因,如果说多谷是她不得不活下去的理由,那夏曦就是她可以充满信心和阳光地活下去的理由,他身上永远充满正能量,像一轮发光的小太阳。

所以,这个申宝儿?黄栀子有点明白了。

是他外孙女。当年李成岭移植出院后第三年复发入院,去世前对我和老贺说,移植是成功的,复发是他的命,不怪我们。他还笑着骂我,说他简直是受够了我,在仓里,一个小小的感染,我都吓得双手发抖,他说我太胆小了,这样子不行。医生是病人的信心和盔甲,要是医生在病人面前都缩头缩脑、畏首畏尾的,病人肯定会害怕。医生是带着病人一起和死神打仗的将军,将军都屁了,病人还有什么信心打下去? 他就差点撑不下去了,要不是老贺每天过去都乐呵呵给他打气,他肯定出不了仓。那天,老贺不停地点头,边点头边吸鼻子……他要我学老主任,脸皮要厚、嘴巴要甜、胆子要大、性格要温和……他去世那天清晨的朝霞特别美丽,从窗外的山边一点点盛开,玫瑰色、紫色、橙红色,一点点变化,像变魔术一样。当太阳亮出云层、霞光万丈的时候,老贺对我说,你就得像那轮太阳,温暖并且充满希望。

所以这些年你就一直这样,脸皮厚、嘴巴甜、胆子大、穷乐观? 黄栀子假装不以为然地白了他一眼。

看吧,你其实是想表扬我的。夏曦笑了,你这个言不由衷的家伙。

黄栀子不好意思地转过头:窗外万家灯火,疫情之下,车道空旷、霓虹无语,世界好安静。

李成岭临终前交代我们说,他有个外孙女,希望她长大能学医,学血液科专业。他说血液病太缠人了,但愿外孙女能帮更多的人。这事过了这么多年,我都忘记了,直到申宝儿妈妈打电话给我,说想替她父亲了一个心愿。

申宝儿学医是家里替她选的吧? 黄栀子叹了口气,难怪她不喜欢。

也是,也不是。好像她从小对医生还是很敬佩的,就是高考成绩不理想,只能学护理专业。这孩子倔,说当不了医生就不当,坚决不当护士。

护士怎么了? 三分医七分护理。黄栀子说,看看吴芳就知道,有时候护士比我们医生还重要。

我已经跟她谈过很多类似的问题,现在的孩子,到底她愿意走哪条路,谁也强求不了。但我观察过,这孩子很机灵,别看她整天不着四六,但感觉挺好,扎针那个准,其他几个护士刚上手扎针时,护士长站边上一个个手直抖。她呢,胆肥!吴芳还没开口,她哧一针就下去了,弄得吴芳直瞪眼,我简直是笑死了。总之,这孩子只要真把心用在护理事业上,会是个好护士。

但愿吧。躺了一会儿,黄栀子感觉半边身子酸痛难受,转头到另一边说,你坐这边来。

夏曦听话地绕到另一边,又伸出手给她轻揉腰和臀部,边揉边申辩,我可不是吃你豆腐,躺久了这俩地方最难受。

黄栀子意外地看了他一眼,这家伙怎么什么都知道?她也是这段时间才真正感受到病人躺在病床上的绝望和痛苦分摊到每分每秒是多么的难熬。化疗最后几天,她几乎没法自己翻身、自己下床,多说两句话就眼前发黑、想吐,用了药眼前全是幻觉,脑袋里像有个打桩机二十四小时在嗒嗒嗒打桩,腰呢,常常躺得不知道腰在哪里,痛、麻、失觉。

好了,好多了。她哼哼,有点犯困,强撑着精神说,人各有志,老大,别逼她。还有,你多和笑笑通视频电话,我担心她的状态,她还没完全走出来。

我知道。夏曦细心地替她掖好被子,说,你也听话,睡会儿。

嗯,还有悠悠外婆……黄栀子还在碎碎念。

你算了吧,夏曦装出生气的样子,天塌下来有老大我,你现在就一病人。

黄栀子委屈地横了夏曦一眼。

睡吧祖宗。夏曦无奈地劝道。黄栀子这才闭上眼睛。她不是听话,她是真没力气了。

三十七

　　原以为疫情会很快被控制住,没想到形势越来越严重,电视新闻里,全国各省各地区一支支医疗队从四面八方纷纷奔赴湖北。

　　白衣作战袍,慷慨赴湖北。躺在病床上,黄栀子实在看不下去。

　　夏曦好像更忙了,但始终坚持一早一晚过来看她;晚上他会多待一会儿,给她念笑笑和吴芳她们的日记。

　　夜晚的时间总是很漫长,长得令人恐惧,因为不知道明天是什么样子。黄栀子也一样,她不知道无声无息的黑暗中,死神的脚步会不会无声袭来?但是伴随着夏曦温和的声音,夜变得安稳且安全。夏曦每晚离开的时候,总会用那句话安慰她——明天又是新的一天。

　　是的,明天又是新的一天。只是当年那个给她看《飘》的白河现在可安好?黄栀子看了新闻,他的城市也有疫情,而他分管的正是科教文卫,也许他也奔波在一线,因为她已经很久没有收到"登机"或"落地"的短信了。

　　她想打个电话问候,脑子里却反复出现那讽刺的一幕,她欲将心向明月,奈何明月照沟渠。

　　　　　　　　　　血液科医生

她已经两次被这个人背弃，一次是爱情，一次是亲情。

去他妈的亲情。黄栀子想着，紧闭着眼。她无法控制自己恨这个人，就像无法控制自己担心这个人。

当年如果没有他，自己是不是早就一了百了了呢？也不用现在这个样子，死又死不了，活又活不起……

医院的氛围越来越紧张，门诊几乎停诊，血液科每天接到的求救电话和问询电话不断。

有的到了化疗期，高速公路封路来不了。

有的血小板降得厉害。

有的肺部严重感染。

夏曦和科室十几个医生的手机微信、短信天天堵满各种信息，整个一兵荒马乱。

其实很多信息是涉及日常护理类和用药后常规反应的，吴芳在时都是通通由她回复，吴芳这一走，夏曦他们才意识到吴芳干了那么多活儿。

医生，我爸药用完了，整个腹部都痛，怎么回事？

——看血常规还不错，应该是激素突然停下来了所致，过几天就会缓过来。

医生，我们村已经封了二十多天了，但村里人互相走动没问题，明天我侄儿结婚，我移植出来都半年了，可以过去坐坐吗？

——不行，你是半相合移植，没事不要凑热闹，人多的地方不要去，平时戴口罩，注意手卫生。疫情期间更要保护好自己。

医生，我妈现在白细胞升到七点零五，中性粒细胞稍微低点,没问题吧?

——能这样已经很棒了,担心个鬼。

夏曦一愣,谁呀,敢在群里这么回答?再一看是陈蕴竹的头像。对了,正是这老太的风格,不怼不舒服。

大伙儿也发现了,全部开心地笑起来。

夏曦兴奋得发信息的手都在抖——陈姨,今天不忙?

有点累。陈蕴竹回复道,他们让我休息。

确定只是累?夏曦心头一沉。

那你想是什么?陈蕴竹回,你想我得新冠肺炎?

不不不,没没没。夏曦在她面前从来没脾气,隔着屏幕都是一脸的讨好,我担心您,大家都好吗?

都好。陈蕴竹回复道,这边都挺好,但你们群里乱糟糟的,连你都在回信息。你一个主任有那么闲?你管好科室住院病人,听话!

嗯。夏曦笑,我听话,您也要听话,好好吃饭,好好睡觉,补充体力,天下无敌。

呵呵呵呵。陈蕴竹回了个笑脸,天下无敌。

然后再无信息。

夏曦反复看屏幕,有些担心;过了一会儿,他发信息给吴芳。

吴芳没回,估计在病区。

只有等。

黄栀子也边化疗等供者,边加入微信问答。有了事做,她精神反而更好。

但院外病人的需求和询问依然层出不穷。夏曦去找姜各东,想让宣传处帮着弄几期视频科普一下。

姜各东办公室里,手机、电话响个不停,红十字会的、市委办公

血液科医生

厅的、卫健委的、网络舆情办公室的……姜各东接完电话,声音沙哑,顶着一对黑眼圈骂道,宣传处新冠预防和科普的视频都录不过来,滚蛋。

夏曦见他这状况,二话不说转身就走。

姜各东在后面扯着沙哑的嗓子撕心裂肺地叫,又惹你了?

夏曦回过头,深深地看着姜各东,又大步走回来,一把抱住姜各东,沉了沉道,老姜,保重。

姜各东呆滞了几秒,僵硬的手缓缓抱住夏曦,在他后背狠狠地捶了几下。

保重。姜各东闷声说,千万保护好自己。

你也是。夏曦说完,大步离开。

从办公楼出来,空寂的花园里,一个戴口罩的老太太正在黄桷树下系祈福的红绳。天冷,老太太手抖,人又矮,系半天系不上,夏曦过去,默默拿过绳子帮老人系上。

老太太看了一眼他的白大褂,低声说,我儿子去了。

啊? 夏曦没听懂。

和你一样,是医生,他在 ICU,前天去湖北了,第二批。老太太慈祥地看着夏曦,泪眼婆娑。

夏曦听这话赶紧扶住老太太,阿姨,我们恁多人在那边,互相照应,没事。您快回家吧,这段时间别出门,不安全,天又冷。

我就住后面家属院,没乱跑,不给你们添乱。这树灵,我给他挂一根。老太太抹一把泪,说,他去我没拦他,可止不住心头发慌。

夏曦心想谁不慌啊,嘴里却劝着老太太,红绳挂上就赶紧回去吧,戴好口罩。您保护好自己,您儿子在那边才能安心打仗。

劝走老太太,夏曦匆匆往大楼走,心里还在想视频宣传的事,一不小心差点撞到人,定睛一看是申宝儿。申宝儿见夏曦一副神游太虚的模样,非揪着问出个一二三不可。听夏曦一说便嗫瑟地叫起来——多大个事,有我啊,找什么姜院长,姜院长有那么闲?

夏曦被怼得说不出话:这活宝。

晚上你抽个时间,我来录,再推到网上去,申宝儿二话不说安排上了,抖音号有没? 没有我给你申请一个。

夏曦摇头:他哪有时间玩啥子抖音。

入夜,夏曦照例到黄栀子病房,最近吴芳和笑笑的日记和照片都没发过来,他也太累,便只靠墙坐着,不说话,偶尔和黄栀子互相看一眼笑一下:不需要说什么,坐坐就挺好。

门外有脚步声,夏曦转过头,见申宝儿拿着手机在门口晃了晃,这才想起白天和申宝儿的约定。

重来! 拣病人最着急的说。一进入状态的申宝儿便很专业,板着小脸教训夏曦,二十五秒一个视频,你让我搞短、平、快的话,少啰唆!

一个简单的二十五秒,差点没把夏曦舌头说得打卷。太快不行、太慢不行,抖落不清楚也不行。看着夏曦一脸哭样,申宝儿好不得意——明白了吧? 术业有专攻,老凶我! 我又不是血液科专业护士!

夏曦暗中叫屈:你老伯我已经够替你挡事了,小白眼儿狼!

第二天清早,申宝儿制作的小视频就传到了网上,小家伙把夏曦板着脸说教的视频配上诙谐轻快的音乐和字幕,剪辑成片,效果居然出乎意料地好。夏曦盯着视频里头和蔼可亲的"夏教授"心满意足地欣赏了好几遍,这才发到科室群里,让科室里的医护人员分别把视频发到各自的病友圈和朋友圈。

听夏曦讲血液病——疫情期间血液病人该不该一定到医院? 重要的事情只说一遍:如果常规用药能解决问题,请尽量不到医院;非要到医院,不要到新冠定点医院。预约就诊,避开高峰,带齐资料(身份证、医保卡、所有既往诊疗材料),整理好既往病史、慢性病史、传染病史。记住全程佩戴口罩,自带医用消毒酒精。不要坐公交车! 不要坐公交车! 想办法用自家或亲戚家安全可靠的车。没有? 亲,这个问题医生可解决不了,加油,奥利给。——最后两句是申宝儿的声音。

视频发出后,电话和问询明显少了。中午,夏曦终于抽得出空到楼下走了一圈透透气,然后在一楼大厅领了盒饭回办公室。还没开吃,陈大诚走进来,表情焦虑不安——陈姨好几天没在群里回复消息了。

陈大诚一进科室就跟陈蕴竹,师徒情很浓。

是啊,夏曦放下饭盒,心头一沉,这几天给吴芳、笑笑和陈蕴竹几个人,发信息过去问都答在忙。吴芳和笑笑按出征前的要求是每天要记录日记的,这两天也没发过来。夏曦问吴芳,反而被吴芳的短信怼了一顿,以为我们很闲是吧? 烦不烦! 没信息就是好消息,懂吗?

胖苏也端着饭盒走进来,说,有病人在县城,没有药了,怎么办呀?

陈主任你安排一下,夏曦强迫自己集中精力,找负责咱们医院药品的正规药房,他们办法多,能够得到县里,请他们帮忙送一送。具体怎么弄,科里安排两个人和病人建个群,先把需求单子和供应路线理出来。

但是好多快递都停了。胖苏嘀咕。

邮政没停。夏曦说,我们也要抓紧备药,万一形势再严重下去,邮政可能会停日常服务。

忙完一大堆杂七杂八的事,夏曦才发现,饭菜已凉透了,菜油凝成了块儿。

天越发冷了,但各科室的中央空调却被叫停,说是有传染风险。

夏曦只是跟王老五说了一嘴,结果下午王老五就安排人送了几十台电暖炉过来。

走进会议室,夏曦便看到几个小家伙头碰头挤在一起烤一台电暖炉,可怜兮兮地说,是不敢多用,怕超负荷断电。

夏曦叹了口气,缩着脖子,把冻得邦邦硬的盒饭扔进生活垃圾筒,头昏脑涨地往自己办公室走。

手机响了,是吴芳发来的微信,说是一个抗疫医生写的诗——

> 黄鹤朝阳映满天,
> 半入长江半入烟。
> 不见铁马金戈梦,
> 却留英姿在人间。

这首诗,夏曦许多天以后才真正懂得是什么意思,吴芳隐约要告诉他的,他在这一刻并没有意识到。

放下手机,夏曦望着眼前空旷的走廊,往日吴芳忙进忙出的样子浮现在他面前,还有笑笑,她们严肃且认真做事的样子,真的是英姿飒爽。可是这长长的走廊里已经许久没有她们的身影了,陈姨、吴芳、笑笑……她们真可谓巾帼英雄啊!

都好吧?想你们了。夏曦回过去,心底最柔软的地方疼痛又脆弱。

马上准备入病区,不和你多说了。吴芳匆匆发了条语音过来,气喘吁吁,是在奔跑前行的状态。

辛苦了,春暖花开时,我们等你们平安回家。夏曦在心里默默回复,深吸一口气,转身朝悠悠的病房走去。

昨天悠悠的骨穿结果出来了,情况不好。

三十八

悠悠的病床边只有外婆。

老太太坐在床边,因为冷,整个人都缩成一团,看上去比上回来医院更憔悴,更瘦削,头发也全白了,羽绒服罩在她身上,仿佛罩着一团稀薄的空气。口罩一遮,大半张脸都看不见了。

婆婆,悠悠爸妈呢?夏曦走过去,轻声说,老是您一个人,身体吃不消的。天冷了,最近又不能开中央空调,您别冻出病。

没事。外婆看到夏曦,吃力地站起身来,一脸的歉疚,对不起夏主任,我刚才打了个盹儿。悠悠今天输液老是被吓醒,动不动就哭,刚哄睡着,我就也睡着了。

您睡吧没关系,药有护士们盯着,她们知道哪个时候该过来。夏曦笑道,趁悠悠睡,您也睡。

我不该睡的。外婆自责,我是来守悠悠的,不是来睡觉的。

婆婆……您能不能把悠悠爸爸或妈妈的电话号码给我们一个?夏曦看着老太太累得摇摇晃晃的样子,有些为难,不知道该怎么跟她讲。

353

悠悠前几个疗程情况是很好的,孩子小小的身体蕴藏着巨大的生命力,一直以来科室对悠悠的治疗都持乐观态度,再上一两个疗程的化疗,等到有合适的配型,悠悠就可以进仓了。可这次悠悠化疗后骨髓一直不长东西,情况很糟。

夏主任?外婆敏锐地盯着夏曦,是有什么话给悠悠爸妈说吗?不能和我讲?

啊?哦,没,是说费用的事。夏曦对病人好时,说假话从来不眨眼,移植需要准备费用的,您知道。

外婆的眼睛突然闪出火苗般的光芒,她惊喜万分地抓住夏曦的手问,找到合适的配型了?

嗯,夏曦硬着头皮骗她,所以要和他们谈谈。

不用和他们谈。外婆缓缓低下头,苦涩地笑笑,然后毅然抬起头,说,钱我有!我已经把房子卖了。都说悠悠是被我害的,他们不管,我管!

夏曦听不懂了:外婆害外孙女?什么逻辑?

跟他们说不清……悠悠半岁时,她妈产假满了得去上班,她爸在小区里开了个小卖部,照理说也能看悠悠,但他爱打游戏——护士们也看到的,来医院陪悠悠也在打游戏,打得悠悠的液输完了都不知道……悠悠的爷爷奶奶又好耍,不想带。我姑娘没办法,就把悠悠塞到我这儿。我住的是老房子,水磨石地面,我怕悠悠冬天冷,就换成了木地板。我也担心甲醛的,当时换的都是全实木的。事情就是从这地板起头的……前不久,悠悠爸爸因为悠悠的住院费跟我姑娘闹离婚,我姑娘跑回来冲我又哭又吼,说是我害的。然后扔下悠悠走了,说悠悠爸不想管,她也管不了……外婆轻声说着,眼泪掉到羽绒服上,那件灰白色的羽绒服已经显得有点脏了,夏曦暗想,明天去找亚西要件衣裳,亚西个子娇小,她的衣服外婆能穿。

医院是高危区域,为了安全,他让亚西住酒店。

外婆。突然,病床上的小悠悠翻了个身,睡意蒙眬地伸出手要找外婆,把夏曦和外婆都吓了一跳。夏曦迅速把泪流满面的外婆挡在自己身后,弯下腰哄悠悠,哎呀,小悠悠醒了?

老大好。悠悠声音沙哑,学着吴芳她们叫夏曦老大。

夏曦不动声色地扯了张抽纸递给身后的外婆,继续哄悠悠,今天有没有乖?

有,但是,悠悠不想乖。激素的原因,悠悠的声带增厚,嗓音像成年人,缓重而喑哑。

为什么呀? 外婆擦干眼泪,从夏曦身后钻出来,亲昵地握住悠悠的小手。

外婆不哭。悠悠伸出小手抚摸外婆脸上的泪痕,无比清晰地说,妈妈不要悠悠,悠悠也不要妈妈,要外婆。

有什么东西在夏曦的心中崩塌掉,夏曦觉得心脏紧得难受。外婆更是瞬间崩溃,紧紧抱住悠悠,号啕大哭。

我的悠悠,小宝贝……

夏曦缓缓退出病房,掩上门。远处,有小护士听到哭声急促紧张地跑过来,夏曦摇摇头。小护士无可奈何地点点头,转身回了护士站。

长而冰冷的走廊空无一人,白晃晃的灯光照耀着每一个角落。夏曦默默走着,默默打量着四周,疫情时期的病区异常安静。病人少了,紧张的气氛少了,但有一种与痛苦、与爱相生相伴的东西却更加浓烈。

这段时间还住在病区里的病人,哪一个不是生死攸关?

仿佛走了许久,他终于走到了黄栀子的病房。

冷寂的灯光下,黄栀子正裹着棉衣半躺在床上,像只小浣熊。她用眼神迎接着他,仿佛一直望着,他不来,她就一直等、一直望。

夏曦缓缓走上前，弯下腰将脑袋倚在黄栀子脖颈间，说，抱抱我。

黄栀子诧异地伸出没有输液的左手，轻轻拥抱他，问，怎么了？

脆弱了。夏曦把头埋在她脖颈间，闷声闷气地答。

钢铁战士呢。黄栀子啼笑皆非，推他说，起开，不要吃我豆腐。

呜……不嘛，你们一个个都不在，我扛不住。栀子，答应我，赶快好起来，我们要一起战斗、永远战斗。夏曦不肯起身，把头埋得更深。

好，我答应你。黄栀子柔声说，哪怕亚西再跳一次楼，我也不离开你，我们一起战斗，但是你得负责把我治好了。

骨髓库那边正在找，时间不会太长。"熊猫侠"群里一大堆功夫熊猫，当老总的、当大官的、搞科研的，还有搞核物理的。是不是你们熊猫血的人都很特别？夏曦吸吸鼻子，努力平复自己的情绪。他有点自责——怎么能把脆弱传染给黄栀子呢？于是他站起身来，突兀地说，你身上好臭。

黄栀子刚温柔片刻，一听气得脸红，骂道，你才臭！臭男人。

是真臭，酸酸的。夏曦嘀咕，小米她们没给你擦澡？

你有病啊？这两天恁冷！黄栀子没好气地说，又没空调，擦啥子擦？

淡定淡定，我让她们多整两台电暖炉过来，我给你搓泥丸子。夏曦看着黄栀子气急败坏的表情，心情放松多了。不知为什么，她的怒火总是能激起他的斗志，他经常在脆弱的时候来"挑衅"她，她是他的药，但她不知道，屡屡上当。

老娘不稀罕，你给我滚。黄栀子骂道。

这就滚。夏曦转身边走边笑。

走出病房，夏曦长吐一口气，收起刚才吊儿郎当的笑容。

要不是故意把黄栀子惹发火，他还真怕黄栀子又问吴芳她们的消息。说不清什么感觉，这两天他总觉得哪里不对，悠悠不对，吴芳

　　　　　　　　　　　　血液科医生

不对,陈姨也不对。

所有的都不对。

半夜时分,夏曦做了个梦,梦见武汉下着大雪,陈蕴竹穿着防护服,独自一人在空寂的大街上走着,路灯惨白。他想,这么大的雪,她一个人跑到外面干什么去?正急着要叫她回来,却被一阵急促的手机铃声吵醒。

是陈大诚的手机号码,开口说话的却是悠悠外婆。

悠悠刚走。

小小的人儿,平静地躺在病床上,安静地走了。这世界她只来了三年多,小小的花蕾还没盛开就枯萎了。她进来时可爱得像个洋娃娃,漂亮的大眼睛,满头的天然小鬈发,科室所有人都好奇地去看这个长得无比可爱的小宝贝。陈蕴竹也说她在血液科几十年,这是她看到过的最漂亮的娃娃。

小悠悠说话的声音又磁又糯,夏曦还记得她用稚嫩的声音有模有样地叫他"老大"的样子。

你是老大吗?

我是。

什么是老大?

就是最厉害、最棒的。

你能帮我打坏人吗?外婆说,我的血里有坏人。

能。

谢谢老大。

…………

回忆一幕幕,全是悠悠。想到这里,夏曦沮丧地搓了一把脸,起身想下床去医院,却不知道去了还有什么意义。

夏主任。外婆的声音清冷清晰,带着断肠的决绝。

婆婆您节哀。夏曦沉声道,我让护士过来陪您。

不用。外婆在那边平静而缓慢地说,我马上带悠悠走,我就是给您打个电话,想谢谢你们,也想提醒你们一下。外婆声音悲凉——小米说,你们是守在悬崖边的人,病人苦、悠悠苦,你们更苦……疫情来了,你们要多保重,你们好,病人才有希望……

夏曦缓缓放下电话,望着窗外漆黑一片的天空。

没有星星,没有雪花,什么都没有。

早知道什么都没有,何必挡在悬崖边,让悠悠白白受这么多的罪?

一时间,夏曦感觉自己身体里的力量像流沙一样快速消逝着。悠悠说她累,其实他也累,没有陈蕴竹和黄栀子、吴芳,他这才深深感受到英雄是一个团队,不是一个人。

一个人成不了英雄。

天是冷的,牵挂是热的,很想很想你们,女英雄们,我们在山城等你们平安回家。夏曦拿着手机,分别给吴芳、笑笑还有陈蕴竹发微信。

血液科医生

三十九

一大早，夏曦泡了包方便面匆匆吃下，按疫情防控"两点一线"的要求，他不能去菜场，不能去餐馆，当然眼下也没啥餐馆开着，就连这箱方便面，也是胖苏几个机灵鬼帮忙抢购的。

出门时，门把手上挂了只塑料袋，里面装了两根黄瓜、一根莴笋，再一看隔壁家，也挂着同样的袋子。

应该是居委会和物业统一配送的，尽管少，但也是雪中送炭。

夏曦看着"美味"犹豫了一下，最终还是提着袋子下了楼。

科室有四五个规培医生一直住在院里，这些菜拿过去，哪怕是凉拌着吃，蘸点酱油配辣椒，多多少少可以打打牙祭。

出小区时，年轻的志愿者友好地朝他笑笑，放了行。

因为封路，街道上基本没有行人，也没有车辆，偶尔驶过的都是公安和卫生系统的车，匆忙地互相按一下喇叭，短促而温暖。彼此都知道这时候奔波在路上的，都是这个世界的守卫者。

幸好有这一声声喇叭声，否则空气会寂静得让人心生恐惧。昔日人来人往到处冒着人间烟火的山城、到处飘着麻辣火锅味道的山城,突然像是被施了魔法,人流不见了,车流不见了,只有无边的空旷,有一种说不清道不明的感觉,有点悲凉、有点悲壮。高架桥下,嘉陵江和长江交界的宽阔水面上,看不到一艘船,夏曦有点伤感,伸手打开了车载音乐,毛不易正唱着他的那首《消愁》——

> 一杯敬朝阳,一杯敬月光
> 唤醒我的向往,温柔了寒窗
> 于是可以不回头地逆风飞翔
> 不怕心头有雨、眼底有霜……

突然一阵刺耳的手机铃声掐断歌声, 夏曦正沉浸在复杂的心绪中,冷不丁吓了一跳,一看,是傅院长的电话,顿时紧张起来:老傅在湖北,怎么会一大早打他电话?

夏曦赶紧按下接听键。

夏曦,到了吗?老傅在那边问。老傅说话一向简短,这个时间点,他是问夏曦到医院了没。

没,快到了。夏曦紧打方向盘下了高架桥,加大了油门。

到了再打过来。老傅干巴巴地说,我等你电话。

喂,喂喂。夏曦心里发慌,连连叫着,却只听到一串嘟嘟声。

音乐再次响起, 夏曦已无心再听,一路上闷头加大油门直冲到医院,随便在路边找了个空车位停了车,赶紧给老傅打过去。

…………

挂断电话,夏曦愣愣地站着,风很大,打在脸上木木的,生痛。

远处, 一个矮胖的志愿者阿姨戴着红袖标朝他走过来, 冲着车比画着。

一辆急救车呼啸着从他左边驶过。

血液科医生

前方,三四片梧桐树叶缓慢地飘落下来,掉到他脚旁……

夏曦迟钝地眨眨眼,又眨眨眼,全世界的声音都消失了,他什么也听不见,只觉得耳朵里驶过一列呼啸的火车,轰隆轰隆、轰隆轰隆……

胖阿姨走到他面前,戴着口罩大声对他说着什么。

夏曦茫然地看她一眼,没回答,只是加快脚步往住院大楼走去。

他要去找黄栀子。

胖阿姨追上他,他粗鲁地推开她的手,继续往前走。

他要去找黄栀子。

他要告诉她……

可是,他要告诉她什么呢?夏曦猝然停下脚步。

冰凉的风从四面八方朝他扑来,像一支支细碎的利剑,扑进他的眼睛、鼻腔、胸膛……

他能告诉黄栀子吗?告诉她陈姨早进了ICU,而笑笑也走了……

老傅说,陈蕴竹是在给一个重症病人插管时突然发病——基底动脉夹层,一直在抢救。笑笑是劳累过度,搬氧气罐的时候心脏骤停,然后……

没有然后。

她们都是医院的英雄。老傅沉痛地说,我们一直在全力以赴抢救陈蕴竹主任。

不可能!夏曦不相信他说的话,前些天陈姨还在我们微信群里发信息!

那是吴芳。那边语气黯然。打电话是告诉你,陈笑笑护士刚走,新闻很快会出来,你先安抚一下她亲属,她无愧于英雄的称号。

什么?

英雄!

他不想笑笑当什么英雄，他只想陈姨和笑笑她们平安归来，继续做平凡得不能再平凡的大夫和护士。此时此刻，夏曦想找一个地方、找一个人抱头痛哭，这个人只能是黄栀子，但这时候他偏偏不能说：黄栀子马上就要移植了，她受不了这个，这家伙是个外表冷淡、内心温厚的老实人，什么事到了她那里，人家哭，她不哭，可等人家都忘了，她偏偏心里还载着，沉甸甸走了一程又一程。这样的女人，你能跟她说什么？

天地那么大，夏曦却不知道自己能去哪儿、向谁倾诉，眼泪从他眼眶里止不住地淌下来，又流进口罩缝隙，淌进嘴里，又咸又苦。

前面是那株巨大的黄桷树，一根根红绳在冷风中飘扬着。他泪眼模糊地看着那些红绳，突然后悔自己没有像那位老太太一样，为陈姨她们出征的每个人系一根祈福的红绳……

是的，祈福。他猛然折转身，往医院门口走，眼睛里燃着火苗。胖阿姨愕然看着这个泪流满面又神情古怪的中年男人，不敢再上前和他理论乱停车的问题。

医院大门外，定点门诊还开着，全副武装的小护士愕然地看着他，战战兢兢地从柜台最下面的隔断里拿出一只鞋盒子，边给他边小心地说，别让医院知道我们在卖这个。

夏曦一把抢过盒子，掏出一百元扔到柜台上，转身就走。

眼泪还在淌，他顾不上去抹，反正新的眼泪还要接着流下来。他跑到黄桷树下，颤抖着伸出手，从鞋盒里取出红绳，系在树上，一根，又一根……

不知过了多久，也不知系了多少根，更不知道什么时候，他身边多了一个人。

夏……姜各东伸出手阻止他，声音沉重，上去吧，该查房了。

夏曦一把推开姜各东，转身朝医院大门走去。

夏曦！姜各东在他背后，愤怒又悲伤地吼叫，你给我回来！去查

血液科医生

房,听到没有,去查房! 陈蕴竹医生叫你替她去查房!

夏曦停下脚步,一动不动,仿佛雕塑一般。许久,他回过身,一步一步朝住院大楼走去。

风很大,他很冷,但他心里有一团火在燃烧。

四十

早樱开了,山城的早樱仿佛比其他地方开得要早,一朵朵粉白色的樱花像雪花一样开满枝头。

明天就进仓了,到时候我让小米帮你,你都准备好了吗?夏曦蹲下身,轻拍黄栀子的手。夕阳很好,从窗玻璃映射进来,笼罩在黄栀子瘦小的脸上,像披了一层金色的柔纱。

你累不累?黄栀子佯装受不了他,夸张地皱眉,要不要我背一遍——剃去全身毛发、修剪指甲、用百分之零点零五醋酸洗必泰稀释液药浴半小时、用消毒纸巾擦拭全身……

夏曦接过话头,像唐僧念经似的和她一起背诵他们念了十多年的"经":更换无菌衣、裤、鞋、帽入仓,入仓后,每天用百分之零点零五醋酸洗必泰稀释液洗脸、擦浴两次……

这些他们早已烂熟于胸,只是没想到,有一天是念给自己听,念给最亲最爱的战友听。

最后一道晚霞落到山后面,暮色像夜晚的嘉陵江水一样缓缓漫上来,它温暖、醇厚地包裹住他和她,他们望向彼此,无声地笑了。

血液科医生

有人走进来,脚步轻缓,不用猜,是夏晨。

晨哥,你说我出得来吗?黄栀子没有回头,低声问。

夏晨没回答,只说贵州有个小县城,叫石阡,那里有几十万株古茶树,他刚采制了一批古树红茶。

你要不要尝尝?他温和地笑。

好,我出来再喝。黄栀子眨着眼,目光像夜幕下的星星,闪烁明亮。

她知道,一旦入仓,她和夏曦便再无退路,和死神的交锋马上就要开始了。面对狡猾狷獗且披挂上阵的死神,手无寸铁的她必须在夏曦的帮助下扛过三关——开荒除草、清空骨髓是第一关;种子回输、并发症防治是第二关;生根发芽、造血重建是第三关。每一关都是生死关,每一关都是痛苦的身心与坚韧的毅力之间的一场争夺战。

夏晨笑了,从身后拿出一只精致的小玻璃瓶,瓶子里装着一朵樱花,他将瓶子放在黄栀子手心里。

夏曦想说什么,夏晨骄傲地止住他——消过毒了,我老婆是护士长。

粉红色的樱花瓶,安静地卧在黄栀子枯瘦的手里,像是给枯萎的冬天送来了蓬勃的春。

是的,春天到了。

夏曦站在探视走廊里,拿着话筒给仓里的黄栀子念吴芳的日记:

> 胜利的曙光越来越近,我们病区的病人数已经以个位数计算了,而且九天没有新增,回去第一件事是做什么呢?我不知道,我什么也不想做,不,我要去看看栀子……

365

黄栀子躺在仓里，皮肤黝黑、头上戴了顶毛线帽，整个人又丑又干，看到她眼睛却灼灼闪着光，这让夏曦觉得自己像一个拯救公主的王子。

笑笑？她无声地"问"。

她跟着陈姨都在方仓，没时间写。夏曦装出若无其事的样子，笑着回答。

黄栀子点点头，缓缓竖起大拇指。

夏曦转移话题，问，今天还恶心吗？

已经是干细胞移植后的第五天，造血还未重建，黄栀子全身乏力、头痛头晕，大剂量化疗后遗症陆续袭来……每天黄栀子都觉得自己肯定活不到明天，可看到夏曦力气又回来了。她轻轻点点头又摇摇头。意思是恶心，但是比昨天好。

再坚持几天，扛过来就好了。夏曦脸上写满了焦虑和心疼。

好。黄栀子艰难地挤出一个字。她的喉咙溃烂了，口腔里全是血泡，但她知道这些不算什么，熬过这些小痛楚，幸福会在前面等着她。现在她所要迎接的幸福已经不仅仅是她一个人的幸福，那是所有"熊猫侠"的祝福与期盼。这几个月来，她身体里流着许多陌生"熊猫侠"的血和血小板，而现在，值得她更加珍惜的是，一颗颗捐献者的种子正在她的骨髓里缓慢生长，等待着时机破土发芽……

很多事，是入仓后夏曦慢慢讲给她听的。为了确保她移植期间的安全，六个"熊猫侠"拿着核酸检验证明，还有盖着当地卫生部门、交警部门、疫情管控领导小组等若干印章的特殊通行证，从四面八方抵达山城，只为给她当"血库"。而中华骨髓库的相关负责人和红十字会的人员则是分别和政府各部门联系，从七百多公里外的广西风驰电掣一路北上，及时将从捐赠人身上采集的造血干细胞送到这里，而当地疾控部门为了保证宝贵的造血干细胞能够顺利及时抵达,在人力极其紧张的情况下安排了专人随行。他们拿着相关部门盖章的公文,确保高速公路一路放行、畅通无阻……

太兴师动众了。黄栀子又惊又愧。

没办法,疫情一来把什么都打乱了!本想再等等,但谁都不知道疫情会延续多久,又怕更严重,情况会变得难以掌控。这回你得感谢那个"登机落地"先生,他帮了大忙,人家是副指挥长。我搞得定医疗这一块,搞不定其他,那些公章啊通行证啊,都是他联系的。夏曦坦诚地说。

黄栀子愕然失神地听着夏曦讲述的这一切,她觉得像一个梦、一个虚无的几乎不可能实现的梦。她只是一个平凡得不能再平凡的普通人、一个病人,却在这处处封城的特殊时期,得到了一整个世界的关心和帮助,她何德何能? 又凭什么能得到如此多的珍爱,还惊动了"登机落地"先生?

我们每个人的生命都应该受到尊重和保护。就像这段时间,若干人的逆行都是为了守卫生命一样。其实,一直以来都有很多看得见、看不见的人在为我们守卫和呵护,就像我们一直守卫着病人一样。不是吗? 所以你不能放弃,你要争气。夏曦认真叮嘱她。

是。她点头,那么多人为她付出,她再没有理由放弃。

这些日子,身体几乎全部都坏掉了,各种问题各种痛,但她从未放弃。她要对得起那些陌生的亲人们,对得起他们无私的奉献和付出。前几天的高烧,她扛过来了;这几天的消化道出血,她也扛过来了。她相信,接下来的这样那样的并发症,她也能扛过来。

栀子。夏曦透过探视窗凝视着她,举起大拇指,说,你是最棒的。

黄栀子笑着,指指老大,无声地说,你也是。

一个小脑袋从夏曦背后冒出来,黄栀子一看那俩小鬈发鬏就知道是申宝儿。她意味深长地看了夏曦一眼,扬了扬眉毛,无声地询问。

夏曦点点头，也扬了扬眉毛。

出了探视走廊，申宝儿好奇地跟在夏曦后头，老大，你和黄主任眉目传情，申宝儿夸张地学他们扬了扬眉毛，是什么意思？

夏曦没回答，只是笑。

申宝儿有点犹疑，她是看错了吗？怎么老大的笑容里有老态龙钟的慈祥？

是的，是慈祥。笑笑的离去让夏曦更加心疼小护士们。不知为什么，一看到她们穿着粉绿色花朵的护士服走来，他总觉得笑笑就在中间。有时候他在想，如果离去的是他，而不是笑笑和陈姨，那陈姨和笑笑她们会不会也和他现在一样，在查房时浩浩荡荡的白大褂中，将若干张脸庞错认成是他？

黄栀子移植后第十六天时，夏曦在"熊猫侠"群里发出了两个字和三个感叹号——重建!!!

黄栀子造血重建完成了，白细胞、血小板都开始从零往上升，新的种子在黄栀子骨髓里生长出新的希望。

"熊猫侠"群里一个个异常兴奋，红包满天飞，像是一脚踩翻了土豪窝。

冰姐，想不到啊，老树发新芽喽。危险过去，全副装备的夏曦又恢复了吊儿郎当的德行，站在黄栀子床头的观察窗前，戴着口罩瓮声瓮气地逗弄人家。

护士不乐意了，一把将他推开——喂，离窗口远点。

夏曦生气，反了你。

不许欺负黄主任。护士毫不胆怯，仰头说，老大也不行。

黄栀子躺在床上，看不到脑袋背后的治疗走廊，也看不到夏曦吃瘪的表情，但小护士护短又小凶小凶的声音让她觉得仿佛正沐浴着五月的阳光。

春天热闹而灿烂地扑进山城，黄栀子的指标也一个个向好。

没人知道，夏曦和陈大诚却陷入了更忐忑的等待。

陈蕴竹的情况越来越不好。

三月的最后一个周末，天上无星，江无月映。

这个对病人最凶也最好的老太太走了……

她和笑笑都走了，但她们一起插管抢救、送氧递药的那些病人却一个个走出方仓，闻到了春天的花香。

吴芳回来了，原本青黑的头发全部变成雪白，像出发前那天茶园披着的雪。

捧着陈蕴竹和陈笑笑的骨灰盒，她笔直地站在夏曦面前，没有哭泣声，但满脸是泪。

去时巾帼白衣，归来骨灰英灵。

陈姨和笑笑的葬礼并不隆重，疫情并未清零，一切从简，如同她们的逝去，伟大而无声。

苟且。夏曦想着老太太曾经说过的那句话，回忆着她出发时平静的表情，他知道，老太太终于完成了与过往人生的和解。

空荡荡的街道，世界依然一片寂静，超市和商场大门紧闭，夏曦想尽各种办法，终于弄到一顶假发，他把它放进陈姨的墓穴——那是她平时最喜欢的法式发髻，她一定会喜欢。

一并放入墓穴的，还有陈蕴竹的手机，里面有她一直期待的短信——妈，疫情结束，我就回家。

二〇二〇年四月八日清晨，武汉解封。

住院大楼楼顶，春风来得有点喜悦和猛烈，夏曦迎风而立，白大褂被吹得哗哗响,那是浆洗后干净而有力的声音。他记得自己第一次穿上这神圣的白衣时,胸中充溢着的激情几乎呛醉了他。

二十多年过去,白衣依然坚挺,胸怀依然激荡,理想依然昂扬生长。

残酷又寒冷的冬天过去了,远处,春风中的康群天梯再次从上到下盛开出金色和粉红色的花瀑,那是迎春花和垂丝海棠。

那是生生不息的希望。

　　　　　　　　　　　　　　　　血液科医生

四十一

五月春尾,夏天带着蓬勃的热烈缓步而来,街上,漂亮的女孩们已经穿上了花裙子。山城渐渐恢复了往日的热闹和繁华,一时间,又见车水马龙、灯火辉煌。

五月十二日是一年一度的护士节。医院进进出出停满了新闻采访车,好不热闹。经历了疫情一战,老百姓和媒体对护士一下子关注起来,也不在乎自己当年是不是把护士叫成了服务员,大家伙都乐呵呵的,看到护士一个个都笑眯了眼。大院里,榕树下、水池旁、大楼边,一架架摄像机都在忙着抢好机位,电视台、纸媒、自媒体……都在采访穿着碎花衣服的护士。

白大褂们乐呵呵看着,也不吃醋,气氛一片祥和。

下午四点,一年一度的护士授帽仪式在医院大礼堂举行,夏曦坐在嘉宾区,恋恋不舍地看着台上新任护理部副主任的吴芳,燕帽盖住了她满头的白发,昔日泼辣的她,显得肃然而宁静,恍惚间有陈蕴竹的影子。

刚开始院里说要把吴芳调走,夏曦死活不干,但姜各东那个家伙直接向院里告密,说吴芳现在是夏曦的嫂子,不调也得调,何况是提拔。

夏曦恨不得把黄桷树上所有的红绳接起来吊死姜各东。

原则。姜各东翘着下巴说,这就是我能当院长助理而你不能的关键,你太感性。医生太感性不好。

你性感好了。夏曦骂道,并低头看着胸前胖出两个包的姜各东。

姜各东敏感地捂住胸口。

吴芳也舍不得走,护士帽增不增加一条杠她不在乎,她在乎的是这个陪伴她成长的地方。

这里是她的家啊!多少回她熬不过思念的苦楚,都是靠在这里跑上跑下累死累活才挺过来的。她在这里付出的心血和洒下的汗水,比逝去的青春更珍贵。

小道消息传出来那几天,大家都闷闷不乐,结果申宝儿那个活宝,中午窜到科里来,大言不惭地说她走就走吧,没关系,有咱们恁多人呢。

好像她能接班似的,好像她能留在血液科似的。于是大家笑开了,一笑,堵着的情绪莫名其妙便散了。

优美抒情的音乐声中,一列小护士捧着燕帽缓缓走出来,陈大诚默默地看着,突然碰了一下夏曦,老大,你看,洋娃娃。

夏曦一看,倒数第四个捧燕帽的小护士,小脸绷得紧紧的,神情庄重得过分,让人看了忍不住想笑。

不是申宝儿是谁。

礼堂里,不知谁先偷笑起来,于是,一阵细微如风般的笑声慢慢地传遍了礼堂。台上的吴芳和几位授帽的老护士长不明就里,只管看着正前方,神情严肃。紧接着,一排等待授帽的新实习护士走上台来,半鞠半蹲在吴芳她们面前。申宝儿板着脸,像容嬷嬷一样老练地

血液科医生

看着新护士,她好像忘记了自己去年才戴上燕帽,也忘了她和她们一样,帽子上啥也没有。总之小丫头把自己端得跟什么似的,把燕帽呈给老护士长后,便昂首打量着新护士,最后还随着吴芳她们授完帽子的动作,微微点了点头。一时间,礼堂里的笑声更甚,像风中的麦浪,此起彼伏。偏偏那活宝还不知道大家都在笑她,还在那儿端着,集体转身往回走时,走得煞有介事。

唉,夏曦简直不忍直视,他想着李成岭要是还活着,看到这一幕,是会哭还是会笑呢?

陈大诚不笑,只是无可奈何地猛抖他的二郎腿。

他笑不出来,他有点慌。夏曦说了,这活宝想来血液科。

他知道李成岭,但他觉得夏曦操心的事也太多了。

夏曦不承认自己操心过头,他并没有为了完成李成岭的遗愿强迫申宝儿做什么,他只是尽量让申宝儿有更多的机会去看、去想、去体会。他也没想到,笑笑的葬礼一过申宝儿就跑来找他,哭得稀里哗啦,说她决定继续把燕帽戴下去,她说笑笑让她懂得了生命的意义,也懂得了身为一名护士,虽渺小但也可以伟大,关键要看戴着燕帽的那个人怎么做。

是的,成长是她自己完成的。那天夏曦看着申宝儿,感慨万千——这孩子终于长大了。

只是这一刻,夏曦怀疑自己下定论是不是为时过早。

这活宝啊!

四十二

　　五月灿烂的夕阳照耀在阳台上,红色的玻璃海棠在阳光下随风摇曳。黄栀子一觉醒来,看着眼前的一切,恍惚觉得不可思议。经历了这么多,她居然还住在这间可以看到江景的卧室里,人也还活得好好的,甚至成了血液科最骄傲的病例之一——熊猫血的移植成功范例,这在全国也不多见。

　　除了房子不再属于自己,其他的竟然什么都没变。所有过往仿佛只是做了一场噩梦,梦醒来,公主和城堡都还在。

　　但那个奇怪的买家是真真实实来过——全款买了这套房,说要搬到山城来做生意。

　　想曹操曹操到,房子新主人的电话打了过来。

　　疫情这样子,我不敢投资了,最近几年可能都不来,房子要不你们先住着? 你是老房主,心疼屋子,你住里面我放心……

　　黄栀子接完电话,悲喜交加。是的,她心疼,这是她用半生积蓄买下的房子,这里的一点一滴都是她亲手打理出来的:温馨的茶室、整洁的书房、宽大的阳台……如果不是为了治病,她怎么可能舍

　　　　　　　　　　　　　血液科医生

得卖掉。

挂掉电话，她推开多谷卧室的门，多谷正在打包他的东西，表情恹恹的，一听到她进来的声音，立即换了个表情，潇洒得很。

老妈。多谷若无其事地打了个响指，我收拾完就来帮你，你不要动，力气活交给我。

黄栀子看着儿子，她没戳穿他，只说，买房子那个叔叔说，他们不来了，房子租给咱们住，十年。

咱们住？多谷惊呆了，强装的镇静变成真正的惊讶，他扑上来，想抱黄栀子，又止住，摊着手吐吐舌头说，手脏。

黄栀子便指了指自己圆月般的激素脸，多谷抻长了脖子蜻蜓点水地亲了一口问，他让我们住多久？

十年。黄栀子说，一次性交三十万元。

多谷愣了，两只手左左右右比画着，咱们是遇到了一个憨包吗？买房子他一口气给了咱们一百三十万元，现在他不来住，租给我们住，十年才收三十万元？咱们等于左手接了他一百三十万元，右手又拿他给的钱还给他三十万元，然后房子还是我们住。

母子俩面面相觑。

是啊，这不就是个憨包吗？

多谷多了个心眼，打电话给夏曦。他已经习惯了生活里这个不是亲爹却比亲爹更可靠的男人。他不喜欢亚西，在他看来，如果没有亚西，他老娘肯定会再次"下嫁"干爹。

夏曦接到电话依然是没正经，想你爹了？

想你个头。多谷没大没小地还嘴，然后老江湖似的分析了一通。

夏曦在那边半天没回答，过了好一会儿才说，放心吧，奇葩年年有，他跟我也说了，他房子给医生和专家住比租给乱七八糟的人强，他是生意人，怕别人住脏了房子不吉利。

黄栀子在一旁听到，也只有呵呵笑了。脏，她知道生意人说的是什么,这事她倒是能保证。

干爹,我怎么觉得你说话怪怪的,憋着坏呢? 多谷敏感地问。

我憋着的是气,都不知道说句生日快乐。夏曦没好气地答,赶紧让你懒猪妈起来打扮打扮,天天就知道睡睡睡,都可以送去屠宰场上称了。我到江边大道了,二十分钟后见。

干爹生日快乐! 多谷哈哈笑,待会儿见。

黄栀子这才想起下午要去夏晨的茶室给夏曦过生日,赶紧爬起来洗漱,镜子里的这张脸胖了许多,没办法,激素用着,不胖才怪。

你妈难看不? 黄栀子抚摸着圆脸蛋,问多谷。

以前瘦得跟个鬼似的,现在好看。多谷毫不犹豫地答。

好吧,我假装相信你。黄栀子顺手拿了件卫衣套上,不能化妆,头发又短,也只能穿休闲装了,晃眼看去,倒有点帅小孩的样子。

收拾妥当下楼一看,夏曦车和人已经等在楼下了。

依然是一条白色的裤子、一件松松垮垮的大号亚麻衬衫,还是风流倜傥的德行。

啧啧啧,怂膘。黄栀子忍不住笑,上下打量着夏曦,道,你是去过生日还是泡妞? 我跟你说,你这样子亚西看到了要打得你爬。

亚西才不会呢,不像你,简直就是凶残! 夏曦道。

多谷在一旁不高兴了——我妈那叫本事,她能比吗?

不能。夏曦想也不想就回答,我跟你妈没半毛钱关系,但我跟你妈结过婚,我跟亚西发过誓要天荒地老,却没结婚,完全没法比。

唉。多谷老气横秋地叹气,看看你们,弄得怎乱。

以堵车出名的黔春立交桥居然一路畅通,过了贡生路,车子开过华延寺,正要拐弯上山,夏晨突然来电话说了句什么。

那那那……夏曦挠着头,急赤白脸的样子——那谁,人呢? 怎么办?

黄栀子见夏曦神情不对,想问,但夏晨那边还在吧吧吧说着什么。

然后夏曦阴阳怪气地笑起来,悠悠地道,怹抠,你还缺那俩钱?说完挂了电话。

黄栀子问,你俩说啥?

夏晨说山上做饭的小双家里有急事回去了,没人炒菜,他让我们在山下随便吃点再上去喝茶吹生日蜡烛。夏曦叹气道,这生日过得何其悲催。

那你不问他要不要给他带点上去? 黄栀子问夏曦。

他? 仙风道骨、不食五谷,你管他呢! 我过生日他放我鸽子,我还管他? 夏曦边答边打方向盘,将车开进华延寺一侧的林荫道。前边有家馆子,叫"一碗鲜",只卖鸡汤糯米饭,适合你吃。夏曦说,夏晨推荐的,他说那个老板爱干净,炖的又是土鸡汤,补气。

黄栀子瞄他一眼,狐疑地问,夏晨这是不想让我们上山吧? 是不是亚西在?

你可真会想。夏曦说,躲亚西? 我跟你又没一腿。

黄栀子急得喂喂喂直喊,多谷在车上你乱说什么。

多谷却在后座不开心地嘀咕——我倒是想你们有一腿。

黄栀子和夏曦一愣,然后哄然大笑。

车拐了个急弯,然后眼前豁然开朗,一个"U"形的石砌广场,左斜侧方一棵巨大的黄桷树,树下有一家挺干净雅致的小馆子,打着"一碗鲜"的招牌。夏曦让黄栀子和多谷先下车,自己找停车位去了。

黄栀子和多谷打打闹闹往店里走,掀开帘子才扫了一眼,黄栀子脑袋轰的一声,差点没晕倒。

黄栀子不敢相信自己的眼睛——没到饭点,店里人并不多,只有两个男人坐在窗前,正低声说话。而正对着她的那个居然是一年前见过的白河,侧脸那个……是葛蓝!

十多年未见,葛蓝的身形和相貌几乎没什么变化,还是戴着棒球帽、穿着运动鞋,和她及多谷今天的打扮俨然是相亲相爱的一家人。

是幻觉吗?最近吃的药没这副作用啊,黄栀子觉得自己是大白天遇见鬼了。八竿子打不着的两个人怎么会同时出现在这个地方?还在一起聊天?

白河和葛蓝见到黄栀子,赶紧像学生拜见老师一样紧张局促地站起身来,葛蓝甚至还差点碰翻了桌子,而两个人齐齐看向黄栀子的眼神明显透着古怪。

夏曦在后头吹着口哨一晃一晃跟过来,双手搭在黄栀子肩膀上,从后面推搡她说,走走走,去窗子边。

走个屁。黄栀子突然粗鄙地骂出声,转身就走。她一头板寸一身休闲装再带着凶巴巴骂人的样子,还真如多谷所说——酷毙了。

别别别,我坦白我坦白。夏曦麻溜堵住黄栀子,举起双手连连说,我坦白!看在我过生日的分儿上,听我把话说完。

…………

画面如同静止,黄栀子愕然微张着嘴,多谷也是。黄栀子瞪大眼看着夏曦,多谷瞪大眼看着他亲爹。

夏曦端坐得笔直,大气也不敢喘。葛蓝则是忐忑兴奋地盯着多谷,气喘得像得了支气管炎。

只有白河没人管,多余地杵在这些人中间。

你在编故事吗?好半天,黄栀子终于开口,恶狠狠地问。

夏曦不敢开腔,小媳妇似的低眉顺眼,可怜巴巴地摇头,再摇头。

黄栀子牢牢盯着夏曦,眼里的怒火渐渐变成委屈。她撇撇嘴,细丝丝地开始哭起来。

378　　　　　　　　　　　　　　　　　　　　血液科医生

不哭,乖,不哭。夏曦慌了,搂过黄栀子,多好的事,咱不哭。你看,他们俩都是好孩子,你也是好孩子。

多谷像个木偶人,除了眼珠子动,全身上下什么地方都不动,尴尬地看着亲爹。

他脑子很乱。

一直以来,他都在好奇自己的亲爹到底是谁、长什么样,但他妈从不许他提这件事情,提一回翻脸一回,渐渐地他明白了,他老子一定是做了对不起他妈的事,不然他妈怎恨呢?他设想过很多次,如果有一天他遇上他亲老子,他一定要替他妈主持公道,揍他一顿。

但现在这人他不能揍啊,人家是他们家房子的房东,就是刚才自己嘴里说的那个憨包。

想想真可怕,原来他老妈最初是打算寻死的,若不是"登机落地"伯伯去年拒绝照顾他,多半他老妈现在已经成了一块阴森森的墓碑。现在想起来好险,要是当时干爹那个电话再打晚一点,他今天就成孤儿了。干爹黑了"登机落地"伯伯,还把他亲爹黑成了个吸毒仔,这一点他要给干爹点赞——他亲爹这种人就欠收拾,至于他出钱买下自己和妈妈住的房子给妈妈凑治疗费,这完全符合剧情需要,没毛病。

多谷咽了咽口水,仰慕地看向"总导演":这男人的脑洞太大,连我这个异想天开的年纪都跟不上他的节奏。牛啊!可惜自己不是他亲儿子。

看我干吗?夏曦轻声嘀咕。

请收下我的膝盖。多谷用两根手指比了个磕头的动作,轻声地表达他的担忧——我是佩服你的,但你当心,我妈百分百会揍你。

那天吃饭时我接到的电话,其实是夏主任打的。白河愧疚地先开口,再一次解释——不是为了解释本身,而是他觉得很窘很吃醋。

三个男人谋划了这么久,选择挑今天这个时间坦白,可现在栀子只看她老大,多谷只看他亲爹,葛蓝也只盯着栀子和儿子,所有人的注意力都不在他身上,当惯多年领导,他第一次在集体出场时如此受冷落。这感觉真不好,什么意思嘛,而且天地良心,栀子说要把多谷托付给他时,他可是半点没犹豫,是这个可恶的老大要他当恶人,要他拒绝栀子,害得他这么久了连问候栀子的资格都没有。

不过,如果再选择一次,要他用这样决绝的方式救栀子的话,他愿意再承受一次冤屈,这就是他想对黄栀子表白的。

可黄栀子却看都不看他一眼,只知道在她老大怀里哭。

他才是她的亲人,为她受了恁大委屈的亲人。

他不禁恼怒地瞪向夏曦。

夏曦得意地挤挤眼,偷偷朝他比了个"OK"的手势,边拍栀子的背边哄栀子说,别光拥抱我呀,我知道你很感动,来来来,见见两个"坏人":"登机落地"先生和"吸粉"先生。说完把黄栀子推出来。

黄栀子垂着头,轻声骂道,什么鬼先生,我不认得。

太难堪了,黄栀子觉得一辈子都没有这么尴尬过,她的头发还没长长,人又老了,穿得随随便便又没有化妆,突然白河和葛蓝就这么出现在她面前……唉,想多了,关键也不是这个,关键是这两个让她绝望的男人竟然一直用一种特殊的方式陪着她共渡难关,可她呢?不是骂人家"滚"就是脑补着人家吸粉死掉的场景。

还有一个比这事还要严重的事情,夏曦这砍脑壳的,为什么要当着儿子的面设计这么个局?她眼前杵着两个男人,不,三个!天,多谷怎么看她呢?

她想溜走,老大却紧紧搂着她的肩膀,她无处可逃。

葛蓝惴惴不安地站在黄栀子面前,自始至终不敢说话。

十多年没见,她更成熟了,剃着板寸的模样好酷,他想夸她一

血液科医生

句,但不敢;好想问问她这些年怎么熬过来的,也不敢;他还想拥抱栀子,像她老大那样,更不敢。

三个男人中,他和她是最亲的,他们还有一个儿子,可他却是唯一一个不敢奢望与她拥抱的人,哪怕这个拥抱跟爱情毫无关系,只是亲情。

妈。多谷突然开口,我说两句行不行?

啊?黄栀子诧异地看向儿子。

我心潮有点澎湃。多谷指着两人,有板有眼地说,这个伯伯,是好的。这个……他指着他亲爹,不知喊什么好,只有硬着头皮说,这个同志也是好的。我表个态,我要谢谢你们,要不是你们,我今天可能就没妈了。

说完,多谷朝白河和葛蓝鞠了个躬。

黄栀子感激且意外地看着儿子,她没想到多谷会说出这么一番话来。

我呢?夏曦吃醋了,最该谢的人是我,救你妈的人是我好不好?

多谷朝他翻了个白眼,嘻嘻笑道,我妈不揍你就算好的了,你自求多福吧。说完他走到黄栀子身边,轻轻搂住黄栀子的另一边肩膀。

什么时候多谷已经长得比自己高了半头,他的身体比夏曦更温暖……黄栀子想着,不由得往多谷那边靠了靠。

眼泪不知何时早已浮上来,黄栀子泪眼模糊地看着眼前两个紧张不安的男人,她摇摇头,又点点头。

夏曦贴过来在她耳边不怕死地嘀咕——我知道你这会儿在想什么。什么恩情亲情剧情,你都没想,你只是在想,多谷看到你这么多男人,一定会说他老妈真风流。

黄栀子一愣,顿时全身血液往上冲,只感到一把火烧到脑门儿,她挣脱开多谷,顺手抄起店里的扫帚就朝夏曦头上砸。

夏曦仓皇逃窜，一边不怕死地狂笑，一边掏出手机接夏晨打来的电话——好好，搞定了……就上来……我正挨揍呢我，你猜得没错……

快上来吧。夏晨在那边也笑得一抽一抽的，想着店里的茶具幸免于难，他顿觉轻松，赶紧上来，菜都弄好了，小双今天特意给栀子煮了汤，吴芳还要给你们看个东西，开心极了，快来。

夏曦转身捉住黄栀子挥舞着扫帚的手嚷嚷，示意她接电话接电话，夏晨的夏晨的。

黄栀子狠狠丢下扫帚，叉着腰，孙二娘似的接过电话。

栀子，快上来，吴芳说要给你看个东西。

什么破东西？不看！黄栀子怒火未消。

是小艾耶。电话里传出吴芳娇滴滴的声音。

黄栀子移远了手机，满脸嫌弃道，耶耶，噎死你。然后甩垃圾似的一把把手机往空中一甩。

夏曦手忙脚乱地接住，无可奈何地骂，让你撒野吧，你现在是爷。

温馨的茶室，一切的布置还跟头年一样。黄栀子板着苹果似的脸，取了个蒲团靠在角落里，不吭声。

吴芳和亚西看着几个男人忙进忙出、友好互助地摆着餐盘和碗筷的样子，不停偷笑。亚西碰了一下黄栀子，说，真不愧都是你的菜，看看他们几个那热乎劲，星光不负同路人。

说人话还是屁话？黄栀子没好气地骂，什么同路人？怹恶心。

还别说，以前我觉得你这个人命不好，这会儿一看，挺感动人的，仨兄弟，一个个都宠着你，关键谁都不是你老公。这艳福，啧啧啧。吴芳在一旁不怕死地添油加醋。

黄栀子杀人的心都有了，说得她像个花姐似的，但终究忍不住

血液科医生

也随着吴芳、亚西的眼神看过去。

布帘下的备料间里,几个换了茶人服的男人正低声笑着取碗烫筷,鹅黄色的灯光映在他们脸上,柔软的光晕抹去了他们脸上岁月的痕迹,只留下青春年少般灿烂清澈的笑容,一切仿佛从未改变过,爱与陪伴、珍惜与誓言。

心头有一丝异样的感动涌上来,酸涩、温暖,又甜蜜。她其实已经不生白河和葛蓝的气了,她生的是夏曦和自己的气,可她嘴笨,实在不知道该和白河、葛蓝说什么才好。

你刚才说小艾什么? 理不顺心中的千头万绪,黄栀子干脆转移话题。

哦,对了,给你看这个。吴芳把手机凑过来。

是一段抖音视频:在高山之巅一望无际的紫色花海中,身着美丽彝族服装的小艾快乐地奔跑着,身后追逐她的正是小松子。两个人的笑容如同鲜花一样盛开在天地间,惊艳了季节。

天啊! 黄栀子惊喜地看着视频,这是哪儿,恁美?

小艾老家,贵州毕节,彝族人聚居的地方,叫韭菜坪,那儿一到秋天,整个高山草原上漫山遍野全是野生的韭菜花。吴芳怂恿黄栀子说,要不要去看看? 小松子说了,他们年底结婚。

看着无边的花海,黄栀子恋恋不舍地放下手机,叹了一口气,将下巴搁在膝盖上,歪头看向忙碌的男人们,恬静安详地笑了,说不去。她很乖很老实地说,这两年哪儿都不跑,我这条命欠好多人的情,得好好养着。

"你莫走,我不走,点个灯,修个屋。你莫走,我不走,生个娃,养条狗……"抖音里,快乐的歌声一遍遍响起,小艾和小松子的笑容也一遍遍重现着。

花如海,生生不息;爱也是,生生不息。

一切的苦难都过去了,真好。

开饭了。

黄栀子完全低估了儿子的社交水平，尴尬的席面竟是多谷首先打破僵局，他率先举起酒杯大声说，我来敬大家一杯。

夏晨赞赏地拍了拍多谷的脑袋。

我再次替我妈谢谢大家。多谷古灵精怪地说，谢谢著名导演夏曦先生的精心骗局，谢谢"登机落地"先生的友情演出，谢谢赞助商的一百三十万元。谢谢！

白河尴尬得满脸通红，"登机落地"，怎么谁都知道"登机落地"？明明他是发给黄栀子一个人看的信息，怎么弄得好像全世界都知道？

葛蓝也尴尬得半天说不出话。赞助商？他儿子可真绝了，叫他赞助商。

吴芳噗地笑出声来，喝到嘴里的茶差点喷出来。

赞助商！没错，葛蓝充其量就是个赞助商，无论是多谷，还是那一百三十万元……挨着夏曦的亚西碰了夏曦一下，一脸坏笑。

眼看着葛蓝生无可恋的样子，白河心理平衡多了。他端起酒杯很义气地替葛蓝解围，自我调侃道，黄主任，以后我发"登机落地"，你每次骂我"滚"都行，就求你别给他们看了。

夏曦坐在一边嘻嘻嘻直笑，他抢了最后一块酱爆肉，然后举起左手坦白，其实……很多个"滚"字，都是我发的。

白河整个人都不好了，他实在不知道该如何对付这个老大。从遇到他开始，他就一直被这家伙戏弄。

场面一时间有点尴尬。

黄栀子其实从儿子说"赞助商"时就已经控制不住想笑了：十几年的恩恩怨怨，儿子一句"赞助商"，算是彻底帮她报仇雪恨了，这会儿夏曦又冲白河来了一个神补刀，她实在是忍不住，扑哧一声，也笑了起来。

你笑个屁呀你。夏曦见黄栀子笑,更嗫嚅了,一边拿起坐垫挡在他和黄栀子中间,一边不怕死地挑衅她,都是你这个风流鬼惹的风流债,今天人都齐了,甩你的、给你赞助生娃的、白给你娃当爹的都齐了,女主角不发表两句感慨?

夏曦!吴芳看一眼多谷,轻声呵斥道,你个臭嘴巴乱说些什么呢!孩子在呢,什么风流债!

夏晨和吴芳夫妻同心,也严厉地看着夏曦。

没事。多谷打断他们说,我有一颗纯洁的心。

你妈妈……吴芳还要说,被黄栀子阻止了。

我也没事。黄栀子轻声说,我的确想说两句。

所有人都安静下来,惴惴不安地盯着她。

黄栀子环视着眼前一张张熟悉的面孔,百感交集。亏得今天人都齐了,要不然她还得逐一去道谢,长路漫漫、登机落地,她这身体还真有点吃不消。

其实我特想找你们算账,尤其是老大,但我更想谢谢你们,黄栀子举起茶杯,真挚地看向每一个人,烛光映在她眼睛里,像有两颗温暖的小星星在闪烁——我曾经想过放弃,但是……现在,你们让我明白了,对待生命,放弃只是一种态度,珍惜才是真正的敬畏。这杯茶,我敬大家、敬生命。

对,敬生命!夏曦神情庄重,高举酒杯。

夏晨在一旁缓缓调大了茶室音响的音量,于是,深情的歌声在快乐的喧闹声中温暖流淌——

> 一杯敬故乡,一杯敬远方
> 守着我的善良,催着我成长
> 所以南北的路从此不再漫长
> 灵魂不再无处安放……